藏地原创　长篇小说

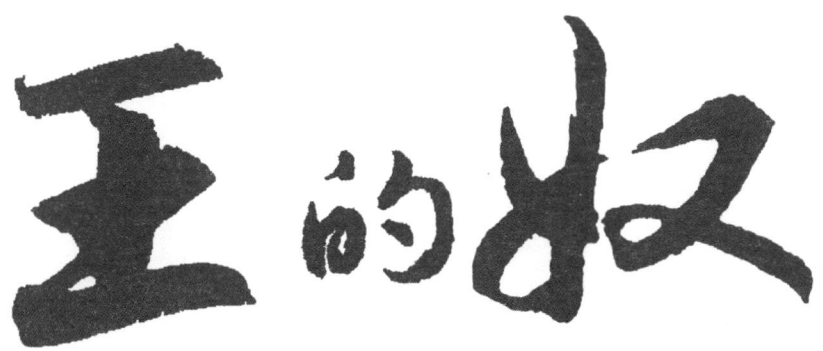

王的奴

旦文毛　著

青海人民出版社

图书在版编目（CIP）数据

王的奴 / 旦文毛著 . -- 西宁：青海人民出版社，2016.10（2018.1重印）

ISBN 978-7-225-05207-6

Ⅰ . ①王… Ⅱ . ①旦… Ⅲ . ①长篇小说—中国—当代 Ⅳ . ① I247.5

中国版本图书馆 CIP 数据核字 (2015) 第 251695 号

王的奴

旦文毛 著

出 版 人	樊原成
出版发行	青海人民出版社有限责任公司
	西宁市五四西路71号 邮政编码：810023 电话：（0971）6143426（总编室）
发行热线	（0971）6143516 / 61377310
网　　址	http://www.qhrmcbs.com
印　　刷	陕西龙山海天艺术印务有限公司
经　　销	新华书店
开　　本	890mm × 1240 mm　1/32
印　　张	10.375
字　　数	250 千
版　　次	2016 年 11 月第 1 版　2018 年 1 月第 2 次印刷
书　　号	ISBN 978-7-225-05207-6
定　　价	34.00 元

版权所有　侵权必究

目 录

第一章　说话的嘴　　　　1

第二章　看见的眼　　　　63

第三章　闻味的鼻　　　　133

第四章　听见的耳　　　　199

第五章　取物的手　　　　227

第六章　行走的脚　　　　275

后　记　　　　　　　　　325

第一章　说话的嘴

阿妈说："人心是空的。"

阿妈给诺龙讲的故事是这样的——从前一富户住在河的这岸，一穷人住在河的那岸，富家有九十九头牛，穷家有一头牛，富人从此岸觊觎彼岸穷人家的那头牛已经很久了，他说：如果把那头牛给我，我就有一百头牛了。"人心就像它的构造哪哪都是孔腔。有了春天的牛毛帐又想冬天的石屋，有了糌粑想要酥油，有了酥油想要曲拉，是满不了的器囊"。而诺龙只想穷人给富人那头牛了吗？或者富人会买，但是穷人会卖给他吗？富人没想过要给穷人一头牛？或者穷人想，你这么多给我一头又怎么了？这样如我这般的穷人不是有两头牛吗，如你那般的富户人家不是还有九十八头牛吗？诺龙在九十八头牛和两头牛之间纠缠不清。

他的手停在脖颈边，他正往脸上擦牛奶皮。他的脖子在细小的水纹旁已有了一条深深的沟壑，他一直没在意，那是在一个心情不错的早晨，因为挤奶、圈牛犊时就势摸了一下卓尕拉姆的手，卓尕拉姆那时正好和他协力拉那个应该要断奶的牛犊，所以他的好心情从那一刻一直保持到现在，几乎不照镜子的他被镜中人吓了一跳，他看到了斑驳的铜镜中的额头，像曾经被水淹过的山崖，一道一道从镜子里向他诉说日子和风雪交织过的年月。他的手很粗壮，那是牛粪里泡大、雨雪里皴裂的手，他手做过很多事，耕田地、编草圈、割青稞、拌糌粑、宰牛羊，从今天算起，他还抓过一个女人的手。

冉吾庄坐落在极窄的坡间，坡和坡几乎相连。这样石屋只能建在坡上，院墙都是高高耸立的，从远处看，似乎和山连成一体。冉吾庄街当间有一眼泉，这是冉吾的镇庄泉，冉吾人用规整的石块把泉眼垒砌起来，下边凿开一个出水口……那眼泉旁垒砌着经石和堆满白石子，高竖的经杆上挂满了经幡，风和太阳的舌头把经幡诵读成烂片片，冉吾人就换新幡，当五色的新幡在风中猎猎作响时，整个冉吾庄都喜气了起来。冉吾庄几乎三面围着这股泉眼，很像三石灶，所以冉吾庄也叫"朵塔"。但泉眼里冒出的水已不能喝了，不知哪年，一乞丐用破碗在泉中舀了一碗喝，自此，这个泉水就有了一种奇怪的恶臭，冉吾庄人只能踩着圆滚的卵石去冉吾河背水喝。

冉吾人喜欢晒秋阳，那时巴姆奶奶把全庄的孩子都叫来，在石块圈砌的院墙教他们跳舞，那个院墙连着巴姆奶奶家的前院。诺龙跟在最后一个孩子身后，和他们一起跳，人们就说：再来一个，再来一个。巴姆奶奶教舞时像对其他的人一样对诺龙，如果他的胳膊抬得懈怠了些，她就会抬起皱了一道道纹路的手，说：诺龙，你想干什么，你的胳膊生锈了吗？诺龙的脚在地上稍稍松懈地踏跳，她就会眯起大眼睛，说：没吃饭吗，年轻人的脚下应该生风。其实后来有人告诉诺龙他跳舞一直在踏左脚，而舞是用右脚踢踏的，那人还说你别像疯鹿子一样蹦跶得没边——像是要把五脏六腑都抖搂出来……巴姆奶奶对细碎辫上串着绿松石的女孩们说：弯腰弯腰，你们的腰被木棍撑起了吗？诺龙想笑呀，跳舞时总想起那个被木棍撑着的腰。有巴姆奶奶时，诺龙会来一个又来一个再来一个，跳起舞来他不会疲倦，后来孩子们不跳了，都看着诺龙跳，抖动着嘴角的肉跳着舞的他看到人群中有一人只是侧脸看了一眼他然后就消失了，诺龙没弄明白她的眼神，他弄不明白很多眼神下的心跳和节律，翻着白仁的、抬头斜垂下来的、闪着垂涎光的，因此他也不懂这个女人的眼神，他只在一个孩子的眼里看到过它。那时那个孩子迷失在别人的一个问句里——家是什么和哪个是家。她不是弃儿不是孩子，哼，要看就看，还一副要看却又不想看的样子，什么意思，真是……那什么，诺龙说不上来，就不想，他跳，他跳。诺龙的耳旁有巴姆奶奶的声音："跳，跳，你们怎么不跳了？"她对他们挥了一下皱巴巴的手。"忽啦——"光板皮袍"哧哧"作响，康巴洒脱的舞步尽现于孩子的手足间，那尘土飞扬处就是他们的舞场。

　　闲下来时，也是巴姆奶奶累了时，孩子们喜欢围拢在巴姆奶奶的膝盖边问她："你的手怎么像没糅过的羊皮呀？"巴姆奶奶豁着门牙大笑道："这是风、阳光和时间走过我的手上。"哦，哦，他们点着头，听懂了的样子。巴姆奶奶还会讲那种乌鸦把吃剩的食物用云作标记，藏在地底下之类的奇妙故事。

诺龙看过大人们跳舞，他们每个人都希望自己在最前头，以为是龙首，掌控着这条龙的方向行走腾跳和起飞，不是领头也希望是第二或第三个，他们不希望自己是最后一个，在他们藏得很深的思虑里，最后一个只有个子最矮、舞技差劲的人像凑数一样，而诺龙不这样认为，最后一个和头一个有什么区别呢？他认为都是第一，从那边数是第一，从这边数也是第一呀。可他和他们的想法简直不在一片草地上，所以他站在最前面，也就是他们认为的最后，不说一句话，只哼着这支舞的唱词，大声地唱，用劲地唱，有时他自己都能听到他的声音脱离了他们步调一致的唱词，兀自爬了坡或下了沟也不勒住缰绳任由其前行。诺龙有时是他自己有时又不是他自己，他不知到底哪个是真正的自己,他容易和他自己迷糊打斗。巴姆奶奶说："唱出来，唱出来，不要像一个被病魔压了很久的人一样没精打采。"巴姆奶奶知道诺龙是一个知道水不开又没多少牛粪可供水开时，可以把壶中的水倒掉一半，然后烧水喝的人。但是冉吾的很多人并不知道这些。

诺龙喜欢跳舞，他以为踢踢踏踏就是用脚和土地说话呢，舒张伸缩就是用手和天空说话呢，跳舞时会有许多人来看，他们会欢欣鼓舞两手拍得"噼啪"响，他们说："好好，跳得好。"但是有一次，一个六岁的孩子对他说："叔叔，他们说你跳得舞不像舞，锅哇不像锅哇（藏语，一种藏族武士舞，节奏慢而庄重）。"他的心被什么拉了一下，但是很快他知道他跳舞时还是会有人把手拍起来，大笑的。笑了，就是喜欢，他没问说那话的人，只要有人拍起手来，诺龙就不要知道说那句话的是谁，也许下一次跳舞，他也会拍手叫好呢。还有哥哥群才，他竖起拇指对着诺龙，同时他一览无余的鼻孔向诺龙洞开着，像是要把诺龙吸进他的鼻腔。那时诺龙从石圈的舞场中满头大汗地刚出来，尘土染满他的寥寥数发，群才说，你是一个真正的猛男。说完这话，他就让诺龙对一个女人喊男人的绰号，诺龙看到那是在人群中侧脸看过自己一眼的女人。那个眼神哀婉的女人，正从冉吾河坡上走来，圆溜的石头在她的脚下"咯嘎"响着，她的提宝靴（一种印度大红呢子饰面制成的靴子）那翘起来的牛鼻子靴头和中间三道梁股子彩缎让他很是不快，冉吾庄没有一个女人能穿上这样华贵的靴子，连他的卓尕拉姆都没有，她为什么？但他还是不太明白阿吾群才，他问："为什么给一个女人起男人的绰号，群才也不喜欢那个女人的提宝靴？"阿吾群才笑得很是诡异："他们是一对，我曾在雅卓沟里看到他们光光地在一起，像狗一样叫着，他们还以为他们什么都遮起来了谁也不知道。"这可是奇怪的造型，在诺龙看来，两个人"光光的"一定是让人憋不住笑的奇怪举动，因为到现在他还不知道大人们光着身是怎样一个场景，还有那个绰号一副皮里包着骨，此外都是多余的样子，让他莫名地兴奋起来，对着那个女人大叫了一声，这个绰号对他是陌生的，但是和他在一起的人大概都知道，他们的表情一副心怀叵测的样儿。那个女人正要从那个土坯泥糊的墙角拐过去，在听到这个名字后顿了顿，脚步迟缓了一下，她及膝的碎辫上的松石和银圆扣丁零当啷响了一阵，他们都以为女人要回头,诺龙的心"咚咚咚"没在鼓点上狂奔乱跳,他不确定她是否冲将过来拼尽全力挥着手抓扯自己的脸,那样他疤糊糊的头就会又多一两道血糊糊的新鲜伤口。诺龙还怕那个女人是惹不起连躲也躲不起的那种,那样他喊出来的那个瘦骨嶙峋的绰号,就不可以吸进嘴里咽到肚中当什么事也没发生。但是女人没有现出他想象中的一切姿态——恶狠狠地望一眼或吐一口唾沫,用大声恶毒的咒语让他不得安宁,甚至贯穿到他的父母、父母之前很多辈的父母;抑或顺手抓起地上的什么石块土块向他们掷过来。这时,她万不可咒骂他的阿妈,那样他也怕控制不住自己的怒火。所有冉吾庄的人都知道他这个性子,他们中有人晃着头说:阿喷,在诺龙前是说不得他阿妈的。知道就好。他开心地笑。女人只是把头昂了昂,拐过去就不见了。在诺龙愣怔的一瞬,群才在叫:"傻瓜叫呀,叫呀,快叫呀!"群才说骂时他们都望了过去,女人已看不见也听不到了,群才隐约暗自叹了一声,那是很隐秘的,很短的时间,诺龙就以为那是自己出现的小小幻觉错觉什么的,女人没了影,他就叫得更响了,完全不是他想象中的状况,他以为稀奇,胆也更大一些,还有他想把那个女人喊过来,女人不做任何回应,他认为把她喊过来的可能性大,这样在这群黑脸猛男中也更显出他的勇气,正当他喊得起劲时,群才在他疤糊糊的头上甩了一下,说:"叫叫,叫尸呀,人都走了。"他痛得龇了一下嘴,一串口水就势挂在了前襟。再躲群才甩起的手时,已经到梯下了,因为脚下没踩稳石阶,他仰面倒了下去。他的鼻腔里有蜜蜡柏叶糌粑混合的奇特熏香。谁家开始煨"祀"了,糌粑、酥油、柏枝还有不沾荤腥的食物堆积在煨桑台上，烟雾弥漫。日落时，那些还未能成形的魂魄，那些孤魂野鬼，它们胆小且食不得物，人们用煨祀供其食用，愿得早日托生。清晨从石阶的小巷走过，各家的石墙里飘出柏枝叶煨桑的烟云。这个巷子的傍晚和清晨似乎总有一股温暖的烟气牢牢地贴实着土地。

诺龙的鼻腔里都是煨桑的味儿，他喜欢闻这种"妥帖"的味儿，很舒适。他以为人可以活在春夏秋冬里，可以说话，可以吃饭，可以打瞌睡，还可以在有人时放一响闷屁就很不错了。至于别人用袍袖捂鼻那是别人的事，他还可以用疑惑的眼神看近旁的人，如果你今天不想懒惰下去还可以想想明天的事该怎么办之类的。

那些天冉吾庄的人更有理由晒秋阳了，三三两两地来得更勤，聚起来时人也比以往多，像要捻的羊毛，放线转线砣，左手右手地先找到毛团的头绪，而后顺理成章地捻下去，中间偶尔纠结，比如这一段情节不是他们能想象到的，不在他们思考的范围里。后来有人像是了然于心似的把打结的这一块捋顺了，于是故事继续有理有据地走下去，他们会感慨：啊啧啧，还真不怕走了邪气，那些行走在山林中岩石间的山灵是看不得赤身裸体的人的，那是对山神水神石神树神等诸神的大不敬。这样的人会走气（意为冲撞神灵，祸害自己），不单会害了自己还会祸及全家。说着时，他们多数会最大地开放脸上的肌肉，大笑，也有一些把自己的口鼻掩在袍袖里，羞笑。在这光怪陆离的人世里，有人活得诚惶诚恐，有人活得肆无忌惮。

尕玛仁泽亮起时（藏族说白露时会升起一颗星星，就可以确定此时节到了），开镰的日子就到了，此时女人们会穿上一年中最好的衣袍。

明天是开镰的日子，群才和一伙人窝在曲措石楼的墙根，曲措总是对人说：我睡得很轻。于是人们习惯了她容易醒的说法。群才他们看到曲措把一件缎衣衫穿在身上对镜中人说："这个蓝色没有那个粉色好看。"唱一曲丰收的调子，换粉色的缎衣，又对镜中人说，"这个粉色没有那个蓝色好。"又换，两件衣裳，她不停地换来换去，在镜中比画，"这样，这样，不对。这样，好了。"手拿镰刀一遍一遍做着动作，又唱，女人四十多岁了，未曾嫁娶，在往常的日子里，她就总在天蒙蒙亮时叫醒冉吾庄："咕——冉吾庄的人，起来喽，出活走喽。"由于她占着最高阳坡的地理优势，她的声音在冉吾庄上响成一片，"出活走喽——活走喽——走喽——喽"那是回音，人们想多睡一会儿也没了那个心思。

群才和那些人在石屋外听，曲措收了镰刀，叠好了明天要穿的衣袍，灭了羊脂灯，睡去。等到屋里传来细小的鼾声，一个身形轻巧的男人手拿马蹄铁插入石头和泥巴的缝隙处爬上了曲措的楼，从石垒的裸墙很快到了二楼楼顶，再从烟囱的避风墙里跳到土灶上，解开楼下屋门的牛皮绳门闩，让那三个人也进了曲措家，他们悄悄走到曲措的床边，床是用牛皮条辫成网状绷在木架上的，四个人用牛皮绳绑住床的四角上，吊在椽子上。

第二天，曲措醒来，睁眼看到自己的眼前只是椽子时，惶恐地大喊起来："咕——冉吾庄的，我的房子塌了，我没有死，你们快快来。"连喊了几声，那些人捂着嘴笑出了泪，于是几个

"好心人"爬上房顶喊:"你在哪里?"跺几脚说:"在这里吗?"那边跺脚问:"在这里吗?"女人答:"不是不是,往这边一点。"那些人就往这边挪一点,"是,是,就是这里,我就在这个方位。"曲措欣喜地喊。他们更加快活,不时地重新确认女人的方位,后来,人们说:"睡得轻吗?床吊在空中都不知道。睡得像曲措一样,别人背走了都不知道。"这个故事演变成的笑话是"背走了也不知道"。

在尕玛仁泽的头七天里,人们要去河里洗澡,老人们说那时所有千江万河药根的经脉都打开了,鼓胀着,所有花草树木的药根都展胀了,所以人们会在那七天里到温泉和其他水里泡脚或洗浴,意为洗去和冲走身上的不洁和邪气。诺龙窝在冉吾河的浅滩处把脸埋在清凉的河水里,一次又一次把黑红的脸憋成酱紫色,那些和他一起的孩子早已把脸露出水面时他还在那里一动不动,等他们没了声响,他"哗"地从冰凉的河水里探出头,他看到他们脸上那种意想不到的表情,为此有一次他把自己差点儿憋过去,但他高兴。

只有阿妈会阻挡诺龙,说:"孩子,你要小心。"诺龙说:"阿妈,我又不是小孩,你叫我小心什么?"小孩不会怕刀,不会怕火,不会怕水,手里放什么都以为那是可以送到嘴里咬上一口的,可他不会呀,他要怕的很多,有时甚至会怕镜中的自己,他会对镜子做很多怪脸,把下巴歪向一边睁大双眼,大张嘴大皱歪鼻子,做很多哪个都不是自己的怪脸,然后突然静下来再看自己平静了的脸,诺龙就怕那个和自己面对面的脸。阿妈总会说一些莫名的话,眼里浮起一道水光:"阿妈老了,你要学着自己生活。"他不愿听阿妈这么说。走了,也没听为什么要小心。很久了,他都成了不问为什么的人。已神归的老裁缝健在时,诺龙常去他家,老裁缝说:"诺龙已长大了。"他很高兴别人说他长大了,想要继续听的样子,老裁缝就说在他家缝制衣袍时的情景:那时,家人都去出活了,家里只有老裁缝和诺龙,老裁缝就问:"诺龙,猫怎么说呀?"他就答:"喵喵。"他问老裁缝狗怎么说,老裁缝就答:"汪汪。"问鸟怎么说,就答:"啾啾。"问老鼠怎么说,答:"吱吱。"老裁缝说时脸上溢出笑,仿佛看到小诺龙在那里一步步摇摆着扶墙走路的样子,他想:那时我有多大,有这盛糌粑的裰裢高吗?他遗失了那串记忆,像是在途中遇到了收存记忆的山灵,那串记忆被埋入地底,它变成种子破土而出,它的芽在光和空气中,根部却存住了土壤中暗夜的养分,因此那个记忆在某天会闪闪发光,原来是这样!阿妈说有些记忆类似这样。但诺龙现在什么都想不起来,他就不想。他总是翻找老裁缝的针线包,他以为那里藏着不为人知的宝贝,五颜六色的针头线脑,那个尺子连着皮绳,皮绳上是可左右活动的小皮口袋,装满着橘黄色量测粉。老裁缝拿出木尺在袄上量,固定住,一扯皮绳,腾出食指和拇指一弹,就现出一条清晰的橘黄线,从那里裁剪或缝合。诺龙喜欢拿着老裁缝的测量尺弹弹,老裁缝是不介意的。

翻着翻着,诺龙翻到两个奇怪的东西,大概是两个布偶,一个头发很长衣袍也长,没头发的那个衣袍也短,他们衣着光鲜,没有眼睛,他把一排的针插在大概是布偶眼睛的方位,诺龙的身上滚过一阵奇怪的疼痛。老裁缝似笑非笑:"你看,他是快活的,这从他们的衣着可以看出。他们也是痛苦的,他们的眼睛扎着针。"诺龙忽然想吐。据说老裁缝的女儿眼睛失去了光感,因为丈夫背弃她和另一个女人跑了。这个黑咒一直就背在老裁缝的身上。不管有用没用,看了却很吓人。但很多时候,诺龙和老裁缝在一起,他看不出老裁缝的异样。

冉吾是荨麻的故乡。冉吾生长的植被里最多的是荨麻和鼻邋遢。

在冉吾庄,所有孩子都尝过荨麻的厉害,诺龙认识荨麻是有一天不小心在路边摔了一跤,手恰好碰到了那株植物,很快那碰到的地方起了变化,有硬块的肉包,奇痒。这是奇怪的痛觉,又痒又痛,抓挠发痛处会现出一块又一块的红疙瘩,越抓越痒。冉吾庄的孩子用袄袖做护手提着它碰触同伴吓唬他们,一路追赶一路笑,被触了荨麻的孩子在哭,哭声笑声起起伏伏。大人走过来看看孩子的"伤势",说:"没事,过一会儿就不痛痒了。"又教孩子一个方法来减轻痛痒感——手拿一块石头在痛痒处边蹭边唱:"荨麻大哥别舔我,舔石头;荨麻大哥别舔我,舔石头。"孩子的泪还挂在脸上,接过大人递来的石子便边蹭边唱起来,好奇又有些尴尬的笑忽明忽暗地闪烁,喊唱得多了,好像荨麻真是"大哥",听懂了一样,兀自笑了起来,痛痒减轻了一些。一些孩子认识荨麻的方式是因为太闹腾,大人就会让他们的屁股认识它,这会很麻烦,人前不敢搔痒又奇痒无比,就只能待在家里抠痒了。但有时大人们的身上又散发出与生俱来的惰性,想让不听话的孩子挨荨麻,就让挨荨麻的孩子自己来拔荨麻,于是孩子把手缩在袄袖里隔着袄拔一株老荨麻,在石头上轻甩，一遍又一遍，甩得荨麻刺脱落的脱落、折的折了再拿给家人，这时的孩子很是狡猾，递交时故意让大人触到刺，大人一声惊呼，孩子哭丧的脸立时绽出一丝笑来，家人再用荨麻触手和屁股时，他大呼小叫痛不欲生的样儿，能消掉大人们一大半的气，孩子们挨荨麻探讨的结果是："把荨麻在石块上多甩几下，不痛。"荨麻刚长出来时，刺是细小的；壮年时，刺的功效达到极限；老了就日益减退。人们会用其做汤，刚长成的荨麻很鲜。

据说巴嘎布山洞里有一株荨麻，会在大年初一发芽，而藏历缺三十一或重二十九是常有的事，这样的日子人们很容易迷糊，记不住日子，这不麻烦，冉吾人可以问已看过那株荨麻的喇嘛，很快大年初一就被确定了。据说从这株荨麻的长势和颜色上还可以看出一年的青稞收成。只是凡人近不得那株荨麻，说一身浊气的凡人会污了它。

他们是一些对植物感到很新奇的人，草长得正茂，他们的牛和羊会大半天摊在那里，他们就可以在草原上看各种草甚至还尝试它们的味道。

那一年的鼻邋遢肥厚而多汁，他们一大群人呼啦啦去种着莞根的园墙根，有时一两个人先到那儿，另外一些人也陆续到，一边偷眼看有没有人来，一边摘着有宽宽大大叶子的鼻邋遢，自从从阿吾群才那里知道鼻邋遢的茎可以吃时，他们又很神秘地聚到一起，之前为了谁是谁的王妃，他们不欢而散，打一架？不可能，因为群才主导着冉吾庄孩子的游戏、约见及聚散。有人不服，但是群才的话一出口，没有人再会说"不"，他身上有一种魔力让人不自觉地尊敬和服从。所以尽管他们都看着群才叔叔的女儿黑得像抹了锅底灰样的脸，站在那个小土坎上一副王后的架势，但都说不了一句话，当然王也是群才选的，他说他是大臣，但是这个王得听大臣的，让他们很是纳闷。玩得不尽兴时，一两个不知何时走了，他们期望下一次有一个漂亮的王妃，不然怎能争相当那个王怎么俯身恭敬对王妃呢！而这一次无关王妃，阿吾群才说："多蠢呀，原来那个鼻邋遢是可以吃的。"他们不信，于是他来验证，被他们齐齐瞪急了，群才毫不犹豫地拔一根放进嘴里嚼，虽然嚼得并没有多好吃的样子，但他们都知道了那是可以吃的，快要嚼到叶子边时他就扔了，刚要下手的他们又停止了动作，他说："我刚才的那根不太好吃，我要挑一根好吃的。"群才说着又拔了一根放进嘴里。因为家人是不会让他们吃鼻邋遢的，说那是用尿催长的，尿浸在叶和茎上，它才会那么茁壮丰腴，家人说："嗯——呸，那是尿，恶心死了，会吃死人！"他们也知道鼻邋遢在屎尿多的地方长得更粗壮，更茂盛。这个菜园离庄子还有一段距离，四周的草长得比他们还高，这种遮蔽可以让他们隐身其中有一种秘而不宣的快乐，即使不和他们玩，诺龙也喜欢从草丛里看着来来往往的行人，他看得见他们，他们看不见他，他学什么叫声"咕咕嘎嘎"地叫时有人会吃惊地回头，一脸茫然或惊惧。这个游戏他会一直玩到秋末，直到草滩变成老人稀疏秃顶的头顶时才罢。群才一边大口大口地吃着鼻邋遢，一边嘴里叫着："好吃，好吃。"如果只有诺龙和群才，诺龙一定早吃了，只要群才大眼一睁，不容诺龙摆谱，一定一副吃得欢欣的样子。群才要他做的事，他都会很快完成且现出高兴的姿态，但问题现在是一伙人，所以群才的策略只能是尽量让他们这些人相信，于是他们三三两两地拔了一些，但下不了口，呆呆地看着群才把已嚼完汁的烂茎从口中"呸呸"痛快地吐出来。其实诺龙是想吃吃的，但看到那么多的人不向着群才，他只能咽一口水。他们就这样僵持着，群才吃，他们看。群才递给诺龙一棵叶片肥厚的鼻邋遢，盯着他说："给，特别好吃。"他在群才炯炯的目光下咬了一口，嚼了一下，有一丝甜味从齿边"滋滋"地冒出，他大叫一声："哎？真的好吃，真的好吃呀。"人群中有了一两个动口的，没有一丝声响，大家都面面相觑，不好意思的、很无辜的样子，群才看着大家，一副"相信了吧"的表情。第二天有人病了，他却还是硬实的疤癞头。

　　诺龙的奶奶"神归"了，他不知"神归"是什么或为什么，所以在家人们哭泣、那些来他家的人一手或双手掩眼时，诺龙被另一些人派过去，从邻居家借一个盆，又拿一块木板，他一阵又一阵地冲出自家白花花的木门，从土夯的院墙拐过去，飞快地从别家借拿大人们急需的东西，在他们的生活中永远没有谁家是一一齐全的，总是这家那家地借，最后全乎着办完那些事。这样的借在这里丝毫看不出它的别扭成分，好像天经地义，一把盐两把茶叶都可以顺理成章地借。跑过去时，诺龙用眼角看到立在另一面院墙后碎小的黑头和黑眼睛，他们在他"蹬蹬蹬蹬"的脚下卷起一阵尘土时晃了一下，缩回去，在他下次出现时同样晃一下，又缩回去，他从那些另一面院墙头的眼睛里知道自己家一定出了事，且不是小事，让这些黑头和黑眼睛也学会了闪避，那个院墙是他们晒太阳、玩游戏和打架说话的地方，在他匆匆赶回去又匆匆赶回来时，忽然知道他不能再和他们一样在那里踢羊皮包缝的扁石毽子。他坐在裂成白口子的木门槛上看着大人们忙碌的身影，尽管所有的大人眼睛都红了一大圈，他却没什么损伤，他以为那只是暂时的，不久以后，奶奶又会在他身边。多年后他明白了达娃的话，达娃的亲人走后他说那个人一定会回来，他感觉不到有多难过：我以为他就在这个家里，正在那伙房里垒着干牛粪，在厨房里吃着什么，或在佛堂里供净水，就在一个地方或一个角落忙着他自己的事，只是一时见不到他。达娃说他那时总是这样想。此时诺龙也这么以为，以为奶奶忙着她自己的事，在厨房或花坛边，就像奶奶去了隔壁把耳朵只当摆设的阿奶家串门："我去了呀，和才措说说话。"隔壁阿奶听不见，但诺龙总是见到奶奶和她坐在一起聊着什么。他很好奇，有一次就偷听她们在说什么，他以为奶奶说"今天天气真好时"隔壁阿奶会说"清晨的羊奶都挤完了"之类的，可当诺龙靠近时才知道她们完全可以对上话，隔壁阿奶看着奶奶的嘴形就知道奶奶说的话，并且几乎一字不落。现在耳朵里没有丝毫声音的阿奶还在隔壁，但诺龙的奶奶没打招呼就走了，去了谁也看不见的地方。奶奶那土坯垒成的花坛里，没有一朵花，那些衰老枯干的枝卷曲着，干瘪着，一副回不到过去的萎黄。它们曾经穿着金黄、粉红、玫红的外衣开得洋洋洒洒，像是要溢出花坛。

　　那些看不到的不说话的，诺龙不知他们现在在哪里。他坐在像是被冉吾河吃掉的断坡上，冉吾河和冉吾坡好像打了一架，冉吾河把冉吾坡的衣物撕裂了，没了表皮的断坡面裸露着圆石沙砾泥土，冉吾坡想填埋冉吾河，河里却到处是石子。大概没分出胜负，日子照旧了……冉吾河从冉吾坡脚下打着浪花说着话一路跳跃，颇有声响，冉吾坡不甘示弱长不了颜色的花却长满了山野葱，长老了的山野葱还会用一根硬实的茎顶参起圆形的白花籽，远看像蒲公英的种子，但不会像蒲公英的种子吹一口气就四散而去……

　　诺龙听到有人叫他，但没有应答。冉吾人说如果有人叫不能应答，确定是谁、叫了几声才能回应；如果应了不知是谁的答，会遭祸害。那些奇怪的生灵知道每个人的名字，他没看到喊他的那个人。诺龙把青稞穗芒用热水泡在那个发乌的旧木箱里，热水浇过处一阵小小碎碎"咪咪"的声响，穗芒在热水里散发出一种陈旧的草木味，他抓拉几下穗芒以确保都浸在热水里，盖了箱盖，箱盖盖好后等一天，穗芒软化了，喂牲畜吃，家里的牛有时吃得欢天喜地，不停地"哞哞"叫着，有时却有一口没一口的。手……他一看尽是毛刺的穗芒。洗手。奶奶让诺龙在清晨还没拌糌粑前洗手，即使不洗脸，手是必洗的，她说"睡醒后的热手，脏"，诺龙说"这有什么呀，我只睡了一觉又没摸脏东西"，奶奶张了张嘴，什么也没说。又一天清早醒来时，诺龙闻了闻手，没什么味。可有一晚他是挠着腿根部的痒醒来的，发觉奶奶说的是有道理的，那以后他先洗手再拌糌粑。对他们来说，洗手不是常识，清洗看不见的秽物才是常识。

　　他想着奶奶……在睡着之前，没感觉到他的手有什么不对，他很疲倦，尽管秋天有氆氇薄袍冬天有羊皮袄，但身体还是会出现对温暖的惯性依赖,冬天还在亦步亦趋,却有了一丝生硬的冷。躺在皮袍里,温暖柔顺的羊毛让他的周身布满了慵懒。

他躺在床上,眼睛里盛满了酥油灯的光芒,它一闪一闪像是被供在佛龛上的佛像吸了一下,摇一摇,又吸一下,晃一晃。他想告诉阿妈,但是只张嘴出不了声。他慌了。想把手快速抬起,但动作是缓慢的迟疑的,当手移到他的眼前,他看到手掌里的福运线,阿妈说人的手心不能让另一个人看到,否则懂掌纹的人会把福气偷走。

诺龙忽然看到在阿妈不让他给别人看的手掌里有一个洞,不,不是洞,是一个嘴。它"吧嗒"了几下,开口了:"孩子,我终于找到你了。"它在他的左手掌里,悄无声息地现身。

看着它,诺龙惊得话不成语:"你……你……你是谁,为什么要找到我?"他用力甩他的左手,上下左右地甩,时快时慢,甚至把手心蹭在泥墙上,又看又甩,他想歇斯底里地大叫一声,可嘴无比镇定:"你这样甩没用,我已长在你的手心里,我们需要彼此帮助,而不是舍弃。"诺龙不知道这是怎么了,嘴却自顾自地往下说,"我是王的一个奴。王曾丢失了一件珍物,让我去找,但是在找的路上我遇到了凶恶的魔将黑帐王,被他杀死,他那把可以摧毁一切的暗夜迷茫刀击中我的头部,我在很短的时间内成了肉脔,这是不可避免的,我的五官来不及产生任何委屈的姿态就分崩离析了。王让我找宝,可现在我又得找我自己——我在找珍宝时却把自己彻底弄丢了。这一切对于我来说像做了一场梦,在那个梦中,一个长须长发粘连在一起的老者告诉我:'这是对你前世的救赎,你需要找到其他五官,让自己完整成人形。'他抚摸着那个打着卷的灰黑长须，'从嘴开始，这会方便许多。'嘴很照顾他的样子，'如果找到了，那是你的万幸；找不到，你将是一阵风或者一阵烟。'"

诺龙想是烟怎么了，是风又怎么了，可以自由地行走在高山也好，土坡也好，没有人会说："你看你看，这疯子又在这肮脏的旮旯里游荡。"让听着的以为蟑螂之类的臭虫躲在阴暗的角落，而远处的阳光唱着歌一路走下来，喧闹地抖落在原野、土坡。那些藤触到阳光的地方枝繁叶茂，一路向上，也有触不到阳光的枝叶在经年光照不足的低处吟唱着自己独有的歌给自己听。习惯一种生活是它们的本能使然，高处的拔节长高，低处的贴实土地，但有时高处的以为贴实地面的日子，那场景、颜色甚至味道都会变，它们想当然地以为这种变化是一种霉味生成的前兆。它们认为一臂高是高，一拃高也是高。高处，是诱人的字眼。当它们触到阳光，向上，生动鲜活，充满灵气，于是不管不顾脚下踩着谁踩着什么，不管不顾秋天之后身心俱疲地萎黄着身子。即使是五光十色的彩虹极易逝去，只要灿烂地盛开……它们这么想，美妙的背后曾是什么样的景致，一丝感慨都不曾有过的匆忙，即使这样，他们欣慰而侥幸于这样的天空和日子。

一些人一些事开始出现在诺龙的梦里，在梦的迹象里，诺龙感觉自己是被追逐的，从这头到那头，有时甚至是两面夹攻的。起初诺龙看不清他们是谁，也看不到他们的具象，他们似乎是虚无缥缈的暗影，但那种惶恐云雨压顶般止不住地涌上诺龙的心头，诺龙不明白他们何以对他如此穷追不舍，又何以里里外外地翻看他的袍衣,好像他顺手拿了他们的什么东西,要不,凭什么把一个人旁若无人地搜得颜面尽失,他想要理论一番,却被一只不知是谁放在他脖颈的手噎住(他看不到那只手,但知道那是只手),这样他就连"啊"的叹词也出不了一声,索性"翻吧,你们要怎样就怎样"的凛然。一次两次,诺龙渐渐知晓这些红耳部和白腰部都在追逐身为冉吾的人,在追着的人身上不停翻找着什么,可是他们追一个放一个,而放过的那些人身上显然没有他们要找的东西,他们犹如从冬眠中叫醒的春天般苏醒过来,次次把诺龙的梦从里到外翻得底朝天,不放过任何一处角落。可是当他们——红耳部和白腰部碰在一起时,又眼冒火光、咬紧牙根把彼此当成劲敌大打出手。这些红耳部和白腰部倒是不难确认,一方耳朵上坠着红牛毛编成的火红穗子,另一方腰上围着冰凌的白毛绳,他们对很多人说:"转一圈!看看你的袍子!解开。"那时,诺龙就从土墙的另一侧蹲了下去,干燥的土灰掉在他的身上他也觉察不到,他们用刀指着那些人的手掌说:"撑开,再撑开些。"一会儿气恼地嘀咕:"不是,又不是。"他们走远,诺龙还未从墙角站起,土粘了他一身,他明白这里一定有他的事。现在梦中的红耳部和白腰部都想要和他较量一番的样子,可是他除了疤癞头,身上没有一处能引人注目的。而红耳部和白腰部的争战总是持续不断,不知为何,那些总是会斗也能斗的人最终牛没了,羊也没了,甚至家也没了,他想问一问他的王,可是他这样总在帐外伺候牛羊的人,近不了那座金顶帐篷,他更加迷糊,他总仰视行走在空中的太阳。挤奶的卓尕拉姆在她有想唱一曲情歌的心情时总是说:"喂,诺龙,你为什么总是眯着眼睛,你那条缝里能看到什么呀?"她的嘴角溢满了笑,是,就是这样,他什么也看不到,起初他用他的眼睛看不到,后来他用他的心也看不到了。

  诺龙不明白冉吾人缘何这么怕"下巴贴胸者",以至于冉吾的小孩一听到大人们的恐吓"下巴贴胸来了!"就立即躲藏起来,恨不能把自己隐形了才好。诺龙说:"你见过下巴贴胸的吃过人吗?这么怕!"其中一个孩子边吸着青涕边说:"长着人的脸却不是人,那是最可怕的。"冉吾的地势相对别的地方偏热,浅水中的盐变成了红色,冉吾人习惯吃这种粗盐,说吃这种粗盐不胀肚子还对身体好。红盐的出现让很多人一下露出了青唇里的黄牙,于是冉吾不断受到"下巴贴胸们"的侵扰,为了盐,"下巴贴胸们"费尽心智,他们好似缺盐缺得长了双下巴的大脖子,他们立在冉吾当街,似炫耀自己的下巴:"双下巴都长出来了,我们还怕什么?!"他们什么都不怕,好似以下巴当勇气。那个藏在浅水沟里含有地热能量的红盐助人气力却少之又少,所以冉吾人恨不得整个普拉河普拉山都是红盐浇铸的,但在海拔三四千米的高原上能产盐的矿物湖水寥若星辰,加之冉吾自古的风俗里山水是不能一睁眼一闭眼间就这么挖的,因为山有山神,水有水仙,树有树灵。那些神灵当然不会戴着光圈"呼——"地出现在眼前对你说:"我就是。"但是一些微妙的事从一个人的讲述中可听出端倪:有一常年祭山的人,在暗黑的一夜里,正在吃拌好的糌粑团,但是正要送进嘴里的糌粑团却掉在了地上,于是他弯腰拾捡,不料从手中又滑落两次,当他再次弯腰从地上拾糌粑团时就看到了那个从背后将要袭击自己的盗贼。

"普拉山佑我。"他说。

冉吾人甚而带着具有悲壮意味的勇气守卫着那个小小的浅水沟，不让任何外域对它别有用心地窥视。可是它太小了，"下巴贴脸者"最后也懒得为混着泥沙土的粗盐和冉吾人拼命。

因为比起粗盐，争战更残酷，那里只有生离死别，当你和死神掰手腕的时刻，什么亲情、友情、爱情都得像隔了一层雾霾，从雾的这头到雾的那头，你确定不了看到的是沙漠还是绿野，你扳向左还是右你睁眼目睹或者闭眼默想的唯一集中精力要关注的就是活着或死去。不死就够了，活着最大。为什么会有争战，诺龙问过很多人，他们一副习以为常的样子看着他说："疯了，疯了，又疯了。"但是诺龙一直认为两个人或一伙人的争战一定有它的原因，就像河水为什么只会流向同一个方向，花草为什么在春天里又回来了，为什么太阳走了月亮却又来了，为什么云会飘走找也找不到不知去向，为什么山总是耸立在那里不会挪一丁点儿身子；为什么雪只住在冬天里一样有原因，因为战争本不是人所需要的，况且它是以生命做赌注的，后来，他又问在那山头上放牛、不太和人说话的不知名的老牧人，因为他憋得太久了，已经不明方向，只好就地解决，不管是在地上还是在自己的裤裆里，老牧人看着他的眯缝眼，半天才吭出几句："那是因为一些人的东西，却在不久的日子后不属于他们。一些人给的不是另一些人所需要的，一些人需要的他们却不曾拥有。"诺龙听不懂了，这是什么答案呀，根本不知道在说什么，于是诺龙的问题更加严重了，老牧人不但没有给他答案，他还得考虑老牧人那满脸的皱纹是从哪里来的。

长在手心里的嘴说："我的五官总是凑不到一起，但因我曾是王的奴，我才可以在一个奇心异身的人身上附体，只是我要找的其他'四官'还没有找到，就像梦里那个长须长发粘连在一起的老人说的：这一要有造化；二要靠心力；三要看自己前世修的善。他说："那王要你找的宝物，你找到了吗？"嘴说："找到了。"他说："是什么？"它说："找到你，我也就找到了。"诺龙笑着，以为它是个骗囊，在摇一只硕大的骗铃，因为通常来说宝物一定是贵重的珍宝，他一个疤癞头，能是什么宝。

"是你前世今生续来的缘。"它自顾自地说下去，"王曾说：'在那仲曲河的咩色庄里有一个宝物，你必须找到它。'却没有告诉我是什么，我就这样走出了金顶帐篷，王对我指引的物什起初讳莫如深，我陷在谜样的思虑中，耳朵就成了摆设，对话语失去功能，没听到王对我说的还是那句话，那是他想再次嘱咐我的一句——'那是个活物'，王望着绝尘而去的我自语道：'该说的该做的都在天地间，看你的造化吧。'

"不明方向，不知所以，我只记得老人们说的：做事要头尾齐全。所以我努力认真地走，这是一个寻找的过程，看到鸟我以为是要找飞翔，看到花我以为要找到芳香，看到风我以为要找到它的行踪，看到山我以为要找到它的脉络，看到水我以为要找到它的韧性，我走，走。后来才知道我把这些想的离地面太远了，远得让自己招笑。"

嘴说："我走在沙尘漫天的冉吾道上，风从那些石垒的墙上打着响一阵阵地走过，天和地蒙在灰黄的色泽中，枯枝败叶带着风的哨声飘远，在这个奇怪的天象里，我感觉荒凉而温暖，走着走着,我渴了,在河边掬水喝。我的手忽然在水中碰到一顶狐皮帽,我想是不是它呢!王既然派我去必有其道理,我相信和一件事或一个东西相遇必然有它的道理。缘,有时是偶遇。我把打湿的狐皮帽提在手中继续前行,水一路滴答,溅湿了我的靴子。一路上,我捡到了象牙的辫环、琥珀、松耳石……一些琳琅满目的东西,它们都像,又都不像。那些一心想战胜对方的人是顾不得这样贵重的物品的,战争让那些美丽的东西都失去了本应有的价值。"看着它,诺龙就看到了一个谎言:它哪有什么手和脚呢,它只不过是一张嘴而已。当它在诺龙的手心里"吧嗒吧嗒"地说着话语,用它的上嘴唇和下嘴唇连贯着那些匪夷所思的情节,诺龙只能去相信它。

"但是现在我顾不了那么多,我知道不让自己的魂飞走才是最要紧的,我曾看到一个将士的身体,他的胳膊齐刷刷地从肩胛骨那里卸了下来,他痛得失去了知觉,等到自己有所觉察时,血的缺失让他走向了另一个世界,我一直没有碰到他,也许他走了,去了比我更远的地方,比我走得更远。"

"我是个寻觅者,在遇到凶恶的强巴之前我是个寻觅者,之后我依旧是寻觅者,"诺龙想它真好呀,一路上尽拣贵重的,那些贵重里有天珠吗?会汲取牛奶精粹生长的天珠,是多么奇妙的石头。

为了肚子,有人用一块两拇指大的价值不菲的天珠换了一碗糌粑,这是索波·央周一个远方来的亲戚说起的,央周听后无比地焦躁,不停地撸着左臂的袄袖,眼里顿时有一丝美丽的光彩弥漫开来,仿佛那是他遗失了很久的宝物,他不停地问是在哪里，亲戚说大概是在象王山那边，索波·央周更急了，他搔着头皮，大张着眼睛："那象王山边的土地多了，到底是在哪儿呀？"亲戚好气又好笑："那象王山历来是各种商贩以物易物往来的岔路，谁知道那个人卖给了谁，莫非你要去找不成？"央周急得不知说什么好了："那可是犬目九眼呀，九眼，九眼，知道吗？"他微眯着眼，几乎是咬着牙说的九眼，索波·央周好像看到它通体的光芒打在自己的眼睛上，诺龙也在那个人说起时想要得到那个有九个眼的天珠，诺龙并不在乎一块石头是九眼还是十眼，但是被索波·央周咬着牙说出后感觉它是与众不同的，这符合无论贫贱富贵都想同等拥有一件好东西的规律，人的欲望真是稀奇，一旦给一块石头冠以名字以外的东西，石头就会超越石头本身，而后在这块石头上理出一串光彩无限的说道。欲望就会在真真假假里似真似假地滋润着满足着。诺龙也是因为看到央周如此地想得到它，才心生疑虑：难道说它真不是石头？而是一块不是石头的石头？他又把自己绕进去了，不知怎么，他总是企图把另一个自己或他绕进去，而后在那里看着他和自己不停地费神费力纠结斗打，不分胜负，不分你我。它们谁也没赢过，也就是它们谁也没输过，后者是它们骄傲的落点，它们都清楚这一点，然后它们继续费神费力……

那块不在石头价位里的石头，它的价又是怎样体现出来的呢——那种可以让人信服的价，而不是因为稀缺成就的昂贵。诺龙以为成为"昂贵"这个词必是人们不可少的、脱离不了的，比如喝的水，比如吃的食物，比如他们吸进呼出的空气，而不是如果它曾是山的一部分，那座山因为它富有灵气，那些宝是山的元气，现在它成了人们手指颈项间的饰物，却损了一座山，这并不是那块天珠或松石或其他什么石的初衷——如果它是有生命的……他想。

"得得得，"马蹄声在冉吾的石巷里不绝于耳，丁零当啷，马颈上的铃子将冉吾早起的人勾到了外面。这个清晨，冉吾人醒在热闹的场景里。还没到给索波·央周放牛的时辰，诺龙躺在厚实的老羊皮袄中，正做着怎样在一只牛角上赛马的美梦。"哗——"阿妈掀开门帘进来，一脸慌张，"两水九坡人在找两个名字的人。"诺龙坐起身，像丢牛人对抻松双腿晒日头的人说丢了牛时，坐在众多人中的偷牛人心虚地收起腿一样径直问了一句："他们为何不在自己的九坡找？"阿妈说："他们说两水九坡人多囊·加青家的金塑护神弄丢了，卦象上卜出需在冉吾有两个名字的人身上找，至于找什么，只说这不能对谁都口无遮拦。"阿妈并未觉出异样，"看两水九坡人的架势并不像要找东西，而是要抢东西似的。"好些冉吾人缩脖缩脑两手挽进袍袖从自家的门洞里探出身来。索波·央周带着几个手执木棒的下人，他并不想和两水九坡人刀剑相见，索波·央周一见两水九坡人便改了以往的昂首阔步，一路小跑："出什么事了，一大清早的？"两水九坡人多囊·加青说："没什么，找个人不劳你大驾。"索波·央周说："我以为有人在此惹是生非，已人命关天了呢！"两水九坡人说："惹是生非也不劳你大驾……"这什么话，欺我冉吾无人！那人还要说什么，多囊·加青制止，他一努嘴，两撇胡子就喊开了："冉吾所有两个名字的人要聚到这里！"冉吾人一听忍不住说笑着："为什么是两个名字的？四个名字的成不成？"

冉吾人笑着："给什么好东西吗？不给好东西，谁会一大清早没事跑进冻肉的冷风里？"两水九坡人喊："只要两个名字的，有比好东西更好的事！"鬼信！冉吾两个名字的人稀稀拉拉聚拢着，好几个不是两个名字的人也在那个圈中，他们大概在想到底有什么好事会落到自己头上，而有些两个名字的还在另一边的人群中，他们哄笑着并不点破，谁愿去谁去，不去的反而给冉吾人长脸。虽然冉吾的地势高，但两水九坡人在气势上占着奇怪的优势，两水九坡人在冉吾的石巷里像有腾云驾雾的本事一样耀武扬威，就因两水九坡人是盗匪老巢遗下的籽种？这不以为耻反以为荣的，冉吾人暗自撇嘴。多囊·加青让他身后那长着两撇小胡子的人走上前，两撇胡子走到冉吾两个名字稀疏的圈里一一打量着他们，当两撇胡子走到冉吾不是两个名字的人前时，人群中有"哧哧"的笑。冉吾人说："怎么，要在腮帮上看出一个虮子还是一头牦牛？"冉吾人说："难道要找长了三只眼四个鼻孔的？"两撇胡子还看看那些人的手掌，有冉吾人把手往衣袍上蹭蹭，一副耄耋样儿撑开："都是牛粪！"哄笑再次响起。两撇胡子看完所有两个名字的冉吾人（当然其中掺杂着顽皮样的两个以上的名字者）的手和脸，对多囊·加青使使眼色摇摇头。多囊·加青清清嗓子说："大概冉吾的人没全，要找的人没找到，一大早让冉吾受累了，那先回吧，我们还会再来。"冉吾人说："冉吾就这些人，两个名字的也就这些，你说来就来，以为这里是什么？"两水九坡人的两撇胡子大声喊："天地有主吗？我们说来就来，这由不得谁。"索波·央周受了委屈样说的却不是委屈话："你想来就来吧，但是我们冉吾不欢迎你！"两水九坡人打着呼哨飞奔而去，一直在旁的诺龙静观两水九坡人的举动，不安漫上他的心头，他握了握手掌。

诺龙牧养成群的牛羊，是索波·央周的。当风从草原深处徐徐吹拂在耳旁时，他想找个人说说那被贬谪的天神遗落的天珠、冉吾人的近况，还有他搞不懂的女人……诺龙想办法凑到那个总不愿和人打招呼的老牧人身边听他说："人身上有阴阳，女人身上的阴阳会更显，和阳性的女人枕在一起的男人会旺起来。和阴性的女人在一起，会过得不安生。"那是怎样的阴阳两重天呢？诺龙不得而知，便问："那也就是说每个人身上都有太阳和月亮。那它在左边还是右边？"老牧人被酥油茶呛着了："咳咳咳，你怎么知道它是左右的？"老牧人看着他的手，抚着被茶水洇湿的灰白胡子。诺龙说："那它不能是上半身和下半身的存活吧？""哈哈……"老牧人大笑。茶水滴顺着他的胡子一抖一抖。老牧人说："按照通常人以为的——右为阳，左为阴。"那时他们在冉吾坡上垒起三石灶，在风囊的呼吸中，三石灶里的火吞云吐雾。

"幻觉，"老牧人说，"去那些悍猛的山上，山灵一定会给你幻觉，那些美丽的幻觉是让你不住地向往并不断渴望的东西，你的脚步就会跟着它走，会一直停不下来，停不下来。"此时，诺龙以为"嘴"遇到了类似的幻觉。

冉吾庄的琼琼曾经就会每每消失一段日子又回来，所有冉吾庄上的人都知道她是当山灵的女人了，没人敢碰这样的女人。

那个时节，女人们去外山易小货，每每要过达日修山，有一天，她们正从山腰拐过去时，琼琼忽然说："接我来了吗？"

和她在一起的女人们听到这话，以为前面来了人，都望过去，但是山路上什么都没有，她们惊恐地看着她，有的张着嘴，有的瞪着眼，有的惊叫一声躲闪到同伴的身后，琼琼一直望着山路，她的视线是移动着的，较快，她说："你们看，他们来接我来了？"女人们更加惶恐。琼琼说："有两个人，身披镶了卷草纹四角饰有祥云的花毡，脚上是层叠靴底的牛鼻靴，其中一个骑着赤红的枣马。"这时她迎了过去，然后仰着脖子在听谁说着什么，后来她对"那两个人"说："三天后来接我，现在我还什么都没准备。"女人们听着她不着边际的话，什么话也说不出来，有人保持着她们最初被惊吓的姿势，有人开始瑟瑟地打着战，琼琼说："好的。"一会儿，她又跑过去仰着头说着什么，这一次，她们什么都没有听到。

　　安静下来的琼琼，对那些惊愕的女人说："好了，走吧。"什么好了？女人们的不安又一次袭来，其中一个的好奇心战胜了被吓晕的危险，问："你看到了什么？"琼琼说："那些迎娶我的来了，三天后我就要走了。"女人们心里一下明白了，是山灵。人说它是兼于神鬼之间的，它们的隐形具有不能明说的灵性和形态。据说只要你走你的，它也会走它的，如若不幸触怒了它——人们往往不确定会何时何地触怒到它，只有通过一户人家的墙莫名地有了一个大口子，那个大口子从墙头会一直沿裂到地基处，人们才知道是这堵墙挡住了它去的通道。通常，那些人家就不会修复那堵墙了，如果修复了那堵墙，也就是挡住了它行进的通道。人们说不出它的具象，但说它时感知到它是无形的，诸如风的一种形式，可以穿行于缝隙和孔洞中，它们行进的通道，不挡就成。一户人家不断出事故，庄里人就确定那户人家触怒了它。它会帮人也会害人，它的感性像人的情绪一样不可捉摸，所以没有一个人问琼琼怎么了，尽管冉吾庄的老老少少都知道这奇妙的一天发生的事。

所有冉吾庄人好奇的第三天到了，这天天还是很晴朗，没有风，甚至云都躲开了。琼琼早已收拾好，就在帐中等。冉吾庄上，没有人窥视，但知道女人的一举一动，他们也在等，阳光打到西山腰时，隐约有响器的敲打和吹弹，所有的人都出来了，他们望着响器传出的方向，却什么也没看到，这时女人缓步从帐中走出，像是被什么扶着，女人的脖颈上堆积着哈达，一些老人对琼琼碰碰额头，奶奶巴姆又碰额头又贴脸又在脖颈上献哈达，后来人们问她："这么个人，你怎么敢？"奶奶巴姆说："她也是我教过怎么用脚踢踏的孩子，苦大的孩子比谁都卖力，我已是快喂秃鹫的人了，我怕什么？"她的这句话似乎有一丝庄重的分量，让冉吾庄以为可笑的事变得不那么可笑了，冉吾人就平心静气地让它过了。琼琼走了过去，她走着，直到看不到，没有人再跟过去。五天后，琼琼回到庄里，那时没人再去她的家，她也只是住上三五天，就又走了。

冉吾庄的上空只留下琼琼哼唱的情歌：

> 小小一盆花
> 不要过早置放外面
> 雷雨和冰雹
> 不知会从何而来

那时冉吾庄的人更愿意这样说笑她：早晚会有这一天，早放不如晚放。这个新奇的说辞，让冉吾庄的人自己笑岔了气。琼琼很小的时候就对说话很惧怕，那种奇形怪状的东西不知是怎么从人的嘴里排着队一嘟噜一嘟噜出来的，她感觉那些话"嘟噜"出来时都披着奇形怪状各种颜色的衣装，有着奇形怪状的脸，有时她甚至想如果有一个大"嘟噜"卡在那里怎么办？要知道很多人的嘴里"大嘟噜"都似要溢出河床呢，她很少说话，因为如果卡在那里会非常可怕。人们说琼琼就是琼琼（藏语，意为小小），相当于蚂蚁蟑螂那些不起眼的昆虫，有意无意之间有可能看不见！但琼琼对才仁永吉是敞开着心扉的，她曾对和她一起放牧的才仁永吉说："男人和女人之间的那点，其实都是闹腾，你玩着过是生活，不玩也是生活，但玩着时你是开心的，所以不如玩着过。"才仁永吉多年后想起她的话才觉出琼琼早已是熟透的青稞穗子，她的那些刺芒般的心性都是参着的，只是人前她多数蜷缩着身形只当自己是影子，有人龇出牙时她才把牙露出一丁点儿。才仁永吉从那时就感觉自己的心智根本无法和这个女孩齐头并进，可那年同是她们的本命年，她们的腰上挂着一样的铜质阴刻十二生肖的"美琅"辟邪的吉祥饰物。

日子是怎么过的？冉吾庄人膨胀的好奇心无法靠想象来填充，因此他们想分担琼琼憋闷的心事，他们不想知道尽收眼底的事，只有那些看不见的才会让他们的兴趣和兴奋点翻倍增长。冉吾庄的人笑着她的笑话说："你能坚持住吗？"琼琼的目光飘忽不定，但还是嘟噜出一句："耐心和勇气不是吃进去的，是长在身体里的。"冉吾人心说，没想到她能这么说。冉吾人嘴说，琼琼可能是对影子失去过耐心和勇气，只有影子会不离不弃地跟着。否则谁会对她那么冒失！但此刻冉吾人的口中不会出没山灵。

没有父母，吃饭穿衣住行只能用自己的肩膀顶天立地。琼琼宁愿活成一个快乐的虫子也不愿活成一个困苦的人。但冉吾人会忽略这些，他们以为谁都活得不易，谁没扛着自己的日子？

每年秋天，琼琼和就近的妇女一起去索波·央周家收割青稞，以换取一点钱物。就像她脚下的土色，琼琼在这个庄上从没有过鲜亮的色泽，引不起任何人的侧目。她和庄上的女人说话，总有这个或那个压她的话，她说的话又总是在她们的耳朵里成为笑话。她的衣装有时也能成为令人发笑的话题，有时穿一身捎了色的氆氇，那是用不同颜色的氆氇拼凑在一起的，一边颜色暗，一边颜色浅，浅色暗色混杂斑驳的布头及那杂乱的针脚，似受惊的马蹄驰过水洼地。于是那些人的笑里带了更多的哧出鼻孔的意味深长。

琼琼的存在像一棵树上的树瘤。所有的人是这棵树上正常生长的部分，枝呀、叶呀、树干呀，她就这么突兀着，既不是树干，也不是枝叶，那一天冉吾庄的女人们就有了说笑的资本。她们在笑她扭到一边的发辫，一个女人这么说："怎么你的发辫都打了一个筋斗？！""打一个筋斗想跑呗！"琼琼说。那个女人因为和别人的男人有私腿，被男友的女人追得绕着打谷场一圈一圈地跑，差点儿咳出血来。在绕谷场跑了四圈后，她们想用撕扯头发抓挠脸面的方式见胜负，因为着实累得口腔里都有了血腥味：跑的人跑不动，追的人追不动，俩人都瘫倒在地，之间仅隔三步之遥却连一块石子都掷不动……所以琼琼说时，那个女人的脸阴晴不定，讪然笑着。琼琼不能走近那些男人，男人走近她都有一丝不知从哪儿冒出来的羞耻，如丝丝缕缕的味道清除不掉。从男女簇拥的场院里聊完天回来，在半路上，她忽然感到今天她又一次失态了，起初她是说着话的，最后就和一个什么人变成了争吵，不是和这个，就是和那个，然后是她们合力说服她的样子，真是奇怪呢，怎么总是她们在给她劝解和忠告，就好像她总是走不好自己的路，总是这里磕碰一下，那里剐蹭一下的，而后又跌了一跤。最后是她们，是的，是她们合力说服的样子——给她拍拍土说："不是从这里，而是从那里；不是那样，是这样……"是那种对刚起步的孩子说的话。在她们的生活里必须有一个和她们一样但能突出她们的大的那些"她他"，在心里可以俯视的高处感让她们心生愉悦，步态轻盈。她们一直在找这样的人，找啊找，啊哈，终于，在一片太阳下都缩着脖子的人被她们找到了，于是开始了她们梦想的每一天。让她以她们指引的行走坐卧，没错。琼琼不愿这样，但有什么法子呢？她改变不了她在那个场景里的状态，她一直很努力，但是没有用，就像飞禽走兽以凶猛的顺序排列老虎、熊、狼、猴子最后是兔子虫子之类，琼琼感觉自己是在虫子那个环里，怎么龇牙咆哮都是张开了那张虫子嘴，以食草和泥为生。穷是套在她身上的外皮，她不能摆脱，她的牛羊不养她，冬雪中，她的牛羊又是这个庄子里死得最多的，那时她说："我们怎么会生活在这样一个穷地方呀，这么冷，又年年有雪，还是暴雪，为什么呀？"人们于是说："那你去热的地方呀，听说有个地方冬天都开着鲜花呢。"开着鲜花的冬天她真是想去呢,而不是开着雪花的冬天。

对冉吾的每一个人,她都会讨好地笑脸相迎,因为对一个熟悉的却不是熟悉到知道自己的怪癖的人,笑应该是最好的表达。甚至对石巷里穿行的狗,她都报以嘴角上扬,和它们也太熟啦!熟悉到它对她瞟都没瞟一眼就踱着慵懒的步子躲到土墙的暗影里。但是她往往想不到那些话会近乎绵软地刺向自己,当她确定这话里有荆棘上的刺时,就不知该如何回应了,那时她就感到那些"嘟噜"龇着牙扑面而来,而她没有箭,甚至连护住自己的盾都没有,好似在家里忘带了,她总是疲于带那么多的累赘,而这些"嘟噜"往往都在她的意料之外,因此她无力回击。类似于当狗咬你时,你不可能摆手制止:"等一等,先让我准备准备,拣个石头或木棒!""你先回头,闭上眼睛,我会撒腿就跑!"她甚至想不通那些人怎么会有"门就是门:是人进出用的;窗子就是窗子:看外景采光用的"正常脑浆。

接受了琼琼这样的结局,冉吾人更乐意她是山灵的女人,因为它的无常,它的无踪可觅带着隐秘的可怕。冉吾人说它时,在神与魔之间,它更接近魔和恶煞,这也更接近他们对她的期望,也似乎只有这条路她才能顺得过去,走得通畅。他们远远地看着琼琼又一次走向山灵的家,许多女人的眼里什么都有,是用好奇和惊惧串起的,那里是仙境或魔域,总之是人无法比拟的,人只能敬不能近。人们想:这是一个怕冷的女人,那里一定不冷吧,所有的东西都可以幻化呀,天气的温度、光线的明暗、雨丝的长短、风的强弱,火可以自己燃起来,饭煮好了在桌上冒着腾腾的热气,这好似在因果里,不需要因,直接奔赴果了,这好吗?很好呀,没有柴火草和牛粪的忙累,也没有糌粑和牛羊的辛劳,也许……也许那里一直是夏天呀。只是冉吾庄的人不再喊她的名字,尤其在太阳落山之际和落山之后,冉吾庄的人不再说起她。人们把那种过后会发生什么弄得很隐晦,问为什么,答说总之不好。而有人说完后眼睛里闪过一丝惶恐,像是说出口后有什么会现原形,立在你面前。

巴姆奶奶说女人的气韵会显在靴子上,真是没错,琼琼再次回来时脚上穿着的朗提宝——红呢子饰面,底子用牛羊皮层叠纳的藏靴,脚踝以下用黑牛皮镶饰,靴头翘至靴面,从深翘处延伸而出的华丽彩缎把庄子里女人的眼睛都耀伤了。翘弯起来的鼻头,层层叠叠的底子——有人清楚地看到它共有六层,女人穿上它就显出贵气来,但没人问那是怎么穿到她脚上的。

据说那些人远没有琼琼那么幸运,被山灵掠走的,有的消失了,有的回来时傻呆呆、痴迷迷的,有的则横尸桥上。那痴傻的偶尔清醒时说被套上缰绳骑着牵着,走在岩石间河流里,他脚下的靴子磨得露出趾,有的一直让其干着重活。回来时,他们都形容枯槁,偷跑或驱逐出来时一副有呼出的气没吸进的气的样子。

还听说一年轻人躺在帐中忽听有人叫他,没等家人反应,他就飞快地走了,家人骑马都撵不上他。他回来时,已奄奄一息,请活佛做法七天,醒来后说"它们"让他牧放山中的兽类,让他喝兽的奶子,喝过兽奶后就不能言语,后来又让他喝半黑半白的马奶,那是匹左黑右白的半边马,他接过"它们"手中的马奶，忽然仿佛有一阵风拂过心头，他说什么也不喝。如是喝了左黑右白半边马的奶，他就会忘了那个用土和石垒起的家，永远都回不来了，他以为他只是在"那里"耽搁了两三天，事实上已是十几天了。

另有一则故事：有人放牛时睡在岩石边，到了半夜星星都亮起来时醒来，突然发现自己不能言语也动弹不得。他的家人在他躺着的岩石边转着圈喊他，但看不见他，他的兄长差点儿踩了他一脚。母亲焦急地喊着他，转身时袍摆碰了他一下，忽然他的头顶"哗"地像打开伞盖一样，呼吸才得以顺畅。人们说是神在护佑他，否则他再也见不到天明的太阳了。

那些闪着火焰的舌头，在太阳照不到的地方上下翻飞。

冉吾的女人说那个靴子美呀，心里想着何时也弄到这样的一双，但这是不可想象的，这是多少坨酥油的价？用糌粑凑，得好几袋。女人透过男人的表情说："晒秋阳的都说那个靴底纳得周正，七层（自己加了一层）！鼻头翘得精致，提宝靴真是衬女人的气韵！"聪明的女人说："那个靴子真美，我也想要一双！"迷糊的女人也说，男人开心或者不快，她们其实无法从脸上真正捕捉到。第二天就有冉吾男人说："一听提宝靴，耳朵都犯恶心想吐了。"最后的结语是：琼琼变切切（藏语，大大）了。

没有人猜测那个女人的走，是不是向着山灵的方向，冉吾庄人认定的事不会轻易改变。当人们不再说起她是山灵的女人时，琼琼已易名为代代卓玛。她摆脱了山灵还是山灵摆脱了她，冉吾人不得而知。但可以确定的是，琼琼转了一圈后变成了代代卓玛，这个转身的神速和前后巨大的差别，让年轻的冉吾人有些反应不过来,让一些老冉吾人用袍袖捂着口鼻,发出"啧啧"的惊叹,除此无语。而代代卓玛已然是没有缰绳牵绊地驰骋在草原上了。

诺龙不明白自己一生下来就是索波·央周家的放牧人,还是有一天触犯了上天的意志,总之从记事起,他就是索波·央周家和牛羊打交道的人。他想再拉近一点和金顶帐篷的距离,但他近不了那座金顶帐篷,他是早起晚睡的牧人。而他们的管家卓拉是个能抓住任何角落的人,方方面面他都能顾全到,虽然他让那个瘸得迈了前一步不知后一步到何处的舅舅看门,卓拉的舅舅每走一步深深折弯下去的身子让人很是提心吊胆,担心他会和这硬实的大地来一次重重的深交。卓拉让那个年轻的看门人离开,这种事他还是做得了主的,他嘴巧,对索波·央周说:"主人啦,年轻的心总是浮在半空中,还没学会贴实到地面……"而后的几天里,不是跑了一只羊,就是走了一只猫,不只这些,丢一些实物也是有的,放在橱柜的干肉啦、水井边的木勺啦,它们会隔三差五和你永远见不到面,直到那个年轻人从他们眼里消失。当卓拉的舅舅窝在索波·央周家那一角冬日向阳的廊柱边时,那些丢狗走猫的事才得以平息。

管家卓拉不轻易放掉自己手中握着的"鼓",他总说:"鼓在自家手中就要敲。"他说到也做到了——央周到塘达搭帐篷野炊,卓拉带着下人把一切都安排妥当。这样的野炊有时甚于过节,下人们做活不累又能吃到好饭,那时索波·央周让他们比脖力、鞍上叼枣、抱石……跳过锅庄舞还喝了青稞酒,吃了牛羊肉。当然最后的胜者一定有奖励,卓拉把一块肉、一碗酸奶、一壶青稞酒——奖赏给胜者,然后又回到索波·央周身边。在众多人的场合里,卓拉总是站在央周身边一刻也不离开,他给央周敬酒时说:"主人啦,我以这里所有人的名义给你敬这杯酒,我们幸福的生活都是恩主您所赐!"索波·央周不带声响地扯了扯嘴角,央周的女人听了,皱了皱眉。后来央周只留了几个下人,就让管家把另一些下人用马车拉回家。马车手想把他们拉回去,但是卓拉要跟他舅舅一同去他舅舅家。一段路后,卓拉让那些下人步行回去,而他带着马车手拐到舅舅家去。走了一段长路的下人们快累趴下时才到央周家,而这些再小不过的事过后没一个人想再提起。卓拉的心就这样在下人面前越来越昂仰着,总是不舍得放下。这些再小不过的事也会越积越多,尽管这样,下人们还是学会了把那个庞大的东西看成雪球,让它在小一段时间内化掉,也就不用担心它会一直存在。当它变成另一种形态时它已不是原来的它,这样眼里看着顺心里想着也不别扭。下人们必须具有很强的自我修复功能,否则哀叹不到寿终正寝。卓拉学着索波·央周的话对下人们说:"自己不努力还要怨天尤人,是愚蠢的人干的事。"

诺龙不清楚真正的战事是怎样的,他只是一个小小的牧人,他眼前的活就是自己要面对的战事,因为索波·央周在拐了两处的木阶梯顶端说:"做自己的事,是自己用来生活的本钱,就像战争属于勇敢的人。"诺龙想:那么,他的战争是应对高矮胖瘦的牛羊了。也应该是了,他的羊群里有爱蹦的,有爱跑的,有爱走远路的,他一次次跟着它们东颠西跑,他和它们还有一处是一样的——对想吃的食物从来不打招呼。

在那次两水九坡人喧闹了一个清晨之后不久，索波·央周就按捺不住了，暗暗派人打探到底两水九坡人要找什么。他要知道两水九坡人来冉吾的确切缘由，两水九坡人像是兜售各种传闻说道般把琳琅满目的"嘟噜"挂在嘴上，于是各种说法纷至沓来：说有人偷走了多囊·加青的金塑护神，听说他家靠着此宝过活呢！说只找一个冉吾两个名字的人，而那个清晨真正要找的那个没找到；说冉吾一人身上长着"什么"，威力无穷，两水九坡人想得到它；说现在两水九坡人已确定了那个人的名字——诺龙。说两水九坡人还要来，再来就直接会找诺龙。索波·央周从那个说道里细细地捋出可信度最高的那个——难道说他的下人诺龙真能摆什么自己从不知晓的花样？索波·央周本可以让诺龙走人，可是他又好奇一个他从来不屑于多看多言的下人会"生产"出一个"什么"让自己目瞪口呆。索波·央周把诺龙叫到他向阳温暖、充溢着柏木香的屋子里，诺龙的左脚踏进屋门时，索波·央周就从座位上站起绕着诺龙左看右看，索波·央周恨不得扒光诺龙身上的衣袍……可是这样有损他的冉吾之位，不是吗？他可是很气恼呢！索波·央周说："有人说你身上有什么？"诺龙一脸迷糊地望着索波·央周，诺龙知道自己不能多言，言多必失。索波·央周再次问："是什么？"诺龙摊开手掌，对索波·央周说："您说的什么是什么？"索波·央周说："两水九坡人已闹到门口了，你还想藏着掖着？"他举起右手要咆哮一声，忽然发觉自己有些失态，于是奔腾的气急败坏像一口唾沫重又咽了下去，虽然对他来说这是艰难的："他们说你身上有一无上至宝，你觉得呢？"诺龙说："我什么都没有，我有的全在我身上，在你看得见的地方，刚才您不是也看了吗？"索波·央周顿了顿，看着诺龙一脸无辜，说："好吧！好吧！"他屈着食指点着他，似乎在告诉诺龙总有一天他会知道的，你不说也罢，总有一天！诺龙跨出屋门时，索波·央周自言自语："可是……可是不是放羊的吗？不是随便就这样走着的嘛，街巷里、草滩上、卵石坡……"那种不可思议溢于言表。

那之后诺龙经常被叫到索波·央周的屋子，有时一天多达三四次，弄得仆人们看到诺龙都避而远之，好似他身上有什么可怕的秽物，一不小心就会粘到自己身上摘不下来。索波·央周索性让诺龙待在他身边伺候自己，近距离观察似乎会让一个人的秘密暴露得更快更彻底。一个人怎么会有那么不可捉摸的私密，索波·央周不允许每天在他眼皮底下的人有什么不可告人之处。索波·央周说："两水九坡人认定你身上有一个'什么'要显现，这'什么'或是不祥之物，他的能量或许会毁灭众多的生灵，或许会给众多的生灵带来祥瑞，而在这两个极端里谁也定不了好坏，但无论好坏都会破坏原先安宁的生活，而冉吾需要安生的日子，所以需要你的配合：我们宁可不要祥瑞也不要不安宁的事物左右我们的日子。"原想高高挂起的索波·央周，不愿睬一个下人长了什么在身上或其他部位，又不关自己的事，再者他也是冉吾庄的头脸，虽然和其他庄的头脸没什么深交，但该同一鼻孔出气好像是应该的。"什么配合？既然那么不确定是好是坏，为什么用揣测来定一个事件，我也不知用什么来配合谁，况且有些该来的总会来，岂能一些人为阻止得了？"诺龙这句话似乎也在给自己打气。这句话让索波·央周几乎认定了诺龙身上是有故事的，一个说话都不利索的疤癞头，从来没有在他面前这么理直气壮过，现在却说了一堆大道理，原来有些人是在深藏，不知是爪子还是脑子。索波·央周确定两水九坡人言说的定不是假的。索波·央周再次缓了语气："好吧，既然你不想说，我也不逼你，但是我想让你知道，把心放在肚里，我会保护好你的。"索波·央周似乎想和诺龙成为至交，但诺龙并不需要什么人来保护他，就像他并不打算配合什么人，只要他是他自己，并成为他自己。

两水九坡的富人想把这个在不久的将来也许会让他们不得安宁的人捉住或让其消失，这或许只是两水九坡人的幻想，正如冉吾人说的：一个稍不留意就吊挂着口水的疤癞头，能让他们以为的大大的两水九坡灰飞烟灭？自从多囊·加青的护神被盗，两水九坡一些人也暗中紧张各自价值不菲的物件会不翼而飞，听多囊·加青说那个护神丢失得颇为蹊跷，至于怎么不可思议，多囊·加青却讳莫如深。两水九坡人认为诺龙身上的"什么"不会对冉吾有害，但是对他们附近周边地方会怎样还有待商榷，更重要的是那个"什么"他们一定要知道是什么，有害无害？商议达成统一——他们决定亲自确认那个人身上的"什么"，其间两水九坡人各怀心思：如果我得到了"什么"会怎样之类。他们盘腿坐在垫毯上，身上的经脉却蠢蠢欲动。两水九坡人对外传诺龙不除必遭横祸，屋内的商议热火朝天时，屋外雪地里的仆人听到了，仆人曾受过诺龙的小恩惠，当晚在伸手不见五指的暗夜里，一路跌跌撞撞赶到冉吾庄告诉了诺龙，诺龙一路策马又把那个仆人送到九坡的庄子口，重又至冉吾庄告诉了索波·央周两水九坡人快要实施的动静。索波·央周看不得两水九坡人对冉吾指手画脚,况且诺龙这件事似乎不是小事,若真有什么在身上,那诺龙就该是宝贝了,无论如何也不能让诺龙落入外人之手,他索波·央周不会将自家院里的东西拱手相让,索波·央周在心里一番结绳计算,上上下下,多多少少……最终让诺龙简单收拾了一下,派人把他藏在自己的巴塘滩"冬窝子"里,这件事索波·央周只让卓拉去完成,他不想人多手多反而坏事。两水九坡人要央周交人,自从多囊·加青们闹事后,索波·央周拒认见过诺龙,即使两水九坡人闻出冉吾庄和诺龙"搅在一起"的丝缕味道,却抓挠空气般无从下手,两水九坡人恼了,于是动用了人力、财物来证明自己不是弱智与懦夫,冉吾和九坡动刀动枪的说道日甚一日……

这个争战和索波·央周不期而遇得让他有些蒙醒不过来,他以为这是可以避免的,多大的事!并不需要用刀剑说话,只用嘴就可以了,可是死撑面子的索波·央周,站在台阶上下不来了,他要下去,搭个梯子即可,但他的脚底被什么粘住了,索波·央周只好咬紧牙根鼓着腮帮硬挺,遇事忽然绵软得像酥油,而不是堂堂一个康巴男人流动的血脉!他想起冉吾的虎鹰家,这个族户的名字起得好,对的,要有虎鹰的气概!

两水九坡的领头是两水九坡人多囊·加青,此人不仅对聚财颇有一套,传说还是个有胆识和谋略的人,似乎是随一些人性情而定的战事就发生了,刚开始对峙,两水九坡人企图用劝和的方式说服央周,"索波·央周,在冉吾你也是有头脸的,话语要清,放盐要咸,诺龙是一个和你无关针线的下人,你何必无端生事多此一举！""多囊·加青，你的名声在外也不是一两天了，词没根的不说，刀没柄的不抓，你该不会说无中生有的话吧？""这可是森格大师的卦象！有没有，你心里清楚我们也清楚！""那个人只是我一个小小的下人，以你的财富和勇谋，你该不会也听信于一个黑巫师摆弄的花阵，让自己的生活投上暗影吧？""你错了，这不是一两户如我多囊·加青这般，而是有很多户，说不定哪天会轮到你头上，那时你就知道了。"索波·央周说："什么事落到我的头上我自有分寸来应对，可是我'有头脸的'不制造事端无理取闹无中生有！"其实索波·央周该为牵扯九坡多囊·加青和诸多庄户说："噢——想起来了，几天前我是把那个叫诺龙的下人赶出了家门，后来听说他挎着氆氇褡裢跟金银滩的一庄户要了一碗茶，之后不知去向。"或者："尽管诺龙是我的下人，起初我是不知晓此人的面目，等我多少明了事态也想捉住此人探问究竟时他却不知去向，九坡和冉吾不远，九坡祸害过后说不定就是我们了。"说这话的不是索波·央周，是卓拉，两水九坡人相互对视不过一响指间，当然知道卓拉的言说披着谎言的外衣——当初追赶诺龙时，九坡人分了两股，一拨人翻山坳走捷径围堵诺龙，一拨人断后，但诺龙在他们两头夹攻准备收囊时忽然就无影无踪消失了，前后两头碰面处就在冉吾。"诺龙一定还在冉吾！"这是众多两水九坡人的断言，两水九坡人谈判与威胁并趋："这些天我们在冉吾庄来回奔忙，让冉吾庄过得不安生，谁会信诺龙长了翅膀飞走？等找到了就不是一个冉吾人的事！"有人附和道："日后知道诺龙是从冉吾逃走的，到那时摆露黑脸黄牙的架势为时已晚。"两水九坡人暗中打探，明里发话："诺龙是无恶不作的人，藏匿他的人最好把他交出来，不然可能会祸及自己和家人，若有知道诺龙藏身者，必大赏。"几天过去了都没有一个人承认自己藏了诺龙的，九坡人分析一般人是没勇气藏这样的人在自家中，除非家底殷实能撑门面、在庄上有分量的人，有人小声嘟囔："索波……"况且诺龙本是他的下人。一些人随之响应，众多人随之响应。早前就传索波·央周是富户中比较不走"正路"的。多囊·加青记得小时候和索波·央周的一件事，有一年为祭山，他们都被自己的阿爸领来，大人们在商议，他们就在场院门口玩，这时路上牵来一头白牦牛，索波·央周看着那牦牛从眼前走过，自语："我想吃那尾骨肉。"因而他至今都没忘这个人，现在想来这个人很小的时候就怪，能看着活生生的牛说想吃它必定是罪孽或欲望极重之人，索波·央周有时很疯狂，而有时沉默得像忘记了自己是有说话功能的人，其实救不救诺龙无关紧要，那个人的那些动作影响不到冉吾庄的土木，但救了这个人会有怎样的结果，索波·央周想看到，不是靠想象而是要亲眼看见。索波·央周背着左手，右手捋着小山羊胡站在木阶梯上远眺。索波·加波青提领着袍袖，一路呼哧上了索波·央周的石阶："说说，这是怎么回事？"索波·央周看着喘气的父亲，说："两水九坡人欺我们愚钝！""说愚钝怎么了？它又不会粘在身上浸到肉身里……是你在逗强吧？"看来索波·央周瞒不了自己的父亲，他在索波·加波青的瞠目结舌中承认了："别看他只是我的一个下人，可他身上的宝物想必真是无上至宝，或许以我们既有的资财真是连一小拇指甲盖都算不上！再者我们索波家每年到山外易货时，被山盗抢掠走那么多，有了这个人可能会减少我们在路上的损失。"这是索波·央周早已斟酌好的话，父子俩都怀疑派人易物时其实有时并不是碰到了强盗而是用了不可靠的人，是那些人填充了自己的私囊，他们的财物才会折损，索波·央周似乎认定有了诺龙就能一一摆平那些在路上的状况。但索波·加波青还是不想冒这个险："谁知道那是祸是福，对一个不确定的事你却想用命做赌注，这个险冒得太大了，你想过吗，多囊·加青也是吃肉长大的，你的下人叫什么什么诺的招惹得太多了，可能招致更大的祸害。""那只是多囊·加青的一面之词，是他为了让自己发光的手段，那些没脑子的人才会一哄而上。凭什么我的下人被他们带走？"索波·央周说，"如果诺龙当真有那样的本领，投靠和听取了黑心人多囊·加青们的唆使，偶尔哪天待厌恶了，串门一般来到冉吾庄呢？或者如若他一个下人没准七拐八拐地想起对索波家不利的事，有时防范也是需要代价的。"这句话让索波·加波青紧绷的双颊一下松弛了，但还是从鼻腔里出了一声："哼，他一个疤癞头天翻地覆？笑话！"他边套右袍袖边出门，"小子，你不要把自己甩在石头上，那时就有你受的！"卓拉跟过去帮着抻袍袖，索波·加波青的右手伸进袍袖里，五指探出了头。

　　僵持，到后来身上别刀提矛日甚一日，央周不在乎，他在加塘草原上生活了近四十年，这里的山水沟坡都尽在他的眼底。他都知道春天是从哪一处河滩迈出嫩绿的一步的，在何处的坡上返青至夏季的，他怕什么。他说："你们尽可以找，找到了是我的错，找不到也怨不到我。"索波·央周最希望看到的是诺龙身上的"什么",再从什么里找到"好",再从那个"好"里找到好——好处,这才是他真正的目的。

但这不是好兆头。索波·央周的手前天不知蹭在何处,有瘀血暗痂,中午吃肉时刀又似无意地走过他的手,他看到血在伤处淤积而后扩散到交错的纹理里,他让下人拿烧铁止血敷上草药。他的手在一天里伤了两处。这是索波·央周避讳的,一直以来碰到受伤流血这类状况他都认定会遇不吉之事,他尽量避免,也从不告诉任何人。但这次,他以为可以用话语解决的看来真的要动用武器了……

两水九坡人已放出话,如若索波·央周三天后还不交人,他们将不再客气。那时索波·央周正在朋友家做客,他甚至不顾没拉上去的靴子拖曳着松散的编花靴带气急败坏地在冉吾庄石块垒砌的镇庄泉前大吼:"嘴里倒烟灰的,什么人?!什么人在我这里你们可以抓去,有胆的不会把头放进裆里,没本事才用屁股说话,啃爸头的……"他感觉到了街巷里那个闪避的眼神,他更加疯狂地跳脚咒骂,上身未套的左右袍袖拖曳在地上卷起阵阵土尘。回到家里,他却深锁眉头想着什么,对屋里屋外的人视而不见。这一连串的咒骂从索波·央周的嘴里吐出来让冉吾人吃惊不小,"这大咒,像女人样。咒囊!"冉吾人把咒和女人连在一起,大概因为女人用不了拳脚,只能用咒咒"死"人,冉吾男人通常不屑用咒。

"眼睛"果然对多囊·加青这般那样地说了很多:"像得了狂犬……"这是"眼睛"对索波·央周在冉吾当街表现出来的修辞。

多囊·加青咧着被茶渍黄的牙笑了:"这演得也太过了吧?动静太大必有鬼。"多囊·加青心说:你藏一天那个人,我就让你闹腾一天,到时会知晓是石头还是拳头!

第二天,当索波·央周吃着一疙瘩用浓酽的茶拌捏的糌粑时,另一只碗里深褐的茶把桃木碗壁都涂深了,索波·央周在有重大事时才喝浓酽如稠的茶。看着索波·央周吃完最后一疙瘩糌粑咂着嘴又喝了一口浓茶,卓拉开口了:"主人啦,我和你一同去吧,说不定会干仗,但你危难的时候在你身边,我能踏实点。"卓拉对主人尽可能显出缺损了另一边脑子的样子,这颇显质朴的话听得央周很受用,这样的话无论真假,说多了自己也会认为是真的,何况是习惯了听那么多这种话的人。这句话打动了索波·央周,他决定带卓拉走。

走时饱,不要饭,睡时暖,不要被。卓拉像过节时去别人家做客的孩子,一刻也停不下兴奋掺着一丝慌张的表情,他搓着双手,满脸黑红,右身的袍袖甩得更欢了,把挂在床头的护身符嘎乌黄绸从左肩侧挂右腋下。

羚角方段。卓拉早已给这把带在身上多年的刀起了名字,他用一根马尾毛试过,吹着气就可以使马尾毛断成两截!所以他甚至认定此刀名有过之无不及,让人听闻便知其锐利的锋芒。而重要的是,没有人会和他抢这个刀的名字。这把刀是雌雄刀,刀柄是银制的,上面刻有花瓣、祥云等图案,一凹一凸精致到位,花蕊是玛瑙,大刀镶着大的,小刀镶着精巧的,刀握在手中惬意,有一种舒适感。卓拉从刀市上精心挑来时并没有什么名字,现在战争临近,他希望刀像它的名字,即使是羚羊角也不费吹灰之力。其实此刀名很久以前就有，但此刀非彼刀，卓拉只是引用了那把他从来没摸过的刀的名字。他感到这个刀名锋利得可以让石头开口。

昨日那个梦是什么？梦神想告诉他什么呢？他在跑，有人在后面，他却看不到那个人，那种噬心的惊恐甚至让他忘记了喊叫。他跑在尖利的碎石中，看到自己一直光着脚，碎石的口把他的脚底咬得血糊却无疼痛。有人在喊他的名字，却不是追他的人，那个声音近在身旁，又缥缈过去，又近在身旁……惊恐得卓拉瘫了，醒了，恍惚这梦是什么意思呢。

争战的传闻，对卓拉来说是新奇的，争战，争战一直在说，可他从来没经历过，那些传说中的盔甲，那些刀光，那些红穗长发，那些英勇与无畏，那些恐惧与惊慌掺着莫名的兴奋披着一层摸不着的雾，而今他要接近真相。卓拉不像一些人说起血淋淋的场景时异常兴奋，跃跃欲试。他用力搓着手，不知为何，他一直有一种自己小时候在夜晚的羊皮袄筒被中编排神话样的期望，他希望自己走进的战事里没有血腥，希望自己举刀落刀间轻快而没有喷涌的惊恐，只是自然如清风和河水，为什么会这样，因为有他，卓拉。他期望如一次幻术，一个人的血流了出来，过不了一会儿又重新凝聚到身体里，散发着热气，然后那些臣服或从此成为他自己的人安于现状，牧人或农民。他希望他们在一阵风中迷过去，醒来时发觉都在自家的狗皮褥或火炉边于迷糊中入睡了，从未记得发生了什么，不记得去过塘达，也不记得自己曾手持刀斧。幻化，可真是奇妙的事。但他也知道这相当于在吃一顿羊肉时唇齿间留有肉香的同时也不可能没有膻味。

　　用奇怪的姿态接近这场战争，这个四十多岁的男人走着走着碰到草甸蹦一下，从水岸跳过的姿势让将士们偷笑，索波·央周附在他的耳边："病了……害怕？"卓拉的脸顿时一阵黑红："没什么。"他立刻上马，只有骑在马上才不会被看出他纷乱的心绪，他用力蹬马跑到前面。到了塘达，卓拉看到风带动滚滚烟尘中那些威严的护卫经咒旗子，两水九坡人好似缓缓流动的河水，卓拉脚下的地动了一下又一下，就在猎猎作响的旗声中，他醒了一下又一下，好端端地坐卧于羊褥铺就的土坑上，喝着浓香的奶茶，来这里做什么，他竟有些糊涂了，唉，命啊命，现在他被那个气势震得张着嘴巴再也合不拢了，原本是想让自己的屁股在索波·央周家铺着羊毯的木墩上坐得更稳当些，一直以来他做到了，可是现在到这里为的什么？有一回措吉要回娘家，索波·央周吩咐他去护送，说："你送到门口就好。"那时卓拉不知道主人和女主人之间的事，他原本想把女主人措吉送到家里再回，但主人这么说或许是信不过他什么？可气的是，回来时不知怎么，一进大红门就看到主人对那烟熏火燎中走出来的"羊头"有说有笑着什么，那一刻，卓拉感到头顶悬有一块石头，不时地晃晃悠悠要碰伤他的头，他能感到那块悬石向他在逼近，他知道头是伤不得的，头是万物之首。他感到索波·央周左右的那块地不知何时会被另一个牛头或马头占住。那时，他站在自家的屋顶看着雪原上一卷而过的雪粒子"忽拉忽拉"飘向远处，想想自己现时既可以立在索波·央周左侧又可立在右旁，也时而可以绕一圈，或许这样的日子掰着手指头就可以算出来了。

索波·央周的身边羊头很多，不是这只就还有另一只。生生不息，羊头不断。这一次出战，他算是豁了出去，虽然对争战，他是睁眼瞎。

形势一日比一日严峻，卓拉还是不愿相信和争战会真实相遇，直到他把羚角万段从腰际间抽出来时，他忽然感到世事的荒唐和无常，他"咻——"的一哨声，给自己打气似的。那一刻，忽然迸发了一口憋屈的胆气。他想，那是雄的气势。

央周现在已经回来，他损伤的人并不多，只是他那个忠心不二的卓拉留在了塘达那片土地上，虽然这不在卓拉的计划和预计里。

骑马立在正中的人是多囊·加青，用鲜红的丝穗编裹着的黑发里别箍着象牙巴苏。手里一把很长的刀，精美的刀鞘别在腰间，刀鞘上的龙凤纹呼之欲出，用金属丝叠压的鲨鱼皮泛着玉样的光。多囊·加青轻昂着头："给了你充足的时间，再不分出个孰轻孰重休怪我……"话音未落，挥举着刀冲过来，两水九坡人紧随其后，这浩浩荡荡冲将过来的阵势让索波·央周他们始料未及，卓拉看着黑压压的人群心想：不是有什么说道吗？就是你的胆子有多大，我的身手有多矫捷；你的武器有多厉害，我的将士有多勇猛；你有多少聪明才智，我有多少人马资财，不是先要打嘴仗分输赢接下来才会动手脚吗，这是怎么回事？说着或唱着等两水九坡人一反应过来就该丢盔弃甲了，不是吗？可事实是，央周很有把握的计划忽然在两水九坡人好似驾驭着滚滚沙尘飞驰而来时方寸大乱，一场各怀心思、各取所需的争战开始了。两水九坡人一拨在山谷里埋伏，一拨和他们正面交锋，央周很快调整心绪冲锋在前,他喊道:"战争属于勇敢的人,自己不要击倒自己!"一些人振奋起来,后来两水九坡人跑,他们追,当两水九坡埋伏的人头呼啸着奔来时,央周零散的人马再次大乱,此刻卓拉看不到索波·央周,他在马上辨不清方向,手握缰绳刀枪相抵左右开弓,没有了前方,心里只想着路——路,这个路是有特指意义的,这个路是现在的他急切需要找到的,他清楚地知道这条路关系重大,和他的生死直接有关。一开始,在听到马蹄"嘚嘚"、旗子在风中猎猎作响时,他就想在那个阵队里变成一股风刮走,他企图找到哪怕是羊肠小道也可以呀,但是满眼看到的都是两水九坡人手执各种刀枪,他只好咬着"咯咯"作响的牙齿,把别着巴苏的红缨穗长发像一些将士一样咬在嘴里,呀!这样的效果很好,上下打在一起的牙齿安静了,没有了那么多悸动不安,他策马奔腾,在鼻腔和牙缝里长啸一声,飞过去一般。这一飞,他就留在了那里,再也没有回来。

在骑马飞驰过去时,卓拉忽然想:这有什么呀,那些人有刀我也有,那些人有马我也有,我和他们一样不缺什么,我只需要多一些胆识和勇气。男儿身的卓拉看谁能赢过谁,但是不知怎么,刀却在纷乱的人群中被震飞了,是震飞了吗?他想是的,他再次鼓起气,没了那把雄刀,还有一把雌刀,他拔出那把雌刀时,轻轻吁了口气,很悬呀!

以卓拉的想法,哪个地方哪样的人不渴望成为众人瞩目的呀,即使不是众人,三两个女人也好,有时他想:人生也不过几十年,做一个普通的自由人吧,种青稞,养牛羊,土地是温暖的,耕种总会有收获;牛羊是万宝,侍喂它总可以有肉吃有奶喝。但是他看到那些人在他面前低着头听他嘴里一嘟噜一嘟噜说出话时,他就打消了夜里的梦境,他知道他不能在白天做梦,一只鸟为了博得雌性的注目,在一场挂着彩虹的细雨里,在石垒的院墙上不停地扇着那对并不美丽的翅膀,不停地舞着,直到疲惫不堪。在什么样的物种里,异性间总是想尽办法引起注目。那时,他站在自家的小楼上背着手,嘴里哼着小曲,那是多么安宁的场景!此刻,他在那个人追到跟前的一瞬想起了那只鸟,那只在雨中不停舞着灰黑羽翅的小鸟,他猛然转回了头,后面拼尽全力追赶的人"噗"的一声用尽全身心似的撞到了他,撞在一起发出声响的是他们的头,那个和他碰头的起初脸上也现出极不自然的别扭,但又马上调整了表情,就在一响指或两响指之间,恢复了狰狞相,举着刀用力砍来。卓拉忽然没来由地笑了笑,他想谁都会有这一天,即使那些活得认不清自己是谁的人。而他的今天终于是到边了,一个切口的边,是他生命的切口,这一次彻底的伤,再也没法修补了。

这之前卓拉想过死是什么之类的问题,有时很怕,因为从此看不到山清水秀了,也看不到夏天花红冬天结冰,不能让一碗冒着热气的酥油茶想放多久就放多久;不能在吃牛羊肉时看哪里肥瘦适中入口鲜香;不能只用牛奶皮拌一碗甜滋滋的糌粑了;也不能把最后一块糌粑捏碎抛给每天等在窗下的那几只鸟。不会再有阿爸、阿妈,也没有妻子儿女,把一切交给了黑暗、无声和绝对的孤独,为什么是绝对的孤独?据说那里是没有颜色没有声音没有温暖的地方,如果有,那也是幻景。也没有一个人会拉着你的手或拍着你的肩以示鼓励,没有。他的爷爷曾这么描述：死，是不可捉摸的。人就像一日虫，在只活一天的时间里不停地叫嚷和奔走，喊热喊冷又喊饿。可是人睁着眼活一天就可看到日出日落还有其间的花红草绿，所以他怕。但，有时却一点儿都不在乎，在乎什么呢，所有的人，即使背负母亲行走千山万水的人也终将会老去，把头昂得认不清自己的人也有牙齿松动的时候。让饥者知饱，让死者安详，在飞翔的生灵体里又一次活着，在那些高飞的生灵体里永生，彻底地自由，这多么告慰千千万万活着的人呀，别无他图。这时，他就像一个真正的悟者，快乐像冉吾山谷里的泉水一样冒出来，又冒出来。

卓拉曾梦到自己死了：又累又饿的他闻到各种食物的味道和河水的"哗哗"声，但是走到那里却什么也没有，河水也不是河水，而是干涸了很久的河床。又走很久，看到一大堆食物在那里，就在他的眼前，饥饿的肠胃对食物的任何特征都睁着敏锐的眼，那堆食物有一种咬上一口死也甘愿的色泽，但总是走不近它，走一步，摆在那里的东西也退后一步，直到他再次饿死在一步之遥的食物边。河水也在那里，清澈见底，他仿佛能感觉到那冷冽的气息一阵阵传过来，就在他看得到的地方流着，但他走一步它会远一步，一步一步再一步，他也就渴死在一步之遥的河水边了。他走在黑暗里，是那种把手指戳向双眼也察觉不到的暗夜，走了很久，心想该天亮了，没有，时间在那里不是存在物，只有没有边际的黑，这样没过多久，他感到自己的眼睛是摆设，什么也看不到了，梦神想告诉他什么呢？有时一个人想起时有一种惊颤的感觉。

"峻险路时莲花生，平坦滩时阿拉塔拉。"卓拉在心里默念了一串经。

卓拉左右乱挥的羚角万段刀不知何时就这样在纷乱的人群中没了。乱挥的刀砍伤了一些人，肩或手臂，但他并不用力，他以为震慑他们是他最终的目的，而不是亡在他的刀下，这么好的刀他不想它污上罪孽，所以他并没有用力的刀不知何时震飞了，有人看到他的袍袖在身后慌乱地摆动。

卓拉的头被碰得生疼，像是两个久别重逢的朋友碰的额头一样，他和他对视时，那人忽然就把刀挥向了卓拉右旁的什么，卓拉没看清楚那是谁，但是卓拉还是没能跑多远，他被另一个刀子——另一个没碰额的人碰到了，这样他就留在了那片土地上。他的脸上没有一丝苦味，那时他又想到了那只鸟，他想他是一只整个咩色庄都知晓的鸟了，说不定还会传到阿卓茸巴和杂曲卡玛。他也不用再怕那些个羊头找到索波·央周左右周边的站位了。央周给卓拉做了隆重的法事，但是唯一遗憾的是，他的尸首没有找到，因为塘达驻扎着众多的两水九坡人，索波·央周从囊西请了法术很高的活佛为他隔空超度。

从这次隆重的法事可见，索波·央周对卓拉的走给予了十分的肯定，虽然这个略显笨拙的人在最后惊慌失措，别说保护索波·央周，他连自己的命都没保住，但想想他曾经的鞍前马后，追随自己十几年的不易，没有比逝去的更大，这是在这场争战后蹿上索波·央周心头的。所以对卓拉，索波·央周是噤声的。他不说这次争战里的任何情节，他不说，所有的人也都不出声，好似没有过卓拉这个人，没有过这场奇怪的争战。

而索波·央周从众多的两水九坡人中突围脱险因了一个人，

当时在两水九坡人中左右突奔时他的马受惊了，在空中飞蹬着前腿，正当他快要从马背上被掀翻时，有人忽然和他并肩而驰："骑过来！"那人喊了一声，索波·央周看到喊话的人戴着羔皮帽子，长发从帽中披散下来遮住了脸，那个飞驰的马空出了他那一侧的马镫，索波·央周认出了那个人，索波·央周从他的马镫跨越到那匹马上。如此慌乱中，众多的两水九坡人顾不了一个凭空出现的人。人，他们的人和我们的人，这是他们此刻唯一要确认的，他们要顾眼前背腹挥舞的刀。但是多囊·加青不一样，之前他已想过如果这场争战以两水九坡人赢为结局，他心里计谋好要活擒索波·央周，这样无论冉吾人把诺龙藏匿在何处，他都可以用索波·央周换诺龙，即使诺龙不在冉吾，也该让冉吾人承担这场几乎是由他们引起的争战。他立在远处看到索波·央周他们开始慌乱的阵脚准备策马追，转眼就见一个人直奔索波·央周。诺龙！多囊·加青虽然看不到救索波·央周的那个人的正脸，但认定这个人十有八九是诺龙，谁会鼓起勇气和胆识冒着掉头的风险冲进刀枪中，那一定是和索波·央周有着非同寻常的关系，多囊·加青大喊一声："诺龙，抓住他！"那些混成一片的人中有人弃了打斗的一方、径直去追两个马上之人，抵命和大赏之间他们自然选择后者。有几个没听到的还在你死我活地拼杀。

那匹马喷着鼻，白沫横飞，喘气带着高频的声响，快到冉吾河时累得瘫倒在地，诺龙和索波·央周弃马跑了起来，他们沿着河岸，河岸遮住了后面的视线，沙石在脚底下打滑，打湿的靴子使他们的步子迈得更沉，诺龙把头上那顶羔皮帽取下来揣入袄中,羔皮帽檐前端处缝了较密的马尾毛,戴上帽子就像有长发从帽中披散开来。在一片凹滩处,索波·央周看到两匹上了鞍的马吃着丰美的草——诺龙有备而来,他们各骑一匹返回冉吾。

被索波·央周精心藏匿的诺龙住在避风向阳的山洼,这是索波·央周的"冬窝子",诺龙吃穿不愁地安顿下来,但他不愿一直待在屋子里,于是装扮成丢了牛的牧人或迷了路的农人,到牧人家探听外面的事,他从一个放牧老人口中听到索波·央周为了他和两水九坡人将要短兵相接就决定晚上去索波·央周的庄园,但卓拉在他之前来到了巴塘,卓拉传央周的原话:"哪儿都别去,我们自会应对。""可是这样,我不就成了胆小的人?""你来了事情会更糟,真到万不得已的时候,再看。"卓拉说完掉头策马飞驰。索波·央周和多囊·加青交锋时,诺龙就躲在南坡岩石后,万一索波·央周抵挡不住,他就去把他捞出来,生死一线,他觉得他应该这么做。诺龙不会坐视不管,索波·央周心生安慰。索波·央周想诺龙这个人有时蔫得像可以任意拿捏的糌粑团,有时又像削尖了头的木竹,当然刀剑之类的比喻不应该在诺龙们的层次里,他如此不在正常人之列,或许真是他身上的"什么"在作祟……身上到底有什么?隔几日后,索波·央周决定推心置腹加语重心长地要对诺龙说道说道,索波·央周要去诺龙那里,他看见下人正在院中给马上鞍,索波·加波青也带着家人来了,他们带了很多吃的,肉酥油、奶子一类的,索波·央周只能暂且将此事搁置。机会有时是要对时对景的。

恍惚之间，人马早已绝尘而去不见踪影，气急败坏的多囊·加青手指九坡人："已掉到眼跟前的却让他溜掉，你们不仅瞎了眼，连心也瞎了！"他不停地撸着袍袖，似乎想要咬谁一口。"我们正在抓他，他怎么会来？"两撇胡子洛周说死也想不通。"像他这样的人正因为我们抵命抓他，他才会抵命相争，没有这样的胆子，敢与我们为敌？只有如你般的才不会来！"扬诺龙威风的话让多囊·加青自己也恍惚了一会儿，洛周并没听出什么别扭，只是觉得有句话噎住了他。

争战接二连三日甚一日，诺龙却像风一样不知去向，以致后来的仇恨滋生在冉吾和九坡之间，生根发芽，却不时忘了最初的源头。两水九坡人在又一次打退冉吾人后，径直闯入冉吾人家的院里，弄得羊蹦牛哞。马蹄"嘚嘚"从远处传来时，冉吾人就紧紧地闩上门。两水九坡人叫门门不开，于是很多经年的木门经不住三推两推"哐"地倒下了，两水九坡人露着凶相冲进来，结果连仓屋里的老鼠洞和牛粪房的牛粪堆都看过了却什么都没找到，有人找着找着看到一个编织精美的褡裢，心想"这个不错"就忽略了自己此行的真正目标，把褡裢揣进自己的衣袍里。多囊·加青并不制止两水九坡人这样的行径，这样可以使冉吾人对索波·央周为救一个毫无瓜葛的下人把他们也拽进来受牵连更加怨声载道，应该在冉吾人和索波·央周之间埋下不和谐的种子，他犯下的事由他担责是咎由自取。

两水九坡人走进那个院落时，那个天生长着一头浓黑髦发的年轻人就站在院子当中，缩着脖子，刀笨拙地握举在头顶，说："这是我的家，你们再敢上前一步，看我怎么不客气！"两撒胡子洛周说:"你大概不知自己怀里揣着的拳头有多大!""给我打!"他挥了一下手,两水九坡人把年轻人围在中间一阵乱挥,一会儿两水九坡人安静下来,倒在地上的浓黑髦发的年轻人不动了,洛周心说,我可没说"给我杀",他说:"快搜,快!"那些人忙乱地搜了一圈后慌乱地离开。一头浓黑髦发的年轻人胸前的血从衣袍洇透开来,头耷拉在捣青稞仁的石臼上。

女人和母亲们踩着脚下"咯嘎"作响的圆溜的石子红着眼圈走过来,人群中有哭嚎的声音,一个脸上打着褶、连鼻梁上的皮都皱巴巴的女人挤出来,跟跄跑来时摔了一跤的她右半边脸上都是尘土,碎辫上粘着草屑,扯掉辫扣的衣衫里她的右乳隐约可见,她的哭声尖利得像风吹出来的声响:"怎么可以丢下我一个?见不了饱食的九坡人啊!害得只剩我一个——"不连贯的愤懑像要随时拔地而起,老女人的独子躺在青稞秆里,胸前的血凝成黑污一片。没人知道胸前一片黑污的男子的父亲是谁,年轻人一头浓黑的髦发帅气地搭在前额。

过不了舒心的日子,诺龙在索波·央周巴塘滩的"冬窝子"里坐卧不安。事情偏向如此恶劣的态势是他始料未及的,事情展开时如同油浸渍衣袍般边缘只是扩大,不曾缩小,收尾也并不像女人手里打的毛线,一个针脚一个针脚匀速推进,而是突冒各种节外生枝。用两水九坡人的话说:"隔三差五挠痒痒,抓几只虱子挤在两拇指甲盖中不是什么大动静。"冉吾人却受不了这样的折腾,越来越多的人不想再加入索波·央周的争战中,每次冉吾人定会少去两三个,更奇怪的是诺龙每次都过来救索波·央周,英武的"壮举"最后会变成令人嗤鼻的笑谈。这已成一种扭转不了的定势,而且渐渐地,他们已在破坏某种约定俗成的共识:只在战场上挥刀砍对方,对手无寸铁的和在家中维持生计的人实施暴行是懦夫的作为。但是浓黑髦发的事打破了常规,厌烦和惧怕一并袭向冉吾人的心。

冉吾人一路风尘走向下一滩——金银滩。冉吾人是愤怒的,但是冉吾人自说自笑——冉吾也有可竖大拇指的地方,那就是善良地忍。

不爱搭理人的老牧人格来却执意留在冉吾,他说:"我一个快喂鸟的人,有什么不可舍下的。"他脱掉靴子取出垫在脚下板结的牛毛,用那脱臼的齐刷刷向内歪头看的十指重捋一遍牛毛絮。"两水九坡人中也有这样的母亲这样的孩子,怨得了谁?都是使刀枪人之间的战争,所以刀枪不长眼。"老牧人对熙熙攘攘的人群撂下谁都无错的话,迈着他的罗圈腿走了——看得出,风湿浸透了他的全身。

索波·央周走在队伍的最后,他是不服输的,可是众多冉吾人的性命他忽略不得,母亲的孩子、孩子的父亲、妻子的丈夫、女人的男人,筋肉骨血牵扯得掰都掰不开。他是从那个老女人身上发觉了痛失的悲恸——一个女人连她需要遮掩的肉身都会呈裸得毫无顾忌,木了心,一定是扯心撕肝的苦痛。

多囊·加青们来到空无一人的冉吾庄吃了一惊,他们在石阶的空巷马蹄声声跑来奔去,却不见一丝烟火气息,忽然传来一阵羊群的咩声,就要掉头的人马循声望去,石垒的院墙内一老人佝偻着身子迈着罗圈腿,多囊·加青的左右手洛周问:"冉吾人死哪儿去了?""冉吾人没死哪儿去,走了。"老牧人瓮声瓮气。"还想说笑,不要老命了,说,冉吾人去哪儿了!""我不知道。"洛周挥刀,被多囊·加青制止……因为此次的搬离,一些人便长久地居住下来,金银滩上的人马日渐多起来。

那以后,冉吾人和两水九坡人互看对方不顺眼,之间留下的传闻也是经久不衰。冉吾人说:"春树冰封在冻土里,昆望卡伊之间,家乡如此难看,因没鼻子的多呀(惩戒偷盗多为割鼻刑)。"两水九坡人也说:"四方天空之下,谁都没有冉吾苦,棘铁锁住袍角边(冉吾有一种草会粘在毛发上,行走不便)。"他们之间的嘴仗编排得一长溜又一长溜。

诺龙困在那个梦里,红耳部和白腰部似乎打定主意要从他身上找到什么,可是每次他把袍衣解了抖开时,他们的脸上失望而又疑惑,还有浓稠的不甘。从那个奇异的嘴显现在他手掌起,那个奇异的梦也一路跟着,所有追逐诺龙的人要把他手中成形的器官夺走、抹掉,使其消亡。红耳部,左耳缀吊着大朵的红牛毛穗子的红脸膛的人,他们的转头晃脑明显比别人的要多,红光一闪一闪的,他们每个人很享受左耳的红牛毛,据说红耳部有千万火种的根,这也是他们红耳部的根,因此那种可以征服一切的高高在上的舒适感随着他们的步调愈来愈浓,像一股燃烧的热浪,逼人而来。这些人手中只要有什么东西,一截枯枝甚或一滴水,就可奇聚能量,使其发挥最大的功能,诺龙就是被红耳部中的一人用手中燃火的残枝划伤了手背,那时手背上的血洇湿了袍袖的毛发,他拼命地攥紧自己的拳头。而他要的咒语却怎样都找不到了,是什么呢?是哪个呢?他想得头冒虚汗,浑身冰凉,但始终想不起来,只能豁出去飞奔起来躲他们。"至上的红耳部"他们这样称呼自己，因为他们中有人已达到骑着火龙上天入地的境界。有时他们称自己为达绒玛波，即红色的达绒，而白腰部的人并不想称他们自誉的高贵血统达绒，而是叫他们"红色的拨浪鼓"，红耳部们争强好胜，有他们的人群转拨浪鼓般"咚咚"响。他们要做到"向我看，看向我"，对了，要的就是"我就在这里"的效果。

看来红耳部的人要用火种刮走或烧毁诺龙手掌中的"什么"或据为己有，而诺龙要保住它，既然它在诺龙的手掌中成形，那么无论谁来抢，他手掌中握着的始终是他自己的，一个人不能对另一个说"你手掌中的纹理是我的"！诺龙才不听他们冠冕堂皇的好话，所有意向都在说"为了保护你，你只有我们的力量才能达到所愿"，而诺龙在很多年前就已习惯了独行。诺龙最厌恶的就是说尽好话、干尽坏事的人。因此他的举动让他们恼怒起来、愤慨起来，他们开始跟踪和寻觅他的踪迹，气急了，他们就用燃着火焰的枝条抽打在诺龙身上，还用枝条让诺龙走一步绊一步，他们说："你不知道你身上的东西会折损你的寿命。""为什么？"被他们使绊、脸上现出血痕的诺龙问。他们说："它让你满足所愿的同时，也会折损你的生命，因为世间万物相生相克，你得到一样时也会失去一样。"可是诺龙对出现在手掌中的可怕物提过什么要求和愿望吗，从来没有。诺龙怕的只是每次疲累奔逃气喘吁吁的夜晚。

很多时候，诺龙已被他们杀死了，可是过不了一会儿，他又会重新出现在那里，依旧奔跑和逃亡。这种循环往复的忙累让他的夜晚不得安宁。诺龙大概懂了的梦是这样的：只要一个器官成形后,在一株红心雪莲旁撑开手掌,它就会满足一个愿望。一个愿望?很多人都有很多愿望,他们的思虑里所要体现出的是最佳最有用的愿望,是用此愿望能够概全其他纷繁复杂的愿望。比如问什么愿望,答:"我要,五个愿望。"这样,它大概会哑口无言了。

这些骑着高头大马的人,打乱了诺龙的夜晚,以至于他记起的梦是支离破碎和阴暗的。可是诺龙对梦束手无策。

鬼说:"你们才是鬼。我们让一个生命夭亡要对其念黑咒转圈折腾很多天,才能消耗掉其生命中的福运寿;而你们只拿着刀,一会儿工夫就见血见骨了。"

第二章　看见的眼

天还是那样蓝，蓝蓝的天上只有一小片一小片薄羊毛一样的絮一扫而过，又像木板梯一个连着一个，这木梯向上延展至天际，就在刚刚，有人拾级而上。

没有管家的日子有些凌乱，不太像索波·央周家的日子。现在央周家恢复了以往的安宁。这时有人会想起卓拉来，那个年轻的媳妇在擦拭柏木桌时忽然抹布碰到那个木碗，木碗在桌上滴溜溜转了几圈："这是谁……"她想起了什么，口中念道："唵嘛呢叭咪吽。"

索波·央周家进行了一次小小的议事。他们决定在下人中选一个管家，消息虽然像从稞麦管中细若游丝地、遮遮掩掩地传出，但是这几天一些人的脸上像抹了蹄油，油光满面的喜悦；一些人的脸却是没放多少酥油的糌粑坨，干巴着，蔫蔫的，像有一双手在头顶压着，提不起神来。尤其是卓拉的舅舅，他知道他能屈窝在央周的大红门下灌自己的肠子是因为卓拉，他也知道卓拉是怎么把那个年轻的"羊头"支走的，所以现在的他是不安的，一天都灰着脸，他那没几颗牙的嘴在夜里也不讲那些恐怖得让女仆尖叫，捂着耳朵不知要躲到哪个角落，最终都跑向他张开双臂里的故事。他脸上已没有了以往那种美滋滋的喜气，像沉入浑浊的河底，说不了话，做不得事。

在这次小小的议事里，有一个人起着很关键的作用，这个人就是女主人措吉。其实在许多事里，左右事态发展的都是一些很小的因素，这是草签的长短，那些草签半路被掐短还是保持原样，还有是不是原来的草签，这是不能确保的。签长签短还取决于掐草签的手指。它有许多不可预知性，而这些不可预知性的概率有时只是相对一些人而已，这样它就排除了另外一些的可能。索波·央周在卓拉七七四十九天的最后一天骑马去天葬台煨桑，家人下人都来恭送他。临走时，他在炅智马上说出了那个名字，青美多杰。他说："让青美多杰掌管几天家里的事务。"这让土坯院墙里的人顿时感到真是不知何时会马高是高，坡高也是高。

青美多杰俨然一副管家模样，他这里指一下那里说一下，他的手指指出来时那微曲到抻直的力度日渐有了底气，所有的下人开始叫他"阿吾青美"。

"看能不能在流水上刮油，石头上摘毛……"这是索波·央周对青美多杰最初的了解——措吉告诉他的。对此，不论点的头是重是轻，点了就有延展的空间。对他青多来说就意味着站在那截木阶梯最低的一层，他知道只要站在这一截木梯上，他不怕那是最下的一层，毕竟那不是在灰尘冰冷的地上，木质是温暖的，递热效果很好。在青美多杰第一次对索波·央周说他家中目前要做的事时，索波·央周意识到他的家目前就缺这样的人。索波·央周虽早已心中有数但略显迟疑的矜持，犹豫地捻着稀疏的山羊胡，算是不太情愿地答应了，他要让青美多杰明白"没有你青美多杰还会有另一个青美多杰在那里躬身等候着"，让下人保持一副有幸得到恩宠的仰望是必要的，索波·央周清楚怎样使一个人为自己做起事来会更上心，还会心怀感恩。当索波·央周的胡子又茂密地留了一脸，下人们也渐次知道了事情的原委时，青美多杰在央周家的位子已具雏形，这种成型渐渐成为不必言说的可能：他已把卓拉的空位占全了，没留一丝缝隙。下人们的想法是除了青美多杰，就不会再有第二个青美多杰，如同山羊爱山爬山，绵羊爱滩去滩。这是与生俱来的，像命一样，你可以努力，但不可更改。索波·央周知道这是双方都赢的营生，而他需要的是自己更胜一筹。青美多杰喜欢看黄昏时站在木梯上的他越拉越长的影子，嗯，在太阳落山之前，他的影子一直能拉到索波·央周家院里门廊柱的第二根廊柱边，很长呀。

　　青美多杰就是从前卓拉以为的又一"羊头"，对那些"羊头"卓拉是有预见的，当他锁眉皱脸想"羊头"们的对策时就能看出这个年轻人的火星子。很多次，是他把烂袄扔到廊柱下，青美多杰没有像别的下人一样露出愁苦或恼怒的神色，他竟然笑了笑，拍打着皮袄，最后一次走也是笑着头也不回地跨出了索波·央周的大红门。这样的事不只会在一只羊头身上发生，有些下人起初也是笑笑，但到第三次他们就憋不住了，胸腔中充了火般，满脸通红，甚至有人在第一次时就哭了。扔青美多杰的那个烂袍已有五次了，五次，应该是极限，人心所能承受的极限。他在想什么？这是卓拉在那时迫切想知道的，那时卓拉就想这个穷酸的人一定是心中有数的，不会吓死饿死在一条道上，应该是在任何一条道上都能吃上一口的人，无论那是贵的还是贱的。但是卓拉从没想过的事还有很多，卓拉没想过自己会离开索波·央周，也没想到接替自己位子的会是这个烂袍一身的人。不一般的人，这是卓拉给青美多杰的定位。

一天清晨，太阳刚露头的那时候，青美多杰来拿自己忘在索波·央周家的替换的烂袄，他已被卓拉笑着请走，但穷兮兮的他走后发觉自己的那件皮袄落在了央周家，有一段时间里他是不想拿那件皮袄的，但是这一天，他改了主意，决定要拿走自己的袄子。此时他看到洗净双手口唇的、央周的女人从阁楼的花格木窗里向空中抛撒青稞，那些在打开窗子后都兴奋起来的鸟雀正"呼"地落到撒落青稞粒的地方，它们已习惯等待每天清晨的一两把青稞，更早前就从屋檐和玻璃嘎苍（藏式建筑外部需用的顶部饰物，类似斗拱）间探出头。它们一蹦一蹦的，啄一下又啄一下。女人开始诵经，祈祷央周能平安归来，祈祷家人康健，众生泰安。青美多杰就在下面仰望着，他的脖子都仰酸了，他不说话，寂静在两个人对峙的院子里形成奇特的空气，那慢慢泻下来的晨光，从檐头到玻勒嘎苍再到墙体，后来到窗子，仿佛在这片静默里，光是有声响地走下去的。女人早已觉出了异样，但她没想要打破这个静，但到后来她恼怒起来，她意念中的佛、她朝圣的心、她微抬的眉、她半眯的眼忽然就这样被下面的人打扰了,她的脸上有一丝不快,其实她不用俯视就知道下面站着的是一个男人,她也感觉到那是一张年轻的脸,只有年轻的心才会有这么不顾左右的奇怪举动。一个已过了年岁的人想要望,那已有些许僵硬的身体是不允许自己一直脸红心跳地望下去的,冷起脸让眼更眯的她专心做自己的祈祷,也是对这种氛围的一种威慑。这人是谁?怎么没见过?他来做什么?她睁开眼,等那人开口,她确定那个人会开口,她也确定她是不会先开口的,她就这样看着那个人,但是那人好像没懂她的意思,傻子一样看着她,眼睛都不眨一下,她气恼起来:什么人呀,怎么会有这样的人!正要翻眼白时,她看到一排皓齿从那个人暗红的唇间绽了出来,他那龇牙咧嘴的笑很费扯自己的面皮。"你……你是谁?"这样问过后她觉得自己可笑,肯定是家里的佣人,看这衣着,而且不是下人的话怎么会在她家的院子里,那人说:"我是来拿东西的。"女人:"什么东西?"那人说:"我的东西,我以前的东西。"措吉说:"你以前的东西为什么到我家里来拿?"那人看到女人不高兴了,说:"我以前是在这里守门的。"噢,女人这才想起来,是有这样的一个人,她从来不注意那些人,有一次她正在上楼梯,忽然传来卓拉的声音:"是那个烤羊头的呗!"她俯看到卓拉拿着一件油污的衣袍,"噗"地扔在那个顶门柱边,她想那应该是守门人的,没说一句就上了楼。

"羊头"这个词现在她一想起来,就笑了,因为这个人的笑确实和煮烤过的羊头有点像,龇牙咧嘴的。

院子里寂静得有些清冷。她下了楼,去看那个人要拿走的东西,她没问那是什么,以往她总是懒得下楼,把要做的事告诉那些下人就够了,但是今天她的脚步迈向楼下。

她现在是第二眼看这个人,是比较近的,她总是这样,第一眼过后再第二眼看人时总会有很大的出入。第二眼看他时,她看到他那年轻的脸上的那双眼睛,不大,却像水一样汪着,他应该是不常笑的,但是一笑起来,竟然有一种媚态,这种媚态从眼睛里流出,这个笑就很迷人。此刻他笑着,她愣了一下,着实吓自己一跳,她感到了自己在一个男人面前的失态,心里对自己恶狠狠了一下,板起面孔说:"你落在我家的还有什么东西都一块收拾了拿走吧!"羊头说:"哦呀,"顿了顿又说,"说实话很多人以在这里干活为幸,我也不例外。索波·央周人好、家贵,四里八乡皆知。我走过百户的人家,只有贵家的下人别家的人不敢瞪眼皱眉的,能在这里效劳,我会更不辞辛劳。"羊头的嘴又快又巧,他甚至没停顿的话让她暗吃一惊,他像在说折嘎(说唱形式的一种,主要内容是所见所闻,藏族历史,山川河流。据说最初源自宫廷,之后散落到民间,曾以卖艺的形式留存。说者需嘴巧脑灵),因为之前她从来没发现住在楼下的那些人有什么可以让她注目的,她只是想让他尽快从这里消失,而他却在想怎样尽量让自己在这里多待一会儿,他一直盯着她看,像要从她脸上看出一只虱子来。她保持住矜持,他们的对话又少了。但他现在有把握可以对女主人说一些适合她的话,他还想说,竟然有一种不可名状的力推着他敲开了男主人已离开的家门,她听他说,说着听着不知怎么就听到了心里,但脸还是沉着的,她说:"不要总是说得好听,你对我家有多熟悉?"他说:"灶边的柱子因为年久火烘裂了一个小口子,那里应该放一块木板挡着热源,否则柱子的裂口会越来越大;厨房里点着的吉祥八宝因烟熏时间长了该用新的糌粑点了;经幡在日晒风吹里已褪色了,该做新的了;净水碗因多年的擦拭已磨薄了,等到它快要磨出洞时就可以放青稞;秋天里割青稞时,下人埋怨吃不饱,应该在菜油里多放上羊油来炸面食,这样既没有费很多菜油又让人吃饱了,割得也快。"他又看了看房顶,继续说,"柴火草快用完了,需要去割,我知道哪里的柴火草长得好;孕伊梅朵身子干了不再产犊,今年可以做储冬肉。"他一口气说了那么多,一下子把什么都说完了,像是要让自己轻松起来,一副"想要怎样就怎样吧,反正就是这样了"的样子,而且这些都是家里打一眼就可以目睹的事,也是应该解决的事,但是那些人也包括她措吉在内,为什么眼里看着,没放在心里?措吉一时不知怎么回答,这个人会一下说这么多她一直不清晰的事,是的,她知道这个人是有意这么说的,她甚至知道这些话在他的心里谋划了好久,还有一点男主人不在时对女主人的那么一点不敬,她感觉到同时又带着一种说不出来的讨好,她清楚地看到这个男人这些话里的真正用意,但是很奇怪,她竟然有些开心,现在她不知怎么和他说话了,没有一个住在楼下侧房的人会对她这样说话,即使是卓拉,他的建议说出来时总是以问的方式——对吗?应该是吧?好吧?那些人知道在何时要放低自己的身段、头脑和心。但是她没有想到,这个人,现在站在她面前的人,像是一种商量的口气在跟她说话,而且他对这个家的关注甚至超过了她，这让她既不安又有一丝惊喜从心头一掠而过。

他看着她，抓住她脸上一丝细微的变化，是在她扯了扯衣襟时。她忽然感到是不是领口的某个辫扣从搭环里逃脱而出？她的左手轻轻地划拉一下右环琐边的锦扣然后顺势扯了扯衣襟，似乎他向前迈了一步，她以极细小的动作退后，他笑了，绽开了他的羊头。光线移到了她的脸上，他就在她眼前背光的模糊里。她说："你说话向来都是这样？"他在那片模糊里："我会分场合。"她说："那这算什么场合？""主人和下人的场合，也是男人和女人的场合。"后面这句惹恼了她："在我眼里，你们没有男女之分。"说完这话，她感觉似乎有些重了，但这羊头颇显挑衅的话一半是欺她现在的庄园里没男主人，恼怒让她顾不了那么多，她至少记得自己是这户的女主人，可留可走的决定权不在这个"羊头"手里。她说："你不必多说，以你的身份不配和我说这么多话。""我知道了，但是我也知道我们都是人。"青美多杰把怀中抱着的烂袍拢了拢，他现在确定自己不可能在这庄园再待下去，索性来个痛快。她说："你还想怎样？""不想怎样，我们都是爸妈生的，只有一条生命，赤条条来赤条条去，什么也带不走。"这太气人了，没有人对她说过这样的话，她愣在那里，憋着，好一会儿缓不过来。现在不一样了，反正不可能再在索波·央周家看到那个雕工了得的吉祥八宝柜了，每当从这个柜子前走过或立在那里，青美多杰都要扫一眼那些呼之欲出的双鱼、海螺、莲花、金瓶、吉祥结、宝幢、华盖、法轮，仿佛它们可以随手拿取，事实上在索波·央周家里，他以为最值价的不是那些金银珠宝而是他家这个雕琢得栩栩如生的柜子，很奇怪，只要他扫上一眼就会心生喜悦。看不到就看不到吧，青美多杰想在离开时长吁一口气。"那好，你既然那么懂得人情世故，留下来做杂事吧。"青美多杰料想不到事情会变成这样，很多时候他的怨气屈辱，那些愚顽的人对他的压制，那些女人对他的不屑，一下子如扬在风中的青稞粒忽然壳籽分明，之前他一直让身上的损伤和暗淡的生活混沌成一片，不清晰地活着。摔了破了的他说出了让措吉觉得很冒犯不体面的话。意料之外的是，事情却完全掉转了方向，走向了另一面。

一个男人如果一开始在气势上不占上风，女人就会一直大自己一个头，或者一个男人即使不说话，如果在某种气势上处于上风，那么女人就会很看重这个男人，即使不是和自己有多大关系的人。很奇怪，男人女人不说话确立不了关系，说话了偶尔又轻看，然则说出的话带刀端枪又会互相刺伤，一个少受伤的人忽然被人伤，这样他（她）就很难忘这次遭遇的那个人，她让那"羊头"和巴尕做各种杂事，巴尕是下人中最矮矬的，而青美多杰却高个偏瘦，因此下人们会拿他们来润色看别人脸色的每一天，人们在说笑巴尕时会顺带着青美多杰。说一个芫根和一个萝卜赶集的故事，萝卜的一步是芫根的三步，芫根气喘吁吁紧赶慢赶跟上萝卜时，萝卜已歇息完走了，自始至终，芫根也未能赶上萝卜的脚步……措吉轻描淡写地把"羊头"放在心上，她等着下一次里能想出的主意，如若青美多杰还在她家没走，她就会让他颜面扫地地过一段日子，以惩治青美多杰在没男主人时对她的轻薄嚣张。索波·央周平安归来，心情很好的央周爬到屋顶看远处的风景,就在屋顶看到了围了一墙的柴火草,下到屋内问:"那么多的柴火草谁割的?"措吉说:"看门人割的。""守门的人不是瘸子吗?"她说:"是以前的守门人,他是因为谢恩。"措吉强调了"谢恩"。央周说:"能在走后还心怀感恩,算他还有心,他现在哪儿?"她说:"这几天让他干干家里的杂事。"央周说:"叫他来一下。"措吉让自己身边的下人去叫青美多杰,央周和措吉边喝茶边问一些家事,措吉把先前问的话重又问了一遍:"你对我家有多熟悉?"青美多杰重复对措吉说的。索波·央周听完一直眯着的眼睛开了一丝小缝,他说:"呀,很上心呀!"措吉叠在一起的双手重又拢了拢,伸在柏木桌下的脚缩了缩,方感舒适些——她忽然想起那个清晨这个人一直仰着脖子望着她的一幕。这样,青美多杰再次踏进了央周的家门,对主人绽着他的羊头,搓着双手不停地说:"才仁,才仁(长寿)。"央周像是哼了一下:"你可以留下了。"青美多杰等久了的不自然的表情像是一下子解放了,他又不停地说:"洛加,洛加(百岁),才仁,才仁。"家里出入这样一个身心都勤的人太好了,这也没什么,她似乎帮了一个应该帮的人,而这个她该帮的人对自己的家也是有用的,何乐而不为?但她总感到一丝说不出的别扭,每当青美多杰从她身边走过,又像烤过的羊头那样对她龇出一排牙时,措吉的心就"咯噔"一下震过后还有余音,她会对自己恶狠狠一下,这很怪,这个男人好像知道措吉和自己过不去,总是会在只有她时龇出笑,而这个笑在她看来有一股令人恼怒的恨,她的脸板板地硬着,灰着。

当初青美多杰去拿自己的袍子时,他清楚地知道女主人会在那个点出来抛撒青稞,这是措吉每天从不落下的晨祷。这个时间段,他把握得很好。

一些人还是从金银滩搬回了冉吾,这里有更适合自己的水汽。坍塌的墙豁了口的闩门皮绳,牛羊圈也破败了,门前的石阶也松动了。冉吾人出入在自家的院内外,所有该规整的重新规整,包括心绪。三三两两的在街头巷尾也看见人了,他们愉快地打着招呼,是久别重逢的喜悦。冉吾人说不清这样的情绪是否还掺杂着劫后重生的叹息,总之,有人的眼眶浅,眼泪咽不回肚里,就任其恣意在面庞。清晨和傍晚的烟气又贴实在地面上,索波·央周已回到他巴塘的冬窝子里,他要等冉吾平息一阵再回来。他来时看到诺龙悠闲地和地上的蚂蚁说着贴心的话:"又上哪儿去呀?""背这么重不累吗?我能帮你什么忙!"索波·央周心绪不宁地想:这人这么傻,帮他何用?就想逗逗诺龙:"蚂蚁回答什么了?"诺龙眯住对着光的眼,手搭在前额:"自己的事自己干,我们是蚂蚁!"昂着头的语气。

找不到诺龙,两水九坡人就很怀念地想起诺龙的母亲。多囊·加青让"眼睛"去冉吾,找到诺龙的母亲,那个和诺龙筋脉骨肉相连的人。这次"眼睛"扮成讨人饭的乞丐,但并不到每家每户唉声叹气,之前多囊·加青和他商议好,和冉吾的孩子套成近乎,事情就已解决了一半。一个刚出门的孩子好奇地望着他,"眼睛"给孩子一块冰糖,孩子却不知其甜,快步踮着脚尖走去,"眼睛"紧跟着他,孩子似受惊大哭,大概是对"想把我带回你家吧"的抵触。糖没送出去,他找第二个孩子,第二个孩子对他送的很是乐意,张开十指接住了,可是问什么他一句也不说，独自享用着甜滋滋的美味。两次未果，他决定找大点的孩子。孩子大了心智就散乱了，孩子含着糖，带着"眼睛"用手指一点，诺龙的家院就尽收在"眼睛"的眼皮底下了。

"眼睛"恢复成无糖的乞丐，在诺龙家门口声声讨要着。诺龙的阿妈坐在土垒的花坛边，旋着木旋上的羊毛线，听到讨要声即刻起身，冉吾人说不能让乞丐和狗等太长时间，有就给，没有就说没有。她从糌粑盒里舀了一碗。"眼睛"千恩万谢地抖开了他的空袋，阿妈想之前他是没讨上一丁点吗？看着阿妈狐疑的脸，"眼睛"从袍中拿出木碗，再乞一碗茶水喝："长命百岁！我口渴得嗓子冒火再也走不动，能否施一碗茶水？"阿妈进门，从燃着碎牛粪的火盆上取下茶杯提着铜壶给他倒茶。"眼睛"抿了一口茶，阿妈便知这人定会在这儿耗时间，通常乞丐把一碗茶喝成几十口，他们会和爱说话的冉吾人扯扯路上的见闻和一些道听途说。"眼睛"说："阿妈一个人住？"母亲答："嗯，孩子出门了。""眼睛"暗喜。"把你一个撂下，怎么舍得？""孩子自有孩子的事。""孩子去哪儿了？"……忽然"去哪儿"中阿妈听出了两水九坡人的土语味，她似乎向后仰了仰身子，说："我再热热茶。"之后就从后门逃到了邻居家。"眼睛"还坐在诺龙家门口，惬意地抻长腿，一群冉吾人围拢过来，"眼睛"见势不妙，望着远处打着呼哨站起，在冉吾人小愣神的当儿连滚带爬冲了出去，人群中有人挥了什么打掉了他手中的碗，当他撒着腿跑入一个远巷时，地上打着旋的木碗还没停下来的意思。

云里雾里，那个总不在自己状态里的人！冉吾人恍然拍腿而起，忽然间明白两水九坡人像热恋中的男女一样在意冉吾原是在意冉吾的诺龙。可是自襁褓中就呆若木鸡的诺龙,怎么现在抢手成美少女一般,这个也找那个也要的?莫非他的胳肢窝里散发着不一样的味或肚脐眼里能发出什么光来?两水九坡人发觉径直找诺龙已颇具困难了,但有诺龙阿妈在还好,顺藤摸瓜,慢慢摸索到诺龙的蛛丝马迹就指日可待,这边多囊·加青打好主意,那边索波·央周把诺龙的阿妈安排在山脚下口风紧的一对从外地迁过来的年轻夫妇家,一个小孩由诺龙的阿妈照看,看不出异样的四口之家。原本想把诺龙的阿妈也送到巴塘的冬窝子,但是这样人们的猜疑更重,弄不好冉吾人也会蠢蠢欲动,虽然这次冉吾人对两水九坡人暗暗嗤笑了一把,但他们未必从没想过为一个莫名其妙的下人搞得大动干戈,为什么?索波·央周每天都看得到诺龙,却一次都看不出他有什么异样。多囊·加青再派"眼睛"去时,诺龙家院的门窗紧扣,就连从不上锁的门也锁了。当然对冉吾人是问不出什么的,现在冉吾人对"外人"有一股敏锐的排斥——最后的线索就此中断。

  那个在他们看来百无一用,有时活着活着就活成一只虫或一棵草也不定的人——两水九坡人为何要如此迫切地找到他,现在冉吾人果然炸开脑袋样地琢磨着诺龙到底身在何处。

  索波·央周穿戴盛装去杂曲卡玛,每年的这个时节,索波·央周像是趁着花红草绿,必去一趟,诺龙问他去哪儿,他说打猎。诺龙说:"打猎?杂曲卡玛哪儿有冉吾庄的多。"他说:"此猎非彼猎,此马非彼马,哈哈。"索波·央周带上诺龙,索波·央周对杂曲卡玛情有独钟,好像遗失了什么在杂曲卡玛,而他一直没找到,于是就得一趟一趟地去找,年年如此,在杂曲卡玛,他住在临街的阁楼,晚上和诺龙去酒场,那些美丽的女子为他们斟酒,为他们跳舞。酒喝到七分,他们回到住处,索波·央周对诺龙说:"女人有时只有在远处看才是最美的,拉到床上都是一个姿态,"男人对女人这样的认知诺龙只在索波·央周这儿听过。索波·央周一遍一遍让美丽的女人为诺龙倒酒,诺龙不胜酒力一会儿便倒在地上不省人事,索波·央周拉起诺龙问:"是在哪儿?"诺龙眯着一条缝的眼:"左右……右左……"他已瘫软无力最后连索波·央周的话都听不到了,索波·央周趁机把诺龙衣袍都脱了看了个够,他还看了左右手一遍甚至抽出刀子用刀尖小戳用刀柄轻捶但无济于事,诺龙的手心有了一条清晰的划痕也未现出一丝"什么"的气息。索波·央周甚至不清楚让众多的多囊·加青们不得安宁的在头上还是在肚子上?或者原本就不在他诺龙的身上,而是可以提领放在别处什么地方?索波·央周不想还未到目的地就让诺龙发现端倪,所以此后不再轻举妄动,日子长长糌粑碎碎,一切都可从长计议。他们谁也没提到昨晚的事,到索波·央周要走时,诺龙决定留下来。他说:"为了我,你费心了,日后只要有用得着诺龙的,我会尽所能。"索波·央周顺毛捋:"你留在我身边不好?我们互相有个照应,我不会让你缺什么,财物、女人……"索波·央周经过这次近距离的接触清楚了现在还不是对诺龙摊牌的时候,诺龙说:"为了我,你已经失去了一个亲近的人,两水九坡人他们不会这么轻易放过我的,有了一次会有下次还会有下下次,这里也可能只是我小栖一会儿的地方。"但是索波·央周执意要带着诺龙:"我们已亲如兄弟,你还和我这客气劲儿,我的家就是你的家,我们一起回家,人也放心。"诺龙拧不过索波·央周的美意,于是答应在杂曲卡玛只住三个月,杂曲卡玛还有一名——美人谷。

措吉喜欢冉吾的河,清冽的河水拍打着岸上的卵石,河岸的坡上长满了山葱,岸边的卵石有各种颜色,小时的她喜欢把颜色各异的石子收在一个氆氇袋里,没成想父亲却把它们都扔了:"要捡的没了吗,捡个石头当饭吃?"所以她留下的石子只有搭并起来的橡子屋里的那些,原想嫁到索波·央周家后把"不能当饭吃"的石头一并带回,但她不确定索波·央周是否也认为不能吃的就是该扔的,只好作罢。一个石子在水中发着艳红的光,她惊叫了一声,去捡,而后像是凭空生出一样,她看到了绿的、蓝的、青的,各种颜色的石子,像是她曾失去的石子摊在了这里,她不停地捡着,走着。那个要喝水的狼,龇牙望着她,是在她起身回头时看到的。她一动不敢动,她知道跑是跑不过的,河水那么深,他们对峙着,这时,一块不知从何处飞来的石头,结实地砸在狼的左脸,凄惨的叫声远去时,她瘫倒在河边,她记得有人扶起了她,那个手温暖有力,她看到那双眼,忽然笑了:羊头赶跑了狼。她不能怀揣着惊慌回去,她抽出了一直扶靠着的手,坐在断坡下,河水闪着银光,他们的脸上泛着河水打出的光,闪烁不定,什么话都不说,然后她笑了,他龇着雪白的牙,她想站起,但腿脚上的气力像是被那狼吓走了,她失力倒地时手被握在掌中,她感觉自己的手很小,他们似乎惊视了一下对方,都不知下一步会怎样。邪气邪气,措吉心里说,脸上现出矛盾的迷惑不解的苦。忽然……这是多么奇怪的举动,青美多杰自己似乎也想不明白怎么就颤抖着手解开了措吉的银衣扣。她轻轻的笑僵在脸上，风就在那一刻吹来，她的一缕鬓发在清凉的河风中从右边吹向她左眼最后停在她唇间，她一直抿着那缕长发……那种舒心畅肺的感觉一直留到清晨，她知道这其中他怀着感激在全力以赴。但是他们的情事是尴尬的，他们一定要避开所有除他们之外的眼睛。有时草屑粘上身，起初不知觉，等穿戴好衣物后才发觉左腿根部的刺痒，它应该是粘在臀部后经衣物的滑动滑向那里的，这时他们才发觉这里不舒服，那里也不对劲，但在激情袭来时，他们是来不及关注被石头硌痛还是被尖草刺扎了，她能感到这样窘迫困顿的情事，也能看到自己笑脸下的苦脸、哭脸、摇摆不定的脸，但她左右不了她笑着的心。多数时间里，她只想：和他在一起，这就够了。因此草还是绿的，花还红着，不算计那些除此之外要计较的事。当孩子在她的左右"阿妈阿妈"叫着时她还是感到很懊恼，她狠着心想楼下侧房的那个人。但是就像他说的他只是人，那么她也只是个人？她像迷在雾里的狐，以为左右都是让人惶恐的深渊。

可是那种奇妙的感觉竟然在那会儿散发出了香味，而这个味既然对了自己的鼻子，忽然就觉得夏天扑面而来，空气中已然有了花草的味道。是被他唤醒的，像春天被一声声的布谷鸟的叫声唤醒，这应该是一种觉醒，原来那些过往的什么都不是，只有他才能抵达心疼一样的深处。即使有个把月的空，她还是能在他到来时，一下就感知到自己身体里的歌再次唱起，那些凌乱的鼓点，轻微爆响在血管里的韵律，多好，像一次真正的深交。然后她迷糊于第二天沮丧的自己，心智混沌一片。

达日修坡上长着各种金菇、绵羊菇、山羊菇。青美多杰说："找就该找魔鬼圈——远看茂盛的草一圈黑，就是雨后长出的一圈蘑菇。那是魔鬼在黑夜里跳舞留下的踪迹。"青美多杰在金菇里放一点酥油一点糌粑一点红盐在牛粪火上烤，香味一点点钻入措吉的鼻孔。从前，措吉的家人是不吃菇的，冉吾庄把蘑菇意为贱食，但这种贱食却是措吉最爱吃的。

对于她来说只是喜欢一个人笑着的姿态，爱闻一个人身上不经意间散发出的味儿，即使是一瞬间的。这是秤砣，快乐的分量取决于这个秤砣左左右右的挪移。但是现在她鄙视这样的自己。衡量自己快乐的不是和自己息息相关的男人，而竟然是和自己不相干的下人，自己已为人母人妻，她不知这些快乐忧伤放在何处最安全最妥当，她是焦虑的。

可是又很难说不是一种享受，当他们彼此相拥，空气里都是温暖的甜味，她并不知道他和自己会几时离开，但是在身边时，那种温暖的气息是她现在必不可少的。

在冉吾庄里，一个女人可以有两个男人，一个男人也可以有两个女人，这是沿用古老的家财不外泄聚财敛财的方式，但有一个前提，这三方或者说四方能够平心静气地坐下来说话，可以很好地成形为没有纷争的状态，并且形成自己和人们都认可的格局，这才算是圆满的，也才不被人耻笑，尽管人们在说这些事时还是会带一些调侃的意味，但是如果哪户人家过得红火，人们甚至会在笑中带一丝羡慕的神色。人们所不认同的是一个已有家室的女人在外面疯跑，这是可耻的，不可以在阳光下，不可以在温暖中存活。她很清楚，但是她走不出他温和的举止，他的那些细碎让她的心不止一次"噔噔"地跳，这是一处她从未见过的风景，让她流连忘返，他甚至懂她此刻需要怎样的爱抚、怎样的言语，这个聪明而穷酸的男人，他像长年干涸的种子遇到光和水就干渴地欲求，贪婪地汲取，长势惊人，他把央周的家打理得没有一点不周正的角落，让索波·央周的家更像索波·央周家，央周面对他时，眼里脸上于是就有了更多的喜气。

措吉歪在地毯上，身上盖着柔软的羔皮，她看到窗外有两只鸟在檐下不停地唧唧喳喳，像是吵架，又像是嬉戏，她吃了一惊，忽然想到其实它们没有避开太多的眼，天的、地的、花的、草的、虫的甚至鱼的眼睛，它们的眼都睁着呀，它们的耳都竖着呀，它们会静静地不动声色地看着他们的一举一动。那些才是永远避不开的眼。

吹弹可破，这是他们真正的关系。是打出的酥油放在阳光下就可以被晒化，是冬季里河水遇冷就冻成冰的冰河，这是遮不住的事，但是即便这样心生恐慌，她又往往忍不住忘记这些被裸露的冒险，她可以不放在心上吗？就算他只是用他一点点的不驯和小小的勇气借了措吉的袄袖，给自己遮了一下雨、避了一场雪，等她明白时，他已走远，好像从未在那里停留过一样，雪地里已没有足迹，雪不停地下，先前那些纷乱的足印被不停下着的雪覆盖住，了无踪迹。他们共同的目的不是这样吗？在情爱里的人很难认清另一个人的面孔下还会呈现怎样不一样的答案。这个有着女人一样媚态的男人，他借的遮蔽物是措吉生生从自己的袄上扯下来的，但他从未想过还她，他一定认为那是你情我愿的事，怎么可以计较太多？她措吉就成了青美多杰爬墙时脚下垫着的石块，她缺失的袄袖让她的一只臂膀在风雪里干涩地疼着，而对这，她只能是个哑人。他们都怕红红白白的馅露出来。

如同被施了咒，累，心情烦闷。这种累贯穿到她的身体，蔫得如秋后的植物，干燥失水。她知道这像真的一样的东西其实不是真的，新鲜、欲望、征服、快感……还有什么呢，不可启齿的，然后走到那一端，回头转身，什么都没有。心却张着伤的口，频频回头。就像是给三石灶的牛粪火里鼓火的风囊，当风鼓了满满一风囊后，然后用力压去，将最后的一丝风也挤出，于是风囊里什么都没有了，风是容易失去的东西，但糟糕的是风引燃了火。一整天，她什么话都不说，什么事也不做，她躺在床上，所有的人都知道她病了，而所有的人都不知她得的是什么病，包括现在的索波·央周。

从那件忘在央周家的衣袄开始，这里就有了他青美多杰夏天样的身体，茂盛蓬勃，每个毛孔里的脂油旺盛，盛不下就破肤成痘。在摆出一副穷酸样的外表下，他心里的花草该红的红了，该绿的绿了。有一次，他从措吉的房间经过时，忽然想有角的一百个能过，无角的一个有什么不能过？她不乐意就该让我离开，可是她并没有这么做，这说明什么，说明我不用觉得亏欠着谁，我今天的衣装都是自己拼了一口气挣来的，不是什么人可以夺走的，于是他继续往来于索波·央周家石板铺就的前门、后门和侧门，这是他最得意的时刻，原来那些曾对他紧闭的门并不是不可以敲开，他以为那些门都是上了锁的，甚至以为有的上了好几个锁或那些锁都锈了，今天看来并不是这样，那些门原来有的轻扣着，有的只是上了个皮绳环。怕那些紧扣着的门，原来完全没有必要——青美多杰开心地笑了。措吉看到了青美多杰油垢的衣袄藏不住身体里的那首不知是什么的山歌穿过油腻和尘土响在袍外，是的，只是她看不到格摩真切的寓意。这件烂袄他舍不得扔，它给他的不只是曾经的温暖，它对他意义非凡。夜里入睡时，他总是在最外层披着那件烂袄，这是吉利的袄袍。

一开始，知道索波·央周已去争战时，他就想把自己那件破烂的衣袍拿回来，这之前他也想拿，可没有那么强烈，但是知道那家的男主人去了好几天都没有回来时，他想拿回衣袍的想法浓了一些，他想或许他更有胆拿回自己的东西，他想或许或许……这不是很明晰的线，他不是很能听懂，但他能感知到它就在那里对自己说着什么，很巧，他碰上了，并且把握得很好。这符合他的初衷。三宝神！直到有一天，家里再次需要一个管家。他验证了那个梦：他把烂袍披在身上的一瞬，袍就变成镶了卷云绸边的新袍。

加益的寂寞、加益的痛苦、加益的虚荣、加益的伪装、加益的愤愤不平、加益的兴高采烈从他口中噼里啪啦说出来，就能让它消亡。他总是给青美多杰说这说那，从他的身世到今天做了什么他都要说一遍，甚至和自己"丝绸嘴"女人的战争，青美多杰可以什么都不说，只任他的舌头翻卷嘴唇张合就能形成融洽的氛围，有时辅助性地加一句"哦，嗯，应该是这样吧"之类的。也不记得是从哪天起他们就在一起了，总之他们在一起时就可以谈天说地,牧人的草势、农人的青稞、女人的胸脯、男人的马,那时他们都在廊柱边、楼下的侧房里奔忙。

　　加益的脸像擦了一手掌的牛蹄油。他的光头油花花的,虽是索波·央周家的院外人,拾掇院落外的一切,拾柴草,捡牛粪,因为之前总和青美多杰坐在冉吾河边聊各种经意或不经意的故事,吵过也打过,加益叫青美多杰"烤羊头",青美多杰称加益"光肚子"——加益的头长年累月不生发,总是油光光的。即使这样,两个人还是能说到一起,拢到一起,像一对夫妻。"加益抬头的时刻到了。"下人们这么说。加益自己也忍不住暗自窃喜:是时候了。加益很乐意从家里拿一些煮在蕨麻汤里晒过后串成圈的芫根,还有陈年干肉,揣在自己的袍子里,等没人时,走到青美多杰身边,从衣袍里掏出来,笑着说:"都是芫根,我家的和别家的可不一样,是从塘达带过来的,阿吾青美,你也尝尝?"加益斜仰着身子带着调侃的神色和语气,他习惯了和青美多杰的玩笑。当青美多杰伸手时,他把袍怀反卷过来倾倒进青美多杰的袍子里,自己撕扯着手里的一块干肉费劲地嚼着,在一些不经意的日子里,加益开始干着索波·央周家最轻的活,重活正悄然地离他一点点远去;加益会轻易地病上几天,甚至十几天,当央周家的人问起时,青美多杰说:"病得很重,头都抬不起来什么的;风湿犯了得有人扶着去尿。"但现在加益对青美多杰说笑时,青美多杰不笑了,他对加益说:"你不要总是说一些愚蠢话,入不了人耳。"加益不管这些,他们不是一直过着这样的生活吗?这样的关系有什么不好?青美多杰却有着自己的打算,不想让加益的猥琐磨损自己的威信,摸爬滚打龇着牙往上爬得不易，所以更得慎重，他以为在一个高度就要保持其威信。有一次，加益在下人前对青美多杰说："烤羊头，今晚煮肉！"表现出他们掰不开也拆不了的关系，当晚青美多杰来到加益家说："以后你别再叫我'烤羊头'了，主人听到了不好。"加益的女人丝绸嘴正往灶里加牛粪："我叫你收着点收着点你就是不听，阿吾青美现在是管家，你总是扯他的袍角，能和你一样！"加益说："我又错哪儿了？又是我的错？"青美多杰说："我现在是管家了，我要在人前担起脸面。""在高处就不认我这穷汉？""我们的关系在这个院子里人人都知人人都详，就尽量不必让人再剖解了，能帮上的我尽量帮。"加益觉得青美多杰矫情了。那时没有这样的说道，他青美多杰不就是一个管家嘛，日子过着过着竟以为不是他自己了。青美多杰以为加益在这世上最赚的是有这个丝绸嘴女人在他身边，只要有丝绸嘴在身边，加益愣头愣脑说出的话都会相对圆满地收尾。那个女人会把加益说出的破裂残缺偏离头脑的话，一一兜在自己的袍摆里，然后整理加工一番，重新放在台面上，让人以为方才是听误了加益肚子里的话。"丝绸嘴"的名号不是别人说送就送的。

对于卓拉的舅舅来说，这回是不碰的额头碰了石头，当这个"羊头"抬起稀稀拉拉的碎胡子左顾右盼的时候，就会出现卓拉在时的情景：有一天，索波·央周挂在门壁上的马鞭不见了，下人去找，没找到，青美多杰说明明喝傍晚茶时还在，于是央周问："有没有什么人进来过？"卓拉的舅舅说："没有人进来过。"这时站在门廊边的加益悄声说："阿吾，刚才我看到有人进来，一瘸一拐的。"这个悄声话在场的人都听到了，卓拉的舅舅想：

刚才被青美多杰叫去说是屋顶雨水斗坏了，让我和一些泥巴糊上，我去拿工具……卓拉的舅舅刚要张口说话，忽然明白过来，也就没再说什么，他觉得不用再说什么了，他想起了那个年轻的看门"羊头"是怎样带着微笑跨出此大红门的。从卓拉走的那时起，他知道这一天就在不远处等着自己，果然他和从前的青美多杰一样，现在是"羊头"了——和不远处的那个向他挥手的时间碰头了。

在石垒的院内，青美多杰说着什么，索波·央周的事多数都是他的事了，家里要有一个扫帚，但是青美多杰记得要扫帚的人曾和他因为什么事拌过嘴，所以他认定那把已没帚头的扫帚还能再用。央周骂院子没扫干净时，青美多杰一声不吭，这不关扫帚的事，当然也就不关他的事。这些细小的委屈之前他一直在受，这种委屈是说不出来的，但他清楚自己正在和它遭遇，所以现在他让另一个人迎面碰到就显得轻而易举，信手拈来。那些小小的恩怨浮出水面，波澜不惊地滋生在索波·央周家院子的角落。

夏天，央周家会有十天半月的野外聚会，搭帐篷到夏季牧场。这比过节还欢腾，央周家会杀一头牛，把牛的内脏和四蹄分给跳舞的、摔跤的、玩各种游戏的仆人。那年野炊的第三天，索波·加波青身体突然不适，央周提前回家。走时交代卓拉把余下的食物分给那些人，卓拉说东西就在那里他现在就分。索波·央周刚掉头，卓拉就把分东西的事忘得一干二净。要分的东西或许拿了，或许没拿，谁知道呢，知道的只有卓拉自己。于是很多人都会当成得到了，什么都没发生，都是长了脑的人。这年的夏天，青美多杰把那些该分的东西都分给了那些人。他知道那些年卓拉在下人中有颇多微词，他不想做那样的卓拉，他会让一些人走着时没那么舒服，挤着哪只脚趾硌着哪个小拇趾是常有的事，但他绝不会犯众怒，这样他就犯傻犯浑了，他们心怀感恩，对青美多杰更是敬重。那时青美多杰明白了一个道理：人是不用以声音的高低来增加威信的。青美多杰举止温和，脑子飞转。

  卓拉当管家时，院里总是充斥着他咋咋呼呼的声响，尤其索波·央周出远门后他的动静就更大，他喜欢把自己放在明处，说："我不喜欢偷偷摸摸地灌肠子，我也不喜欢那样的人。"颇有对一些事不当事一些人不当人的架势，可是那时青美多杰就知道，一些河水在明处"哗哗"一路明晃晃地闪过去时，一些河水也可以在暗处流淌，保持沉默暗蓄力量，他也知道到最后指不定谁会是赢家。但是他们终究没成为真正的对手，甚至他们没来得及相向而行，注视对方的眼睛，目光里有火——没有，卓拉早已留在塘达的谷壑里，一段经明晰卓拉身在何处："黑白眼仁关闭时，鼻梁柱子坍塌时，走向暗夜无期时，咽干舌燥冒火时，腹中无食吞咽时，骨肉附阴世，骨渣附地底，凤尾草听风处，日月星辉映处，风声拂耳时，百食到嘴时，百盏佛灯，千盏净水，愿众生生在福安极乐……"

  处境，一个人身处一个地方一个座位，他就会自觉地遵从那里的俗事和日常规矩，所以青美多杰深知自己的处境。在他渐渐明眼时，在这个院子的任何场地、屋子的任何角落，他都不看她，只是恭敬地走过去，或者干着什么活，他从容不迫，不急不恼，他的龇笑隐退了，而她不，她甚至记得那是藏历的五月初十，新做的雕花柜让索波·央周家更喜气，青美多杰油光满面正在收拾那些涂料，他小心地不让涂料沾手，轻拿轻放在一个木盒里，蓝的、白的、黄的……弯腰的他看到女主人的衣袍就在自己眼前，他只管动手捡拾，用眼角的余光匆匆过滤一下整个院子，没人，他站起身，说："涂料上好了，看看多好？！"是询问和肯定的句子，措吉说："我不喜欢绿莹莹得像流着汁。"青美多杰说："工匠是好工匠，雕花图案精致细腻。"女主人说："凭这点就说是好工匠，是你没眼光还是我？"青美多杰有一丝不快，但不想正面碰触那些刺芒："太阳好了，两天就干了。"女主人说："是呀，涂料干了要两天，人干了，要不了两天。"青美多杰迅速转头往院里扫了一圈，楼顶忽然有什么响动，女主人重复："要不了两天！"走了。青美多杰心里轻吁一口气，他飞快地收拾，红的、绿的、粉的涂料沾了他一手。措吉记得那天青美多杰没龇他的狼牙，从那以后的所有日子里他也不再龇牙了，措吉会在某个地方看着他，看天气时无意地扫他一眼，或者在看人们干活时也把他收到眼中，他分明感到了她的眼，但是他把头扭到了一只从院门前经过的狗身上，他嘴里大喊："是它，是它，那天偷走肉干的是它！"他俯下身左一圈右一圈找石头棍棒之类，没找到，举起拳头甩在自己侧身，袍子的声响很大，听到动静，狗吓得跳开了，他追了出去。她再次病了，"这病很磨人。"索波·央周说。她还是去冉吾河边，还是去捡河里的石子，她的眼睛对石头的颜色和形状一直保持着异常的敏锐，她不再怕狼，她去庄院的园林里，那里都是红藤，枝上长着白绒绒的花球，花球上都是碎小的炸开的花。她总是闻闻那些几乎没有任何味的花，把鼻子凑近再凑近，像是要放进鼻子里嚼一嚼，非嚼出一丝味来不可，但是，没有，它的香像是隐在了根部，从不透露一香一味，如同有时男人的世界和女人的世界互不相干，因为他们需要到达的地方是不同的。

啊啧，这个她用双眼含着的男人。

怎么会有梦中的故事发生：

青美多杰不顾一切地想带措吉走，即使有索波·央周的阻碍，即使有那么多的白眼扇你右脸又扇我左脸，即使有那么多长着腿脚的风言风语在冉吾的上空蹿来蹿去，他终究会用他聪明的头脑想一个好法子，会在某一天的晚上或者清晨找到她，对她说："我们走吧，九坡十谷都可以，只要在一起就好，走到谁也不识的地方。"就像故事里的那两个孩子，他们的落脚点可以是一个木碗从坡上滚到坡下的任何一个地方，开始他们空手劳作，简单的幸福。

这只是她听过的别人的故事而已。措吉那副受委屈的驴脸，青美多杰不想看。

青美多杰已然学会在眼里不放任何色彩，全然忘了曾和一个人定点的时间和地方，他把这当成梦，梦不可以当真，这对于谁都是安全的，对，安全很重要。他以为自己可以犯错，但不可以错上加错。他失算过，诸如在嘛呢石上刻的经文，有一笔没把握好扭到了一边，但是那一笔是可以修复的，从原路小心翼翼地划过去，修复有时比原来的更完美。他也知道，有些错永远不可以犯第二次，在这一步里就没有可以回头的了，所以他是谨慎的，这种小心的转身有些不可思议，但是他让自己在最快的时间里自然地习惯他认为必须用来生活的常态。每天晚上，他会在床上想想今天发生的事，想好今天的事，他又会想明天需要延续怎样的形势和状态，开始一天的生活。他已经习惯分析明天有可能出现的问题，然后想用什么方式解决，很多时候他料事如神，这不是一朝一夕的功夫，慢慢地，他解决索波·央周家的事务得心应手了，他把这些事务定成有负重感的，如果这一次差错，他就永远属于抻脖弓身的那一类，所以他的尽职尽责让人摇头咋舌。青美多杰尽管和加益说很多话，但加益从来不知他内心真正想些什么，有时望着一脸迷惑的加益的脸，青美多杰心里直发笑。他希望靠着索波·央周之类的光亮闪闪发亮，等到自己蓄足了光就可以摸着肚皮打着嗝，前行也好倒着也罢都已无后顾之忧。他开始成熟为索波·央周家真正的管家。索波·央周去外面易货时也更乐意带着他。幸好自己滴水不漏，幸好措吉只是不痛不痒牢骚几句。幸好。

索波·央周和青美多杰离开后的某天，措吉在铺着石板的巷口看到一个卖茯茶的人，她走过去，看到那个包装别致的茶，当她俯下身时竟然闻到了那个人的味道，她很懊恼，对自己也对那个人，她不允许自己还会在另一个人身上闻到那种味，那个人的身上不该现出这个味道。此前她以为人和人的味道是不一样的，就像一个人和另一个人都是有鼻子有眼睛有嘴巴，但是他们长得却不一样。那个人身上不应该有那种味，这时的她禁不住一丝心伤，原来，身上有茯茶味的人到处都是。她对那个人瞄都没瞄一眼，放下手中的砖茶，把"这茶是松潘大茶，纯正香浓……"的余音关在大红门外。

那时青美多杰的眼里色彩喷薄，呼之欲出。而现在他的眼里只是月光下的影像，黑白着。

她一直以为这是一个男人和一个女人、两个在最初互不相干的人之间那种最奇妙的情意，清晨睁眼就能想到的人，夜晚入梦前思着的人，是上天赐予他们的，她以为和他在一起，即使冷水拌糌粑，她都开心。他能这么想吗，当然不，冷水拌糌粑的日子他过够了，他再也不能让自己的胃饿着，这会让他的身体跟着心难受。

所以她重重地病了。

拿圣水给她喝，拿加持过的松柏和蜜蜡熏她，都没有任何起色，索波·央周于是请来喇嘛念经做法，家院里传出阵阵诵经声，石垒的院墙内桑烟弥漫。措吉病了，但还是洗净双手用茶水拌一大坨不放酥油和曲拉的糌粑，给索波·央周、两个儿子和自己一人一把，在病痛不适处使劲搓，胃不好搓胃处，肝不好搓肝处，心肺……然后男右女左把那坨糌粑拇指向外使劲捏出手掌和手指印，据说这样把病痛和邪恶都沾在了糌粑上，然后由喇嘛将它驱走。

不时有喇嘛举着镶金钳宝的铜壶往人们的左手心里倒圣水，喝完圣水他们把左手往头上或眼睛上再抹一下，直到圣水在手里都净了，头昏脑涨的措吉在接圣水时伸出了右手，忽然她想起什么似的吐舌换了左手，她歉意地对喇嘛笑了笑，央周皱了皱眉。做完这些在他看来自己该做的事，索波·央周就不再关注其他事务了，有人请示他，他也只说"你看着办"或让其问索波·加波青，央周和措吉还会坐在一起吃饭，但此后他们的床上有了两床铺盖，这两床铺盖让那些在家里走动的下人们在私底下有了许多窃语，有时或者在一些日子里央周也不会回到那个床上，即使这样，她也无话可说。这年的夏季，索波·央周在杂曲卡玛的时间最长，他只身一人去的，青美多杰于他之前被派往阿卓茸巴收牛尾巴，纯黑纯白，但现在不是十月"冬宰"时节，哪儿能有那么多有光泽且大的牛尾巴，索波·央周说："你在那里慢慢收，三个月后也该收齐了。"青美多杰从未离开冉吾离开索波·央周这么长时间，他说："也许要不了那么长时间。""做一件事不要口快于脑，想好了再做才不会往自己头上砸石子。"青美多杰说："加益能和我一起去最好。"索波·央周说："一个人去方便，加益有他自己的事。"青美多杰想想也好，这样去巴塘谁也不会知道。看着青美多杰递给他的缰绳，索波·央周牙痛似的从齿缝吸了一口气。索波·央周痛快或不痛快时喜欢在冉吾滩上换骑自家的马遛马，今天他的乘骑是赛聂，它棕色的毛发在阳光下油光发亮。

"心里没马，缰绳是不会自己进到袖子里的。"索波·央周走了，头也没回。青美多杰这才明白索波·央周原来早知道了，或者他在影射什么？对一些事，他防之又防，可是索波·央周看出的端倪究竟是哪个……青美多杰在琢磨。

在赶往阿卓茸巴的路上，有两只狼恶狠狠地跟着青美多杰，他怕那两只狼招聚来更多的狼，一刻也不敢停留。青美多杰本打算在阿卓茸巴挨家挨户收牛尾巴，但他从一次交易里看出阿卓茸巴人是欺生的，对外来的人不甚友好，他们做生意也很不懂策略，像群起而攻之，一个人谈价时一群人随声附和，也许悠闲的生活致使他们无所事事形成围观好奇的习惯，总之，做笔生意像是打一场群架，你来我往，七嘴八舌，即使生意的双方不想让外人知道其中起起伏伏的砍抬价，他们还是会在一问一答中参与进去。气恼干瞪眼是无用的，他们偏向自己的人，无技巧地拙劣地挑出各种理来，生意几乎无法进行下去，于是那个人又重把自己的袖子筒递给阿卓茸巴人和他们在袖中说价，但有人还是会说："刚才那个价就很好了，再往下使不得……"最后阿卓茸巴人沉不住气大吼："生意不是这么做的，你们明白吗？愚蠢！"吼完拉起那个人就走，有人张着嘴半天望着那两人走的方向，竟不知那人为何火大。看到此情景，青美多杰打定主意自己不再出面，他让两个阿卓茸巴本地人收，他说："如果用这三驮红盐收到一百五十条色泽光亮的纯黑纯白牛尾巴，余下的就是你们俩的了。"那俩人说："我们这里就巴掌大，哪儿能收这么多的牛尾巴！"其实掩饰不住的喜悦闪烁在他们上门牙两端的金牙上。青美多杰说："你们有的是时间，三个月，再说没盐的不止阿卓茸巴，附近的庄户不是也缺盐吗？你们应该知道。"两个阿卓茸巴人似乎互看了一眼对方的金门牙，一起应声称好。青美多杰说："一定要纯黑纯白，要大，否则下回来时，我请别人做。"那俩金牙欣喜地答应了，青美多杰并不知道自己能否再来，但这样一说，结果就完全不一样。他又如此这般地交代了一番。当俩金牙收到二十个牛尾巴时,青美多杰已在巴塘，他走时牵着的驮马，背着一牛皮口袋红盐。

向阳，背风，红柳，草滩，河水就在几步之遥。这是他很早前就看好的。如果在索波·央周家不是长久之计（他从索波·央周遛马递缰绳时听出了自己为时不长），这里就是他给自己最后的归宿。他从牧户人家买下了那个房屋，当然一牛皮口袋红盐还加了碎银，然后他挖地基，围院子，手上尽是泡，但草甸围圈的院子让此前孤立无援的房屋一下子有了气势。因久无人住，房子也似乎老旧了，墙皮剥落，房顶漏雨，他又修葺了一番，在这样的劳作中日复一日，草色似乎翻了个个儿。三个月愉悦而劳累的日子很快也就过去了，完工的当晚，青美多杰睡在院子里，月亮挂在空中，茵茵青草像厚实的毯子般舒适，两匹马在旁吃了一夜的草。青美多杰并不急着走，他想在索波·央周之后回。他回到阿卓茸巴就看到俩金牙收上来的牛尾巴又大又好。四驮红盐值了，不，三驮，更值。

　　索波·央周瘦了，但很精神。措吉迎着他，他只是笑了笑，从她手中把孩子抱在怀里，他吝于和措吉对话就像阿卓茸巴人吝于在饭食中放盐一般，似乎以少为贵。一次，措吉真的是憋不住刚要吸一口气对他张口，他忽然对她一个微眯的眼神，让她一下把从嘴里吸进去的那口气轻轻地从鼻子里放了出去，他转过身不屑一顾地背着手走了，在跨出那高高的门槛时他说了一句："聪明的女人办傻事时比谁都傻。"所以措吉现在也知道了碗里的糌粑终有见底的时刻。清晨，索波·央周躺在床上说："空着肚子滋味不好受？"措吉此时才知道他和青美多杰同时离开那么久，是索波·央周在惩治她。措吉说："在外跑久了人也会瘦。"她要让索波·央周知道"其实我们的罪责一样，为何我的罪是罪你的却不是"，索波·央周哼了一声："山羊和女人（有）

爬高欲。""我们都是人。"她该不该重复一下青美多杰曾说过的这句？

措吉进而明白有些事真不只是两个人的事，不只是两只眼能看到，还有天和地的眼，还有山的、水的甚至还有在土里行进着的蚂蚁的眼呵，所以这些众多的眼是无论如何也避不开的，只是当初她以为有眼的只有两人。她以为它只是一点酥油沾了灰尘的污迹，用手指刮一下表皮，一切都不复存在——是那样的。

青美多杰从阿卓茸巴回来的路上碰到了他在这一生中永远不想忆起的场景：被狼吃掉的女人。

为了水草，牧人要在开春时回到各自的夏季牧场，一户一户从这山到那谷错落有致地散落开来。在杂青牧场，女人要梳碎辫，这象征着规矩人做的规矩事，就在那天，女人要去另一个山坳里找会梳一头漂亮碎辫的儿时玩伴，她的出发没有引起家中任何人任何过多的注意，通常洗完头总是要去的，这没什么。女人高兴地走了，她甚至暗自庆幸最小的孩子也没有表现出"要去哪里"的恐慌，也没有嚷着要跟上，她整整自己的衣袍，褶出大方规整的后摆把腰带系得更紧了一些。

周围是安静的，刺眼的阳光照在她身上，空无一人的小径上是以往没有过的静谧，她加快了步子，忽然转过头看，满眼青翠的沟壑，她的家已经在山的那一边了，她很想唱一句格摩或者喊一声什么，但她忍住了，这样或许会让自己更害怕。

像是从地里冒出来的三只狼。当狼群出没在加塘，羊被吃牛被咬的传闻一波接着一波时，杂青牧场的人不用有过多的顾虑，杂青牧场的原野上好似长着狼厌恶的植物，闻着时让它们头昏脑涨,它们很少光顾。但现在狼就在她的上方,像是从地里长出来的,又像是从天上掉下来的,悄无声息地,甚至听不到它们在干枯的秋草上"咻咻"走过的声音。他们对峙了一小会儿,她和它们,然后它们用最快的速度三面包抄地靠近女人,这之前它们似乎对了一下眼,好像嘀咕了一声"只有她一个,女人要跑了,还等什么呀"之类的。它们似乎早有防备,一起围了过来,女人想喊,往日唱格摩的清亮嗓子这时却颤抖了,成不了声。过程无比惨烈。

青美多杰碰到狼时就碰到了女人,如果上次与狼相遇是有意而为,这次却是不期而遇。当他看到女人时,她的下半身已没了,殷红的血渗在土里成了黑色。他取出马鞍下的垫子盖在女人的身上,她的头歪在那里,但是她努着嘴眼睛看着他的右侧。顺着她所指的方向他就看到了那匹狼,它意犹未尽地看着他们,他愣了愣,慌忙中开了上了膛的火药,放空了,狼退了退但没有要走的意思;他再次上火药,这一次很好用,没出故障,那个冲在最前面的狼拖着腿嗥叫着逃了,狼终于退了下去,女人吃力地对他挺起拇指,就把头歪在草地上,黑黑的长发泻如流水。青美多杰本不想把这事说给谁,但是他的步子迈向了索波·央周的房,索波·央周微眯的眼打开了一条缝,说:"是呀?你既然看到了为何不把她送到家?"青美多杰说:"我什么也问不出,不知她的家在何处,都是血,再说我一凡人动不得尸首。"索波·央周还是一副不感兴趣的懒腔:"山路上狼多是自然的,这谁都知道,你命大躲过了这一劫,下回可就说不准了。"青美多杰知道索波·央周不是对这件事不感兴趣,而是对他青美多杰不感兴趣，果然不到一会儿，索波·央周骑着他的央智走了，马蹄响成一片。

索波·央周病了，自从见到那个被狼吃掉的女人长发流水样摊成一片时，他忽然从马上摔下来，不省人事。醒来时，他就吐，人们说那是他撞了邪气吓趴了。那惨烈的场景让每个人的心都一抽一抽的。但冉吾人认为索波·央周并不是看到那样的场景才这样的，这个能在众多的冉吾人心中挺立的人，怎么可能看到那个场景就倒下。因为他们看到后起先也是惊吓那么一阵，然后渐渐地对它记忆松弛并遗忘。像索波·央周这样行走过江河湖海的人怎么说吓就吓瘫了呢？后来似乎是为了给高看他的冉吾人长脸，索波·央周蜡黄着脸从土里醒来一般顶着某天的寒风站在房顶三面围拢的柴火草旁。风把他的沙眼吹出了泪，他也顾不得擦。这场说来就来说走就走的病后，索波·央周再也不满面胡须像个吓人的主儿，胡须也真被什么吓走了一样，只是从下巴处破土似的稀疏着几根山羊胡。他一好起来就派下人拾掇青美多杰换来的牛尾毛，他把好的牛尾洗净晒好收起来，用剩下的做很多又粗长又结实耐用的帐撑绳。嘴里还可以骂骂青美多杰的牛尾巴卖相并不好，只是给他充充数罢了。

青美多杰在巴塘时就认定索波·央周已指派另一个人做了管家，但是那些下人对回来的他还叫"阿吾青美"，一切还像来时的样子，因此青美多杰依旧躬身候着索波·央周，躬身倾听索波·央周的骂。这一天，他没碰到女主人措吉，碰到给她说被狼吃掉的女人？想必她早知道了。他望了那窗子一眼，又一眼。在巴塘他想不起来有没有想过女主人，念头一上来，他就挥汗如雨地挖草甸垒草甸，因此确定没想。他是在第三天看到女主人措吉的，她坐在花坛的遮阳篷里摇转着手中铜制的经筒，筒腰间裹饰的松石和珊瑚，红红绿绿一圈一圈的。青美多杰的心抖过去时顺带传到全身似的打了个冷战，如果一直抖下去，索波·央周家院里的人就有看头了。他及时制止了这种不知因何而来的羞耻，魔力的东西在这世上还尚存。措吉并不看他，手中的经筒飞转，红的绿的形成有弧度的圈。

  人人都哈着白气的冬天早走远了，裹挟在风沙里的春天正在走近，有些花开得摩肩接踵地急促、拥堵，措吉走不出青美多杰的云山雾罩，仿佛整个冬天里他哈出的气凝固在那里，随时都跟着一样，她向左，它也向左；她躺下，它在她鼻息最近的地方；他像影子，这里那里都是，但是她握不住他，他是雾，他是空气，他是风。一天清晨，她正在龙碗里拌糌粑吃，忽然想他多像一个没有茶水的糌粑呀，成不了形，有时只让她干呛着，咳咳咳，眼泪鼻涕一大把的，却不能痛快哭出来。措吉清楚她和青美多杰已然呈现在索波·央周的眼底，纠葛的枝蔓脉络日渐清晰，而她无处可躲，藏在袍子里头终会露脸。而此刻，青美多杰对待索波·央周时更加慎重，他对央周的一举一动像是看在眼里疼在心上，在央周面前他是不会看女人的，甚至不会动一下眼珠，他的眼仁永远向着央周的方向，央周是他的太阳，他是央周的太阳花，一整天，他的脖子伸向央周的方向。有时索波·央周外出，他才会像阳光遮在云层里，脖子方可松懈那么一阵；索波·央周来了，他的脖子就重又抻直了。他眼里的色彩随着索波·央周的心情变化适度。他能撑多久就撑多久！

措吉想。

索波·央周什么交易都做,有牛奶做酥油生意,有青稞做糌粑生意,有毛就做毯和氆氇的生意,而他的阿爸索波·加波青一直延续着先辈的生活,只做银饰生意,从银子的提炼到打造再到刨光他们自然有自己独特的方法,但他们家的银饰并不是做得最精良的,所以生活上仍是外人看到的门面撑得很大,可里面还是抠抠搜搜的。"外面绸缎锦囊,里面燕麦糌粑。"是索波·央周时不时想起的谚语。后来到了索波·央周这里,他认为做生意要形成一定的规模,很早的时候,索波·央周就知道银饰是做不了规模的,银饰这一行只有相对富有的人家才能买得起,人们也只有在节庆日戴,使用周期短,市面太狭窄了,果然索波·加波青家的银饰匠日甚一日地渐少,他们散在阿卓茸巴和杂曲卡玛,于是阿卓茸巴和杂曲卡玛的银饰风格也带着冉吾的风韵,形成一种美的中和。

索波·央周想把生意做成规模,比如人们日常生活中不可或缺的,比如吃的和穿的,这是每一个人每一天都需要面对的,或者是在另一个地方急缺的,但冉吾庄谁都种着一亩半分地,谁都养着五六头牛一群羊,基本主食是不缺的,所以他对另一些事务动脑子,他一趟一趟外出却不知去做什么,索波·加波青对自己儿子今天这儿啄啄明天那里挖挖很不以为意,索波·央周看得出来,当银饰退出索波·加波青的生活时,索波·加波青里外都不是地很是挣扎了一阵。直到有一天清晨,太阳刚露出半脸,索波·加波青操起小榔头小锤子在自家向阳的花坛边"丁零当啷"地敲起来,他头发花白,精神矍铄。索波·央周说:"要做什么?"索波·加波青说:"一对耳环。""手放那么久,头一次给阿妈做吧,我出钱!""好好,我也是这么想的。"索波·加波青爽朗地笑了。索波·央周知道此时索波·加波青的心才安定下来了。从前索波·加波青自己是很少动手的,他得去易购纯正的银子,偶尔有空闲心情又好,他才会美美地吸一鼻腔的鼻烟然后和银匠们敲上一阵,只是这样的时刻太少,他敲打出的只是枝干的一叶片、花朵的片瓣、一尾草的经络。料想不到出自索波·加波青之手的银饰在冉吾庄声名鹊起,他的精心雕饰、独特的纹理活泼中不失庄重,别具特色。耳上戴的、手上缀的、腰上系的都精工细作,大小适中,鸟的嘴、凤的尾、龙的须呼之欲出。别人一看银饰的款型就知道那是出自冉吾庄索波·加波青的手艺。但索波·加波青出工很慢,因为他精雕细琢,因为已年岁不饶人。索波·央周只当索波·加波青为度日消遣,他对阿爸阿妈说:"没有人吃一口糌粑明天也饱着的道理,生意扩展就要让那个市场只从我的手中走出和走进,一旦流入别人的手中是形不成规模的。"索波·加波青从未想过做生意要不关别人死活去做,这样索波·加波青想到了自己的阿爸那个拿一铜盆青稞换一小撮羊毛、用一鬃牛尾换一坨酥油于小小碎碎中发起来的家。索波·加波青在做银饰生意时有时对买者推荐:这种花纹谁家做得更精美,谁家银子成色更好一点之类的。但现在的生意做成了你不认我我也不认你,捞上一点是一点,交易中充斥着风险和狡诈。从何时起这样了、谁人起得头,他都不晓得,却早已在冉吾庄成形弥漫,想必其他庄也是一样的。

索波·央周到阿卓茸巴和杂曲卡玛,一趟两趟就知道了在那里织毯和氆氇手艺最好的年长者，有男有女，他把织毯的家户聚起来说："织好一个你认为最好的图案，到时我来买。"有人不信，因为从没人这么做过，一些人家将信将疑隔三差五在织机上捣鼓几下花活，有一下没一下地，索波·央周真来了，他们说没那么多的空闲，很久没做了手生；说年岁大了眼花看彩线也跟着花；有人说，不会是假的吧？不要我们这边已织出你那边却不要了！索波·央周从怀中的袋里取出一把碎银："这是织毯的一半钱，等我回来时，就要毯；没有，我的银子我拿走。"一个月后，索波·央周拿走了织好的所有毯，有人家中铺着的毯和氆氇也被他一并收了，他对那些织者说："这一次我都收了，以后我来只收织得最好的那些。"那以后的每个月，索波·央周都派人来收织物，做工精良图案精美的优先，收价也相对高，而后次之。阿卓茸巴和杂曲卡玛织毯的人家一下多了起来。

  人们说索波·央周做的是地界边的生意，据说那里的牛尾巴价值不菲，索波·央周从青美多杰收上来的牛尾巴中挑出最好的五十条，他派人去杂曲卡玛找到诺龙带上他直奔阿卓茸巴，三个月后回冉吾的索波·央周满面红光，像喝多了酒般，但脚步稳健，他和父亲拥抱，和母亲贴脸，家院里顿时喜气洋洋，这次他很乐意和家院中的人享受他在外的事情，他说："那些人说着和我们不一样的话，穿着和我们不一样的衣装。"有人于是问他："和诺龙没在一起？"索波·央周说诺龙原回到了杂曲卡玛，他还开了句玩笑："那里有他扯心的东西。"冉吾人说索波·央周的家财快溢出来了。

  索波·央周这次回来在冉吾调适身心的时间有些过长，这是家院里的每个人都感受到的。午后,他侧卧在晒阳台的柏木椅上,又看到了那个女人,就像一个久远的故事,忽然在他的脑子里灵光一现,她是卓拉带过来的,卓拉亡后,她忽然消失了,后来的某一天又出现在索波·央周的田园里。女人和一群人在笑,有男有女,他感到她的笑像花一样打开了,阳光一下子温暖起来。他以为是自己正对着她的缘故,而那时的阳光也对着她,她的牙齿在她上扬的红唇里一片光亮,所以他才被她莫名地打动,事实上从和她看完那幅画后,以后的日子里他一直未能放了她,在心底明明暗暗地现出。但她是模糊的,你说不出她任何的具象,她是水也可变火瞬息之间或者缓缓迁移,这个女人很奇怪,索波·央周以为尽管有很多人打压她,但有她的场景她总会让自己居于王者的姿态,索波·央周想再次近距离看她——这个他一直看不懂的尤物。

代代卓玛说着浓重的土语,对吃什么不说吃什么,说吃谁。那天,代代卓玛问厨房的人:"今天吃谁?"索波·央周刚巧经过,他从门外探头笑道:"今天吃我。"索波·央周心情大好大声笑着,代代卓玛羞赧低头微笑,她对男人天生的敏感是任何女人都无法企及的。

"有财的财奴,没财的人奴。"琼琼很小的时候就听奶奶念叨这句谚语,这像她的一个护身秘咒,这个谚语让她觉得世上所有的人都在受苦,但她在索波·央周家干活时,明白了这句谚语上句与下句的天地之别。在央周家,她干的活和那些人都一样,诸如捏晒牛粪,挤牛奶;做酸奶、曲拉;把牛粪齐整整地贴在长长的院墙上,晒干。她干活很利索,每一板牛粪贴得大小一致，疏密有序，从远处看墙上像是描了一圈一圈的图案。一般而言，她干的都是一些外活。她轻声细语，但说出的话条理分明，人又很勤快，勤快的人也会注重脸面，所以她总是洗净自己的头脸，如果白板的皮袄能洗，她也真想洗一洗呢！那时人们都说笑那个"半脸白"女人对穿着白板皮袍的阿妈说的话："阿妈，你的皮袍能洗洗就好了。"半脸白母亲的皮袍油污斑斑。所有阿卓茸巴庄的人笑半脸白女人对自己母亲说的话。后来她说的就变成了"皮袍该洗洗了"。阿卓茸巴人认为为了所谓的干净这句话带着发自心里的不敬和不自觉的嫌，因为谁都知道皮袍是洗不了的。皮袍子洗了会变得干硬，裂开口子。阿妈们有时对自己的儿女说："是不是我的皮袄也要洗一洗？"于是半脸白说出的话像拓印在岩石上的手迹，那印迹清除不了，并且覆盖在阿卓茸巴的角角落落。

代代卓玛的清爽架着青春和美丽到来，她一日比一日有光彩，所有的下人都意识到了这一点，她笑着走在每一天的清晨和黄昏里，一些人惶恐，一些人羡慕。她的精神很好，她脚下的路好似不是用来踩的，而是用来飘的，那时卓拉看到的代代卓玛就是这样——卓拉看她时，当然不是明着的，是一不小心的，是远远近近的，是心不在焉的，他有时想她，想她时他自然想到她是下人，而他是下人眼中的上等人，这让他更有想法，这想法让代代卓玛很快变成候在索波·央周身边的人。代代卓玛刚来时，这里的很多活都需要她一个人干，和她在一起的下人是个老姑娘，老姑娘以老自居，许多事就不由代代卓玛的心，都摊在代代卓玛的头上，那个老姑娘会说"布毛代代，把牛粪晒了吧；布毛代代，把斑点的牛奶挤了，再把那头灰花的奶也顺带挤了吧"之类的。有一次卓拉来了，他又是心不在焉地环视了一下牛棚，他说："应该清理一下羊棚了。"代代卓玛感到重活又来了，牛羊棚里的粪肥要背到地里，青稞田离得远，这是很辛苦的活。卓拉漫不经心看了她一眼，放低了声音："这活你干不了多久，这一次好好干吧。"代代卓玛正想着怎样把羊圈里厚厚一层贴实在地上的粪垢挖出来，没太弄明白卓拉的意思，卓拉也已走了。三天后她就到了索波·央周的身边，那时她才想起卓拉那意味深长的话，它应验了。她再也不用在雨水里"滴答"着水珠挤牛奶了；不用把手总是浸在有味道的牛粪里；也不用一次次在草甸上跑来奔去拦牛羊。代代卓玛很为自己感到庆幸，不用在外面风吹日晒。她的精神更好了，每天天不亮就起床，里里外外地拾掇着索波·央周的家院，她知道这是谁在帮她，从青稞田和牛羊圈中的"外活"一下子到厨间和上房温暖舒适的"里活"，让她忽然心思灵敏举一反三地体会到"没财的人奴"那种落魄不堪，但她代代卓玛绝不会怕奶奶谚语上句的尴尬。当卓拉让她换下干"外活"的衣物、亲手拿来崭新的衣物给她时，她感激地看了他一眼，每天做活她都会小心翼翼尽量保持衣物的干净。可是里面和外面的人没有太多分别，比她早来的德吉也会使唤她。卓拉时不时探头探脑转上一圈，她恭恭敬敬站起来，问还有什么吩咐，卓拉说"没什么没什么"，说着径自把手搭在她的肩上，以示她坐。她感到手在她身上的别扭就势躲开，这样的次数一日比一日甚，代代卓玛躲不过时，各种借口在她头脑里涌现，但卓拉的目光会看穿并击碎它，下一次他会问:"又丢了什么吗?哪个活又没干完?"代代卓玛清楚下一截路上说不准自己会摔上一跤,所以她很不情愿地承受着那只手带给她的腰肩上的重量,就势坐下,别扭的感激。卓拉说:"以后有什么事跟我说。"卓拉来的次数又增多了,一点好像他沾不上边的事,他也来对她说,只要他知道有她一个人在,他就会来,而且把放在肩上的手挪近些在脖子上,这让她笑不是哭也不是地僵着一种奇怪的表情,她似乎想起什么,立刻喊:"茶热煮在灶上,快要沸溢了。"还有一次卓拉贴近时她起身说:"中午的干肉还得从房顶上拿下来。"或者卓拉一吩咐她就会立刻行动起来,卓拉知道所有在关键时刻出现的问题只会表明:这个女人无心于他。有次卓拉似笑非笑地说:"我呀,芫根面汤喝过,还说过有没有;蕨麻油汤吃过,也说过不要了。"他卓拉什么没经历过,代代卓玛算不得什么。代代卓玛心说:老胳膊老腿都摆在那里,还没吃没喝过不枉活那么一大把灰白胡子了?德吉对她也是一副老老的姿态,让她干不属于自己的活,她不对任何人说那个女人的小姿态,有什么可说的呢,不是这个人就是那个人总会在那里,说多了反而显得自己眼高手低。她想有什么办法让那个女人对她不颐指气使,让卓拉离她远点!卓拉又来了,代代卓玛和德吉正在收拾碗筷,卓拉叫她问这几天厨房还缺什么,他让代代卓玛坐在他身边,她说:"德吉大姐让我煮茶,我还没拾掇好呢。"卓拉奇怪了:"德吉是什么人,还要你听她的?"德吉站在那里说:"不用不用,代代你坐,你坐着,我来。"卓拉对她大声说:"以后你不用听下人们的话,只做我吩咐的就成!"代代卓玛一副委屈样地心里笑开了花。

新的一年到了,初一的嘎曲(晨星水)由谁来背卓拉早已定下,卓拉点的名字里有代代卓玛。很早的清晨,当晨星映在水中时,代代卓玛她们在木桶沿上均匀地圈点三个拇指大的酥油,上插点燃的藏香,带着松柏枝来到河边,点燃架起的松柏枝咏颂吉祥。那时河两岸桑火点点桑烟弥漫,背水回家后代代卓玛在嘎曲里加了一点牛奶,索波·央周的家人用加了牛奶的水洗脸,意为驱除身上的污秽,然后烧茶煮肉。春节第五天,措吉回娘家,索波·央周的身上披着绸缎的羔皮袄,代代卓玛进去时,索波·央周没看她一眼,代代卓玛放下手中的龙碗转身时,索波·央周说:"坐一会儿吧,说说话,家里没什么人了,活也不多。"代代卓玛惊了一下,随后坐在下座。央周问家中几口人、都在做什么,代代卓玛一一回答。央周说:"那里有一幅画,你拿过来。"她把佛龛上的画递给他,他说这画是"和气四瑞",她看到最下面是大象,大象身上蹲立着猴子,猴子肩扛山兔,山兔头顶羊角鸟。央周说这幅画意指每个人要团结互助,恭敬长者。他说年轻人虚心听取长者意见,就会少走弯路。他让她收了画,径自去了里屋,一会儿在里屋对代代卓玛喊:"把我的碗拿过来。"代代卓玛拿着碗去了里屋,她感觉到了什么,但没去细想,把碗放下要走时央周抓住了她的手,她在挣扎。他的力气很大,像是从周围的空气中蓄来的,把她扑倒在床上,她不出一丝声音但还在挣扎,索波·央周无从下手,他一会儿要顾他的长腰带一会儿又要顾挣扎的她,两人都精疲力竭,最后他用一种代代卓玛从未听过的声音温柔地说:"我已碰了你,你……好吧。"代代卓玛忽然想到让她成为山神精灵女人的那些人，想到那件成了笑话的斑驳褪色的氆氇袍，想到不常态的树瘤，想到开着鲜花的冬天，也想到了卓拉，春节轮休回家的人中没有她，是卓拉让她明白自己还是可以操控一些事的，还有德吉们指哪她干哪的那些日子。索波·央周——冉吾庄仰望的人，他是想把她别在腰间还是挂在脖子上，或者把她当成靴带系在小腿上？还有头发耳朵手指间，她将会是索波·央周身上哪一个部位的饰物？是隐形的还是在光线中有型有色的，代代卓玛错乱了手脚但不能错乱心智，好事坏事？最不济也该是不用在德吉们面前太低下了。思绪纷乱的代代卓玛目光却异常坚毅，嘴角抿着浅笑，她被伏下来的他包裹了。原来，最要紧的不是卓拉，也不是摆老姿态使唤她的德吉，最要紧的是代代卓玛她自己，她要对自己点头，说服自己。那以后她就可以穿着索波·央周给她的提宝，羡煞她们的目光，美美地住几天索波·央周在巴塘滩的"冬窝子"。而冉吾人是不会对一个被山精灵劫走的女人刨根问底的。冉吾庄恪守禁忌。索波·央周成全她。

从那个秋天开始，以后每年的青稞穗浪里，索波·央周都能看到代代卓玛曼妙的身姿，听到她奇妙的笑声。但即使这样，他也料想不到，经过了他（他以为）的这个女人在多年后会像一株奇异的植物，撩人。

他是她的长辈，多年以后她灿烂地盛放，或许缘于他是她一段隐了形的刺，是她不知在哪儿的痛，他和她一开始都是失重的。或许他什么都不是，她只属于她自己的宿命。索波·央周后来什么都不想了，在代代卓玛离开的一个月后。

这个老人，这个原先长满一腮胡子后来稀疏着山羊胡的走路一拐一拐却总发觉不到自己的胡子已经发灰的老男人,他的手里握着那些个众多的钥匙,他在这里呼风唤雨,她的心意只要跟着这个男人转,尽可能地展开她那年轻的笑颜,他就会给她蜜呀枣之类的甜头。一次两次,她就习惯了嘴中香甜的滋味,浓味淡味她可以有自己的方式调适,怎么可以轻易吐出来?代代卓玛见惯的草地比以往茂盛,吃惯的糌粑比以往香甜。长着脚的男人很多,拿钥匙的男人不多,拿钥匙给她枣的男人更不多。她明白。

这个老人可以让她干的活比别人少,碗里的糌粑却比别人多,索波·央周对她的这枚钥匙,让她在众人眼里心中飞呀飞的,所以她每天怕遗失般地带在身上,她开始惶恐于见不到索波·央周的脸。这就是那些众多掌控着钥匙的男人的优势,他可以赢得比他自身应得的更多东西,所以众多男人都想掌控那些钥匙,他们从最初的平地向上爬,一路跌跌撞撞,途中的那些男人不堪重负,一些人气喘吁吁还是往前爬;一些人灰头土脸地走下来;一些人终于悔悟这座山的虚无。那些对自己狠下心来的男人也终于到顶了,但是他们的心早已被途中的艰险风化、异化,所以他们要补全他们曾失去的,所以男人在女人身上得到见证,他们认为这是最能使他们心态昂扬的一个标志。于是男人们历来对钥匙痴迷不悟。钥匙的力量可以转化成男人自己的能量。他们认为这很奇妙,并且乐于有这样的寻找钥匙的过程。代代卓玛怕那些人看不到在她身上施与的钥匙的特权,所以她在索波·央周不知情的状况下招摇过市地晃荡在众多下人的眼里。

那以后代代卓玛不惧那些个德吉们,她们开始对她笑脸相迎："代代，你今天穿的衣服真合体；代代这活我来干。"那种亲近无论真假都让她感觉舒畅，所以说人世具有不可预知性，正渴着呢，谁知道下一个坡或许就到了河水边，就连卓拉这般眉眼不正的人也只能对她讪讪然地收起自己的爪子。代代卓玛于是有理由时时头痛病发作，一天月圆的日子里，索波·央周家请僧人念经保平安，可是当家里的老老少少忙得像滚开的面汤时，代代卓玛的头痛又轻易犯了，这可惹恼了卓拉，他可憋得头皮发紧眼睛发胀已经许久了，他来到手扶着头坐在木凳上的代代卓玛跟前说："家里上上下下忙得顾不得吃饭，代代，你和德吉去帮厨。"他不管这个女人的伎俩，假装什么也没看到。代代卓玛呻吟一声："我的头痛得要裂开了，能不能休息休息再干？"卓拉无辜样地说："女主人都忙着，我怕是没有这样的权力。"哼，难不成你比女主人都要摆架子？代代卓玛说："我不是不干活，只是头痛要缓一缓，要不你给主人说一声我病了。"哼，你摆出女主人，我就摆出男主人，看你厉害还是我厉害！卓拉笑了一声走了，他并没有对主人说什么。茶水迟迟供送不来，卓拉把女主人迎到厨房，女主人问卓拉怎么回事，卓拉说厨里的人忙不过来代代卓玛说是头痛了没来，措吉一听是代代卓玛，怒火中烧："她一个屁股当币使的人，还有脸说怎么了！"德吉们于是说笑"卖屁股的人"，这句话传到代代卓玛的耳朵里时，代代卓玛说："屁股不是每个人都长着吗？"德吉们于是回应："不是是屁股就来卖的。"或许代代卓玛早已蓄势待发会来一句：不是是屁股就能卖的有些时候人是不能输的，一输便落下口实了，而且低坡下的口实会伤人，代代卓玛半开玩笑地说："等着瞧，每个在这个院子里的人！"这可吓坏了胆子如豆的一些人。仔细想和这个女人有过龃龉过节吗？没有的心里舒一口气，有过的心慌了好一阵子呢。索波·央周每年两次去野炊，这是好事，女人们只要跳上几曲舞，索波·央周就会给东西以资奖励，下人们会吃到很多以往吃不到的东西，轻松又愉快的野炊每个人都想去，这年开始，索波·央周让代代卓玛确定守家和去草滩上的人，这却不是好事，代代卓玛之前对老姑娘和德吉说"你俩都去呀"，可是动身时她叫来的人里没有德吉，一次两次都是这样，德吉们想拔掉几缕代代卓玛的头发，她们感觉自己和代代卓玛没有什么不一样，该长的不是都长齐了吗，只是她为什么会引来众多的更是索波·央周的目光？帐外只有眉毛粗的下弦月，草滩上的人都很累了，无梦的夜里，有着窸窸窣窣的声响，有人靠近代代卓玛的帐篷。第二天醒来，代代卓玛看到自己右边的长发不见了踪影，她低低地惊叫了一声。有人早起时看到代代卓玛的头上戴着布巾，太阳升得老高，草原上已是暖融融的，她还戴着布巾，干活时脸上泌出大颗大颗的汗珠，她不停地擦着汗不说一句话，她越不说话有人的心就越发慌乱，这时走来的一个下人问："代代呀，天都这么热了，你还戴着头巾不更热吗？"她们就竖起耳朵听代代卓玛的话："呀，今早一不小心把头发给烧着了，有的头发就像生气了一样直愣愣地乍起来，头巾就不能摘了。"代代卓玛似乎在笑话自己的头发，那个人说："不就是烧了点吗，让我看看要不要紧？"代代卓玛拢了拢头巾说："头发和我，羞于见人呢！"她又笑了笑，那人不甘心地伸出手要看代代卓玛的头："就看看嘛，我看怎样梳可以遮掉。"代代卓玛避开那人的手说："没事，额边的头发也烧着了，我就干脆剪了它，要不头发都打卷了，现在没事了，头发嘛，会长起来的。""耳朵们"轻呼一口气。回到索波·央周的院落，代代和德吉们碰上了："大热的天，代代你的头上盖着什么呀？"一个人径直走过来从她头上把布巾摘下来，于是代代卓玛被盐碱吃掉的草甸般的头皮难看地裸呈在大家面前，人们的目光一下被吸引过来，他们脸上是惊讶，心里却窃笑。索波·央周也听卓拉说代代卓玛的头发，他不敢用很嘲笑的口吻："代代卓玛的头发烧火时被烧着了，据说弄得很难看。"索波·央周看到代代卓玛的头上包着布巾也好奇样地问代代卓玛为何不将它摘下来，代代卓玛说早晨不小心把头发烧着了，索波·央周让代代卓玛摘下头巾，乍一看哈哈大笑，代代卓玛也跟着花枝乱颤地笑，索波·央周再次看看依旧笑着的代代卓玛，说："其实你光了头也很美丽。"代代卓玛就笑得更灿烂了。当然索波·央周也不相信这是烧火烧的，齐根剪掉的发茬犹新，怎么会是火烧掉的呢？但是女人们的事他是不想参与的，他不想追根问底，他想清静自己的心智，在该用到时再耗时耗力。当然，代代卓玛即使光头也是美丽的，这一点谁都不可否认。

只要这次事件过后，各自收起心的魔爪过自己的生活，代代卓玛也不会再计较了，这是因为自己在这些人中已经高了一个半个头，她们才会干妒火中烧的事，可是当她们把代代卓玛的布巾摘下来时代代卓玛就改了主意，因为这样的事情不是她忍了就能平息的，谁也说不准会不会有下次，还有下下次。

德吉和老姑娘筛着蕨麻，把蕨麻里的杂质和孬籽筛出来，后来煮出来的蕨麻却有一股恶臭的味道,可明明筛出来时好好的。卓拉对德吉们大发雷霆:"你们即使没长眼,鼻子也失灵了吗?""长在脸上的鼻子不是有用的吗?如不是有用的,那干脆割了剜掉算了。""不不不!"德吉们的嘴冷了般打着战,"以后我们定会好好干,一定会!"卓拉狠狠地训了一通德吉们,然后让她们掏挖厕所。第二天,德吉们怕人发现就很早出来掏厕所,正干得汗流浃背,代代卓玛戴着布巾出来了:"噢,一大早的有响声,以为怎么了呢,这活真是又脏又累的,不是吗?"代代卓玛从头上摘下布巾捂着鼻子。她不该这么早起,可是她要让她们看到她和她们的区别。德吉说:"是呀,命贱了风光不了几天。"代代卓玛的鼻子里哼了一声:"早就该想到,就该防患于未然。"于是德吉明白了这是代代卓玛对她们的报复,那以后她们静悄悄地说话静悄悄地干活,没人再招惹这个多心眼的女人。

  代代卓玛的头发如她所言渐渐长长长浓了。

  代代卓玛知道要让自己过得舒心就要把索波·央周的毛捋顺了,这个男人需要女人把他捧得高高在上,甚至看不到他悬着的脚底离地面很远,这样,他就更贴近自己了,所以在索波·央周前,代代卓玛从来都恭顺如一只猫,只是这只猫的爪指甲都磨平了,不知这只猫磨指甲时是怎样的苦不堪言。总之这是管用的,她可以用磨平的指甲轻松对付对她张牙舞爪的人。那时她磨平的指甲生出刺一样的利器,下人们都知道利器源于索波·央周,所以就只好抿好牙收起爪不跟她计较。所以代代卓玛走路时胸脯是顶出来的,腰部是弯过去的,屁股是翘上去的。谁也拿她这姿势毫无办法。

代代卓玛只关注这个男人身上的钥匙，钥匙。每个陷入这样一种沼泽的女人起先都是这样，她看不到沼泽下大张的口，以为可以从那里轻跳过去或者那里有让自己撑力的草滩，并相信那里一片花红柳绿。代代卓玛还有一高兴的事：卓拉对她像蔫了气的牛尿脬，摊在地上，提拎不起来。

　　当代代卓玛发现走到深处陷得不只是脚踝时，索波·央周赛金花也要狗屎花也不弃，她就只有牙齿咬到舌尖的血腥。德吉的女儿摔了一个蹊跷的跤，她看到索波·央周帮背着一筐牛粪的德吉的女儿把牛粪拢进背筐，再帮德吉的女儿把背筐放在她的腰上——自己年老色衰，就把女儿豁出来了，代代卓玛知道这是德吉的一个圈套，她们等着索波·央周的脚放进绳圈里再收绳。代代卓玛会从一个梦中忽然惊醒，而后浑身打战进入下一个梦，而后又打战。有好多次，她站在这空阔的院墙里，黑夜浸染着她，她听到索波·央周打雷般的鼾声响彻在整座楼阁和院墙，如同表明他一切都好他的一切都好。她感到冷，心里发颤。她睁了一夜的眼。她早已感觉到这个男人的心在走远，跋山涉水……就是不在这里，她无法知道自己哪里失策了。离开可以，但不能这么不舒服地难受，她让一切照旧。一次，代代卓玛愁眉苦脸地说："我的阿妈病了，我不知用何来调养她的身子。"索波·央周给了她两只羊，很快代代卓玛找到了诀窍，索波·央周给得多，代代卓玛要得多，她说："哥要去远房亲戚家，能否借马一用？"索波·央周答应得有些勉强，他爱马如命，一个月不见马，那天索波·央周走到厨房对代代卓玛说："马到了吗？"代代卓玛心中不快："哦，我哥到了。"索波·央周改口：

"你哥到了,马就牵回来吧。"她说:"好。"牵回的马瘦弱且毛发没了先前的光泽,索波·央周抚摸着马,那以后他对代代卓玛收敛了许多,有时代代卓玛一副还缺着什么的样子时,他装作浑然不觉。

　　黄昏,阳光暖暖地斜照着。索波·央周在打理那些开得不成样的花,那些花的主干都弱弱地打着卷,他不明缘由地锁着眉头说:"是肥料不够还是阳光不足?"看到她来,他笑得比以往都开,"什么事?"他问,从前是什么,从前是坐坐,有话坐着说。代代卓玛以为因为她来索波·央周才不情愿地看花。她说:"我要走了。"他说:"哦。"醒了的样子,"是的,该走了。"是到该走的时刻了吗?索波·央周怎么想?呀呀,是皮子的要鞣,不鞣不成袄。人都要享受疼痛的快乐,可是当他全力以赴想要从身体的肌理切开她,等到忙活得让自己都生厌时,只是大汗淋漓出了一身汗,这让他恼恨地想咬谁一口。他还没做好准备,可是她为什么这么早走。但在一瞬间,索波·央周心意已定,就像是等着给这句话扎个口:"既然是你想走,我留不住你,你自便。"而这个袋子由谁负重,他不想了,却正是她一直不能逃离的。"这样打发我走?"忽然之间,她恶意地对他说。他说:"你还想怎样?不是你想走的吗?"她说:"我不想怎样,只是……"她什么也说不出。她要怎样?他从来没有对她承诺过什么,所以她想要点什么,他会给什么吗?这个,值两头牛四只羊?这个事情让她一下子明白,一个女人一定要把控好美丽的青春,一丁点儿也不能漏了或遗失了。早在很多年前,她都计划好了才"出门"一样。在索波·央周这里,她就算是试了试水的深浅。

索波·央周望着远处说:"亮相的天想下,亮相的人想走。"他的意思是想走的人他是留不住的。

她是美的,她也是贪婪的。她走时,索波·央周一直没有露面。

多年后,索波·央周倒希望自己在她红红火火的盛放期,在她风中摇曳多姿、迷倒众多的鼻子迷乱众多的眼睛时再次与她相遇,那样回味起来会更荡气回肠。可那时的代代卓玛,早已忘了索波·央周是谁。

三个月后,诺龙从杂曲卡玛回到冉吾,什么样的景色再美,都抵不过家乡的山山水水,好像无论走到哪里,自己的气息一半已留在了那里,重又回到那里闻闻熟悉或舒适的气味才会让自己的心安定下来。索波·央周和诺龙若即若离了那么久,从未发现诺龙身上闪着异彩的光,他可不想有被人愚弄的感觉。他索波·央周怎么会没有自己的打算,至少他得认清诺龙这个人的奇怪之处,得知道两水九坡人想尽办法想要得到的到底在哪儿,得到的结果会怎样。这次索波·央周不想迂回曲折,对一个如此不起眼的下人绕来绕去让他头疼:"那么多人费尽心智找你,你不是驾云的神佛吧?"诺龙说:"不是。"索波·央周说:"你身上有什么宝藏藏起来了?"诺龙挠挠头说:"冉吾两个名字的人也不少,九坡人大概认错我了。"索波·央周并不理会诺龙的说辞:"那个宝在你身上如果觉得带着它有点麻烦,交给我好了,我会精心藏匿起来,不让任何人知道。""我会有什么?你尽可以搜!"可是索波·央周知道搜是搜不出"什么"的,能搜得出来的"什么"也不会这么让人费尽心血,那个仿佛隐身的"什么"能轻易地忽然在你眼皮底下闪着光向你诉说?

某一天，两水九坡人如狼闻到血腥味般在冉吾的隘口兜转，夜里诺龙就失踪了。九坡人洛周兴奋得一夜未眠，天未破晓就跑到多囊·加青的府上禀明诺龙已在他的囊中，洛周说："诺龙已被抓住了！"多囊·加青眼睛一亮："他在哪儿？我要马上见他！"高个的两撇胡子洛周俯视着多囊·加青："我把他捆在皮囊里，他跑不了。"多囊·加青说："这是你的大功劳……"两撇胡子洛周趁势想不着痕迹地邀功："金塑神像……"多囊·加青三步并作一步大踏步先他而去。洛周抖动着两撇胡子出门时在门槛儿上踢了一脚，这一口气不知要发给谁，就发在木头上，木头肉当然比人肉硬实，一会儿他吸着气出来，发间渗出冷汗，但不敢碰自己踢疼的脚。噔噔噔，洛周一路小跑追着多囊·加青的脚步，果然诺龙被五花大绑地捆束在一皮囊中，憋得面红耳赤。"哎哟哟，这是谁呀？是我们的诺龙呀！"谁是你们的！诺龙决定无论他们问什么他一句也不答一句也不说，即使牙关都咬出了血。这可惹恼了多囊·加青，他把诺龙推进窗户只有人头大小的暗室里，吩咐洛周用皮绳吊在梁柱上，诺龙一下子抻长的身形，让多囊·加青看不到自己的个子，从咬牙切齿的嘴角挤出："卵石人，长个了。"他们每天都来问都来搜身，却无果，诺龙眼见香酥的糌粑团，鼻闻煮肉味地挺了三天。后来一次他们竟然把诺龙的衣袍也脱了，光着身的诺龙被多囊·加青看得冷飕飕直打哆嗦，忽然他大叫一声后倒地，眼翻白，腿抽抽，之后就不省人事。多囊·加青在第二天发觉诺龙已没了气息，他还是又不放心又嫌晦气地多放了两天，怕有诈。雨下了一夜，干裂起皮的嘴唇被从天而降的雨水泡湿，当诺龙用尽全力翻身四仰八叉躺在泥泞的沟壑中时,已是四天后了。诺龙恍惚着对着手心说谢,然后连夜徒步赶回冉吾。一到冉吾,他便瘫倒在石阶上,他感觉这手中是有什么力量,有人把他扶到家中,卡垫都没坐热,索波·央周就过来了,气息一波一伏还没稳下来就问:"你上哪儿去了?"诺龙说:"把自己弄丢了,把自己弄丢了!"又是这装疯卖傻!索波·央周想一连串地问点什么,但诺龙的疲累和饥饿一并袭来,眼皮都打不开,索波·央周只好悻悻而去。自此诺龙再也不想躲谁,躲了藏了反而让那些人更起疑,不如就以这样的疤痢头示人,他不想连喘气都是累活着。

群才掀开厚重的门帘走进家门时,诺龙和加益正脚底对脚底坐在毯上,鞣那张被酸奶浸泡过的羔皮,加益把拧成疙瘩的皮绳在诺龙递过去的羔皮上"哗"地拉过去,诺龙朝自己的方向抻过去,不用皮绳时,抓住羔皮的四角我一下你一下翻卷拉抻,他们一直重复着这个动作,有人进屋,加益说:"以为来谁了,家都暗了一下。"群才黑脸。所有人都大笑起来,有人在灶火边拌糌粑,"噗——噗——"吹卷起土灶上的灰扑鼻而来。院子里忽然一阵杂乱的踢踏声,有人掀开门帘对他们喊:"狼,狼。"背着光,诺龙不确定这个人是谁。"卓尕拉姆的母亲遭遇了狼,几乎都进了狼腹。"诺龙一听,从毯子上弹跳起,阿妈、群才、加益都看着他,神态各异。她是卓尕拉姆的阿妈,诺龙想:如果把卓尕拉姆一并带走了呢,我怎么办,我该怎么办呢?

诺龙跑在冉吾的石阶上,"呼呼"的耳边风,像卓尕拉姆的气息。

在当卡坡上，诺龙碰到了几个男人用毡子包裹着卓尕拉姆阿妈的尸首慌忙走过，后面呼天抢地的卓尕拉姆被几个女人架着回到了她的家。诺龙站在卓尕拉姆家门口，一直到黄昏，那些出出进进的人都没看到他。

一只蜘蛛从那条快要滴油烟的橡木上把自己挂下来，诺龙正要掐断它，阿妈回来了，随着他的目光就看到了那只张牙舞爪扯着线下来的蜘蛛，阿妈放下背上的木桶大喊："别动。"诺龙伸过去的手，缩了回来，阿妈快步走到糌粑盒边，抓了一把糌粑，伸到蜘蛛下，那只蜘蛛诚惶诚恐地在阿妈手中的糌粑里游走了一圈，满身满腿白灰灰的，阿妈又让它走了一圈，嘴里说："要让它心足地走。"诺龙问："为什么？"阿妈说："让它心足地走，才不会招祸。"诺龙学着阿妈倒满了糌粑再次让那只蜘蛛奔忙，用另一只手在蜘蛛的身上倒糌粑，有一刻还把它埋了一小会儿，蜘蛛白乎乎地从糌粑里钻出来。还好，卓尕拉姆没裹入狼腹。

没有人知道诺龙的手掌里有什么。这只行走在掌中的蜘蛛也不会知道，虽然它张牙舞爪、很能唬人的模样。

痛快地游走后，蜘蛛缩回粘满糌粑的腿拉着绳索把自己吊了上去，诺龙拍了拍手问："干糌粑会呛着你吗？"嘴说："当然……不会。"诺龙以为它要说"当然会"。这个嘴又热了，又说它见到的那些可怕和可笑的事，不停地说。诺龙问它："你不着急吗？"它说："什么？"诺龙说："你不着急找到其他四个五个的吗？""噢——"它说，"不用担心，既然已经找到了你，我就不担心找不到它们了。"它笑着胸有成竹地说，这让人有点发怵，但是现在诺龙开始适应这个嘴了，他也笑："你小心点，哪天你又从这里消失时,就得重新开始过没有家的日子了!"它说:"如若那是天定的,那也没有办法,但我一定会重新找到你,这也是需要,就好比盖一个房子首先要牢固地打好地基,现在地基打好了,房子就可以数着日子盖了。"诺龙说:"那我的手掌是你的家院了?"它说:"对了!"一副笑嘻嘻的模样。诺龙不再说话。洗手、干活和有人从他的手里取走东西时,它会隐去自己的身形,并不影响诺龙的生活,只是有时太聒噪。

很多冉吾人拿着或多或少的东西去卓尕拉姆家探丧,诺龙把一大块酥油给了卓尕拉姆,诺龙还天天去她那里看有什么他要帮一把插一手的,直到卓尕拉姆的姐姐对诺龙说:"这几天受累了,以后就不劳烦你了。"于是诺龙只能远远地想想卓尕拉姆,碰到好运气时远远地看看她。家中没有男人时,冉吾人才会叫那家女主人的名字,当女主人没有了时就叫其他女人,因为现在管事的是卓尕拉姆的姐姐,冉吾人这样称她们家——拉措家的,拉措是卓尕拉姆的姐姐。

卓尕拉姆是美丽的,在诺龙看来,只要她对他笑一下,他就感到她鼻梁上的雀斑也是美的。阿吾群才是明眼人,"你看你看,"他拽着诺龙的袍袖,"看看她的洋芋芽斜眼。"诺龙很带脾气地甩了一下袍袖,但没用多大的力,更多的只是想避开。诺龙知道他们之间出现的问题就会像一只蚂蚁和手指的较量,手指轻轻一拨,诺龙就会迷失在草丛里,整整一天,找不到先前的气味。诺龙会避免发生这样的事,这时的他会选择避开或退开一步,这时的他只是笑着,也不计较更多。诺龙的头没在群才的手下"啪"地一响,他的手在空中空抓着,好像又拽到了诺龙的袍袖一样笑得更癫了:"哈——"这很怪,他的这一声"哈"却像是结结实实甩了诺龙的头,就像往常一样,群才不时地用他的左手"啪"地对付诺龙的头,群才的左手闪电一样敏捷。诺龙看着卓尕拉姆,真看不出她的眼有什么不对的,就说:"从这个方向看,她不斜。""哄——"所有的人都大笑起来,有的弯腰时抹着眼,后来的日子里,他们看到诺龙就会说:"喂,诺龙,从这个方向看不斜吧?!"这句话后来用笑声的方式飘在冉吾的上空久久不散,人们在何时何地想起都会笑得鼻涕喷出来,或挂一个泡。

卓尕拉姆一直有两个要好得不能再好的同伴,一个是加益的女人丝绸嘴,她们的衣袍和靴子有时同时做同时穿,这时的她们流光溢彩,眉眼都是亮的,哪儿顾得了别人的目光。

那三个女人仿佛一个连体儿,以一种不离不弃的状态存活着,她们的着装、举止和言语都是为同一个目的即为了表明她们是一伙的而设定。在有很多人的圈中,她们是绝对需要站在第一位的,在她们的阵势里拒绝再加入另外一个什么人,她们像饮血盟誓过,一个说,一个附和,没有半点儿漏洞,没有人可以阻挡,有人唱过一首歌后,要她们中的一个唱一首什么歌,另一个说:"唱呀,唱好一点,不要落在人后。"所以她们的阵势几乎牢不可破,但如果他们中的一个被别人诚心地称赞时,另一个却会敷衍这个赞美,语气中只是惰性的认同。

"加益的风光在一步一步登高,可他远眺不了。"群才对诺龙说。加益让下人们干这干那:"阿吾青美多杰出门办事,他指派我的。"加益说:"彼不打石头,此不来岩石。"由此看来,以他和青美多杰的老关系加之此时对青美多杰的石头还是颇有些力道的,以至于他时常变成青美多杰的影子,鞍前马后乐颠颠跑得起劲。披着白毡衣就不怕雨水的到来,他开始打量周围胸是胸臀是臀的女人。"拇指人"在没什么活时总是迈着她慵懒的步子,他想和那个圆鼓矮矮的女人说说话,在她迈着慵懒的步子时,在她甩开膀子站在木墩上上下在木长桶里捣酥油时,她在坡上晒牛粪时,他跟着她或者他的眼神跟着她,这个"拇指人"干活却像是和谁赌着气,带着一种声响的力量,带着风的速度,一天像长高了个儿一样乐得跟什么似的。她是加益在索波·央周下人中唯一瞧上眼的,他一直喜欢小个子的女人,他感觉在这个小个子女人旁,他的头轻得快昂过去了,他对"拇指人"的欲望在她不知好赖后更强了,她总是不能让他得逞,有一次,费了出汗的力想把她制服在自己身下,但她一边笑一边像疯了样地抵抗,制服了左手右手偷跑出来,右手握在掌中左脚又彻底脱离了彼时的结构图解,让他的心里一团团的疑惑不解。起初的兴奋被她一点点耗尽,于是他的沮丧里就有了浓重的不甘,拇指人也知道加益可以在索波·央周说话时应几声,可这和她有什么关系?! 一天、两天、三天,他耐心地等,他以为空中掉落下的雪鸡正好砸在他的脚跟上,不用费多大劲儿,这个女人就会闻着味儿来到他身边。对这,他一直很有把握,所以他很放心地等着,并不着急,着急会显得他不成熟。四天、六天、八天,这日子还有往下走的势头,女人并没有凑着鼻子向他表示出任何喜乐的端倪,不对呀,他开得那么盛,她不应该无动于衷的,他开始在有她时对另一些女人表现出过分的亲昵,对她们现出好感的神色，照顾有加嘘寒问暖，女人们和他是一幅乐融融的景象，但此景并没有撩拨到"拇指人"的心绪，她依旧迈着慵懒的步子不急不慌。好些女人却开始习惯和加益形成的热火朝天的一派，她们开始兜售自己的聪明和热情。加益心说：女人总是这样，嘴里说一句心里说一句。小心眼的她们有时需要关注一下，有时需要激一下，有时还需冷脸，他半说笑地说："如果你愿意跟我，正是应验了一句话。"拇指女人说："什么话？"他说："对老人我有帮助，对姑娘你也积经验。""哈哈哈……"他们都笑起来，女人说："阿吾，我是敬重你的，但我不能自己转圈晕了自己的头。"这话让加益听不出恶心劲儿，但还是别扭脚臭。他知道眼前的这个女人和众多的女人没有任何区别，都是肉身，都是傲慢、无知、虚伪的人，他看透了女人的伎俩，他要让这个女人不安、焦虑然后让她主动靠近自己。但拇指女人丝毫没有向他回望的意愿，她总是一副爱答不理的姿态，有一次他想和她搭话，他问拇指人青美多杰的去向，女人不看他，手里的羊皮揉着扯着要撕烂了一般，回他："没见。"还对旁边的老人说着话，有一搭没一搭地。那以后，他看她时眼里也不放她。女人依旧走她的路，依旧哼她的曲，依旧迈着她慵懒的步子，干着赌气的活。怎样让这个女人归顺于自己，加益至今都没想出办法。

　　加益的女人丝绸嘴膀大腰粗，处在温水中一般惬意，丝绸嘴从不担心加益穿错了别人的靴子，因为即使穿错了他照旧会换回来，脚上依然会是她做给他的那双。她也不担心加益弄丢了靴子，因为还有靴子会穿在他的脚上，还是她给他做的。稳稳当当的靴子呀！青美多杰隔三差五来他们家吃吃喝喝，所以她对自以为比加益高那么一点的下人还是可以使一两招的，比如青美多杰让加益分给下人的糌粑，她可以给这个人去年磨的，而给其他人最近时日的，甚至明明要这个人做的事，她想尽办法让另一个人也插手，而后搅乱事态让那个人受罚。她还有心让那些人知道，那是因为得罪了她。所以在下人中，丝绸嘴是醒目的，她的身边自然少不了嘴上抹着蜜的，还有一些会揪着另一些人说过的话告诉丝绸嘴，丝绸嘴按轻重缓急不时用她的动作搅一下又一下。她很享受这样的过程。只有在青美多杰对加益爱答不理时，她的眼圈才会有浓重的黑圈，她的心口也会疼起来，她的头也跟着疼起来，她萎缩着身子走在索波·央周的家院里，从齿缝里"咝咝"吸着气呻吟。

有人这样形容加益的运势：天神打盹时拈在手中柏枝上的圣水一不小心抖出一滴，这一滴就滴到了他头上，让那朵狗屎花从此有了长生不死的念头。他的鼻子就兀自翘起来，那时候央周和措吉左右的人都对他亲近几分，左右们暗地里说："这是怎么了？他以为他是谁！"丝绸嘴在婴儿手指般粗的长轴下端十字交叉绑着两根短木棒，左手放线右手转砣，开始她的捻线活。她走到跪坐在那里筛青稞的人群中说："看哪，人都忙忙碌碌，进进出出。"很多人在索波·央周的门进出，丝绸嘴说："你进时我出，我出时你进，就像人生，没什么可埋怨的。"没人理会。加益现在明白了一个道理：权让一个小人物添枝加叶，披着光彩的外衣。所以为何不依附它呢，人越来越多，越来越多的人在过河（有人摔倒在河中央，有人被河水冲走了，可是河还是要过），每天要往返很多次的河……

　　青美多杰不是那么不易伺候，总之，一些小肉干和一小坨酥油都会让他放下许多不耐烦的表情，即使有那样的表情，他也会相应地克制一些，这让人内心轻松，因为那些人，那些需要和他一起过河的人，会有能力把自己吃着的省出一小部分来，照应青美多杰的嘴。这会避免让他们的日子每天都过得背着重物似的，于是自认有头脑的人就会对埋怨自己的女人说："对外不打石头，往里能来岩石吗？"女人就闭了嘴。加益学卓拉的话："鼓在自己手中就要敲，还要学会怎样敲。"所以他还是能唬住一些人的，认定他手里有鼓，而且敲得跟真的一样，有模有样。

　　别说加益，丝绸嘴现在都明白：权这东西，有时翻脸无情，布满险况，但它诱人也是因为它能让人想当然地高高在上，不说话就可以用眼睛——在我之下，在我之下啊。那些人也就想当然地俯身：在你之下，在你之下呀。她悟出什么样的：一个人之所以高高在上是因为他在享用前世积累的功德，如果前世里没有就没必要费什么心思——这其实不是她悟的，而是什么人告诉过她的，她现在想不起来。对那些她认为可以仰视的人，丝绸嘴费尽了心智，她所有的聪明和心眼都用在看他们的脸色上，想他们在想什么。很多时候她愿意把自己的阿妈摊出来给那些人看，她美化出来的阿妈是很替别人考虑的人，通情达理，任劳任怨，其实她是说哪有女儿不像自己的母亲，她当然和她的阿妈一样。她又耀出她阿妈这个宝，听得起腻了的人对她说："你怎么和她不一样？"她当然听出这句话里的刺，但她不是自己回应不了这些话，而是像她这样有"身份"的人，忍当然是必须具有的抵御刀剑功能的盾类护物；如果这些都没有，她丝绸嘴当然就不是丝绸嘴了，所以她宁愿让那时的耳朵忘在家里锁在箱底。对可以俯身的人，讨得他们的笑对自己更有利更有收获，她喜欢看冉吾庄有名姓的那些女主人怎么抬着眉怎么扬着下巴怎么说话，怎么处治事态，甚至于她们的衣着打扮，她也总是要仔细分析一番，接下来就是要学会她们的话语和她们的生活，这样，在索波·央周的院落中，这个女人不仅履行着她的责任，还坚持做着不属于她的事。鉴于丝绸嘴对索波·央周家这么上心，索波·央周的家人也就不计较那么多。但无论加益和丝绸嘴怎样贴心贴肺，从贴着牛粪饼的院墙外，他们丝毫看不出索波·央周和青美多杰之间的膈应。

　　有些事说出来没有风险却无法说清，加益的尴尬就在于此，加益刚要张口时却瞬间感到了说清它的艰难。有那么一天，他骑着马、挎着猎枪在草原上找猎物，想想冉吾还有哪些让他心满意足的地方，但是很不走运，遇了强盗，他被抢了。

　　人们碰到他时，他在山路边盘腿席草而坐，拇指上一小坨鼻烟，吸着，路人问他怎么了，他说遇了强盗，马被抢，枪被抢，狐皮帽也被抢了。过路人说："鼻烟壶没被抢呀？"他义愤填膺地大喊："鼻烟壶抢了？！谁抢了鼻烟壶，我就和他拼命！"加益的鼻烟壶揣在自己的怀里，那些强盗谁会计较鼻烟壶？加益很当一回事地想用鼻烟壶逞雄时，他身上能眼见的却都没了——加益和鼻烟壶就此成了笑话。

　　月亮圆的十四、十五两天，是阿妈戒荤"嘎奏"的日子。这二天戒荤，戒食，戒言。头一天起很早的她只喝点茶，洗净口舌唇齿手脚去庙里诵经；中午吃糌粑、酸奶、蕨麻和不带荤腥的食物，诵经；晚上喝茶，不吃食物。第二天整天要在庙里诵经，什么都不吃，也不说话，直到第三天清晨漱口后方可说话，喝糌粑和曲拉煮的"嘎通"，到庙里诵经，一些人可以再次脱靴受戒，而一些人可以完戒仪毕回家。有一种说法，只要凑对"嘎奏"，在阴府间可免受深重的苦难。这一年阿妈凑足了五十四对，一百〇八个。

十五的月亮很亮地露脸了，月光照到松柏时，女人就到松柏前盘腿坐下，空气中一些草的味道浓郁起来，夜露浸湿了她的衣袍，衣袍就显得更重了。她诵念着"嗡嘛呢叭咪吽"，解开了自己的长发，听说，要有一缕月光照到她的一根发丝上，在外人看来，这根头发和她头上的其他发丝没有丝毫分别，说只有烂眼的人能看到，烂眼人即豁眼，白天的人群中看不出他们的五官四肢言行和众多的黑头人有怎样的不一样，烂眼人在夜晚才会具有此功能，看到别人看不到的一些什么……尤其在那个格下桥上看到的次数多过别的角角落落，他们能看到那些从人们的口中不敢冒出来的。诺龙不知道原来郭格是个烂眼，有一次郭格说他在桥头看到好多"它"，听着的人头发从毛孔里紧张得参起，那些人问"它们"是怎样的，他咂着嘴脸上不自觉的恐慌想说而不敢的样子有些阴冷，人们的心更被撩拨得高涨起来，于是夹杂着许多心思的人更加紧追问，但是得到的回答令人失望透顶："他们都拖着长长的衣袄，许多都掉转了身子，根本看不清，只看到衣袄都是破破烂烂的。"于是有人就不满起来："街上穷人那么多，有人晚上就睡在桥上，这个你不说我们都知道。"但郭格发毒誓："用背负屠宰牲畜的罪,那些不是人!"于是听者脸上的毛孔又张开了,恐慌而惊奇,有女人拉着同伴的手向男人们凑得更近了。也许是因为那个毒誓,也许是他说了又咽下去的另一半,总之人们从此称那个人为烂眼,也就不太会问他们什么,一是有些怕,二是听老人说那些烂眼如果把此类事过多地传给别人,对他们自己不好,折寿。甚至有的说会有避不开的邪恶降临到那个人的身上,很多人想问的念头就此打消了,倒是那些烂眼不太计较这些,他们还是会透露一些。对豁眼,冉吾人还是会有些许莫名的敬意。

女人解开长发,忽然有一缕在月光下闪闪发光,光的发丝波及周边,将她的整个身体罩在当中。她的脸,她美丽的脸在月光下更美了,当她仰向月光,她的脸现出最美的纯净和安详,"她像是蛇在蜕皮,"烂眼郭格说,他激动得有些磕磕巴巴,"她……她脱下来的身体像泡沫一样悬浮在她的身边,但那是透明的,只有她的身形,没有她的……她的肉身,又像是一团雾,但就她的身形也美得无法说……说出来……""甚至她一缕一缕的黑发都像是糊了一层膜一样,也在脱皮,她的整个身子像是罩在月光的水泡里,真……真是好看。"她盘腿坐着,蜕皮时像烟一样升到空中,等到她的身形完全蜕去,又缓缓地降下来:"她像是睡了过去。"眉头轻锁,她的身边一直萦绕纯净悦耳的"嗡嘛呢叭咪吽"。她的长发飘在空中,直到月亮到了西南山顶,女人才开始动身子,向蜕了的皮看了看,口中念着经,在月亮落下的一瞬间,她吹了一口气,蜕了的身形就在月亮落下的一瞬间,如风如烟了无痕迹,仿佛是被落下山的月亮带走了,又像是被没有月光后的黑暗吞掉了。这个女人，豁眼郭格此前从没见过。

这样看来，豁眼郭格比所有冉吾人都活得千姿百态得多。加益想证明自己是不是一个豁眼，听老人们说，在夜晚，在那种有妖灵的地方一般的人也会看到，但是看时不能回头，只能稍抬左手或右手，从腋下看，那时就能看到你要看的东西，但这是冒险的，如果看到后自己吓一跳，那些生灵就会加害于你……想看，但一直怕着，至今这可怕、刺激的好奇没能实现。

很多人都渴望在黑夜的某一处他们所不知道的地方能看到他们不知道的什么，他们仿佛一点儿都不惧怕那些他们渴望看到的。有一次，阿吾群才说："连郭格这样不在人中的人都能看到，我为什么看不到，我一定要看看那是怎么回事！"第二天，他领一些人去了，一些人是他硬拽上去的，到了格下桥，一些人说根本不想去就在半途折回，一些只是站在远处任凭他闹腾一样看着他，气得他抬起左手看，什么也没看到，后来那些人总笑他抬手、眯眼甚至哆嗦一下的神态，他笑那些人近不了前的胆子。这事就这样了了。

阿妈说："你是混沌未开的孩子。"诺龙不明白阿妈的意思，问不爱搭理人的老牧人格来，格来说："你容易让自己迷路。"春困是恼人的，每根上眼睫毛和下眼睫毛被看不见的小小人拉着合在一起的感觉让人抵挡不住。迷路？这样说他诺龙在迷路的地方也可以看看风景？那些茂盛的藤和红柳纠结地盘根错节很让人费神劳心，诺龙醒一阵困一阵惊一阵，把自己弄得很疲惫。

看不见的才会让人恐惧。仿佛从暗角里伸出夜的黑手，一架没有马架的车兀自从那里走过来，车轮发出响亮的摩擦声"吱吱——吱吱",车忽然倒立在空中,不是向上,而是左边飘忽过去又到右边,那个车左左右右地飘,开始大喊莲花生的名号,被无处不在的惊恐拽着,又喊了几声,"那个"才放开(大概是翻转了一下身)。诺龙看到蚂蚁的婚礼,那个蚁王,白蠕蠕的。大大小小的昆虫手上拿着或推着贺礼,而洞口有两只手持长器的尖嘴瘦脑的蚂蚁,手中的长器是根细长的草。这两只蚂蚁正在那里晒昨天下雨时淋湿的细腰,忽然看到一只吃力的蚂蚁趔趄着,它手中的东西沉得让它一步三晃。两只尖嘴瘦脑的蚂蚁看多了这样的场景,有些惰性地把长器靠在洞口,伸出手抬了一下,他们伸出触角碰了一下又碰了一下,抖动了几下,"一,二,三——"把东西扔了出去,那只蚂蚁见状,想夺,可它的东西已在另一边的草丛间了,而洞口的蚂蚁恢复了手持长器的姿态,看都没看它一眼笑都懒得笑,于是那只蚂蚁后的所有蚂蚁几乎都是推着贺礼进洞的,守门的蚂蚁偶尔帮一把,或者不停碰着触角以示请进。那只蚂蚁愣怔片刻,退了出来,在另一边草丛中取出东西自己美美地享用,剩下的,它放在一个斑斑点点的车前草旁。它用草包了一块石子,推了过去,这一次,它顺利地进去了,回头时看到洞口的蚂蚁手握长器的姿势没变。现在蚂蚁的石头就包在那个翠绿色的草叶里,没人翻看,在那些堆积成山的各种贺礼中看不出它的异样,然后大概是过了几天的样子,蚁王让蚂蚁们看各种贺礼,这样一来,那个包在草叶里的石头就出现了,它们起初也以为那一定是什么宝贝,谁会包着石头当贺礼?把门又这么紧,它们都不说话,这时怪就怪那个脑子有些跟不上趟的蚂蚁:"呀呀呀,这是什么呀,石头!"

底下的蚂蚁开始目光纷乱、诧异、惊慌、不知所措、不屑一顾……蚁王慌乱了一阵，随后镇静下来，说："我再看看。"它煞有介事地端详起来："是宝贝，是宝贝，这是贴金城里有名的贵石。"没等底下的众蚂蚁反应过来，蚁王一声令下，让身边的蚂蚁搬到另一个洞穴内。想起来就恨，但不知谁的，蚁王不想在这件事上弄出更多的声音，有因必有果，它这么想，它让一些工蚁们打探那包石头的由来，只是没有一个工蚁能打探得到，因为到处都是这样的石子和草叶。所以那一口气，就像那块石头一样一直堵在蚁王的胸口，吸气时要比平时吸得更多，呼气时同样如此，它憋闷着……

诺龙也憋醒了，不知为何他看了一眼手掌，就在嘴的上方一对没有睫毛的眼光秃秃地出现了，像一直沉睡在古老的城堡，睡眼惺忪的样儿。嘴傲慢地"吧嗒"了几下："看吧，我的又一个伙伴到了，你应该有一丝预感。它说的是我先你而知道了。"诺龙现在已镇定下来，对眨着的眼睛说："你又是从哪里来的？"嘴说："它是眼睛，不能说话，可以说话的是嘴！"它眨了眨，像是笑，又像顺带标榜自己的不屑。诺龙只能接住嘴的话："它是从哪里来的？"嘴像暴涨的夏河："从你无法看到的远方来的。"诺龙问："那它们怎么来这里呀？"嘴说："之前是无形的，哪哪都可以经过，我们一直在路上。"

"在路上。"它这么说，诺龙不知道它是怎样在路上的，它说在路上它看到了一个有趣的游戏：几个孩子正在玩"则下西加波囊龙"（藏语，意为国王睡醒，天亮）。他们在羊毛团里卷进石子或小木块什么，分成两个群，一个是太阳一个是月亮，那个稍大的孩子让"太阳人"和"月亮人"低头俯在他身旁，当他看到太阳人和月亮人不再偷看时，拿着羊毛团的孩子就把羊毛团抛向太阳人和月亮人不明方向的四周，这里一下，那里一下，像是四面都抛了一圈，弄丢了的"宝物"由他们去找，一定是月亮人到了那团羊毛边，诺龙听到扔羊毛团的人在喊："月——亮，月——亮。"太阳人听到后就往月亮人挤靠、找寻，于是人都一下子在那个地方嘻嘻哈哈集中起来，有时每个人都走散了，当那人喊"太——阳，太——阳"时，又不知太阳人里的哪个靠近了羊毛团，于是就乱作一团，他们嬉笑着，不停地跑来跑去。"他们的游戏，就像人生，都是寻找的过程。"嘴这么总结这个游戏。它还碰到过什么？

诺龙恍惚走进了下一个梦里，白腰部把他掳掠去径直扔进冷得钻入骨髓的洞窟中，他的手脚触到的都是冰冷刺骨的土石，这些土石披着冰凌的外衣，诺龙冷得站都站不住了，上下牙齿不断击打在一起，渐渐地，自己就听出了一些节奏，"得得得，得得得，"他想这会凑成一个踢踏舞的鼓点，可是无人合他的拍。穿着光板袄的白腰部走进来，诺龙想：这人不冷吗？光板袄说："我们是生在这样的洞里，就像你们习惯季节一样习惯它，可是你不一样，无论你身上有什么你一样是肉身，而我们不同，我们是冰身，过不了一会儿，你会变成冰疙瘩，还是把你身上的东西交给我们吧，你也少受罪。"诺龙集中精力想那个不被火伤不被冰冻的咒，可是他的思维也冻住了般丝毫挪转不了尺寸。之前被红耳部截住时他绞尽脑汁想着的咒却如同火一样跳跃着根本抓不住，一团团"呼呼——"的火舌在他头顶飞来飞去，但一次都没近他的身体。现在诺龙的思维凝滞了，根本没打算以液体或气体的形式流出来，只有上下齿"得得得"敲击着，像是在答话，诺龙并没有看一眼光板袄。"这么冷，或许'他'也冻僵了，你还是交给我吧，不要自己没有别人也不许有，伤了和气。"光板袄这样一说，诺龙还真是担心那多嘴的嘴和眼睛被冻伤了，下意识地握了握手掌，手指却弯曲不了，"得得得，"只有上下齿得意般不停地响着，越来起响的齿叩声惊醒了诺龙。

诺龙想谁都会有一些不能和别人分享的东西，就比如自己的梦，还比如他越来越不愿看到和听到卓尕拉姆和别的男人的事。这让他心绪难安。

卓尕拉姆说："喂，诺龙小子，我给你说一个谜呀，你猜。"诺龙慌了一下，手不自觉地抓挠疤癞头，其实不痒。卓尕拉姆鼻头的雀斑隐现："黑头众生都睡了，敖娇姐妹起床。"那雀斑像星星一样眨一眼又闭一眼地笑诺龙。是什么呢？昼夜不分的。是谁呢？诺龙说："是油灯。"她说："油灯有姐妹吗？"歪着头瞅了诺龙一眼。"是日月，"他又猜，"姐妹同时起床，日月是白天黑夜，见不上面！"诺龙抠着头皮，像是从头上要抠出那个谜底，很费心思……卓尕拉姆抿紧的嘴角扯了扯，终于没了耐心，说："是牛角。"卓尕拉姆说，"那可是两个一起出的，日月一起出世界就到顶了！"这种黑咒一样的话她也敢出口，"呸呸！"但诺龙还是喜欢和卓尕拉姆在一起，不说话也可以，只要不让他猜谜。

第三章　闻味的鼻

最初的草味是从河边飘移过来的,清清淡淡,小心翼翼,怕是惊动了四周,但是它确实来了,那是收敛的、节制的,后来不知在那些日子里发生了怎样的故事,一下放开了,于是所有花草的味儿收也收不住,臭的、香的,撒了一地般。群才说:"季节也会发情。"那是正午,诺龙和他坐在冉吾坡上,把一手糌粑窝在手心里拢了拢,就着一把山葱吃。等家人将午后挤过的奶牛再次放出圈,诺龙正往嘴里放了一把山葱,山葱味冲,群才的话使他大笑起来,刚吃进嘴里的糌粑喷了群才一脸,也呛了自己一眼的泪,诺龙觉得群才说得真妥帖。他说:"你……你……"诺龙被干涩的糌粑呛得说不出一句话,只是竖起拇指,对着群才。群才显得很大度,从小土滩上俯视着诺龙,没有因诺龙喷他一脸的糌粑而生气,他笑着,脸上的表情是:我原本就不简单呀。诺龙想问的是他的不简单源于何处,后来又没问,因为他会给诺龙说一些诺龙自认为听懂了,其实后来仔细一想还是不明白的答案,所以诺龙坚持着不问。他走,风扬起他的长发,雨后的冉吾滩花草香醉酒一般更浓更烈。

冉吾庄没有一棵树。没有一棵叫树的东西。但夏季的冉吾庄花草遍地。

诺龙的周围布满了高深的人,他们隐在草丛中,而诺龙是那一块盐碱地上裸露的阿曲塔巴(藏语,蟋蟀),他们说"阿曲塔巴吐吐,不吐割你脖颈",他们手执草茎在诺龙的脖子上划来划去,诺龙的嘴里吐出鼻烟熬制样的褐色秽物,他们高兴地笑了,不知他们拿他吐出来的秽物做什么?有时他吐着吐着,眼泪就会流下来。

风停在任何一个季节里,只是风在那些季节里的状态却不一样。风哭,风笑,风发怒。人们见怪不怪的风就像是一个生命体。人的眼睛忽视它,因为人们看够了新鲜。两个人走在巴塘草原上,他们衣衫褴褛,其中一个对另一个说:"巴塘大,加塘大?"一个人说:"加塘大。"一个说:"不,巴塘大。"另一个说:"不,加塘大。"他们争得黑脸黄牙,最后气不过,由最初的动口到动手,再到最后两人都亡的结局,这就是"穷人巴塘加塘"在冉吾流传了很久的笑话。如果两个人为没缘由不值当的事吵起来,人们就会说:"你们吵什么吵,真是穷人巴塘加塘。"

所以群才也有打脸的时候,自己给自己。储冬肉时节,他们把那些收好的牛蹄埋在羊圈地底,来年三月,经粪肥沤腐后毛色发青的牛蹄臭不可闻,无须剖皮,只轻轻一拉,蹄毛和蹄壳就脱落了,然后洗净煮,用炼出的蹄油拌一碗糌粑,香酥在唇齿间弥漫。那臭的蹄肉食起时还另有一种滋味。阿妈叫来在墙根下晒日头时能凑凑聊聊的几个伴,诺龙说:"我要叫我喜欢的。"诺龙希望自己能叫卓尕拉姆过来也一起吃,但是诺龙怕她的眼睛,她瞪向他时,他只能把眼睛放在别处,他对视不过她,她的眼里好似有刀,带风地挥向他,每每都让他缩脖缩身子,这让他的感觉欠佳,诺龙还怕用尽自己的脑浆也猜不透的卓尕拉姆的谜。阿妈的几个伴领着另一两个伴,诺龙喜欢的领着他们喜欢的人,从这拨人到那拨人,该来的都差不多来了,虽然有不该来的也来了,他还是很高兴。正当每个人吃得心花怒放时,群才和"眼神女人"却对峙起来,女人是群才曾让诺龙喊男人绰号的人,她是才仁永吉,是阿妈请来的,群才总是这样,当人群聚集时,他喜欢让自己发出和别人不一样的声响,让那些人都望着他,看他下一步的动静,而且人越多越来劲。阿妈他们在另一个院子里忙着拨最后出土的牛蹄毛壳时,群才决定摸摸那个女人的鼻子,仅仅是鼻子,为什么?他听说这是检验一个女人是否处女的最灵验的方式。群才说:"鼻头上有一个软骨,如果那个软骨塌了已不是处女,软骨没塌就是。"才仁永吉不愿平白无故让一个男人摸自己的鼻子,当然还有最重要的一点:是不是处女,凭什么他证明?这个想法才是才仁永吉心中最不情愿的。群才曾对一个女孩这么做过,群才说:"这有什么呀,只是摸摸鼻子又没有其他的意思。"女孩刚要凑过脸去,忽然又缩回去了,他的手一直在半空中伸着,就那么举着,脸上有不明的笑挂着,阴晴不定。事实上,这个奇怪的测试有众多可能性:

比如第一种女人碰到"清白"这二字会低头,所以她什么也不顾,会让人摸她的鼻子;第二种女人不肯让人摸鼻子,因为她并不清白,她怕,所以她坚决地拒绝;第三种女人确定不了这种摸鼻测试的可信度,所以最后她不会让人摸了鼻子;第四种女人清白但也不让摸鼻子,因为她的清白不用证明给谁看;第五种女人不让那些男人轻易地动自己,即使是鼻子;第六种女人羞涩,不会让人动鼻子。这是杂乱无章无序可觅的测试,群才却只想到了:人最初本能的应急反应。

忽隐忽现是最放不下的。群才对那个女人充满了期待,从他让诺龙叫这个女人的绰号起,或更早的以前,他对她就像望着山崖上带刺的果子,他近不得身,但她那种"似有若无的味道"是他一直想要的。他远远地望着,口里涎水滋生,悬着的心思吊在那里从未断过。

所以群才决定将这个办法用到才仁永吉的身上,才仁永吉躲过群才的手:"不要欺辱我,凭什么?"群才的手又僵在那里,一些闪躲不明的笑就灰了下来。他说:"不就摸个鼻吗?又不拔你的毛!"人群"哄"地笑了,听出不甚明朗的声色。

事实上,摸鼻的人并不可能从这里得到最准确的答案。但是摸鼻子的只想到了两点:清白的女人怕别人以为自己不清白,怎样都会让男人碰鼻子;不清白的女人怕别人知道不清白无论如何也不会让人碰鼻子。群才繁乱无头绪的摸鼻测试就此无疾而终。

实在龃得牙无趣了,群才说:"瞧那鸟尸干的鼻子,他的那个也干瘪着没多少油水。"才仁永吉说:"照照你的鼻子吧!"

群才感到有一股气憋在肺里变成了气囊扎了口,出不来。邻人看着很无趣,就对他们说:"谁都占不到理,你俩真是穷人巴塘加塘!"诺龙想和卓尕拉姆说说话,但他不知要说什么。这怎么了?他抬起手掌,用手掌里的眼睛看自己……

诺龙家的牛蹄油拌出的糌粑吃得他们红光满面,有人还揣一些在怀里带给家人,阿妈和诺龙把他们送到门口。虽然群才败了点兴致,但这一天诺龙家是喜气的。索波·央周大概一辈子也吃不到这样香酥臭的贱食。此时的他背着手站在木阶梯的最高处。

索波·央周是可爱的,也是可怕的,他的眼睛看着青美多杰时,和以往没什么不同,平铺过去再延展到全身上下,这种打量更像是一种对衣着的评判,但青美多杰对这种打量的答案是:就你!青美多杰知道这时他不能蹦乱了心绪。事实上,央周并不知道他的女人和那个男人之间更多的琐碎,是的,只是琐碎,其他的事他不想知道。从他想起时,女人嫁到他家,他也并没看重她什么,这个今后或将要成为他的女人的人,他看她时和他看家院中的其他女人没有过多的区别,他只是扫了她一眼,得出的结果只是她的脸比这里的女人白一些,其他的,眼耳口鼻并没有什么特点,而他更喜欢那些眼耳口鼻有特点的女人,这样的女人他已经失去了,那时他们两家势力均等,可他们却年轻气盛,谁也不让谁,那个女人就在他们小小的别扭之后出其不意地出嫁了,令他灰心丧气。现在想来,他们像是在一段急匆匆的路上急匆匆地望了彼此一眼,而这擦肩而过的一眼却让他念念不忘耿耿于怀。这一生,因此在索波·央周看来具有某种悲壮的味儿。一个人从生到死的一段距离，光着身来光着身走，在这段距离里，你得到很多，也失去很多，但是当你走时，却没有一样你能带走的，你连自己的肉身都带不走。这就是人生，人的一生。所以他根本没在意这场大婚带给自己身边的女人是谁，有着怎样的脸形怎样的品行，当父亲说你该娶一个姑娘，那是谁家的、叫什么，是怎样的品性，她的勤劳从何处体现时，他甚至在听完后就把这个名字给忘了，他继续疯跑在马牛羊中，抓一个放一个又抓一个又放一个，乐此不疲。这个女人的一举一动只会在这个院落的范围之内产生效果，他的收、他的放，可以这么说，他的眼神都能掌控这个女人，他从未想过这个女人会施展什么手脚，所以他一直不把她放在食指或大拇指的类别，其他的中指无名指小指是什么在他心中无所谓。不在乎是可怕的，会把一件事一个人排除在身心外，冷比恨可怕，恨有惦念，而冷什么也没有。所以这个院落的基调其实是冷色的，即使往火灶里加一背篼牛粪，也会有一种悄无声息的冷从哪里的缝隙或角落灌进来，这是措吉居在索波·央周身边的感觉。但即使这样，她也会做好每件事，他能感觉到这个女人对自己虔心的供养，他是她双手合十祈祷的鎏金铜像，但对他来说她是什么，或许是一杯茶一碗糌粑？渴了就喝点，饿了就吃点？一头重一头轻，日子就开始过得面目全非。当初措吉心绪难安地走进央周家，到后来肉身之欲、口食之欲、安适之欲，然后新意全无，亏得这个女人生了两个儿子，那么就是这样了，过吧。感到只剩下晃腿打哼的无聊时，索波·央周就会兜转在杂曲卡玛的角角落落。

索波·央周在有必要的时候，把一个人摆出来，放到显眼处，然后用这个人把那个人放凉，像凉了的茶里已变成固体的一片或两片扁平形状的酥油，没了先前自由的流态，现在央周让人叫来卓拉舅舅的儿子，那是卓拉舅舅从他的廊柱边消失的第六十七天，那个叫扎西的青年。显而易见，表明扎西是管家卓拉的侄子，他是具有资质的。如果那个人和这个人是有着同一个背景或者他们正准备着走向管家之列，这样两个人之间就会现出别样的意思，被某种看不见的暗示牵扯着，他们感到了某种联系的暧昧，这种联系表面上风和日丽，但深层却暗流涌动，即使不说什么让人的心"蹦"一下的话，即使笑脸对着笑脸，他们也清楚地知道彼此是对手，这，不用说一句话。索波·央周就可以拿它来解决很多事，央周在所有家人和下人前说："卓拉是我最忠实的下人，现在对我来说，他就是朋友，我们每一个人都要学会感恩，父母养育的感恩，危难时救人一命的感恩，饥饿时舍一碗糌粑的感恩，寒冷时一袭烂袄的感恩，我现在要把卓拉唯一的亲人的儿子放在我的身边。"通常央周不会为在自己身边安置一个下人对周围的人费这么多唇舌，其实他什么也可以不说，在这里，这是他的家、他的世界，他走直的石板路还是走歪的石板路，或者胡乱走一气完全是他自己的意识可以决定的。但这次似乎不一样，他说得多了一些，在听的人中也有听出比他说得更多一些的话，扎西安详地站在太阳下的样子让青美多杰的心撞了撞胸脯。青美多杰站在太阳下谦卑地笑着。诱惑就在此，一个人可以在众多的人中按照自己想的去做，并得到周围的认可和服从，高高在上，这种让人仰视的感觉让青美多杰想起时滋生口水。

　　语从口出抓不住,石从手出抓不住。青美多杰和扎西深谙此谚,他们从不说主人家里的三三两两,这是他们的相处之道,是两个人都要绕开的河,他们谁都不想脱下靴子蹚这条河,因为他们都知道这条河的深浅。经验所积,风险自知。

　　央周现在叫的最多的是扎西,家院里的人总能看到扎西的右袍袖在他的身后一甩一甩的,同时他们还看到青美多杰的右袍袖静止在后背的时候越来越长。青美多杰和扎西碰面时还是会说说话,比如天气、季节和青稞的长势,比如女人,他们年龄上的差别,会使扎西和青美多杰谈说的女人有所不同,但是扎西的话会尽量拢向青美多杰的审美,至少在脸上现出对女人的深入和浅出是和他们一致的。他们以为当他们站着说不到一处,坐下来时应该可以说到一处,但当他们的话语一起头,完全是两种人,那种各不相干的扎西和青美多杰,当青美多杰说着说着越走越远,不在刚刚走过的草地上,不知何时已行走在了河流上或山坡上,但是听着的扎西以为还停滞在草地上,或还在河流上——扎西听不明白青美多杰,青美多杰听不明白扎西。但是他们还是按照他们以为的理解彼此及彼此的生活。烦恼的是下人们,他们不知一些事该问谁好,在青美多杰和扎西两人都在时,他们更是不知所措。有事要办时,他们面立在青美多杰和扎西的中间深深地俯下身去,对着裸露着的石板说"那头雪斑牛要生犊了怎么办,或是公羊藏周从崖上掉下来摔折了一条腿"之类的,这个时候扎西是不会说一句的,青美多杰会问扎西:"可不可以这么办?"扎西说:"对对,好好!"青美多杰以为当初刚来时的扎西摆出的姿势是让他心知肚明，可是没想到他是可以说好话的，他想：是不是扎西埋了什么东西在肚里，是不是他把什么事都抓在心里？忽然有一天，把他青美多杰仰面掀翻在地，却说是马摔了他？以青美多杰怎么说扎西怎么回应来作判定，扎西的认同里丝毫看不出什么恶意的苗头，尽管如此，青美多杰从未放松警惕，他是下人，也并不想成为另一个下人的被动猎物。他不想成为下下人。

青美多杰明白一个人若是有坚强后盾，和那个人平起或努力想要平起的人就会受许多气，吃一些莫名的亏，不是大的方面，只是在盛饭时，你的碗比另一些人的碗放得时间长一点，盛的饭少一点。这种话应该不是能在广阔的草地上说的，也不是治气的事，这显得你很没有气度，但它真切地影响着你的生活，至少是情绪。青美多杰知道现在他正遭遇着这样的事。

央周在铺了柏木板的睡房，只有他们俩时说："在这里的人都有机会。"后来他看到扎西还是和青美多杰"喏、呀"地应答，于是索波·央周对在院子里众多的人喊了当初只给两个人说的话。这句喊让许多人都暗里撸起了袖子要干一番的精神，群才对那些像是刚吸足了一腔鼻烟的人说："不要做梦了，这个签只会在两个人中间抽，而且机会更倾向于其中的某一个，你们撸袖亮眼的干吗？"于是下人们都希望听到他的下一句，他们都感觉下一句至关重要，好像决定着他们的取舍，他却再也不说一句。

有些人还是想抓抓期望的苗头，手掌向天时不定能掉下什么来，加益的身影在家院里闹腾了一阵，加益变得勤快。索波·央周捻着刚蓄不久的胡子,用看在眼里喜上心头的腔调说:"他那么卖力,莫非是欠了我们点什么?"这让青美多杰微微惊觉了一下,但是很快青美多杰放松了,从递马缰绳那次来看,索波·央周显然什么都知道了,扎西的到来也隐约不完全是索波·央周重情义和宅心仁厚所为,所以怕和隐藏是无意义的,只能装糊涂,加益的忙是没带够脑子的忙。事实上,加益自己是不想多忙的,只是他拗不过丝绸嘴,所以只想让丝绸嘴看到自己的忙,因而他的忙会轻易懈气,并不会坚持多久。

"这手握那手什么都不干,不想待了可以走!"索波·央周的鼻梁皱起一道道小沟,扎西诚惶诚恐一时不知该怎么回答时,下人们终于等到了他们从群才那里未能等到的那句话。那以后扎西像是有所警戒,也对下人们说说干这干那,青美多杰也不说什么,他该皱眉时皱眉,该笑时就绽开他的羊头,现在沉得住气、藏得住事是最重要的,和真正的下人没什么区别,他放低了身段,这对他来说不是难事,他也是下人,青美多杰和扎西有时提出一样的建议给索波·央周,索波·央周说:"按扎西说的办。"有家务事时,索波·央周让扎西在众人前向他报出一些事情和状况,而具体的事项则变成青美多杰报给扎西,这样明明暗暗的层次开始现出它的脉络,青美多杰和扎西像是很不在意对方,但是他们都知道只要两个人在场,即使他们不正面看彼此,眼角总还是挂着对方,这真是令人气恼的事。

有些人会放在心里,无关情爱。一些人在你心里是因为你的血脉里流着和他们一样的血,而一些人在你心里是因为你和他在同一个坡底或坡腰,你们要同时爬跑上那座山,在和山顶缩短距离时,你会望向那个人一眼,或者在心里说他爬上了哪一处呢?他躺在草地上养精蓄锐还是从那个不见人影的山沟汗流浃背地挪腾?所以那些人一样也会被另一些人放在心里。

储酥油最好的季节到了,夏季的草一大片一大片燎火样摊开了,花草的芳香把鼻子都熏醉了。

冉吾的糌粑有一股甜味。按照索波·央周临来时的吩咐用冉吾石磨磨出味正的糌粑换取阿卓茸巴香醇的酥油,剩下的换回做一顶帐篷的牛毛。索波·央周想用色泽浓重的阿卓茸巴牛毛做一个大的黑帐,这个黑帐从顶到撑绳都要阿卓茸巴的牛毛。阿卓茸巴的牛毛油亮乌黑且韧性十足。而现在青美多杰和加益遇到的问题是索波·央周让他们运的青稞炒面远远不够换大黑帐的牛毛和酥油的价。九皮口袋糌粑,青美多杰说:"只九皮口袋怎能有酥油又有牛毛?"索波·央周说:"整个事交由你来操作处理,至于怎么做是你的事。做好了,才能看出一个男人的力量。"索波·央周这似乎给予了很大面子的话显然是对他青美多杰说的。

世间太苦,怎能不开了嗓子大声吼唱,将淤阻在肉体内的不快和苦痛通通甩出体外,七零八落地消散在他们看不见的空气中。干燥的飞尘燥痛咽喉。青美多杰和加益对牧羊女唱情歌,对日月唱赞歌,对山水唱悲歌。青美多杰发觉他和加益还是能说到一起的,贱的俗的烂的艳的高的贵的雅的清的,但青美多杰并不认为他和加益是同一类人。

十二个撑绳的黑帐,是青美多杰心中挥不去的阴影。阳光太刺眼,牛蹄下卷起干涩的尘土,又饿又乏累的他恍惚起来,忽然脚底的碎石绊住了他，他趔趄着跑了好几步，身上忽地出了一身汗，这一站稳，眼里好似跳出一只早春冬眠后的旱獭，看到洞外的春天一切都醒来的惊喜。他们决定冒这个计划的险。

遥远山区的咩色庄视糌粑为稀物，五袋糌粑换取了让青美多杰和加益都吃惊的牛毛，他们把牛毛辫成大股驮在牛背上。剩下的必定要在阿卓茸巴凑够，青美多杰在阿卓茸巴再次找到曾和他打过交道的俩金牙，告诉他们五皮口袋必定要多少股粗牛毛，他给了俩金牙点碎银，他们欣然应允。剩下的四皮口袋糌粑青美多杰用来买了酥油，青美多杰和加益还决定把皮质不好的空皮口袋也换成酥油和牛毛，他们去塘达庄制作皮件的人家，那些做鞍具的、做靴子腰带的、做马具的，有人还要整只皮口袋……他们把阿卓茸巴和咩色、塘达的牛毛均匀地混在一起，总算是收齐了酥油和牛毛。至于牛毛，不管索波·央周怎样问都要一口咬定是阿卓茸巴的。目前而言，皮口袋是青美多杰和加益要对索波·央周解释的最头疼的事。返回时，他们走了一路想了一路。

这是五天的路程，尘土飞扬的五天太磨人了，天又那么燥热，对于极易化开的酥油是个极限。青美多杰决定在皮囊里盛水再放入酥油驮运。即使这样，点滴化开的酥油使得皮囊成暗色，表皮的毛发油亮光滑。按索波·央周说的要换回十五大坨酥油，青美多杰和加益只能把整整缩了两圈还多的酥油凑够了。

刚到冉吾山口，青美多杰只松了半口气，尘土漫天中，那几个蒙面人就出现了。青美多杰没发现他们是从哪儿来的，但想必蒙面人料想到青美多杰必经此路，他们是等在那里的。青美多杰说："这是索波·央周的东西，你们也敢！"蒙面人中有人大笑："管索波还是索姆的，我们就没理由活下去！"那人说："放下东西，你们就可以离开！"此时加益忘了丝绸嘴的交代：不要在遇到强盗时逞强。他抽出腰间的刀要冲过去，青美多杰一把拉住了他，有人趁机揣东西在自己的怀里，蒙脸人怒吼一声，打了那人一掌："啃爸头的，不要命了！"又踢了一脚。但是骑马站在最前的那个蒙面人一直没开口，青美多杰好似在哪里见过他。一蒙面人忽然跑到最前面的蒙面人身边把手中一个包着的东西只露一角给他看了看，那最前面的蒙面人伸手拿过去，青美多杰看到了他手上的戒指，缺着一角的珊瑚。

　　索波·央周捻着稀稀拉拉的山羊胡子："酥油呢？牛毛呢？"加益委屈又惊慌地一下扑倒在地，大哭道："该死的强盗呀——"索波·央周说："强盗？你们每个人腰上别长刀只是用来吃肉的？不是自家的东西就拱手相送了！"青美多杰说："他们人多，我们来不及反应……"索波·央周说："我什么都不想听，只要看到结果，说说该怎么办？"青美多杰说："带队的人是我，我受罚。"索波·央周又眯起双眼："怎么罚？"青美多杰拔出腰间的刀，索波·央周说："有多少罪就背负多少……"话音未落，青美多杰手中的刀从右手换到左手，用力一挥，剁了右手食指，其实青美多杰想剁左手小拇指。其实索波·央周想削了青美多杰的鼻子，这样别说女人，男人看了也嫌。两人狠狠地僵在那里。青美多杰知道这一劫必然会来，只是早晚的事，他得放弃心底的挣扎。加益呆愣在那里，对刚才发生的一幕反应不过来，后来他嘴里发出"啊啊"的声响，像是青美多杰受伤疼的人却是他，后来加益对青美多杰说："有必要这么血腥吗？"青美多杰知道有必要，不然还可能比这更严重。

一个手指能减轻罪责？索波·央周派青美多杰把冉吾的青稞秆青稞穗芒卖运到阿卓茸巴。在最寒冷的冬季，牧人用青稞穗芒拌着或煮或泡干的芜根让牲畜度过不能外出觅食的大雪天。青美多杰在冉吾和阿卓茸巴间来来回回奔忙了小半年。

断指青美多杰和扎西都小心地行进在索波·央周的生活中。他们都知道他们和索波·央周的生活是息息相关的，这会决定他们肚子里馊出什么样的食粮。

索波·央周开始在冉吾庄收曲拉（藏语，打出酥油的奶水，熬煮，晒干需加在糌粑里食用），一大袋一大袋。索波·加波青已然放手不再一一过问，问了也是问做到何种程度而不是做了什么，索波·加波青关注的是自己那些银饰的花型款样。有人说索波·央周什么累干什么，索波·央周说："该累时不累，该舒服时也舒服不了。"索波·加波青认同。

不再言语很久了。措吉看到青美多杰的断指被染了油污的布包着时，目光惊得抖了一下，后来又飘忽过去，眼里什么都没有了，像是惊醒一下又睡过去，此后再也未醒。小时候，阿爸就长年不在家，阿爸的来去像路人到客栈偶尔的留宿，停不了多长时间。父亲留在措吉脑海里的只是把她五彩的石子扔到她看不见的地方，她对男人甚至对阿爸都不能有深远的指定意义。阿爸阿爸，只是个叫着亲切的人。如果这是伤，那么这些伤都盖着盖儿，她从来不轻易揭开盖子看，否则会让她感到发自心底的冷浸染到她的肌肤和骨骼里。男人和女人，她以为就是这么过的,男人不在家,女人养孩子。她的生活呈一种奇怪的走势:措吉越想懂却越不懂的是男人,他们最初用如此深厚的语气说出的话只是在玩他们自己也不用懂的游戏?或他们的人生总是需要许多下半身的陪送?一个又一个,来势凶猛去若抽丝……他们的心底话是不是都拌在酥油里一坨一坨地咽到了她再也看不见的地方,而后连那个人都不知道它和酥油一起化在了哪一部分腔体内?人说两个人的相遇是前世定的缘,是谁也阻断不了的江河,如若两个人的相遇只是为了伤着对方,相遇的本身有什么大意义吗?可是她又一直相信爱有了悲苦才真的是撕不烂的,那么有了悲苦的爱是幸运的?但是真正的悲苦又是什么?索波·央周是什么?只是给了她两个孩子的男人,她感到自己撑不了多久了。

  青美多杰不想让人看到他的伤,因为这也是他心底的伤,因为这个伤是他亲手给自己的。触目惊心,他更愿意用油污和别的什么遮盖掉,他觉得对一些人而言这是胜利的标志,这个标志在他身上却以伤或败呈现,他不想让人知道那个血流得他发晕,他有意无意地让伤蹭在灶台或什么的油污处,但是每到半夜,他嘴唇发青地摸黑去那个长年背背篓上山采药的老医处给他创口上抹上厚厚的药膏。

  现在的央周是悠闲的,开始每天都摆弄他漠不关心的花草,浇些水,对长得弱小的花骂一句:"嘴里吃饭,唇上抹灰……"撒些羊粪在花草间,他松松垮垮的一天从每天早晨阳台上的花草开始。这忽然成为他每天要做的最重要的事,对别的事,他已不想抬一眼去瞧。山巅上的阳光一直移射在他的花草间,他坐在柏木桌前喝酥油茶。某一天清晨,当他发觉酥油茶并不像以往那样好喝时,他问身边的人,下人说还是按以前的方法打出来的,但这是怎么了,没了什么呢……没了,哦,措吉,他是忽然发现这个女人不能离开他,这个不懂男人的女人,她没有技巧,笨拙得像是只有一个小心愿,并一直朝着它走的女人,她已经摔得鼻青脸肿。这不能怪他,是她措吉需要两肩扛起来的咎由自取。

小小碎碎,小叨叨突然在索波·央周耳旁消失,清净。措吉去了远嫁多哇它的妹妹那里,忽然在那时,索波·央周发觉身边甚至体内缺失了什么,肠子里食物和食物的争斗发出的"咕噜"声响也会让人羞赧和惊心,他让那些下人拿来吃的,他吃了一块又一块的干肉,喝了一碗又一碗的奶茶,但饿的感觉依然攥住了他,他这里走走那里逛逛,却什么都不在他眼里,也没有一处让他那么安心、惬意、不急不躁一直安适地看着。他只好又回到他们的屋子里,这个屋子里已经渗透了一个女人的体味,这种味有时会让他焦躁的心有一丝丝凉意,他一直不知原来那个女人的体味已和他的体味串在一起了,他再也无法从身上驱走那个奇怪的味,就像他家温茶时盖着的茶壶被是被烟火久熏过的,浸透了一种树皮味,对,是树皮味,而不是花草的香味,这一点他可以确定。那个叫措吉的女人,有些话她是不会说的,但是她会把你说的话记在心里,某一天,你爱吃的东西就会摆在你的柏木桌上,但是你根本想不起来你曾说过爱吃什么之类的话,这一定是她亲自做的;她也会记住你喜爱的颜色,有一天,当一件新做的衣袍穿在身上时,你忽然发现自己非常喜欢，原来，这是你喜欢的颜色。渐渐地，你就会注意她，注意她的举手投足，那种奇怪别扭的感觉忽然地掉转了一个头，它已不是原来的面目，那个倍受冷落的人不会知道她走进了央周的心里，她不懂男人。索波·央周之前从未感受过这个女人有和无之间的落差，原来时间可以在男女之间起到作用。

家门悬殊，措吉没有奢望，冉吾这个讲究的地方，等级、排场、礼仪、次序有时繁琐得让人应接不暇。观看跳神时人得脱帽，不能跨过碗和壶这类的家什，不食当天宰杀的牛羊肉，忌杀"放生"的牛羊，忌提亡人名字，外出忌遇背空器物者，忌从晾晒的下身衣物下经过，忌手指佛神……这个不准、那个不能的事太多。两个孩子已够了，她的脚跟还不至于打滑。那时索波·加波青的家也正是往坡下走的时期，但怎么也是不能和她家比的，只是她那能走很多道的舅舅和了这门亲，不知为何在母亲给她说是住在都涅坡上的索波·加波青家的索波·央周时，她心里一忽间想到这门亲会成，果然，这门亲成了，央周并没有说满意或不满意，索波·加波青看到她后说："是个有福气的姑娘。"但央周的母亲不那么认为，晚上，她理着枕着的羔羊皮，枕一下又抬起，想让头枕得更安稳一些，但是脖子总有些别扭。她一边叠稳枕头，一边对索波·加波青说："我怎么看这个布毛和央周眉眼不合呀？""妇人之见，哪有什么眉眼不合？""好就好！"索波·央周的母亲轻了些忧虑。当她感到不安时，她需要靠在索波·加波青身上撑点力。那一次央周看措吉时，只是瞟了一眼，浮过去，甚至没有缓一缓，当初她也只是瞄了一眼，后来他就没有把眼放在这个姑娘身上，她感到了央周的淡漠，她想难道是自己错了，但是三天后，舅舅带来消息说央周同意了。从那一刻起，她就有了一丝不安，那个不安一直在她的身心里，直到她的左脚跨进了这个门，直到在这个院墙里她可以高声喊什么人或快步地行走，措吉还是感到有一种无法控制的距离隔着她和这里的一切，甚至是和这里的一把红铜勺。直到第二个孩子出生，他是在新年的头月里、月亮最圆的十五出生的，人们都说这是好预兆，很少有人碰到这么好的事，她也认为第二个孩子带给了她吉祥，因为从那一刻起，好像是从那一刻起，央周的眼睛才开始落在她身上，眼睛里也有了一些光线，尽管那光线的温度不足以温暖她，但她心领了，不安了一阵，渐渐地就宽了心，那几天只有她一个人时，她一边流着泪一边笑得快要岔气，五年，索波·央周不屑一顾的表情浮现在她的心里，这是多么坚硬的男人啊，她知道，在新婚的第一夜，她就知道这个男人有女人，或者他有过女人且一直不曾忘却，当一个女人和一个男人共床，他的某一根神经是醒着的，他醒在内里，这是避不开的身体告诉的真相，不能以为只有会说话的嘴可以表达一切，人是奇怪的动物，它成形为"人"的肉身也会有奇妙的功效。所以她知道这个男人不属于她，但她从来不问什么原因使他爱着的女人却不在他身边，她也知道他选择她，只是给外人看的表象。她很后悔，因为她也是可以有选择的，虽然穷点，但是阿妈是疼爱她这个唯一的女儿的。这是自己敬重的舅舅做的媒（当然话都是舅母说的，没有舅舅直接给外甥女说这种话的，这是大忌），她认为不会太有错，她认了，在左腿跨进这高高的门槛后，她在不安中认了，她清楚地记得自己跨进这个门槛时左腿先右腿进的。

索波·央周奇怪措吉从来对他不问为什么，他忽然发现了这个问题。如果他问（措吉说："为什么要问？你想说就不用我问，一个人不想说，问了也是空的。"索波·央周说："你是相信我还是因为不信？""活着本来这么累，我为何还要添一累让自己不相信该信的人呢？""你以为我不会走吗？""风会乱飞，不是东就是西，不是南就是北，而如果它打定主意要走，拦能拦住吗？""你为什么要走？""我不想这样，但我的双脚控制不了我的心。""我们为什么会成这样？""一开始，我的塘草翠绿时，你的却在冬眠；我的塘草瑟瑟萧黄时，你却绿得滴油，你和我的滩总是差一季。"），她会这么回答央周的问话？她从来都没有想到自己会是风的一部分，会分着叉地飞一阵，从来都没有想过。

年轻时，索波·央周做生意不管不顾，他二十岁时心智已达到了四十岁。索波·加波青不知他的心劲从何而来："这鬼样的不知吃什么长大的？"索波·央周说："吃你家的酥油糌粑长大的。"他经历的女人像他换下的腰带，不知这是炫耀还是吹嘘，或者是介于两者之间，老少遍尝的样儿，在他的思虑里，活一生什么都尝试才不枉为男儿身。但他当的是蜜蜂，而不是飞蛾，他飞在白天的光亮里，对光不会像蛾子一样嗜命，他知道只有那些没头脑的人才会把黑暗里的火光当成唯一的光亮。

背尸，背手，擤涕，拔刀相向。一个人是忙不过来的。措吉发现从碰到青美多杰的那一刻，她一直是慌手慌脚的。那时她不明白男人和女人身上带着怎样的气性，使他们处于一种说不清道不明的奇怪状态。天上飞着的都是鸟，翅膀是一样的，想法思虑却不相同，猫头鹰盼天黑，老鹰盼天热，雕盼天亮，而索波·央周哼出鼻腔的笑是：你们（青美多杰和措吉）像狗吃了一嘴的毛，拉出来既断不了又连不上。哼哼！

措吉听到过代代卓玛的笑声合着索波·央周的唱词：托水寄出的那封信，是不是舀到铜勺里……她冲过去该扯着代代卓玛的头发还是拉索波·央周的手？该愤怒地笑还是嫉妒地哭？这样的传闻和目睹让她的情绪浪涛起伏。她知道自己错得已没了补漏的地方。那时，索波·央周藏着掖着的开始无所顾忌地想要摊在她眼前的阵势让她彻夜无眠，有时一个人不小心保全面子，另一个人就会演绎得更嚣张。因为男人和女人有时各自为政，谁都不妥协于谁。

游戏的尾巴粘到了冰上。

想想当初，她是多么清楚这只是玩笑，她和青美多杰都不想把这事弄大，从开始时，她就明白，但是她没有料到收拾残局是这么难，所以她只能就这样病下去，直到自己某一天真正能在这个石头垒砌的高院里昂首挺胸地走来走去。她开始怀念以前不用说一句话，但是别人都尽量懂自己心思的生活，那些下人，他们现在都是小心翼翼的，敬而远之，她都知道，她清楚着呢，他们知道她现在近不了央周的身，这好像不仅是她的耻辱，也是让他们引以为耻的事，只要她不叫，他们就会消失了一样躲起来。这让她更勤快地叫着达娃卓玛、卓尕拉姆和央金，让这个给自己倒茶，那个给自己挠背，于是她们没有任何表情地走来走去，她愤恨地大叫茶是凉的，挠背的应该是在滩上，却在沟里乱走一气。她们待了一会儿，脸上有一种很不舒服的东西在游走,还有轻淡得不易觉察到的一丝鄙薄,随后好像认清她就是这样的,不说一句话,继续她们的活。央周在隔壁像是对谁说了一句:"不见自己脸上走着的牦牛,却见别人脸上走着的虱子(只看到别人短处)。"她想大声地喊什么或者哭出来,但是这样会让那些人更加心知肚明,他们心里说:看到了吧,就是这样。像是从牛身上剥离牛皮,"哧——"的一声响,又一次用刀划开了她和主人的距离,所以她把放在桌上的茶一口喝光,仿佛里面沉放着什么东西,这东西是她不想看到的,但她也不能倒了它,只能一口咽下,她不能把事闹到不可收拾的地步,她清醒着呢,在每一个人前她都醒着呢——不用给我指路,我知道怎么走,因为我是从那条路上过来的。她对自己说,她在该笑时笑,该骂时骂,但在该哭时她绝不哭——哭解决不了任何问题。

措吉再次不说话,也很少把自己收拾得利落干净,有一次她对达娃卓玛说着任谁也听不懂的话。达娃卓玛觉出异样时,她又对着墙上的图案"哧哧"发笑。

"不知怎么了!不知怎么了?"达娃卓玛奔过去一下瘫坐在索波·央周前。索波·央周跑过去时,措吉席地而坐,正对着墙上说着什么,索波·央周说:"怎么了?"把措吉的肩膀扳过来,但是措吉却直直扳过去指着墙骂着什么!当他喊着她的名字时,她看了一眼他却不认识他。

措吉指着天空说:"你看你看,贡却松。"她蹙起眉头,手不停地摆着各种形状,有时莲花,有时兰花,有时合十,她的手指不停地乱摆,口中哼着似懂非懂的经。"经文用来唱,用来跳，不祥之兆，不吉之兆！"此时她嘴角上扬，光着脚，露着脐，在那个尘土飞扬的土路上奔跑，对原上走着的每个人都露出她雪白的牙，把那些人吓得像是看到了一口狼牙。她跳起一些奇形怪状的舞，好像她的筋骨就在那一瞬间都打开了舒展狂放。她像是要脱离自己的身形一样，像是不再需要她的肉身，白皙的皮肤在衣袍下裸一下又露一下，她在原上的人群中"哦？——"又一声"哦！——"声声不断。以她为中心的圈很快围了起来，或大或小。刚开始索波·央周以为是女人受了委屈才显出的不满，他也不想他在冉吾的声名毁在这个女人手里，他一直相信与措吉有和解的可能，他以为男人和女人各自说着听不懂的话，然后纠结再然后打开，这种循环，没什么规律可循，说来就来、说走就走了，他感觉和这个女人的关系也应该是这样，不费气力的。他那么忙，哪还有工夫再和女人耍心思，他一直希冀这个女人在他所指的方位之内不会挪动和移位，虽然有过大的波动，但这不在他的思虑之中，因为生活正朝着定下来的方向走着，他、措吉、两个孩子是一个家庭的幸福模式，没有什么化不开的冰河，这交给时间来处理最好不过，他尽量让她待在家中，但是她待在家中的时间越长，就会越发地折腾自己，也不吃一口饭，把自己撞得头破血流，索波·央周只好让她走出门外，由一两个下人跟着。措吉一出院门，就像是长了翅膀，飞起了一样跑着，那些下人起先还能和她并走一阵或追她一阵，后来她跑得越来越欢，越来越快，直跑得那些下人的喉咙里都有了血腥味，她还是边舞边唱。央周让两个男仆跟着，你这么需要男人，好，我给你，你偷去吧，让你尽情享用，你这个不挑肥拣瘦的贱女人。措吉是感受到了那种中伤,她怎么感受不到,她是一个有任何风吹草动都可以惊醒到自己的女人,清醒时她这样对央周说:"为什么是男人?"央周嘴里哼笑一下,说:"为什么不可以是男人?"他微眯着眼,微扬着下巴,她就知道她赢不了,她忽然想一头撞在这泛着油光的柏木柜上接下来会怎样呢,想着想着就真把脑门撞到柏木柜上,血糊了措吉一脸,央周断定出了问题,这个问题当然不仅仅是措吉的问题。现在索波·央周只要稍不经意,女人就会从他的视线消失——现在她一定又在街上,央周气得挽起袍袖追了出去,当他跑到冉吾河坡,看到那小小的土坡上人们正围了一圈,嬉笑声不停地传过来,他知道措吉在跳那些想脱了身形的舞。他慢慢地挪过去,看到女人披头散发的样子,早晨梳好的发辫她都会在逃离中把它们弄散弄乱。眼前的措吉像从尘土中长出来的一般。他是索波·央周,在冉吾庄也是有头有脸的,他不能靠近这个女人,这是他最先想到的,认这个女人是多么不该的举动。但是侧过头时,他看到了跟在后面的两个下人也在人群中看着女人笑,他们一副不认识她的样儿,不靠近,只是远远地在人群中,一个撸着袖,一个抱着胸,而女人的眼睛里有的只是孩子的无辜,没有哀怨,甚至没有忧伤。索波·央周忽然在那一刻想大声地哭出来,他冲进人群中,拉着女人的手,跑起来,措吉惊呼了一声,只是后来她也飞快地跑起来,现在的她成了爱跑的女人,喜欢狂奔。风带着她的乱发,细碎发辫上的绿松石早已不知去向,齐腰的长发在风中兀自散开,像一匹马扬鬃飞蹄,是的,她现在成了爱跑的马,仿佛身后有一个夺命的追着一般,她"呵呵"

地笑着,一直跑,一直笑,而央周一路跑,一路泪,当他们终于停在一处随风起舞的青稞地边时,他们的眼角都有了泪,措吉是笑的,央周是哭的,央周停下来,抚开措吉脸上飞舞的乱发,说:"好吧,你需要说什么,说出来吧!"女人什么都不说,把脸转向了风中的青稞地,青稞穗浪翻滚着一波接一波,像是要流到别处的什么地方"刷刷"作响。央周擦了擦眼角,拉起措吉的手:"你以后就脚轻手飘,自由了。"回到家时,两个下人已在门口惶恐地恭候多时了,央周一进家门狠狠地踢了两人几脚,他们一直以为这个被主人将要遗忘的女人,这个主人不屑的女人也用不着他们轻手轻脚,所以撒开手放任这个女人的疯,他们以为主人更乐意让他们做的就是这些,还有什么呢?还有为什么主人让他们跟她在一起,为什么呢?他们也会想一想。总是要和她一起疯跑,让他们吃不消,一个像疯马一样飞奔的人,他们能跑过她吗?所以他们就会在主人看不见的地方停下来歇息或者在人们围观时也笑着,好像他们也是在街上不小心碰到了她一样看着她,果不出他们所料,她在眨眼的工夫里又跑向没有人追的地方,他们也就放弃了追赶。措吉像一只淘气的狗,任人追,她头脑里最清晰的是只要她跑成功了,在任何地方,在任何时间里,都是她自己的,没有人会夺走,也没有人可以让她停下来,她喜欢这样的感觉。空气、阳光甚至颜色都是自己的了。

　　偶尔清醒时的措吉也忽然明白男人和女人的关系里最微妙的还有一点:有时不在乎的一方反而是掌握方向、停顿和前行的。可是当她知道这个看似荒唐的真相时,她也清楚自己藏在身体里的某一个器物坏了，而且损伤严重。

央周坐在雕花的长床椅里，一声不吭，他的脸灰着，没有一丝光泽，这是他没吃一口饭的第三天，一切都错了，那个他不是用心娶进家门、后来他想用心对待的女人却把心给了风，时间并未给他一个翻个的机会，也未给他到第多少天后的完满，而他以为会有那一天。第四天，他洗了头，还把只在重大节庆仪式时戴着的巴苏别在发辫上（象牙做的环圈），他给措吉派了两个女佣，让她们跟着她，只要她不受伤，她去哪里就让她去，他本想让"羊头"照看她，这样也许对她的病好一些，但想了一夜后，他没有，他不想他的女人、两个孩子的母亲，再被别人说笑。就当她是在山谷里的藤蔓间迷了路，迷在雾气蒸腾的冉吾谷里。

草被风搅黄了，冬天到了。措吉睁着眼，却看不到。在这个世上，被男女形式的生活遗弃的女人并不可怕，可怕的是被爱情遗弃的女人，这会让一个女人进入盲人的世界，不明方向，不辨左右，不知离最后的目的地还有多长的路，那种不知所措不知身居何处的孤独，到后来感觉自己脱离了肉身，专注自己然后又脱离，又专注下一个自己，一波一波卷进漩涡中最后脱不得身……索波·央周叫来青美多杰，措吉蜷缩在花坛边的椅子里。"看不出什么吧？"索波·央周说，"在人世间里你要过怎样的日子取决于你对周围人事的认知，显然她一直是错的。"顿了顿，又说，"你以为你的认知是对的吗？"他问青美多杰。有风吹来，措吉说："不哭，不哭，不痛，不痛。"她以为抚摸着那朵花，却一瓣一瓣地撕扯在自己的怀里。青美多杰没有回答索波·央周的问题,他看着措吉的目光一下缩了下去,好像措吉在撕扯他的目光,一截一截地——是索波·央周从未在别人眼中看到过的枯萎目光。

索波·央周请道士替措吉做法。羊相的人,道士用糌粑捏的羊有角有尾,后来手中的空皮口袋被一牛尾拍打着,嘴里碎碎念,把它朝着东南西北四面不停地拍打,最后停在北方,道士说:"即使走了,她也找到方向了。"此后措吉总说自己是朵有着五颜六色的花瓣的花,索波·央周也当她是色彩斑驳的花养着。他从裁缝那里拿来各种颜色的布头、边角料,让措吉打结披挂在自己身上,措吉花一样笑着。

措吉像风一样跑在滩上,她是马,她是狗,她是花,但唯一不是她自己,她美丽的脸在阳光和风雨里有了划痕。后来,不知从哪天起,总之是有一天,在冉吾的风里,措吉消失了,好像化在了空气中。

索波·央周像从冉吾坡上刮起的风,也时而想起诺龙,想再次确认他认定的诺龙身上那个怪物的出处、何往及真正的用处,他把诺龙再次叫到他的寝室,只有他们两个,索波·央周语气绵软如煮烂的土豆:"你说吧,我损失了那么多,你也应该有点仁慈良善之心。"顿了顿又说,"它从哪来往哪走,它有什么好有什么坏?"诺龙说:"什么都没有,什么都不是,人们只是以讹传讹,闭不住松了绑的口。"索波·央周过来看他的脸看他的手,几乎把诺龙的指甲盖里的污垢都细看了一番也没看出个一二。索波·央周心有不甘:"好,既然什么都没有,你证明给我看,众多的黑头人都说你不对,而我一个人说你无错,我用什么来让人信服？"

　　只能这样了。诺龙领着索波·央周走到冉吾街，众多的冉吾人围拢过来。诺龙拿出刀说："现在你们认为的'什么'在什么地方，我的刀会戳向那里。"冉吾人似乎惊住了，不出一声。诺龙在手掌中划了一刀，血像诺龙的愤懑从掌中喷涌而出，他把手伸到索波·央周和冉吾人眼前："有叫声和现形'什么'的吗？"他又抖了抖双手，"如若像人们说的那样，那么'什么'一定会痛得大叫或现出原形，可是现在有吗？它疼得叫出声了吗？或者它惨叫着跑了吗？"索波·央周并没有被血肉模糊的手惊到，他说："那他们为什么这么以为？"诺龙说："那是他们的事，你问他们去，不要问我。"索波·央周原本想诺龙如是不说，他会动用极刑也要让诺龙开口言真；如果真有"什么"，这一刀时定会现出救他，既然诺龙把自己伤了，况且什么都没有发生，想必也没什么了不起，索波·央周有些疑惑也再无从下手。

　　诺龙依旧放羊，有一次，那是把一只羊送进另一个世界，诺龙和加益绑住羊的四肢，加益的嘴里一直念叨："为了直立行走的我们的口舌腹，请你谅解。"后悔不该似的叹一口气念一串经。他的忏悔让诺龙有一种错觉，以为他要放弃绑那只羊的嘴鼻呢，但他嘴不停手中的活也不停，绑住了那只羊长胡子的嘴，一会儿，在羊将要闭气时灌圣水。诺龙放牧那长胡子羊时总以为它会给自己说些什么，比如"今天我们要去哪儿呀"之类的，那时诺龙也会告诉它"我们要去冉吾谷"。诺龙还会问一句"去冉吾谷好呢还是去群龙滩好呢"……但现在，它侧躺着身子在地上蹬踏着，忽然，诺龙看到它沾着黏物的眼角滚出一颗豆大的泪。诺龙的腹腔里顿时似积了秽物"哇"的一声，吐了，抽搐着身子，声泪俱下。诺龙的怪样子被索波·央周知道了。

这是丝绸嘴在索波·央周耳边说的一个笑话。索波·央周听了只说一句："他适合放羊。享不得福气，怨不得天地。"丝绸嘴的日子日渐红火，这是她对那些有小抱怨不听她差使的下人灌耳的警句，她梳着措吉从前的发髻样，把布满抬头纹的额头凸显出来。两股辫子从后面交叉环在头顶，微扬着她的肥下巴。丝绸嘴把病了几天身子不适感稍稍减轻的诺龙领到索波·央周前，索波·央周就让他去了另一个金顶帐篷。

诺龙就这样被另一个王的管家带走了，他的心是快乐的、蹦跳着的，但是诺龙还是会想起可爱的央周每个季节不断变化着的脸。从索波王到怪异王，诺龙是任何王的奴，诺龙从这个王走向那个王，王和王，诺龙看到的区别是这个王的木碗到那个王那儿是镶了银边的，对诺龙来说，王和王就是这样的类别。怪异王是索波·央周的一个朋友，听说他有一个奇怪的癖好：把很多庄里最怪异的人都聚到他家，让他们干活的同时听他们谈天说地。央周说："你不是收集很多奇怪的人吗？我这里就有一个，你要，就两只羊吧！"怪异王问："他有什么怪异？"索波·央周说："他有像水物一样的疤瘌头，头脑里还有很多怪模样的想法，想不通时口水就会滋出来！"怪异王说："哦，那真是个怪人。"两只羊的诺龙就这样进了那个陌生的院落。 索波·央周终于轻嘘了一口气，把诺龙带过来是为了避开两水九坡多囊·加青们的眼，索波·央周知道多囊·加青们还要来冉吾说道诺龙的事，他们还会来寻找诺龙,但冉吾没有了诺龙自己也好打发多囊·加青们。索波·央周临走时对诺龙这样说:"多囊·加青们还会再来找你,可是和你说道什么呀,醒一阵懵一阵的。"好在怪异王好似不知诺龙身上"什么"有无的故事。

在那个院落里,所有人都好像不知道诺龙的过往,什么都不清不楚的样子,对他相对客气,人和人都有陌生的屏障。但是渐渐地,怪异王的下人们看出诺龙越来越不入流的状况,有人开始说笑,众多人开始对他说笑,一个人一旦变成可以被人说笑的对象,且还不能稳住自己趔趄的步子,这个人就由不得在同一类中降一格。

诺龙是想回应这些似自己又不似自己的说道,他们就说:"你就不用说了,你连卓尔拉姆的眼睛都能看出美丽的影子,还说什么呀?"诺龙坐在垫上手足无措,想大声吼咒,但又不能,因为所有的人都笑着,包括躲在墙后的怪异王。他对谁挥拳是对的?只是有一天终究没能控制,诺龙大吼着追赶他们,那以后一次又一次不断的冲突后,有一天,诺龙气不过就跑回了冉吾。怪异王于是找到索波·央周,说:"之前是你要给我的,不是我夸大拇指要的。"索波·央周说:"之前你抵给我两只羊,现在我给一只。"怪异王说:"你好像是说待在我这里的时间让诺龙损耗了不少,至少有一只羊的损耗?"索波·央周说:"诺龙不是我要过去的,而是你们那里的人没有良善之心,他才要回我这边。"怪异王却说:"我现在不想把他交给你,你还是把人交给我。"索波·央周说:"可是他本来是我的人。""但是你已卖给我了呀,听说这是个奇特的人,我既然用了两只羊,现在我要六只羊。"索波·央周想想不能让多囊·加青们觉出异样,还好可以赎回来。虽然是王,但他既然只有六只羊的眼光,就给他六只吧……六只羊的诺龙跟在索波·央周脚后跟,一脚踩空,吓醒时不知身在何处,怪异王呢?

诺龙的一个我蔫头耷脸,一副病恹恹的样子,而另一个我无畏无惧、满脸横肉的样儿,好在世上有白天就有黑夜,有阳光就有暗影。

诺龙有些不懂了,为什么这个女人总让他坐也不是走也不是,现在诺龙回到家中什么活也干不了,总是要在屋中呆立一阵,然后才能确定他要燃点柴火草,熬煮做曲拉的达拉。诺龙去一间屋子,但是到了那里就不知道自己为什么要来到此处,忽然想起是要拿细腰肥臀的铜壶,而他找的是自己手中提拿着的勺,这样的反复不知有多少次了,那是心里的手伸向卓尕拉姆开始得的病。就像这个下土雾的季节,在一片蒙蒙中,诺龙需要找到一个他一直以来渴望的东西,问题是诺龙总是不明方向,漫天飞舞的风尘不能让他有一刻的安宁,这样的时刻,他总感觉自己丢了什么。想找一找,但是却想不起来自己丢了什么。于是他走进那个土雾里,在那里,诺龙看到了卓尕拉姆的脸,他笑着说:"我做了曲拉,你来看看甜不甜?"卓尕拉姆用她的洋芋细眼扫着诺龙:"你……你做的?"就这一下,诺龙就像小时候用青稞麦管把充气的牛膀扎了一针,"噗"地没了底气。他望着她,她窄窄的肩膀一扭一扭地走了。

想起刚刚走掉的细眼卓尕拉姆,诺龙感觉无事可做,他不知道把手安放在哪里才是对的,他在牛皮包箱的柜中找到一条红布，把它蒙在脸上，看着周围行走的人和庄子里石头垒砌的院墙，那些在风雨中龟裂的木门——这个古老的庄子都成了蒙蒙的红色,视野里有一种别样的氛围。一些人从诺龙的眼前走过,扯了扯他眼上的红布说："红的东西不能蒙在眼上。"扯下的红布被他重又蒙在眼上。一切都会变色。这取决于诺龙用什么颜色的布看这个冉吾庄。下雨了，冉吾的石阶上人更少，红布还在他的眼上，回到家，雨水从他的发间渗出，"滴滴答答"地掉落。不知是谁，从外面小喊一句："揩吉神安了。"诺龙听到水滴落在地上的声音，他看到一枝鹅黄的嘎伊金秀插在一个肥肚的陶罐里，毛茸茸的，低头，无语。红布，蒙在诺龙眼上的红布，让家里的一切骤然暗下来。

　　阿妈从不告诉诺龙阿爸是谁，他应该问过这个问题，但是阿妈说："有什么用，那是不可信的青春，他又不养你。"怕诺龙心中悲凉阿妈加了一句，"现在很好了，没有吃着饱的福气，也有饿着睡的福气。"对于那个在诺龙看来近乎神秘的人，诺龙要叫他阿爸却从未能叫上一声阿爸的人，诺龙感觉到的是一种说不出受在身体哪个体位的伤。他从不刻意把它找出，它只在一些特定的时刻特定地现出。一个父亲很疼爱地把孩子驾在脖颈上，这会将他的目光很深地吸引过去，有很长一段时间扯不回来，或者有时不敢碰触到男人牵着一个背上吊挂着小贝壳、小海螺、小羚趾骨、小核桃壳、小铃铛、查吾聂格（藏语，一种钻九眼孔的小铁器，意避故去者对生者心怀不舍邪）、染色的红尾巴（意避凶山灵邪）、正巴甲沃的毛皮（意避人的恶口）、护身符等一路"叮当"作响地从眼前飘过的孩子的手，一瞬间不知置身何处。诺龙以为生活就是这样，走在今天，走在明天，走在明天的明天的明天里，让自己从未觉察到身上还缺着什么，从没。尽管他也有不能触碰的东西：不是狼蛇虎豹，不是爬行在地上的，它圈在他的心里。

　　悲伤时，诺龙会哼一支歌曲，他走着，忽然感到自己的鼻腔里出入着一些奇怪的鼓点和音符。他停下了自己的脚步，有些不知所措，好像要确认这些曲子是不是出自自己体内。但是很快，他依旧走着，唱着。这是诺龙悲伤时对冉吾庄的山水花草树木石头做的应答，告诉它们他的心情。起初，他不知道自己是这样的。

　　在躲红耳部白腰部的追逐时，诺龙梦到：走在藏娘塔边，看到一只灰兔，不知怎么，它的腿伤了，气息恹恹的样子，诺龙弯下腰看了看说："灰兔啊，你怎么了？"灰兔说："狼追的，从崖上掉下来了。"这时，一个背着空木桶的女人走过来，诺龙心里正想：晦气，晦气，"呸呸"了两声。她从袄里掏出一团糌粑放在灰兔旁边，她走过诺龙身边时身上的那股膻味呛了他一鼻子，像喝了一鼻子酸奶，他直了直腰身。光板的袍子是用牛毛绳系的，下摆已碎了许多口子，后摆也没折，身上的衣袍从系腰带处都是很深的褶子。她的碎辫有许多细小的毛发支棱着，连额前的发也有支棱起的势头，压也压不平，她青黑的凹凸不平的肌肤吓了诺龙一跳，那张恐怖的毫无表情的脸诺龙不想看第二次，他不想和她说话，他是王的奴，见过千千万的美女，没见过这么吓人没模没样的邋遢女人。他走过去，身后的兔子说："唉——你没忘掉什么吧？"我能忘什么？诺龙想，头也不回地走了。怕碰到红耳部和白腰部，诺龙加紧了步子。此后，诺龙再也没碰到过那只灰兔，也再没碰到那个女人。

嘴说："其实王要我找的是前世里的一个女人。

嘴说："她是出生在九月的孩子，她的母亲从春天到夏天再到秋天完成了她萌芽、吐芳、结果的过程，她的眼睛睁开在有霜的早晨。当一缕晨曦从窗外溢进来时，霜在早晨的阳光里化成露珠，从叶子上从枝杈间从草尖上滴落下来。长大后的她用眼睛看、用鼻子闻，用心灵过滤这纷乱的尘世，她的心却停留在雪一样的世界里。"它说得真好，诺龙都听不太懂。

她是中了蛙咒的孩子，那是春天，她在石院里的那口枯井旁独自吟唱，她是一个容易沉浸在自己天地里的孩子，她闻到春天里的草香和一种似草非草的植物的奇臭，它的叶很大，花也大，是暗紫的。忽然间，她明白不是所有的绿色都那么香，她趴在井边不停地向井中探头，翻身仰头又向白云问候，手中拿起的那块扁石就那么一扔，"噗——"枯井中沉闷地一响。声音滞重浑浊，半路断残。不是那种石头碰石头的清脆声。她愣了一下，探头看，一只又大又扁的青蛙鼓着眼睛，它的身子僵着没动，眼里布满了惊慌，像随时要拔刀自卫一样。她非常吃惊，这之前，她几次探头俯看枯井都没看到它，但现在它就这么出现了，像是凭空飞落在了井中。俯身看着只有高个人身高那么深的枯井，她忽然感到有一片云沉在了心底。

挨了石子的蛙忽然恐怖地撅肚双脚立起："这些黑头众生，在认识到我你他后，从来都不会认为或感到欠了谁的什么，他们说我的衣我的食我的房我的我的……他们只看前方，不回头，心里装着大海却空空地惶恐一生,他们干着不是自己的活,永远过着匆忙的人生。"她吃惊地看着它,从未听人这么说过。按理它是要骂自己,可是她听着好像它在骂包括她在内的所有人。

是的,那时起,她就属于那只硕大无比的青蛙,蛙王对她说:"为什么打我这么痛?"她心里说:"我不是有意的,但……真有那么痛吗,只是一小块石子?"蛙王说:"是石子,但这对于蛙类的我似一牛皮口袋的青稞砸向了我。"蛙王说:"很早以前,我被囚在这里,至于为什么,你不必知道。几十年过去了,几百年过去了,在这口井里,没有一个我可以说话的活物,甚至这枯井里的水草都灭绝了,后来水也一日日枯干了,我身上长满一片片寂寞的癞子,我身困此处无人能救,直到把身上的癞子移走,我才能脱离此井,回到广阔的天地里。造物之神!现在我碰到了你,你就是我的,而且我不必心怀歉疚……"最后这句模棱两可的话,她听着很费心思,在已经渗不出多少水的坑里,它浸了浸身,吐了一串泡:"在我没有放开你之前,你不属于任何物种。"这句话让她的身子颤了颤。她虽惧怕可还是从唇间冒出:"可怜的蛙啊,我还是想问你为何被囚在这里?生身父母都不会强加于一个人'你是我的',为什么我是你的?我并没有做有负于你的事,你却为何如此对我?"卓尕拉姆从来不认为她听懂蛙王的话有什么不对。蛙王却不予理睬。从那天起,她的身上一天天布满了青绿的疙瘩,一片一片的,抓挠抠都无济于事,她去找蛙王评理,可是它隐而不见,有一次她站在山冈上大喊:"请把我还回来,我需要人类正常的颜色,无论是黑的还是白的。"她看到那只青蛙张了张嘴,然后从眼前消失,她知道它并不准备妥协,而是用它温暾的招数想把她耗尽。回到屋里,她看到自己美丽的眼睛里流的尽是咸苦的盐水。她以为自己向枯井扔石子是无意的,而对那只青蛙来说却变成有意。青蛙有意承受她手中的石子,可她因为自己手中无意的石子背负着有意的承担。她不会让任何人知道这事,因为所有的人都不信,她沉默。她那个青绿的可怖的脸,所有的人认定那是她前世的罪。

是那只蛙王在拦阻她的脚步,蛙王不愿他们相识。只是这困在水咒里的蛙王抵不过天缘的造化,那天是星期一,是他和她的吉日,迎合了天地时的便利,他们相遇了!

那年冬天的早上,她发觉自己很累,脸上的痘痘突破了她的皮肤并开始糜烂,红红的一片又一片,像是在炫耀。她背起沉重的木桶去背水,木桶里的漂子在她左右挪步时"当当"作响,这样的节奏让她莫名地快乐起来。走到白塔边,她在残墙上撑着木桶歇了一会儿,这时她看到离自己不远处卧着一黑物,她站在那里看,那黑物动了一下,她确定是人就走过去,那人又动了一下,是个衣衫褴褛的男人,他受伤了,估计伤着了骨头,有谁对这个人下这样的毒手呢?把木桶搁在残墙上,她扶着那人走回家,离家越来越近时,那人晕厥了过去,她背上了他。她从做兽医的父亲遗物中挑出一些治伤的草药,敷在他见骨的伤口上。这伤是刀伤,她知道,但是她没问什么。当那人再一次昏迷时,她熬了一锅的牛骨汤,肉已吃完,只能熬骨汤,第二天,当她醒来,那人坐在铺着牛皮的土炕上,她慌忙立起身,身上的袍子滑落在地,她本可以慢慢起,但是那么久都没有男人气息的屋子，忽然因为一个男人让她感到不适和慌乱。她盛了一碗熬了一夜的汤，对这个像是扣了一顶遮住眼睛的狐皮帽、身上没有一丝生气的男子说："你怎么样了？"那人笑了笑，说："谢谢你，我没事。"她看到他眼里忽闪着的一丝光，像郁郁葱葱的林中飘过的一阵风，她的心"怦怦"跳了几下，那个人说："今天你救了我，过不了多久，你就可以住在我的府邸。"她问："为什么？"那人说："因为我欠着你的人情。"她以为他在说疯话，或者伤势太重说的迷糊话，于是嘴上应答，心里却笑着。那人说他要走了，她看着他，他正在系那褴褛的衣袍，他是转过身系他的衣袍的，她分明觉出他那有伤的手使不上劲，但他还是龇牙咧嘴地系上了，他转过身来时还对她笑了笑，那郁郁葱葱的林中光芒又一闪，是在一瞬间，她的心疼了一下。那人说："等着我。"她说："走吧，走吧。"不知为何她认定自己会等着这个人，只是因为受伤的他转过身系自己腰带的一瞬间？在白塔旁，她双手合十祷告道："蒙着雾的过去，披着光的此刻，我们相遇了，佑我！"

她相信那个人一定会来，年复一年，草色青黄。直到远去的将士未听王最后的言，把自己弄丢了，而女人依旧心眺远方。她怎么会知道那里伏着必定要分离的暗流，就像季节河干涸时他们从各自的岸上走来、邂逅，当河水再次暴涨时，他们的邂逅被搁浅，他们各自的食粮在各自的岸上，可以对岸观望，但齐头并进，肚子会成问题。

嘴说：那个人就是王，一次征战，魔将人多势众，王受伤后和他的将士们走散了，于是王幻化成乞丐走到那个白塔边，因为那个伤口附着了恶咒,王只能回到自己的府邸里用千年雪莲之魂冰敷解咒方能痊愈,又饥又渴的王快要晕厥过去时就碰到了那个九月出生的姑娘。这个枝节只有王和那个女子知道。出发时,王对我说了很多:"对此人,我会欠下双份的人情,找到她是重中之重。"说很多话的王漏掉了一句什么?王最后说"那个人是个女子"时,我已骑马走远。王望着已绝尘而去的我,祷词自语:"缘生缘灭,该在命中的请赐在命中。可惜那世里的我没找到她,最后却被魔将黑帐王杀了,在魔域,我的五官走散了,我一直寻找它们的下落。在魔地,我到处找不到一个冉吾的人。"

有一次,飘忽的嘴听到两只歇脚的乌鸦在说话:"唉,死了那么多的人,魂都无处可去了。""是呀,不过听说两个魂如果想要迫切相见,就可以在一个有缘人的手里会面。""那会是谁的谁呢?"说完,它们飞走了,这是飞禽点醒的它,开始似梦中那个长须长发粘连在一起的老者,现在是两只乌鸦,他想为什么两个人必须要找到对方?会有什么意义?我需要吗?想着时他已在路上了,开始了寻觅的旅程,寻觅他走散的至亲。

诺龙一定要找到那些走散的五官,它们像是他的孩子,他割舍不了。夜里,他又继续逃亡的生涯,梦是连续,前一段连着后一段,有时还会回顾上一段:没有鼻子的嘴和眼睛呈现在诺龙的手掌里怪吓人的,他攥紧了手掌。他们骑着高头大马,披散着长发,穿着冬衣,最醒目的是每个人腰部的白绸子或白羊毛腰带,他们携带着洪水暴发时扑面的水汽,他们的力量来自雨水和云朵,柔韧的不屈的,他们是雨水和云朵的统领,那流势迅猛的雨水可以将山凿出一个洞,也可以把云朵拧成一股绳,以此来称一座山或者一汪湖,他们习惯使这样的威力,所以还得从诺龙的手中取走那个"人"使他们的力量更加强大。虽然他们不太确定"手中人"会给他们带来什么,但是,得到才是他们的处事之道,如果得到了无用处也可以弃了它。夺走诺龙手中的渐渐成形的"人",是他们目前所要做的最迫切的事,他们商议:"即使剁掉那只手,我们也要得到它。"白腰部里的长者说:"可是剁掉赖以维持血和肉的手,手中的那个也会消失不见。""到底那是个什么?"有人疑惑不解地大声说。"那个嘛……那个是无上的力量。"有人似懂非懂……他们一直没找到看起来两全其美、保持完整的办法。厚重的衣袍使他们行动迟缓。他们张着大嘴说这是不吉之物,他们说削掉诺龙手掌里的纹路,如同女人流产一样,那个嘴和眼睛也会消亡。或者在诺龙不知觉中让他抓一把烧红的"云朵",手掌纹就会和皮肉化成平展展没有一丝褶皱的疤痕,这样这一切都会烟消云散,他们一步一步朝着诺龙走来,唉,诺龙气喘吁吁的夜晚又开始了。

诺龙一直以为措吉消失在了风里。措吉消失在风里的某一天黄昏,他在主人的牛圈中看到一头牦牛一次次地闻着另一头犏牛的屁股,好像那里有它最喜欢吃的青草。诺龙忽然大笑起来,这一笑止也止不住,和诺龙一起放牛的巴尕起初也跟着他看跟着他笑,但当巴尕早已停止了笑而他还停不下时,巴尕吓得跑了——往往诺龙是能吓走一些人的。

这样,诺龙又回到了阿妈的身边。索波·央周是需要诺龙在自己身边的,可是现在的诺龙想把牙齿都笑出来,这种可能性太小,等飘在空中的他落回地上再说吧。

明亮的天空下着雪,诺龙感到疲倦,他蜷在土炕上一动不动。不知这一次的寻找又会以怎样的方式结束,风布满了诺龙的心,是的,就像风,诺龙一直在走,没有目的地走,也不冷,只是一心想走,没有什么理由,好像有人告诉他走是唯一的出路一般,他行进在快要变成沙漠土坡的田地上,还有那些积雪覆盖的村庄,还有空无一物的雪原。人们说:"又一个揩吉在冉吾庄里出没。"孩子们有时会跟他走上一大截的路,他们大声地喊:"又一个揩吉一样的人。"诺龙说:"我和她不一样,我有家伙。"但是他们不听他说完,又哄笑着推着他前行,他不知他们何以这样喜欢推着他走,于是他故意不会走,让他们推着走。他们不推了,他才会继续前行。

在那个月亮只露半边脸的夜晚,诺龙再次梦见了长须长发粘连在一起的老人唱着:"你清晨来了从哪来?你明晨走了向何方?你来时见没见金顶山上一头牛,奶牛的左腿瘸右角断。"诺龙想笑:这人只有一头牛也是左右不全的。他想说:我见了一个,那白色的奶牛正在鲜草丰盛的隆宝水边不停地吃着鲜嫩的草,一直走着。老人又唱:"你来了,冉吾雨下了吗?你走了,冉吾雨停了吗?"诺龙心说:冉吾有它的云彩,我怎能知道?老人又唱:"你来时迷了路吗?你走时找到路了吗?路上架着虹吗?虹是不是七色的?"诺龙想:路,我一定能找到,它也一定有颜色。老人说:"你长大了,你还会长大。"那时诺龙不知道长发老人原来是最后来送他的。

诺龙记得朋友来的时节,草色金黄。从那个叫拉秀的地方来的朋友，应该比诺龙大两岁，他和他的父母兄弟姐妹一人背一个小包裹，那是他们所有的家当。他和这里最强势的群才水火不相容。一开始，诺龙的朋友和群才就不是那种能走到一起的人，群才的左脚趾上有一块硬茧，这硬茧让群才的脚进而到全身都很不舒服。有一天，上山割柴火草，他索性脱掉左脚上的靴子，就这么一拐一拐地挪动身子割柴火草，等到他走到老远后方才想起靴子还在刚才的地方，于是他对众多的他们扫了一眼，最后像是确定了一样看着，诺龙的朋友不明其意，那些割柴火草的声音、唱山歌的声音，还有说话和大声笑着的声音都小了下去，诺龙的朋友才抬头一看，就看到群才看着他，他也就这么看着群才，两个人就在他们眼前僵持着，诺龙的朋友还没明白他的意思，群才努了努嘴："那……那靴子递一下。"靴帮稍了色的靴子歪在那里。他让诺龙的朋友去拿他的左靴，但是诺龙的朋友说："要拿你自己拿，我还没有到为人拿靴子的境地。"群才的脸于是现出很奇怪的想冷笑却笑不出想骂却找不出词的样子，这样过了一会儿，他说："那你配做什么？"朋友说："你配做什么，我就配做什么。""咳，咳……"群才甚至咳了起来，大概是被气的，于是他二话不说冲上来就一拳，诺龙的朋友右腮上挨了一拳，"咔——"上牙和下牙磕了一下。诺龙跑过去紧抓朋友的两只胳膊，一下子就看到了血，从嘴角迟疑着渗出，他说："血……"所有的人惊了一下，又愣了一下，诺龙的朋友在诺龙还没说完时就已挥出去一拳了，他们又撕打起来，诺龙起先在中间，但是不知谁搡了一下，诺龙没站住，"噗——"地滑到一个草甸边，两只手划过的地方两道长长的沟痕，直到诺龙停下来的大草甸边长着的一种什么草扎了他一手,他扑在草地上乱甩他的双手,他的双手刺痛。也许是群才没了左靴的脚趾上的鸡眼硌着他,他们看到他迈出愤愤的每一步明显吃力,他的气焰因此减去不少,但还是一副死不认输的样子。割柴火草的人群就这样看着,有人眼里在说:肉多顶不上力,身高顶不到天。众多人眼里附和:真是。没有人上去劝,他们仿佛害怕的样子,又像是吓得呆住了,诺龙站起来什么也不顾地拉他们,拉了这边拉那边,当然他一个疤瘌头是拉不动他们的,但是诺龙拼尽了全力,后来,他们都累了,诺龙也累得像是和他们俩打了一架。被那些已愣了足够长时间的人拉开时,诺龙看到血还是从朋友的嘴角不停地渗着,诺龙真怕从他不停吐着的吐沫里"噗"的一声掉出一颗牙来,但是"噗噗"的声响里没有"啪"的声响,后来确认是他的舌尖被刚才一拳撞破了,这才放下心来。

群才和达娃的碰触像白色云石的撞击,火光四溅,噼啪作响,诺龙周边的人说:"他们是上辈子的过节,这辈子的属相不合。"说那是天然生成的,会延续至其中一个消失或缺失另一半,当那个人的药火熄灭时,这种关系也会自行消解。

诺龙的生活有两处。在第二处的就是他的朋友,群才和达娃是同一种人,却永远组不到一起,他们暴烈,像燃烧的木柴崩着火星子"噼啪"作响,他们会为一种看不见的东西互相撕咬,互不相让,暗里一口、明里一手的,冉吾庄人碰到他们在一起时就会头痛,即使他们的头不是高高昂起的,但他们的言词必定是扬起来的翘着尾巴的,他们不会"人说我也说",他们都是从"另一处"考虑问题的,和别人不一样就显得他们"很不一样",

诺龙当然不明白他们之间怎么了，那时为了靴子不是已美美地打了一架吗，那个不见胜负的仇从此积在那里不曾离去？可是不尽然，他们可并不是为了一个靴子积的仇，也就不会因一个靴子消解，他们是从靴子事件里确定谁高谁低的，这一点是关键。奇特的是，诺龙可以和群才走在一起，也可以和达娃走在一起，并且他们也不说不问怎么了，也可能他们不计较这个疯癫的人，这会显出他们的气度和不欺生凌弱。和群才达娃待上一会儿，人们很快会发觉他们是同一类人，但是他们是相互排斥的，一碰，那些不明缘由的火星就会不自觉地四溅，还有可能灼伤到彼此身边的人，所以他俩是互克的属相。冉吾人也这样说。

后来，诺龙每天放牛时更愿意叫达娃，诺龙认定他是自己的朋友，因为他总是叫诺龙干这干那，重活轻活，从不生分，让诺龙觉得他没有把自己当外人。清晨，诺龙把牛赶到河边饮水，就去叫达娃，不知他在忙些什么。很多时候，诺龙总是要等很久，有时所有的牛饮完水，他还不出来，诺龙就坐在他家门口供人晒太阳的泥石座上等他，他还是不来，这时诺龙是不敢多叫他的，他说过叫多了他的阿爸就会骂他，所以诺龙就只能等着。时间已经很久了，太阳把冉吾谷的角落都晒瘫了，他还没来，诺龙很生气，我这样等，阿妈一定会骂我。诺龙心里想，好的，好的，以后我不等了，我自己走。想狠狠骂他时，达娃从那边优哉地走来，诺龙的气就会在他的一步一步里消融，诺龙的脸于是会堆起群才谓之的快要掉下来的笑。所有的不快在见到他的一瞬，没了，消失在了空气中，看不见，像一阵没来由的风。从那以后，在诺龙的生命中，有一个总让他等的人，不是这个人，就是那个人,人们说"色肖"是说某一天你做的事冲撞了什么,如比较邪恶的,是那一天里你说过的话或是你做了的事,在后来的日子里,你会一直延续这种循环状态,欲罢不能。有一次实在是等他太久,诺龙独自赶着牛走了。达娃来时,诺龙说:"你来了……"达娃说:"你能来,我就不能来吗?"诺龙被这语气呛在那里不知说什么好,他总是比别人想得慢、说得迟,这样的话在他的嘴里很难凝在一起说出来,他总是想不到要说这样的话,那种一下就能反应出的,一下就能回应的,一下能回避的,他做不到。等诺龙反应过来,那已经不是在那些人那些事的场景里了。阿妈说的不是没道理,让他多加小心是对的。在后来的几天里,达娃一直坚持不跟诺龙说一句话,而诺龙总是要坚持着跟他说话,哪怕是一星半点,诺龙总是在他门口等着,直等到他出来,才和他一块走,像是吸取了教训,并且向他证明不会再犯第二次错。等到他跟诺龙说话的那天,那天就是诺龙最高兴的日子。他们的生活充满着像大人一样沉重的孩子的乐趣。

达娃的阿妈很有制造离奇事件的本领,这样,她的家就笼罩着某种不可言说的神秘能量,而后会让这种"光彩"传到更远的远方——只是在这个巴掌大的冉吾,更远的远方是不太可能的。但庄子里的人会信服并怀有敬意,说她的儿子在田里拾到一个天上的雷器(据说是打雷时天神遗留或掷下的器物),那可是天物。天物,不是一般的孩子能得到的,这所有的人都知道。她说这些话时是很有技巧的,她会放低自己的身形,但说出来的话是高昂的,有一些人还是会证实一下是不是真的,于是她犹豫不决，难作决断，一副无辜委屈样，看了，对自己不利；不让看，怕伤了和气，在那人的一再保证下，她神秘地说："那个已缝进了锦袋中。"她一下放低了声音，像是只要大声一点，那个天物会不翼而飞，让人以为这是触不得的，只能从远处屏息静气地看。到达娃的母亲从垒砌的牛粪墙缝隙中取出装在一个布袋里的鼓鼓囊囊，除此并不能确定什么。但她的举动是不容别人置疑的，这就是说只有有福祉的人才能有幸得到，这个孩子欺不得，当然，天物，肯定是这样，所有冉吾庄的人都信。

又某一天，达娃说他们家的花坛里圈了一条蛇，起初他说得寻常，但当他看到听着的人眼神专注，就说那是一条盘得别致的蛇，通体白。说着说着，它就像是发着光的，所以他的家总弥漫着一股神灵的气息。披着不可触犯的高处的某种外衣，"你看，"达娃的母亲说，"到秋末了，这盆花却开得那么旺盛，那些花都老了……"她抬眉用心地念了一串经，认定是神助。而那盆花的花期是秋天，且一直放在屋里阴干了，保持着一贯的和颜悦色。

天气热的时候，达娃的父亲坯土块卖给别人。中午时，他们把牛放到山上，在可以休息的间隙或匆忙吃完午饭后以最快的速度去达娃的父亲那里帮他坯土。诺龙来之前从母亲的牛角鼻烟壶里偷了一些鼻烟给达娃的阿爸，达娃的阿爸从来不问鼻烟的出处。他说着亲昵感激的话，痛快地吸着诺龙带来的鼻烟，达娃的父亲夸他们几句，诺龙感到自己在太阳下暴晒的身子更轻了，他的心愉快地蹦跳着，帮人并对别人有用，这真是令人高兴的事。在中午短短的时间里，他们就能坯出一百多块土块来，诺龙真佩服自己。

当然，诺龙从来没有在无数次等达娃的日子里，感到他不是自己的朋友，这个在诺龙看来、在很多人看来是让人不屑的背叛，他的母亲看到了他们这种状态，总是谆谆教诲："一旦成了朋友，就不能喜新厌旧。"诺龙当然不能，他知道。

人输在嘴上，山羊输在膘上。

诺龙根本不知道那件事是要遮掩的，好像也想不起来何时说过这样的话，就在群才和诺龙的朋友打得不可开交时，诺龙的朋友忽然出了一句："伊青勺头。"达娃的阿妈布满惊慌的脸出现在冉吾的街头，把达娃打得鼻血喷涌，就是因为对群才的阿妈叫了"伊青勺头"。而他和群才打架的事，达娃的阿妈只字不提，达娃的阿妈不太骂人但说出来的话很能惊住冉吾人，她把有些事说得很隐晦，她压低声音说："伊青这样的女人都敢当众撕破与自己日夜相伴都走下势的男人的衣物，谁不知她在冉吾庄里远近有名老少皆知，这样的人你都敢惹？"这个"伊青勺头"最后传到诺龙阿妈的耳朵里成了诺龙说："达娃对群才说群才的阿妈是勺头。"不是群才告诉自己的阿妈，而是达娃的阿妈告诉了诺龙的阿妈和周边的人。这样，谁说谁对谁叫"伊青勺头"成了整个事件的核心，而不是打架本身。达娃的阿妈来到奶奶巴姆的院墙根，对在那里玩骨趾的诺龙和诺龙周围的人说："真没想到这句话是你说的，你那么清静的孩子，真没想到。"她的语气是无比吃惊的！不可思议的，她是说比起外面，你是干净的，可是你却干了和外面世界一样丑恶的事，所以你是丑恶的或者你的丑恶隐藏了很多年。达娃的阿妈意为小孩之间的小摩擦会引燃大人间的冲突,达娃的阿妈说这话时却没有丝毫吃惊的表情。而诺龙却感到了事件的严重性,几乎无药可救。当他从空中掼下来时深深地难过起来,他觉得对不起所有的人,甚至觉得对不起整天照在他头顶的冉吾庄的太阳和月亮。他开始害怕见到达娃和他的阿妈,甚至夜里他梦见他们母子时心里一阵又一阵的恐慌。晚上,诺龙躺在床上在阿妈的责备声中,他想,但是他想不起来在何时、何地、何种场院这么说过。想不起来时,他只好认定自己说过这句话,因为现在冉吾的人都认定是他说的,但是问题又来了——他又想不起来给谁说过。告状是令人不屑和鄙视的,后来诺龙的朋友和群才的那场架不了了之,只是在达娃阿妈的那种"想不到这么老实的孩子,竟然对别人说那样话的人是你"之类的话语里,在这句话中充斥着谁卖掉了谁的腔调,这句"是谁说了伊青勺头"成了这个事件的关键,而且是在他们(尤其是达娃的阿妈)看来心底纯真的孩子说的。

很多时候,他们是一群一不小心就闯入大人世界的孩子,他们"装大人"的心不时地受到一些人事的冲击,就造成了有些事那么不合时宜,幼小的心莫名地损伤又愈合。幸而孩子天生的忘性,在摧毁一些东西时会修复一些,在大人们有足够的承受力时,他们就是那些大人们摧毁又被修复的孩子。诺龙想起阿妈说的那句话:"布,你要小心。"那么现在是他要小心的时候?他依然不知道。

直到最后,那个可怕的伊青都没有一次找上门问责。诺龙看到她时她甚至没看他一眼,只是高扬着寥寥数发的头,走了。

诺龙一直以为自己属于冉吾群体并融于这个群体,当他们高呼时诺龙就会举臂,诺龙从来都不认为那有什么不对,也从来不曾分生,是的,他们通常都会把他放在一个显眼的位置上,像是关注,像是让人瞩目的,在这小小的冉吾庄里,他也乐于这样,他以为这样就是他的生活,他从来就没有感到他的生活有什么不对的地方,多么幸福啊,每天太阳会在那一刻升起,即使今天的太阳躲藏在云里,但是天还是准点亮起。可有一天诺龙感到了不对,他发觉他们在说他时总和那些有耳朵却没有声音的、有腿却走不出一步的、有眼睛却看不见蓝白红绿黄的揉在一起,好像……他们这样对诺龙的阿妈说:"比起……他还是人,哦,好人。"好像这是他们给他的最大褒奖,好像他们把他安排在一场游戏里。这个游戏里,他们是旁观人,而另一种他们,诺龙说的是他们,他和他一样的人,他们才是那些被围在一个圈里、让众多的眼睛窃窃私语的他们。人们都是公平的,对他们同样也是,因为他们说:"人和人怎么可能一样呢?人,天生是不一样的。"他们确定人也是分了级的,像冉吾庄里的石阶,一个阶梯一个阶梯的。对诺龙而言,在那个众多眼睛关注的圈子中,他们有的劣势,他有了;他们有的优势,他也有。那是谁都可以玩的游戏,诺龙不应该在那里缺少快乐。直到他大喊大叫时,他们才会避开。有时他们一直站着,看他的快乐有多少。

诺龙以为有一次对自己好的人会一直对自己好,所以他也对那人好,他们的关系一直像夏天里的风一样让人舒服,但是他还是不明白,又有一次,那个人忽然会在人群中龇牙咧嘴地笑,诺龙很清楚他们望的方向是一致的，那一处里只有诺龙是可以让他们笑的，他不用左顾右盼，看周围还有谁谁，是的，有时还是有想要打那人一拳的时候，或者吐他一脸，可过后不久生活会维持原来的模样，他还是会对诺龙好，并在人群中笑诺龙，就像他们要玩旱獭噗噗，生生死死。

他们玩旱獭噗噗。这是需要体力、耐力和速度的。旱獭要从洞里出来觅食和寻找自己的同伴，但是狼在路上挡道，会随时追上你，你也不可以在洞中待的时间太长，因为这相当于你还得吃饭，你还得觅食，不然会在不久成为一具饿殍，或者待久了狼可以挖你的洞吃了你，所以在这个游戏里最需要的是机警灵活，在狼没注意时飞快地跑过去，跑进另一个洞里，如果你够勇敢，你还可以在跑的过程中点一下已经亡去的同伴，点他一下，那个同伴就活了，这样，如果不是全军覆灭，这场游戏一直可以以你是主方进行下去，狼的一切行动都要以旱獭的行动为主攻方向做出反应，但是如果旱獭都被狼吃了，游戏就会呈反方向进行，把此前一方跑另一方追的形式颠倒过来。那时属旱獭的变狼，是狼的则变成了旱獭，类似你吃我然后我吃你。所以这个游戏不适合诺龙和那些人玩，群才他们是这样确定的，只有群才他们的人没凑齐时，诺龙们才可以勉强加入到那场游戏中。

在旱獭噗噗里，每个人都要把食指放在一个人的膝盖上，从虎开始：当，阿嗲，图爹，布和，来爹，爹美，爹桑，无八，塞包，阿色同浪卓，哦几毛尕拉，爹吗百爹百（这个不出这个出），数到最后时，指着谁的手指，那个人就是旱獭，以半数对分,前者为旱獭,后者为狼。食者,要追逐被食者,食者要以被食者的行动为方向。所有的人都想做旱獭,诺龙不明白这是为什么。当他想要做狼时,那些人就会笑。他们说做狼很辛苦的,要抓旱獭,又要时刻注意另一只活旱獭试图点另一只死旱獭的企图,而活旱獭一旦点到了那个站"死"在原位的伸着长长手臂的旱獭,它就活了,有了第二次活蹦乱跳的生命。就这一瞬间的复活多好呀,多奇妙,这是人无论如何都做不到的事。

在人的游戏里,旱獭拥有趾高气扬的、嬉弄狼的本钱,在洞里摆好跑向左的架势却从右边一溜小跑回到另一个洞中,气急的狼急红了眼,当狼等不及旱獭一直在洞中自得其乐时,就可以挖在洞中待太长时间的旱獭洞。

点一下就活过来的生命,是奇妙的。狼很辛苦,但诺龙不怕辛苦。狼的眼睛和耳朵都要处在最佳的状态里,旱獭的一点响动,都要收拢在它的心眼里,以便在及时到位的灵敏里抓到旱獭,诺龙就想做一只狼,因为诺龙想看到自己抓他们时他们那种惊慌失措的脸,他撵他们时慌乱的脚步和尖利的惊叫,只是他没有他们迅捷,他疤着头,拐着腿,守在一个洞口和那只旱獭耗时间,那只"旱獭"气得直叫,意为诺龙离他的"窝"太近,他无法逃离。诺龙说:"我是有伤的狼,我得有我的方式。"他直叫:"赖皮!"要打诺龙一拳的架势。诺龙说:"玩游戏,又不赖你的人,不气不气。"然后诺龙顺理成章从容地拍了他,就在洞里。诺龙不喜欢旱獭那种诚惶诚恐的日子。

这天夜里,诺龙发觉自己躲在一棵草后,竟然避开了他们的眼目,这正让他窃喜,远远看到山坳深处烟雾弥漫,他不记得这山坳里有什么人家，想看个究竟，就沿着烟雾飘来的方向走去。烟越来越浓，他看到了烟的出处，可是不见人，等缭绕的烟雾被风吹向另一侧时，诺龙才看清须发皆白的老人生自烟雾中坐在三石灶旁，诺龙一步步走向老人，老人努嘴示意让他坐在三石灶旁，诺龙似乎感觉要问老人一个什么问题，老人在烟雾中眯缝着眼说："你怎么才来？"诺龙还来不及反应，老人又说，"你为何要寻烟而来？"诺龙想:他在等我吗？老人说："两句也跟不上我一句，真是个傻子！"挥拳砸在诺龙身上，很疼，又一拳不知砸在诺龙的什么部位，诺龙一下痛晕过去，等他醒来时，那个咒忽然像是放在他目光可及的枕边，闪现在他的脑中，他也记起那个咒叫虹咒。再看三石灶里的火，余烬还在，老人却不见了。

  诺龙对红耳部和白腰部的人各自动用了一次咒，他想确认此咒的功用，诺龙有意在半道上截住那个人，那个想要踏平一切不入他眼里的暴躁的红耳部人。"暴牛"一看是诺龙便欣喜若狂，这在以往刚要接近那个"什么"的下落，却又是从诺龙的梦里遗落掉了没了下文，这次可碰得天门地门全开地顺。红耳部里有一个不成文的规矩，只要做出对红耳部最有用的事，这个人就会成为他们红耳部的头领，所有红耳部的人要听命于他，无论那人小如婴孩，还是老如枯树。这次最年长的几个红耳部通过商议确定只要从诺龙身上得到了"什么"，这个人就是红耳部的有功之臣，发布此信让众多的红耳部人饥渴般咽着唾沫，所以红耳部对诺龙简直入了迷，现在和诺龙碰了个正着，怎么会放过他呢？暴牛嬉笑着："看来我俩的缘还未尽！"诺龙说："是呀，但不知这缘是好是坏？""定是好缘，单花绽层瓣！"诺龙哼一声，说："只要不是仇恨得让彼此不能忘记！"暴牛哈哈大笑："给你讲一个事吧，不过你大概也听过，就是康巴玉尼的故事，那个人——那个康巴玉尼的足迹为何越来越大，越来越宽，最后自己也变成巨型人，那个人就是被我们带走的，他走一步，我们使一次咒，走一步使一次咒，最后就是以他们心惊胆战看到的情景收场。"诺龙说："这样做对你们有什么好？"暴牛说："我们想看看此咒其他的功用，不可以吗？"嚣张的气焰从鼻孔里喷出，这就真的像一头惹毛的牛，随时可能从那里炝着蹶子在泥土四溅里顶着冒着火焰的大弯角冲撞而来。诺龙想：我也不是要看看虹咒的威力吗？看来无论是人还是妖都免不了好奇心的作祟。诺龙不想在掰扯这些无意义的事中耗费掉自己的契机，他佯装要走，暴牛看到了诺龙似要逃的苗头急看左右，周围没有大型植物就吸一口气吐出一圈圈旋着的红火吹向远处的红柳藤，又吸一口气把吐着火焰的红柳藤如暴雨般砸向诺龙，先吓吓他，对付人就是对付心，他想不明白那么多有着神通的人就对付不了一个疤癞头的疤癞心，他认为人相是怎样人心也是怎样的，嗯，疤癞心。诺龙看到一截截燃着火舌的红柳藤如箭一般射向自己，忽然慌神了一下，念出的虹咒似有错读，这时，一枝红柳藤在他的袍衣上抽了一下，后背立时着起火来，一股灼伤的疼痛让他一下想起刚才念错的咒，于是他席地跏趺，两个手掌一同打开面向暴牛（诺龙不想让暴牛看出左右），把观想集中于手掌再次诵读起虹咒，于是无数的红柳藤在射向诺龙的半道上化成木灰，纷纷坠落，扬在风里，燃在他背上的火也熄了。

暴牛被木灰呛着咳起来，气得把更多燃着熊熊烈火的红柳藤射向诺龙，可是都化在了风里。暴牛呆愣住了，终于看清诺龙不是泥捏的，一跺脚驾着火龙瞬间消失无踪。在仓皇而逃时暴牛的脑壳里"叮——"地一下明悟，原来红耳部要找的在诺龙的手掌里，他确信无疑，不然诺龙会以其他和他对峙，而不是用手掌。一到红耳部的营地，暴牛就把和诺龙的碰面一五一十地说了出来。听这番细述的红耳部们就确认那个他们要找的一定在诺龙的掌中，可是怎么拿取出来归为己有似乎不大容易，于是红耳部们伺机等候……诺龙知道他的虹咒还会使白腰部的冰凌武器变成水或汽，他和一个不期而遇的白腰部人都痛快地使出了浑身解数，白腰部的那人抽出冰凌腰带威胁诺龙就范："今天倒要看看你能否逃出我的手掌！"冰凌腰带呼啸着窜向诺龙，诺龙说："是呀，我也想这样每个人手中握有武器一对一地较量一下。"白腰部的那人恼恨出现在面前的诺龙，好像不是当初那个冻得尿不出尿的人，诺龙毫无惧色的架势对他是莫大的挑衅，"砰叮——"冰凌击打的声响，"兹兹——"冰遇火的声响不绝于耳。白腰部的冰凌腰带，先是在半空中冒出了一股黑烟，接着就闻到了烧焦的羊毛味，那人的袍子没了捆束的腰带一下松垮下来，闹了个大花脸提拎着拖地的衣袍，慌乱中又踩住了袍角摔一跟头又闹个大花脸走了。他庆幸诺龙的咒没使在他的身上，要不他也可能会成一巴掌多的齑粉……诺龙走在弥漫着蒸腾的水汽里，恍若仙境。那人并未告诉白腰部们和诺龙的这次交锋，他觉得这脸丢得实在超出他能说出的范围，所以把这事当成了自己的秘密。红耳部的知道了他们的火遇到诺龙会失去功用，而白腰部也渐渐知道诺龙会让他们的冰凌腰带瞬间即化。

第二天，诺龙很疲累地醒来，他披着袍衣从床沿耷拉下双脚，想起那个阿吾群才讲的让人头发都要竖立起的恐怖故事——群才讲得太好了，以至于那些场景里走来走去的人在诺龙的眼前晃荡，像是正在眼皮底下发生着的一样，就像康巴玉尼：

有一个从德格来的男人，叫康巴玉尼，他每次让一匹马驮着在巴塘牧场上很少见的小糖果小饰物等一家一家地去卖，他跟我父亲很熟，当他又一次在我家吃过饭，说完他一路上的见闻和笑话后，坚持要睡在草场的围栏里。家人极力挽留也架不住他的执拗，他就在厚长秋草的围栏里垫上羊皮褥睡了，他的马在草场里吃秋末肥厚的草。第二天我赶着牛群经过男人旁，从后面和侧面看他的睡袍像包一样鼓着，当我走过男人的正前方回头一看，发觉男人却不见了，被袍的形状像是虫子脱了的壳，地上还下了一点雪，雪地上留着他光脚踩过的痕迹，我一直跟着他的足迹，越走，发觉那个人的步子越来越宽，有时甚至有四五米宽，而且足印越来越大，那个足迹一直在一个小断崖边消失了，我从断崖俯视，看到那个人摔死在小小的断崖下，但是他的身体出奇地大。他被天葬后，给他天葬的喇嘛也不明地死了。这样的恐慌像是一片乌云遮住了果庆牧场的上空。其实故事的来源是叫别人的人，而群才讲时却成了"我"。他们不去深究它，因为他们只是要听那个故事，至于谁是亲历者，他们还真不在乎。

诺龙将再一次不在他们的生活里，这是令人沮丧的。一直以来，他喜欢这样的生活，和大家在一起，一起努力，一起踩着脚下的路,还有一起眺望远方的路,这是最好的状态。这种状态在每个人脸上体现出来,舒展的表情让看着的人也会为之动容。他们会看到诺龙和他的那些同伴过得很好,但是有一天这样的生活被打破,让满面红光的他们不知把脸呈出怎样的笑和姿态才对。人们看他们的眼光不一样了,带着一点嬉笑,一点不易在最短的时间里察觉到的轻笑,于是他们内心开始有了一些狂妄,说一些不切实际的话,做一些不是行在地上的事。而当他们被一些人开始遗忘时,他们就用一些在大人们看来不容易的事,来引起大人们的注意,就比如群才的表弟用他编织成天目九珠眼的长抛石把达娃家的牛腿打折了,抛石里只放了一块石。傍晚空闲时冉吾人聚在了一起,达娃的阿妈一抽一抽地抖动着腮帮:"弄折我家牛腿的人就在你们中间,我知道是谁,你跟我没有一个说道?"她看着群才,群才起先装作无事,后来被她盯急了:"又不是我,你瞪什么?"达娃的阿妈嘴角一丝浅笑:"我又不是说你,谁怕就是谁,因为心里有鬼才怕。"其实群才的表弟那天心有余悸地跑来说:"今早太阳光只挂山头时,达娃的阿妈就站在她家裂成条的木门前,从我走过的这个巷头瞪到那头的巷尾,吓死我了。"达娃的阿妈并不会一路跳脚骂过去,她要做的是自己不出口伤人或出手伤人,但她必定要达到的效果是让冉吾人说话办事不要触犯到她。与其让达娃的阿妈从我身上找到答案,还不如把家里的牛羊牧在普措达赞神山。

　　普措达赞,传说是外来的山神。他迁到了这里,就会滋养迁移到这里的外来人,给他们额外的照顾,给他们富足的生活,对迁入者关爱有加。但他顾不了很多山下的人,那些生生世世生活在这里的人，尽管有偏颇，山下的男人每年还是都会用经幡重又装饰一番，桑烟煨起，祈诵声响起，"咕嘿嘿"高声喊起，声声起伏。

庄子里的男人年年去祭普措达赞，冉吾庄的每个人都敬他，男人们的身上挂着五彩的幡旗，马身也是五颜六色的条绸，一路"丁丁当当"伴着"咕——"的高声拖着长腔。

每年在祭祀普措达赞的队伍里，总少不了卓尕拉姆的舅舅。那时他满面通红，油亮泛光，不停地在姹紫嫣红的人群中发出"咕嘿嘿——"的长啸。

卓尕拉姆叫那个男人舅舅，他是善良的，但善良在他身上显现出来时是暴躁的，是高嗓门的，是瞪大眼睛的，他家牛羊多，生活富有生气，所以他的语气是昂起来的、扬上去的，事实上她已想不起来从何时起她将一个从来没见过的人叫成了至亲。

她的母亲，如果她对一个人叫舅舅，她是乐意的；如果她对一个女人叫姨娘，她也是乐意的。她不知这是为何，总之那时的她有很多的舅和姨，但从母亲那里她还是不甚明了，那层血肉根承的浓密关系是从哪里开始的，尤其是姨娘，一个小庄子里有五个或六个，母亲让她对很多在田间在场院做活的人叫姨，于是她都叫，这时她们的脸是快乐的，所以她不同一屋檐的姨一日比一日多起来。

那时她真以为她们都是她的亲人，但是她们来往并不是很频繁，甚至有些从来都不来往，他们之间没有摩擦也没有冲突，她叫得就不费什么力，碰到一个姨娘，就跟一个姨娘打一声招呼，碰上第二个就跟第二个说："姨，你去哪里呀？"女人应答后，又说："我走了呀！""好的，好的""长寿，长寿"，就这样，一切都照旧。她的暴脾气舅舅正从坡下走来，他一心盯着脚下的路，一缓一缓地上着，她本想跑得不见人影，但来不及了，他看见了她，他看着她脚上面目全非的楚朗（一种藏靴，用牛皮和羊毛褐子靴筒缝制在一起，只有一层牛皮底子），那楚朗的靴底已磨烂，由于在雨雪里走得多，靴筒和牛皮贴缝处线都开了，她右脚的拇指和食指从那开裂处偷偷地望着，像是随时要和每个碰面的人打招呼。在碰到一个人前，她所有的精力就会不受控制地集中在自己的脚上，她需全力缩回脚趾踩准脚下的靴子，以免让它开得太离谱，幸好很多人不以为意，因为他们也是露趾的或者快成露趾的了，但是她的那个舅舅说："哟（藏语，对女人不敬的称谓），你的脚趾都要和我说话了，你还不做个靴子？"她此时感到脸热起来，像是"哄"的一声烧起来，没说一句话，但她低下头就看到了她的楚朗和它咧开嘴大笑的模样，忽然，是在忽然间，她感到了怜悯，对那个脚趾和楚朗靴子，仿佛那是别人的，这之前一直隐了身的，现在却在一瞬间出现的卑微。这种悲楚，让一直以来安心的她措手不及，他看到她一副和他坚持闷声不响的架势，愤愤地说："我给你做一个，你下午把靴样拿一个来！"，她的阿妈说："快，快，谢谢舅舅呀。"她的脸一直红得很不争气，嘟噜了一句连她自己也听不清的话，走了。她的阿妈，一边谢着一边转身快步走向她。

一个月后，暴脾气舅舅缝制的靴子很打眼地放在她家的廊下，它的艳丽色温暖了她的目光。她很爱惜这个楚朗，因为这是她受到"哟"的称谓后得到的，这靴子来之不易。可那时，靴子破得真快。母亲这个那个的揽亲成病,甚至有时在路上碰到也是她的姨或舅。有一次,她问母亲为什么让她对那么多的人喊姨叫舅,母亲说:"亲戚多了,你走哪儿都顺畅。"她又问:"为什么不是叔和姑?"母亲说:"你也可以叫他们叔和姑。"这可真奇怪。

卓尕拉姆对她的姐妹说:"我从来都不会想到自己身上出现的一个问题——就是我会和他在一起,这种在一起是两个人的人生,是穿衣打呼噜都看得见和听得到、枕枕在一起的生活。那个傻子要和我在一起,他这样说:'我们一起坐吧。'我愣了一下,当我终于理清他在说什么时,吓得逃了回来。"她的姐妹哈哈大笑。那时诺龙坐在她的身旁,眼里闪耀的星星在她从白土堆上"噌"地站起时"咻——咻——"地抖落光了。卓尕拉姆头也不回地走了,忘了屁股上那厚厚的一层土。

卓尕拉姆对她的姐姐点了一下头:"有人说,我和诺龙疯子是不是好上了。"她的姐姐一听,瞪大了她的双眼皮斜眼,卓尕拉姆不确定姐姐看着自己还是她身旁别的什么,她的视线马上从她的脸旁移开了,大眼睛瞪大了让人视觉继而心里都有负重感。她已从姐姐的眼中看到了她对这件事的态度。卓尕拉姆的姐姐把卓尕拉姆看得更死,卓尕拉姆觉得诺龙很逗,"逗!"卓尕拉姆的姐姐说,"他不是一时逗,他的一生都是逗的,要是跟了他,那种逗会让女人笑不起来。"卓尕拉姆说:"谁说要跟他!"乜斜了姐姐一眼。而出现在诺龙生命里的"逗",诺龙是控制不了的。诺龙知道自己是舞狮劲足折关节——劲过头了。诺龙看不到她,很多时候她避着诺龙,他也只能避开她,他感觉他们真是奇怪呢，没偷没抢地怕着这个人，卓尕拉姆的姐姐对她说："你发什么善心，傻子懂什么，还不是你也在跟着傻子犯傻？"

卓尕拉姆。每天清晨，诺龙怀揣着这个名字醒来。

牧场上一片草绿花红。蒲公英在野地里或者旮旯里仰起它金黄的头，即使有一些遭遇牛羊之口的也会在生命特征最顽强时克服过去，它们会用所有的能量毫无懈怠地拼出叶美茎肥的往昔。最后它们都长出蓬松的满头白发。满头的白发在风里飘呀飘的。那是蒲公英的种子，诺龙一口气吹走了它一头的白发苍苍。他想给卓尕拉姆讲康巴玉尼和蒲公英。

代代卓玛，男人心所往；卓尕拉姆，诺龙心所往。

诺龙去群才家，想听听群才怎么说那个叫卓尕拉姆的女子。现在诺龙看到她时，血液从他的周身"腾"地奔到他的脸上，诺龙总是不确定她是否和他一样也会"腾"一下，所以诺龙要从别人那里尽可能地听到卓尕拉姆的事，甚至是她走到了哪里或者她从哪里回来的，他都一日一日加剧着了解她的动静。

老牧人格来说："比起蛇，青蛙是菩萨，但你遇到蛇还是遇到青蛙，这是你不可定夺的。"

诺龙虽然不太明白老牧人格来说的话，但是他说的话诺龙喜欢听。诺龙想如果卓尕拉姆不是在他想象的地方轻盈地走和欢快地唱歌，那么老牧人格来说的话也不至于让诺龙很快地从"腾"的地方"噗"落到让他发冷处，周围扬起一圈尘土……格来说："卓尕拉姆今早从达娃的家中蓬着头闹鬼样出来了。"诺龙感到沾满灰尘的脸，他拭擦不净，蛇和青蛙、青蛙和蛇，诺龙不确定卓尕拉姆属蛇还是蛙，青蛙有时会变成蛇吗？格来在叠得方方正正的布巾里重重地擤了一鼻涕,"不过达娃家不久要搬走了,不会在眼前烦心着晃荡。"诺龙没问达娃家要搬到何处,被聪明的阿妈罩着的达娃走到哪里都会荡起一些波澜,他走到哪里都是孝子贤孙的样子,这正是达娃的阿妈和达娃一唱一和正话反说达成的所愿。他们一直有制造离奇、抬高自己的本领。老牧人格来的话让诺龙在回不过味儿的地方停留了一段时间,那时他就这么仰躺着,看那些飞鸟从天空"啾——"的一声消失在天的那头。诺龙说:"你是怎么长翅膀的,借我一下吧?"诺龙说:"你能带我去做客吗?"以至于当他的嘴里总是不知所云地说着什么时,并不知格来已来到自己身边,这些想法让诺龙终于笑出了声。"傻子……"格来就立在诺龙身边那一簇羊羔花边,一头像蒲公英在秋天里蓬松的花白头很有弧度地炸开又耷拉下来,听到他说自己是傻子,诺龙回敬:"以为是谁,原来是灰头呀!"说完就对自己别扭起来,诺龙也不确定老牧人格来的脾气是着了火一样"腾"地烧你,还是烧着水慢慢地煮你,还是给你的头上打一下,而后在嘴里塞一点蜜,抚着你的头,又打一下,又抚着。诺龙有些媚笑地看着他,格来看了诺龙一眼,眼睛里是:没有想到你会这么说。但是接下来他却看着那簇羊羔花说:"羊羔花会不会被羊吃了?"就这一句话,诺龙就认定格来是水类的,他会慢慢地煮你,这让诺龙有了一丝不安。站起时,很多地上的蚂蚁仰头看到诺龙灰头土脸。回家时,碰到了一个背着空木桶的女人,这让诺龙的不安更加重了。灰头格来喜欢玩"我不输"和冉吾庄众多的人对峙,他总是赢,这是"三五七"的游戏,共有三堆石块,第一堆里有三个石块,第二堆五个,第三堆七个,可以从三个堆里任意拿石块,但不能从两个堆里同时拿取,然后拿剩下数字的人就输了。所以和格来玩"我不输"简直是和鸟比飞得多高和马比跑得多快一样不可理喻。诺龙怎么玩怎么输,他拿取石子在前也好,拿单数也好;在后也好,双数也好,到后来总是剩着一块认定自己输的石子。怎么也捉摸不透,于是诺龙的头就会痛起来。

诺龙的头开始痛起来,灰头格来说得让诺龙的眼更眯、头更晕,他试图甩开它,但它像浓雾。他不知道自己身在何处,更不知道卓尕拉姆在什么地方轻跳和微笑,她拣没拣到蘑菇,拣到了金菇还是羊菇。诺龙为此苦恼,头痛欲裂,遇到解不开的事,他的头就会痛起来,让他更加不得安宁。不是吗,当他打开小拦门,轻挑门帘,跨过门槛,走进里屋时,就听到那散发着芳香的柏木桌子对土灶边的木墩说:"有什么了不起,你能让人在上面吃饭吗?"木墩不服气了:"你能让人坐吗?"它们谁都不相让,都以为自己才是对主人最有用的,它们都没考虑过各自都有各自的用处。争着吵着,到处都是争吵的声音,这让诺龙大笑起来,母亲用针拨了拨短脚陶灯碗中羊毛捻着的灯芯走向他。

当什么事都没发生,这是达娃做的。他像是和所有和他有过面交的都情深义重,其实和谁都没有那种深重的东西。冉吾人叫他"世界熟脸",一个来冉吾的外地人,达娃都知道那个人的七姑八姨亲家连襟的外遇什么的,好似没事就凑在那些家长里短的妇人堆里的迹象。他把每一个事件最后总结成某种道理的模式说经样地传给别人,无论那人想听还是不想听他都要说道说道。冉吾人其实是怕他的,怕他的话一起头收也收不住,把自己的耐心也磨灭了,所以干脆在看到他从远处踱着方步走来时,就及时躲起来,躲不起来也是一副急匆匆赶路的样子,可是要知道他这一关是轻易过不了的,上来就像盘问:"上哪儿去?""哦哦,回家。""回家用得着这么急吗?烧屁股了?""呵,"脸上堆起笑,一副"放过我吧"的样子,他很不乐意地让那人通行,还会说一些不中意的话,可是那人讪讪地急速离去,大概他的说教鲠在喉间,很不舒服了半天。和他再次相遇时,诺龙也可以学他,诺龙并不沮丧,诺龙想有些事总有一天会露出它真实的颜色,就像穗花最终结成种子,是干瘪还是饱满终将明了,而诺龙是今天才看到,他们还是会走在一起,就像当初和现在一样没什么区别,他们在一起还是会碰到可笑的事,因为这世上不可能没有可笑的事,于是当达娃大笑着把手放在诺龙的肩上,诺龙的手也放在了达娃的肩上,想起老人们说过每个人的肩上有一盏神灯,灭了,那他的也会灭一盏吧,这样,他们谁也不会在谁的头上甩一下,或者一个人让另一个人干这干那的。他们在拉一根牛毛绳,达娃用他强壮的身体,诺龙用自己脚下那块冒出来的小石块撑力,拉平了,没有谁高谁低。在诺龙把手放到达娃肩上时,达娃一时没反应过来:"这什么状况?"他想要把诺龙的手从他的肩上甩开,但是诺龙抓住了他肩上的袄子,他甩不开,诺龙一直笑着,像熟了的羊头:"就这情况。"达娃不好发作,但也不明就里。那以后,当达娃把手搭在诺龙的肩上,诺龙也可以像朋友一样把自己的手搭在达娃的肩上,然后就像诺龙习惯他一样,他也习惯了诺龙。诺龙需要这样。

诺龙给达娃递鼻烟壶，达娃手拿青烟色的鼻烟壶看了诺龙一眼，倒了一拇指甲盖，诺龙也吸一拇指盖鼻烟，狠狠地。也不再流眼泪和口水，甚至连喷嚏都不打一下。诺龙觉得头上有洞有腔的都"舒"地打开了，像是醒了一下，清爽了许多。他们继续互递各自的鼻烟壶，直到达娃家从冉吾搬走。

诺龙走在冉吾河边，一直走……礼仪尊长谦让念旧……忽然在那一天，是的，那一天才是一生中最美好的日子。之前诺龙认定没有那一天，但那一天终于到来，诺龙想：是的，如果这是喜新厌旧，那就是吧！如果达娃发火，用恶毒的话咒我，就咒我吧，用不是一个男人的目光，甚至是带着某种人不该有的邪气看我，就看我吧。那是一个黄昏，那个黄昏里到处都是尘土的味道，但是，他却闻到了火的气息，温暖、火热、无所顾忌，一往无前。灰头格来说："一个人，只要他的心里住着神灵，他就会在某一天彻底想透某一件事，即使他还是孩子时，那一天才是他绽放自己的时刻；即使他是在三十岁，那一天他才终于长大。"火势蔓延。

诺龙碰到灰头格来，问："死真的可怕吗？"灰头格来却说："把刀交给一个罪恶的屠夫好，还是交给一个有着慈善心的好？"诺龙蒙在那里不知说什么好了，灰头格来却说："都好，都不好。"说完他哼着一曲耳朵都起腻的"东边的金山顶上"走了，真不可思议，这个人。

灰头格来和他的侄子成林求加可不一样，成林求加喜欢做生意，但总是脸上抹了油去，身上漫着土回。有一次，他又去做生意，又亏了，回到家中对妻子说："先亏了六匹马，再亏了两皮口袋青稞,不过你说不是给你买了一件缎子衣衫吗?"顿了顿又说,"那头耕牛可是我的。"他会替自己开脱,并且毫无技巧,拙劣地将自己撇在产生的不良后果之外。

庄上的习惯,有人盖房子,每户人家至少去一个人。有一次成林求加去帮忙,他站在房顶往上吊泥土,下面的人群中有人喊:"阿吾成林求加很有胆气,敢从顶上跳下来。"成林求加站在墙头看着下面的人群想都没想,一声"嘿——"跳了下来,腿折了,在家躺了小半年。人们警醒头脑一时要热起来的人时说:"嗯,会像成林求加一样哦!"成林求加的胆气在有众多人看他一举一动时发挥得会更加淋漓尽致。

诺龙以为上天一定会谅解在某一天醉了的人,酒不是上天造的,但是上天有理由让它存活在这个世界上,人们酿的"琼"用青稞做成,"琼"会让一个人回到接近和上天对话的状态。群才对"阿绕"(藏语,通指酒)的解释是,阿是"摔",绕是"挨打",阿绕就是"又摔又挨打"(在藏语里有谐音的成分)。诺龙在阿吾群才家喝了"阿绕",本来他还要对阿吾群才说一些话或者唱上一曲歌什么的,因为唱歌是诺龙现在很想做的事,但是他看到了群才的女人于暗夜憋闷的脸,她的一半脸还青着,木碗到木桌上时会有"叭"的声响,对入圈的羊们大呼小叫,仿佛那些羊是听不进话的她的子女。诺龙就不能多坐了,他怕阿吾群才会让她的另一半脸也发青。诺龙走到冉吾河边,河坡上长满了山葱。山葱长高了,人们会割下来,捣碎晒干,做调味料。

躺在"哧哧"作响的秋草上,诺龙就对天空说话。他说:"你不要欺骗一个神志不清的人,请告诉我,我能娶上卓尕拉姆吗?"

答:"娶上又能怎样?"诺龙说:"娶上她,我的生活就大不一样了。"答:"有什么不一样?"诺龙说:"我有伴了,说心里话时也有听的人。"答:"如果比这更糟呢?"诺龙想,哪儿会比这更不好,他说:"那我也认了,现在我只要卓尕拉姆,不想前前后后。"答:"她应该不是你命中的女人。"他说:"可是我恋着她。"答:"好吧,好吧,就这样吧。"他说:"什么就这样吧,你应该给我一个明亮的话。"但是已经没有了,诺龙满满地含了一口山葱,很冲的味刺向他的鼻腔里,他的泪落下来,止也止不住,他还在冉吾河边等,直等到天空的一角现出了启明星的脸。

应该是山葱呛的,双眼里流出了两滴泪,它们是滞重的,诺龙没想到会这样再次梦见那个女人,头上戴着琥珀的女人,她在那片丰美的水草间眨了一眼,诺龙并不确定那是对自己,但他看到她的眼角像是渗出一滴泪样渗出一朵花,起初他并不确定那是花,只看到它透明地白,但是它移向了他,他就看到那是一朵花,精巧、细碎,小小碎碎的花瓣,在空气中像被谁托举着,移到他的鼻下,在移向他的空间里花朵越变越大,最后到鼻子下时已成了手掌般大小,他闻到了一种奇异的香味,一种欢愉或者是幸福的味道,令自己身心愉悦。醒来时,那两滴泪凝成了两块松耳石,像是透明的蓝,在太阳下发着幽幽的光,就在他的手掌心里,在两块松耳石的中间,他看到一只鼻子在一张一翕地出气。

嘴聒噪起来:"我的兄弟姐妹们中,嘴是男人,眼是女人,脚是男,手是女。"诺龙觉得好笑:"五官都可以这么分?那鼻是什么?"嘴歪着,一副坏笑的样子:"这先不告诉你!"

冉吾的河水再次干枯，而和河水一起干枯的生灵们，在一片又一片河道里。到处都是因缺水而干瘪的鱼虾，还有长了一条两条或三条腿的蛙。黑色的，拖着小圆点身子的大尾巴，它们在浑浊得已经快要枯干的河道里不停地寻找栖身之处，在那里挣扎。它们张着绝望的嘴，仿佛要大声喊出什么来，身体在阳光下失水，它们没有了从前灵动的身形，蜷缩的、抻直的、扭曲的。它们的目光苍凉绝望，一个积了水的湿处聚着四五条水物，这个浅浅的洼地连它们的身体也圈不下，它们在这里不是露着头就是露着尾，有的甚至裸露着全身，它们一动不动，像在等吐出的最后一口气，让最后的疼痛从身体中倏然离去……最后的解脱。阳光炙烤，生与死的惨烈就在阳光下发生，水的生灵，它们的空气就是水，它们必不可少的，它们正在缺失它。诺龙的眼泪涩在眼眶，他在想它们为什么不能生活在土地上？为什么不能像人一样呼出和吸进的也是空气，如果人生活在水里把水当作空气……不能把水当空气，诺龙的头又痛起来，他小声地"嗷嗷"叫着，有人把手放在了他的肩上，把头伸向他的腮边，拍了一下，说："怎么了？"诺龙看着那个人，问了一句："你是鱼吗？"那人定定地看了他足足吸一拇指鼻烟的工夫，像诺龙脸上的花正在一瓣一瓣地打开，又好像诺龙是阳光，正照在它干瘪失水的身上，而他正在枯萎。他快速地从诺龙的视线里消失了，有些惊慌失措。

没有任何人说必须怎样，那些人来了，男的、女的，他们拿着可以盛水的器物，里面装着水，把那些缺水而快要窒息的水物一个又一个捞到盛了水的器物里，等到在器物里的鱼虾越来越多时,他们提着去旁边的另一条河边,把鱼虾放到大河里,那些老的、中年的、青年的、少年的,有的衣着很一般,有的衣着光鲜,有的戴着一两串价格昂贵的珊瑚玛瑙天珠等诺龙不知名目的项链,一个人把新做的衣袍的前摆别在腰上,挽起衣袖捞水物,指间镶着猫眼石的金戒闪闪发亮,有一些女人穿的不像居家女人,她们也来了,各种各样的人排成了河道形的队,他们都在做一件事——尽可能地把那些快要死亡的水物捞出,很多人嘴里念着经,不停地捞着,一次又一次弯腰、起身又弯腰,他们有着一颗庞大的心。

第四章　听见的耳

据说美丽的珠姆（格萨尔王的王妃）在她离别这片土地时曾有言："愿这世上最美丽的女子也不抵我的脚后跟。"这句话成了她的谶言。人们说："女人最美丽的时候是当新娘的那天，那天的新娘就可与美丽珠姆的脚后跟相媲美了。"珠姆深知美丽带给一个女人的灾难和不幸，或者她更知道带给男人甚至是人类的灾难——美丽是害人的东西。

诺龙听到了河水的声音，急匆匆地，像是去赶穗的风浪，像跳着一支精致的藏舞。它时而轻快，时而粗犷，它时而弯下、时而挺拔的腰身在风中青稞穗样摇曳，诺龙问灰头格来为什么藏舞总是一副弯腰弓身。灰头格来说藏舞是人们在田间地头劳作时在草原山林放牧时生成的，哪儿有人劳作时还仰头挺胸的。灰头格来说他一直以为舞者的长袖意为舞者有比他身长更长的心胸，那大胸一扩的舒展让人也心境开阔，虽然它的根在这片寒冷的土地上。诺龙想河的根在哪里呢？他的嗓子干得着了火似的，但他不能掬一口水解渴，据说要见到那个女人，人人都要净身，净身不是为了别人而是为了自己，自己干净可以从那里得到的福祉会更好更多，邪障病痛好得快，所以他早晨没舔一下糌粑、没喝一口茶就出发了，净身通常是人们洗净自己的身，他想他不吃早饭，那样他的肠子肚子甚至鼻孔都是干净的了，说不吃就不吃，所以诺龙口干舌燥肚子里甚至没了刚才叽里咕噜的声响。

  他终于到了那个传说中的山谷，见到了那个传说中的女人，那个十五圆月下让自己蜕皮的女人。在金银庄里，太阳刚出额就能照到阳坡上的石屋，石屋是石头缝里糊上泥巴垒成的，很小，没上泥，大小不一的石头裸露着，现出它们的棱棱角角，群才曾经对诺龙说："堪卓玛（藏语，空行母）的房子有一种隔物罩着，那里没有风，也没有冷，冬天只见雪花从空中飘下来，却在房院顶上不见了踪影。"那时诺龙就想，多好的房子呀，多好的幸福生活呀，在我们忙累着各种活时，她的一切却像是天然生成的一应俱全。而我们得拾牛粪，割砍柴火草，在土灶里用柴火草点燃牛粪，还要不停地往灶里添牛粪。没有柴火草和牛粪，我们的屋子是冰冷的。诺龙是望着堪卓玛的房子来的，却没发现她的房子和他的有什么不同。他到那里时，那些衣衫褴褛的人和衣着华贵的人，排成曲曲弯弯的长队一起走向堪卓玛的小屋，有很多人，诺龙想再次确认这是不是堪卓玛的家，一个声音说："是的。"他问："这里在做什么？"有人说："看病。"他说："算卦吗？"诺龙前面的那个人转过头看了他一眼，那是一张年轻的脸，不白也不黑，皮肤紧绷而有光泽，不知为何，诺龙看他的脸时，却又看了一下他的牙齿，像是卖马时，看牙口就知道它的年龄一样。这个想法差点儿让诺龙大笑起来，诺龙捏捏鼻头掩饰过去，那人的牙齿不是很白，"我没卦过，但说是很灵，"他的神色似乎印证自己未碰过打卦占卜之类的大事，庆幸之态溢于言表。那你来干什么？诺龙想。

屋子里养着一株枝干上披着毛绒外衣的鹅黄的嘎伊金秀，旁侧的枝干上还打着骨朵儿，说此嘎伊金秀会在某个特定的时候泛着五颜六色的光，诸如天门地门开的日子，像水波样一圈红一圈黄一圈绿一圈紫漾开去，说有老人无意中被此光照耀，此后多年耳聪目明步履轻盈精神矍铄。"想象一下这样开放的夺目！"诺龙仿佛看到豁眼郭格对此景闪着光的目光。而诺龙见到它时它是闭合的，原来这朵嘎伊金秀一直是闭合的，它只在特定的时刻才会打开心房。诺龙并没看出这朵花和山顶谷间长的花有什么不同，就是毛茸茸抹了一层霜的枝干，鹅黄的蓓蕾打着包。

保持着二十岁的青春，不见一丝皱纹的微笑。堪卓玛年轻的容颜让男人吃惊，让女人羡慕。有人问她："你为什么这么美丽？"她笑了："我的容颜被天带走了，所以没有人可以看到我的衰老。"堪卓玛会看天说地，在七天的时间里她会"死"过去，七天后她会把那些在地底下受难的人的"话"转达给地上的人。在金银庄，她被敬奉为神灵的带话人，没有人说清她为何有如此的预言和神通。她忽然来到这里，也没有人知道她从哪儿来，做家务的女人是她曾帮过的人，一次她问堪卓玛："你是不是神女?"她的回答是:"我什么都不是,只是晚上做梦有那样的情景和话语。"但人们不说她是托梦人,而是称其堪卓玛。有一次一个人丢了头牛不知去哪里找,他家太穷,他哭着去堪卓玛那里:"我家的女人神归了,家里还有四个孩子没人看管,我靠牛过活。"堪卓玛说:"你走吧,明天看我能不能知道。"第二天,那个人又诉说着自己种种不幸,堪卓玛说:"明天这里将有一场很大的魔女旋风,等那场风过去,你到都涅山坳里找,但是它的左腿伤了。"那个人把这件事告诉了阿卓茸巴庄的人,阿卓茸巴人一面答应帮着找,一面却要印证什么似的等着,第二天,天一下亮了起来,没有什么云彩的过渡,没有一丝风,阿卓茸巴庄的人想:这么晴的天怎么会有魔女旋风呢?他们在家里说笑,到了下午,天忽然在一阵又一阵的风中暗下来,忽然一阵风从东南边刮了过来,起初人们看不到它的形状,到后来,风越走越近时,人们终于看清了那股旋风,从天接到地,像一路摇摇晃晃着飞奔而来的天柱,人们恐慌地躲进了各自的家,外面一阵"噼里啪啦"的声响,院里的柴火草、木梯、犁耙、马具都飞了一地,等人们恍惚从那阵风中苏醒过来时,那阵风早没了影。风过后,男人和庄上的人径直去都涅山坳,他们还得证实那个说法——那头牛就在山坳里安静地吃着草,人们近前看到那头牛的左腿上一道伤,仿佛是擦伤,连皮带毛都没了。所有人都惊奇地看着那头牛,仿佛还想看到点什么意外。这件事让阿卓茸巴的人咂舌称奇。

据说堪卓玛会到达很远很远的地方,她是坐那朵闭合的嘎伊金秀花里走的,一路芳香,诺龙想:这是多美的女子呀,她通体散发着植物的馨香,直到到达她要去的地方,花就打开她脚下的瓣,她从花香里款款而出,而花依旧开在某一个枝头或一片叶间。说她的土屋罩着无形的金刚膜,风吹不着,雨淋不了,不洁之物避绕而行。人们所说的不洁物是看不见的,不能钻到床下梯下衣物下,不能让别人把手放在自己的头上肩上,脏了,是洗不净的,那种秽物附在身上,无形不可视,所以洗也是洗不干净的。

她的土屋里有一团无根之火,秋末、冬季、初春都燃在柏木桌上,也可以在屋顶的橡子下,它可以在寒冷时暖你的脚,也可以在暗夜里照亮眼睛。它的温度可大可小,它不会让木制的燃起来,除非用咒解它。

当诺龙走到堪卓玛的身边时,他看到了她安详的笑,闻到了花的芬芳,清清淡淡的,唇间的皓齿闪耀着明亮的光,她笑着问:"你是从冉吾来的吗?"诺龙说:"是。"她说:"我闻到了河水的气息。"这句话,让诺龙更加确定要请教她自己迷失的其他五官的下落,他要让它们尽可能快地聚到一起,他心切地诉说那些事,她安静地听着,不时地点头微笑。她从端坐的卡垫上站起,走到土灶边从土桌的糌粑盒上取出柏木酥油盒,挖出指甲盖大的酥油,抹到了诺龙的天灵盖上,她说:"你是第一次进我家门,况且你的一切都是初长成,你应该还是湿湿的婴儿,"他看着她不知要对她说什么,她继续说,"这是一个祝福,至于要尽快完成的,你只能自己去,因为它注定只由你一个人完成,别人是不能告知好坏缘由的。"她还对他说,"你从这里走出去时,不要回头,回头了,你双肩上的灯就会灭一下,回一次头，灭一下，最后灭到不可以再续时会对你要找到的东西产生不利。"诺龙有些沮丧，但还有隐约的一丝光亮让他的希冀打开了一道门缝。他面向她退出房间。她说："纯洁的孩子，只是曾穿错了一件衣袍，你就注定别人帮不了你。"她还说："不要心急，一切都会水到渠成。"诺龙只能前行，外面的风裹着浑黄的尘土，呛了他一嘴的土，夹杂着些许的牛粪粒。他想不起来曾穿过谁的衣物，长发被风吹起，袍子鼓满了风，他感觉自己像一匹马，扬鬃飞蹄。看来诺龙只能耐心等待"它们"的到来。

不知那年是代代卓玛的什么旺年，也不知她的天门地门日门月门星门哪个开了，撞到何种天满地满的日子，这是她天地人旺数的关卡，总之代代卓玛像一株奇异的植物忽然从土龙年的地底冒出，艳人且芳香四溢，耀人耳目。

这是多美的女人呀。

所有的人都这么说，她是平静湖水中投下的一块石，她是带着芳香的风，她是雨后的七彩虹，摄男人魂魄，连女人也会用这样的头脑这么想下去说下去。其实她是那种小鼻子小眼睛的女人，但是她所有部位的组合是那么恰到好处，没有纰漏。她的美在她身上体现得淋漓尽致，这个绽开得像要脱离自己身形一样的女人，光芒四射，没有一个人或一件事能湮没她的光彩。这种让人惊叹的东西好像附在她的身上、钳在她的魂里，像是她天生带来的一样，没有人可以夺去，或者没有哪个女人可以效仿，尽管众多的女子都把衣袍穿成她的模样，把头梳成她的小细碎辫，但是没有女人可以和她媲美，那是所有男人向往的神魂颠倒。女人的嘴里提到她都带着酸奶味，在这个叫杂曲卡玛的地方，那些见过她的人知道那个女人就是她，没见过她的人都知道有这样的一个女人，代代卓玛，美人谷里美人中的美人，这个名字盛极一时。经历她的男人会脱胎换骨一次，在这里，她是火，而那些男人是蛾子，如同他们在暗黑中迷失方向扑向光亮的她。她会对自己交往的男人说"让你的家人从那个房里搬走吧，我要把我的阿爸阿妈接来住"，男人的思虑不敌她的娇媚，让人意外的是男人还在考虑中时，代代卓玛却和另一个男人在玉塘走得正欢。她的路越走越宽，一路风生水起，她从玉塘把自己的姐妹都带了下来，她们一人做了一件光板袍子，于是每当杂曲卡玛有盛会，她们都会一次不落地前往。她们的装扮使人纷纷侧目，她们都用美好的姿态融入到黑头攒动的人群，在这样的场所里，她们结识各种各样的人，而代代卓玛一定有能力认识那些人中最有钱资的那一个，只要她看得上眼她就能拿得下。很多年过去了，杂曲卡玛的男人和女人都不明白这个女人怎么会有这样的本领，让每一个她想要的男人避不开她的眉眼、她的手，原来是她身上的女人味，这是荒唐的理由，但却是事实，她的一扭、她的一笑、她的一嗔、她的一娇，没有男人能抵挡得住，能笑看风云的是那些没有接近她的男人，在这个阳光如烧着火的地方没有任何女人可以学到或具有她的仪态万千。她的姿态，或者说代代卓玛对生活的姿态超出了一般人固定的模式，她的妩媚在她生命中呈现出的是无所顾忌的见谁撩谁，奇怪的是男人看到的却是代代卓玛的恰到好处不露锋芒，这个人人钦羡又被人唾弃的女子，她的美丽在杂曲卡玛是万众瞩目的，与其说是惊艳不如说是可怕，很多男人冒很大的风险靠近她，当然，这不至于是生命的险情，但是那个男人一定是要冒着很大的身外之物的危机，而且一定会付出高昂的代价。男人都知道，却没有人可以轻易地避开她，因为不止一两个男人的财物归她所有，而是一个又一个男人的资财付之东流，而她仿佛站在下游的浅滩处，用她的袍摆接住顺流而下的资物，然后在她的岸上筑自己的巢，金碧辉煌，对她而言，这像是某种美妙的囤积：银钱、房子、贵重的饰物，一切都如愿落在自己的周边，仿佛"噼啪"作响，一个又一个。那些富得流油的男人，或者对她千好万好的男人成了她草原上匆忙的过客，她知道怎样的美可以经久不衰地使用，并且可以在最短的时间内起效，一旦认清了那个路径，她就会一直行进下去，并且拒绝给任何女人传授她的招数，她说："这类型的已尝过，下一次该是那类型的了。"这个聪明的女人，生生不息、有滋有味地行走在杂曲卡玛清晨的太阳和黄昏的余晖里。

又是一个盛会，是每年一度的赛马节，着盛装看舞的人们都涌向舞场，忽然一阵骚动："代代卓玛来了，代代卓玛来了。"每个人对自己的同伴或更多的人交头接耳，那些以同一个方向聚向舞场的人们迟缓了脚步，有的径直改变了方向，有的拐了拐身子都把那个女人围在了中间，那是一些怎样的四面八方的目光呀，有流着口水的，有着了火的，有穿透衣袍的，那些目光长着手、脚，想要走遍这个女人。围在人群正中间的代代卓玛浅浅地笑，一副心知肚明的样儿。

牧人们已把要吃的、要穿的都易购好收拾妥当了，他们来杂曲卡玛已四五天了，他们从各自的地方来，有的一天一夜、三天两夜或者会花更多的时间，马累了，人乏了，但是在牧人的生活里什么样的事都不太算个事。他们要在这里给自己的阿爸置换个辔头，给阿妈抓个风湿的药，给自己的女人捞个镯戒，给孩子买甜品，总之，给亲朋也带点或贵或贱的物件，他们把东西捆的捆绑的绑吊的吊，呀呀，该忙的全忙完了。有人看一下天色，时间有余，就说："呀，还有一点时辰，应该去看看代代卓玛了吧？"几乎所有的男人都有了却这最后一桩心愿的愿望，被一个人挑一下，火就旺了，理就明了一般，应该去看看代代卓玛，这以后很长的日子里就见不到了呀，他们说走就走。在离开杂曲卡玛时，最后一次去麻麻滩看代代卓玛，代代卓玛依旧是该说时说，该笑时笑，她从不避讳自己的存在在杂曲卡玛造成的声势，她的自信像是阳光晒过后烘掉了水分的实物，坚实而经久耐用。她是个魔幻，可以在面孔上凭空生花，她的眼睛里泊着湖水的波纹，她的牙齿里躲闪着星星的光泽，她的长发里有着青草的芳香，就是这样，让那些离开杂曲卡玛的牧人心里扯挂的线一直从杂曲卡玛扯到自己的家门口，那以后的许多日子里，一些人的心里就有了一个难解的扣，其实女人不认识他们，但这不重要，重要的是他们认识她——代代卓玛。

  有时，代代卓玛躺在一个全然陌生的身体旁，想起自己刚刚破土而出、舒展起嫩芽的手脚却没有向当年的索波·央周要更多的牛羊而有些悔意，而此刻对于代代卓玛来说两头牛和四只羊已算不得什么了，在她看来，那只是满足她小小的口食欲。索波·央周在有一个她时还需要另一个她，绝对不能停驻在一个女人的身心旁消耗掉他来之不易的人的生活，对他来说，一生在花丛里的生活才更完整，这里嗅嗅那里碰碰有必要时还摘下来，闻闻馨香后扔在脚下，惬意而舒适。而如今的代代卓玛也不会漏掉这种得益于自己的生活方式，代代卓玛停在一个男人的身边不会太久，她像流水"哗哗"，途经草原、雪山、森林、莽原……一路的风景千姿百态，风月无边。

忽然那一年，代步的马成了尤物，不知什么原因，一匹马的价码让人咋舌，这有点不尽一些人的意，马能卖到那个价钱，一些人想不通，而一些人照样出那个价买那些马。奇迹仿佛无处不在，那个人像是前世积来的福祉，他曾因用几头牛换一匹马让杂曲卡玛人笑话："牛换马的人。"他们不止一次地说，"真是疯了，那是他家仅有的几头牛。"然而世事没有什么规律可循，才周终因马一路红运，当初的马好比给他启开了一条隐秘的通道，从此他一副盘满钵满的样子，以至于在杂曲卡玛流传着一个笑话："阿爸是谁，阿爸是才周的；阿妈是谁，阿妈是玛洛的。"以这两个人打头的名字好比一个口牌，公有公的口碑，母有母的名声，生出来的马也是精品，无骏能比。

所以当代代卓玛跟才周去"捞生活"时，那是没人能拦得住的，甚至于才周十几年的妻子也无力阻止他们前行的步子。大概是男有钱女有姿无可厚非的样子，但是这个举动像一壶水放在燃油的火上在杂曲卡玛传得沸腾起来。不知为何，在杂曲卡玛，女人都好像认定在男人这个物种上，她们绝不是代代卓玛的对手，好像达成了一种共识，当然有些女人并不这么认为，她们以为她们也有足够的性情和魅力使男人的心风吹草不动，但这怎么可能，如果男人愿意，怎么可能收住他一路鹿一样蹦跶的心？心，其实是可以飞出体外的，有着口食之欲的人是很难拒绝类似于肉脂参半色泽诱人味道鲜美的牛肋条这等美味的，当它们放在红柳筐内挂在肉库房风干时，人的口舌就对它们蠢蠢欲动，有些滋生在心眼里的东西，其铺垫也是眨眼之间的工夫，而结局让人猝不及防。当才周的女人感到有点不对头时，事态早已呈无法拢住之势，所以要在那时收住一匹烈性马的缰绳，无异于冒着从那匹狂奔驰骋的马上摔甩下来的危险。男人即使没有这样的胆子，也好似认定对这匹马可以慢慢操控，然后在这匹烈马乐意时可以停在一个平坦的草滩，最好那里一片茂盛的嫩草，接下来就是你好她好我好，都好，但会是这样吗？事实上不是这样的，很多男人甚至骑折过腿，只是从他们的嘴里说出来已成了勇猛的说唱，他们过不了脸面关。才周的女人知道自己的男人这一次是和代代卓玛同去。"怎么和那个女人去？""什么那女人，她是捞生活的人，是去捞生活！""和那个妖女能捞什么生活，你和她去就不嫌脏！""女人之见，捞生活就是捞生活，脏什么？又不会粘在身上！"才周用类似重复的话哽住了妻子醋意的阻拦，说话多么重要，可以把歪理顺直也可以把真的包在假的本色里。才周的妻子知道他们的问和答都不在点上，但她无法阻止这种延续下去的事态，只能选择不闻不问，或者更多的是对自己伤心透顶，对外面心胸宽广。

后来，一些事天然发生，一些事不可避免，他们一同捞生活，一同去做什么或什么，使得人们茶余饭后热火朝天地咀嚼。当回到杂曲卡玛，才周的回味还在持续延伸着，至少还有余香残留在唇齿间，事实上男人已发现代代卓玛对他骤然冷下来的脸，他去她那里，她总是爱答不理的，他受不了这个，因为那一串贵重项链的真实代价，虽然他们出发前就说好那是借的（代代卓玛说，我和你同去可以，但是现在我手头没资本，我只能借，如果借别人会要抵押品。才周那时是大气的，回一趟家就把那串项链拿给代代卓玛），才周是多么放低了男人的身形说的这话："借东西必定有利的回报，没有利也应该有人情的东西在里面，你怎么了？"但是女人在后来的日子里丝毫不现出对他的情义和感激，而是理所当然的淡漠。有些时候，男人比女人更容易受到被冷落的暗示。才周很快意识到了这个"冷"的问题，他发觉自己被逼到一个不能出走的角落，这是没办法解决的，这个状况让才周想不通，他就质问代代卓玛："为什么会这样？"女人的回答是："该是什么就是什么，还想让我怎样？"才周终于忍无可忍："把我的项链还给我。"像是说"把我的爱还给我"。而女人的回答是："给马配个种都要那么多，何况是人？你还想要什么！"这就是代代卓玛的说辞，在杂曲卡玛犹如刻在岩石上风化不掉。

很多男人可以用身体爱很多女人，但不能用心爱一个女人。多年后代代卓玛明白了。所以，她才会在男人这个物种旁应付自如彩蝶纷飞，得到一切她想得到的。男人多了，有些女人活得越来越不体面，似乎筋疲力尽，深受其伤，厌恶了这种一次又一次替换的面孔。而代代卓玛不一样，她的奇异是还能贵气地活着，有滋有味。

这是"富得天上王"的女人。

代代卓玛，在这个叫杂曲卡玛的地方，它是响亮的名字，神奇的名字，耀得跟什么似的，像是忽然从地底冒出，一夜之间，杂曲卡玛老少皆知，有很多女人想活成她那样，也有很多女人嫉恨着这女人。有很多男人去她的家院，她的家院里从来都是郁郁葱葱的，多数人并不是为了兑换东西，只是为了一睹她的芳容。她让男人下贱，让女人生恨，她不管不顾，有时任凭易购东西和看她的人来人往，她时而捧起身旁的铜镜看一看，看哪缕发丝乱了没有，看脸油擦匀了没、合不合适，她是代代卓玛，不会考虑太多别人的目光，如果考虑别人的目光，她代代卓玛就不是她，这是她天生骨子里带来的资本，没有什么人可以摧毁。上天给予她这样的美丽和生存，她就会坦然接受，并且她有本事在那上面制造出出其不意的事态和效果。这个像是艳红的大朵花的女人，让杂曲卡玛的趣闻一次又一次浪涛起伏。她的美正如躺在她身边的男人，经久不衰。这个在少部分的时间里单打独斗的女人不简单。

世界上所有的女人都有花期。

世界上所有的男人都知道这一点。

而这个女人的美丽是长寿的，她可以延至两代人。

虎不吃豹，豹吃虎。这是一场不知胜负的虎豹之争。人们说。他太年轻，对于代代卓玛来说，但是他还是和她在一起了，不知用了怎样的方式，一次酒后，他说："我要把我阿爸失去的捞回来！"他就是东嘎才仁，东嘎才仁不管众多杂曲卡玛的言辞间夹杂着对这个女人不光彩的睥睨，和他相熟的人对他说："女人已老了！"他说："她不是还有一个女儿吗？"那时东嘎才仁的宅院正在修葺中，代代卓玛跑前忙后，人们看到她忙碌的身影就怕这个女人对孩子众多的家院起贪念,后来应该是没分出什么胜负,东嘎才仁的阿爸次仁"捞生活"时全赔了,有好些年他的生活里除了马别的什么也没有,什么都不在他眼里。他成了自己的牧马人,穿着厚厚的衣袍,不分春夏、灰头土脸地从那个坡走向这个坡,今天这里明天那里赶着自己的几匹瘦马从冉吾庄的石阶匆匆而过,有时次仁忽然一夜之间脑浆被汤匙挖走了似的对家人来一句:"我捞的我吃,你们捞上的你们吃。"有时又什么都想不起来,他想的他做的时常会一下跌入谷底深涧,别人想捞也捞不起。人们时而看到他把一只不小的獒拴着链却抱在怀里,没人问,他却一路答过去:"这是代代的獒……"等到一个冬雪纷飞的日子里,东嘎才仁在有众多孩子的家院出没的次数增多了,人们自然从次仁的嘴里知道了东嘎才仁和那个女人散伙了,幸灾乐祸的、早有预料的,就是没有惋惜的,这件事风一样一连刮了几十天。代代卓玛这样结语东嘎才仁:"谁?哦,他呀!他是帮我打杂,牵我缰绳的。"代代卓玛以为男人和女人一样卑贱,正如他们贪她的美色,她贪他们的财物,没什么不一样。她把人情世故历练至炉火纯青。

晒秋阳,人们乐于在阳光下聚到一起。冉吾庄几乎每家门口都随意搭垒一块块石头用来享受阳光。他们惬意地坐在垒石上,像一种不谋而合的聚会,酝酿一些小气候。一个人捻着念珠坐在秋阳下,人就三三两两地聚拢过来,最初接触时他们保持着敏锐的触觉,这种敏锐是因了新鲜感,每一个五官都醒着,几乎是小心翼翼的,说着中立的清醒话。那个人说了什么,为什么这么说,他们会捕捉到一些脉络,这句是因了什么对谁说的，他们想抓到线头，但是他们不会让自己更醒过来，他们喜欢这样一种相聚，似是而非、模棱两可，这个好那个好地一直处在不偏不倚的状态，晒秋阳的队伍不断增多。但是不久后，人和人之间的问题就出来了，这个和你亲近，那个却不和你好，像他们说的和我属相合不合有关联。有时说一句讨好那人的话，但是说着的别扭，听着的也听出了异样，事情反而变得捏了一坨湿牛粪样黏糊得沾在手上甩不掉。如此一来，那人就会好几天退出那个"晒阳会"，有时出门碰到，他们说："坐坐吧。"他说："要去看看糌粑碾好了没有……"一副很忙的样子，直到那次的失脸逐渐愈合，他又会再次加入那个圈，像什么事都没发生。代代卓玛的故事就是在晒秋阳的小气候里一传再传，那是人们在吃饭时、睡觉前甚至在梦里说唱的。对一些人来说，她就是心中的歌，心里唱着对代代卓玛的歌，和自己女人过着小日子，骂代代卓玛又叹代代卓玛。

　　夜里，群才和加益在聊天，当然还是远远近近地说了些代代卓玛。高脚陶碗里的羊脂灯芯上飘着一缕缕刺鼻的烟柱，加益看到羊脂一层又一层在陶碗里的降痕，于是把灯吹灭。群才说："灭灯干什么，说话时就看不清了。"加益说："说话时要看清什么呀？只管说！"于是屋内一片漆黑，他们又聊起来，群才说："达娃有一个琥珀，很大。"加益问："有多大？"群才一拳打在加益的眼上："这么大！"加益痛地呻吟一声："你打我？"群才分明是藏住了喷涌而出的笑："哪儿呀，我是让你知道达娃家的琥珀有多大！"

　　加益坐在羊毛毯上，用他的桃木碗喝着浓酽的茯茶，在碱水里煮过后晒干的茯茶有一种别样的味儿，他对家人说："我去借钱，借到钱后我就买一匹母马，母马生一个驹。"他想象着自己在人前抬起头的那一天，还完借债，家境也好了，这时最小的儿子听到有马驹，高兴地蹦起来，嘴里喊着："有了马驹让我骑，马驹让我骑。"儿子稍叉两腿，左手握缰绳，右手向后甩鞭状在屋子里蹦跶，加益气得给了儿子一掌："你想累死马呀！"儿子挨了一掌"哇"地哭了，回到阿妈的怀里。丝绸嘴白一眼加益说："穷人梦，百两银。"孩子问："那是什么？"

　　丝绸嘴把孩子抱在怀里讲故事：有一个穷人，以讨食为生计，他每天都到一户又一户的人家里去讨饭，经过一段日子后，他终于要到了一皮口袋的青稞，他怕小偷偷走，于是把那袋青稞吊在梁柱上，每天晚上回来后他看着它就想：我现在要到一皮袋的青稞，过一段日子我再攒一皮袋的青稞，然后我把这些青稞种到地里，秋时，我就能收到更多的青稞，这样我再用这些青稞买一只羊，那只羊会生两三只羊羔，那两三只羊又会生出更多的羊，到那时我就是富人了，呀，富人，富人，我应该……噢，女人，对了，女人，我应该娶一个女人，然后那女人会生一个孩子，孩子一定要是男孩，我就有儿子了，儿子，儿子应该有一个名字呀，起什么名字好呢，叫东珠，不太好听，叫扎西才仁，叫扎西的人太多了，叫什么呢，他眉头紧锁却使不上力——这远远没有讨饭容易。还是想不出叫起来起劲、听起来振奋、听过后很难忘掉的名字，实在想不出该起什么，他就在四处漏风的房间里踱步。这时月亮升起来，月光照在他家破败的墙壁上，照在经年裂缝的柱上，他的脑子也忽然像是被月光照了一下，于是他一下找到了他一直苦苦搜索的儿子的名字，呀，呀，他高兴地跳起来，儿子的名字有了，我的儿子有名字了，他的名字就叫达娃扎巴。

他沉浸在青稞、羊、女人和儿子的名字里，不时地心满意足微笑着仰看用皮绳吊在梁柱上鼓胀的皮口袋，此时一只饥饿的老鼠正在啃噬梁柱上的皮绳，突然"嘣"的一声，断了，一皮口袋的青稞结结实实地砸在了他的头上。"穷人梦，百两银"从此成了笑话。

动物都会遵从一种规律，比如那只猫：诺龙家土夯的院里忽然有了一只猫，那只猫总是在那个时段里悄悄地来，然后在一个让人不易觉察的柱子旁或拐角处，但是从那个牛肋窗子里阿妈什么都能看得一清二楚：那只猫弓着身子，那只猫扎起毛发，它把胡须都奓开了，那是它碰到了一个比它邋遢却比它强悍的对手。后来阿妈发觉，猫之所以定时来是因为她每天清晨抛撒的青稞招来了蜗居檐下的鸟雀们，那只猫于是守在那个积垢的柱子旁，它会在鸟雀们落地啄食青稞粒时"忽"地蹿出，一两只就成了它爪下的"亡客"，填充它无着无落的肚子，这是鸟和猫都知道的时间段。

这只猫激怒了阿妈，"吱——"当她打开窗子时，那些鸟雀们吵开了一样叫着，像是着了火，它们有的支棱着毛翅，从一层的屋檐下低着头叫着，似乎看着地上行走的什么，把头转来转去，于是阿妈就又看到了那只猫，她"桑——桑——"地赶着，诺龙问："怎么了？"阿妈说："那只猫又来了，它们不敢下去。"诺龙低头看到那些鸟雀向这边飞快地聚过来，又飞快地向那边聚过去，嘴里不停地喊着叫着，像是激起了群怒。诺龙说："那只在说'不敢下，不敢下，那只老猫来了'，另一只说'没什么，没什么，猫被赶走了'。"说完，他就走了。黄昏时，那只猫叼着一只鸟被邻居看到，邻居阿姐就和阿妈说起了猫，阿妈无意中把诺龙早晨说的说给了邻居，邻居阿姐和阿妈于是笑他："这个人……"诺龙是去找灰头格来了。那时格来刚盘腿坐下要说那三把刀，有人在远处大喊大叫，他的羊群中三四只已到了青稞田边，他站起时顺势一扯别挂在腰间天珠犬目纹的抛石绳，"嘘——"一声高哨。抛石绳夹一石块，尾端攥在右手中迅捷地旋在头顶，"嗡——"的一声，当抛石绳的另一端从手中放开时，抛石绳中的石子带着声响扑向青稞田，灰头格来边跑边打哨……跑前跑后地过了半个时辰后，格来方才盘腿坐下，掏出他的角鼻烟壶。

听灰头格来说这世上曾有三把刀，黑夜迷茫刀，星光万耀刀，羚角万段刀。如果这三把刀聚到一起，把它们放在最初的出处，七七四十九天，它们就威力无穷，无人可敌，无人可胜。但是这三把刀如今已散落在不知所云的各处，它们像迷路了，回不到一处聚不到一起，那些各持一刀的人都怕长着眼的人心，他们都想拥有另外两把，都有解开七七四十九天后它会如何光芒犀利的疑惑和希望，却不想让人知道他们各自手中的另一把，他们暗自打探另外两把刀的下落，可未能如愿，就只能怀揣希望死守日子。

趋之若鹜，不惜生死。灰头格来说，最初人们像中了邪样寻找那三把刀。

消息，让冉吾庄蠢蠢欲动。不知何因，有人认定其中一把刀在一对夫妻手中，男人和女人非常恩爱。而消息的出处已模糊不清。

女人叫"油面女"，会做很好吃的油炸面食，她用酸奶作酵，用羊油熬出来的油炸食、油面食的香让住在金银滩的人也闻讯赶来，想一饱口福，那些人都以她的油炸面食为美食，说笑着来吃，于是她让那些爱蹭吃的人拿点羊油，有面更好，很多人乐得这样做，但是有面的太少了，他们还拿更多东西以换取女人做的油面饼。女人熬的油越来越多，日子就过得比一些人热乎。

好像油和油食长了耳，油面女炸油食时不能大声说话，否则油会溢出来。女人的奶奶曾经对她说。屋里热火朝天，女人炸油食时，人们在近旁可以看，但不能大声说话，她的这些规矩，所有来冉吾庄的人都知道。那些从土路上经过的，原本像"哗哗"响着的河水般大笑或说个不停的到了她这里，一定会噤声，等金黄的油食出锅，给油或粗面抵钱，而后带着那些香酥可口的油食上路。

男人和女人都是性情温良的人，但是有一天，达娃的母亲和她的姐姐把男人堵在那里，那是一个小巷，男人很是理亏的样子，有人看到他一字一句说着什么，而两个女人却是激烈的，她们的嘴不停地冒进冒出许多飞快的句子。男人一直站着，最后不知怎么就和两个女人走了，方向是两个女人的家。人都说达娃的阿妈很不一般，能在半道上截走男人。女人依旧炸着她的油食，男人似乎比以前更勤快了，他一会儿忙前一会儿忙后的，那事以后他总会绕庄子一大圈回家，再也不图巷道的便利了。

他对女人说:"那个巷子危机四伏,即使嘴里多长了一个舌头也说不清。"但是达娃的阿妈来到女人的摊前,一副笑脸问问这个能换什么那个怎么卖,女人一一作答,只是没有了以往待客的笑。男人低着头,手脚不知放哪儿好的样子。于是女人清了清嗓,说:"洛加(藏语,百岁,对爱人的昵称),去拿一碗碱来!"男人松了一口气似的:"哦呀。"飞快地走了。女人似乎忙得斜一眼的间隙都空不出来,两个女人这里捏捏那里摸摸,无趣地走了。男人再也没回到摊位上来。

忽有一天,晒秋阳的人群中说出了那把刀,"哪把刀?"人们确定不了是哪把刀,当那个人说出七七四十九天时,晒秋阳的人没了声息,"听说……"那个人顿了顿,然后那把刀的存在忽然就这样定位了。惊奇之余,人们的疑虑和猜忌接踵而至。

开始有人去他们家问这问那,男人和女人起初不知其意,问什么答什么,后来来的人一日比一日频,女人就从她的姐妹那儿知道了原来有人说有一把威力无穷的刀藏在她家。一些人开始守在女人门口,不是为了她的油面食。男人和女人惶恐起来,冉吾庄和金银滩的人也吃不到出自女人手中香酥可口的油面食了,有一天,她看到那些人,就对他们说:"来,你们都来。"她把家里的东西翻了个底朝天,甚至把角落里能见到的都翻了个个儿。她说:"现在你们也找吧,我自己都找不到,看你们还能找出什么来。找到了,我什么都不要,都给你们。"有些人动了动身子,拨弄着地上的衣物。有人说:"我们不动你家里的东西,我们只要我们要的东西。"女人大声吼着:"有没有,你们找呀,我把大门小门窗子都打开了,现在你们找。"人们再次走进他们家时，连下脚立足的地方都没有了，那以后夫妻俩出门时不锁门，所有的门窗也都洞开着。这样，那些人迟疑着不好进她家了。所有这些事只有女人出面，她怕男人和男人不止用拳脚见胜负，动刀见血她以为根本不值当。女人出门时照样门窗大开。那些以为有别的藏处的也跟踪了夫妻俩一段时间，却什么都不曾发觉。渐渐地，人们生厌了。有人说："吃爸肉的，谁嘴里倒灰？什么都没有硬说有。"自此，蹲守的人一日比一日少了，但男人却出事了。

那天他们放牧时，男人让女人提前回家，女人已经打摇好了酥油，煮了一些肉，烧好了奶茶，左等右等直至天黑也不见男人回来。家里的牛独自回圈了，于是她去左邻右舍问见没见她的男人，别人都说没见，她就和一个亲戚搭伴去找……这一找就是十几天了，男人却始终没出现，她带了一点儿干肉、一袋蕨麻去请教多聂都勒的隐士，隐士说："那把刀你不认为在你们手中吗？"女人仰着泪脸："我从来不知什么刀在我家，您说它在我家？""可能这不是你知晓的事！""可是如果那把刀在，他为什么不告诉我？"女人大哭起来，"人和人就是这样，你不是他，他也不是你，你们是你们。"

隐士说："你从热桑贡布山走过去，那里有珍珠玛瑙遍地的坡，不要理它们，一直走过去，有虎皮豹皮遍地的坡，也不必睬，那都是眼睛给你的虚幻，当你拾起它们到下一个坡后它们就会消失不见，你也就见不到他了，最后你碰到一个红岩石，他就在那里。记住，看到他时不能眨眼睛，如果眨了眼睛，他就会消失，此后再也见不到他了。"女人顺着隐士的指点走上了热桑贡布山，那个山上满坡的珍珠玛瑙在她脚底下打滑，有串成一串的，有散乱成堆的，它们发着耀人的光，那些都是昂贵的旧珠，色泽艳丽，她感觉那个连成一圈的玛瑙正适合戴在她的脖颈上，可想到隐士的话，她忍了忍。又到虎皮豹皮的坡，她想，如果我和男人都做一件皮袍那多美呀，想到隐士的话，又忍了忍，最后她终于在一块岩石上看到了自己的丈夫，男人腰间和挨近猎枪处只剩一点可以遮私的皮袄，他一动不动，也像凝成了岩石，男人盘着腿，身下触接岩石处已没了缝隙，上面布满了锈红的苔藓，女人痛心，悲喜交加，用手抓了他一下："你在这里啊！"就在一瞬间，男人不见了，化在空气中一样，女人在空中抓扯却什么都没有，后来女人才想起：自己在喊的那一刻是眨了一眼的，她撕扯着自己的头发，痛哭着去隐士那里，隐士说："这是你必须经过的坎，没有人能阻止它的发生和它所要经过的路，你们只能到这里了，念经，让心牧成白色，他会在那里安歇的。"有人采割柴火草时，发现男人在开着水粉花的柴火草中仰面躺着，像是采柴火草时累了，小憩一会儿，便闻着柴火草的清香入睡。但是他已不在这世上了。

  男人的尸体在家停放三天，喇嘛确定男人的生肖是土鼠后，告知女人需有属相马与狗的陪他送葬，女人在自家的亲戚和男人的亲戚中找到了马、狗属相的人，她哭着说着，他们说："去去去，没有不去的道理，要亲戚是干什么的？"第五天天还未亮，僧人把男人缚到牛背上，送到扎西天葬台，如果一个人是因伤祸或自亡，葬的地方就相对是下方处，不应和安亡的人一起天葬，女人因此不平了好一阵，再怎么他也是男人呀，怎么也不应比那些女人低下，况且那里还有恶人和一生都不曾生养儿女的人，她哭得一阵又一阵，歇完又哭哭完又歇，一整天那些亲友来了一拨又一拨，他们拿着贵重或不贵重的物品，茶叶、白布、酥油、曲拉、牛羊肉等，她不是对谁都哭的，只会在她认为应该哭的人前前言不搭后语地哭，有些人来了她只是哽咽几声或不哭，和这个人显不出亲密度似的，那个人自然也觉出了生疏。那些人走后不久，搭手的就开始燃牛粪煮茶，一会儿她们听到有人问女主人在哪儿。女人以为葬毕，慌乱地说："茶还没煮好，怎么办？"但是人来了后对女人悄声说："还得准备一些肉或者牛羊的内脏也可。"女人一下明白了，托寄魂灵的生灵们还没饱，这是大忌，女人浊声呜咽着从厨房拿出一整块牛腿交到那人手里，那人不说一句就走了，情绪失控哭喊着的女人被扶回到捻酥油灯芯的廊里，三三两两的人来规劝她。帮着捻灯芯拭灯盏和化酥油的人嘴上捂着头巾和自制的布条，没人说话，连刚刚说的话都不算似的，闭着嘴。男人健在时总对女人说杀了这么多山野生灵，罪责匪浅，于是每天天上闪着星星时就去转石经，天天都去，女人祈祷他若有罪能在现世时就可消亡，因那时他们吃不饱，男人只好狩猎，她也吃了不少，有罪也应有她的份。僧人们回来时，茶水已煮好，他们用碱面洗净双手，拌糌粑吃，完后在土炕打坐，诵经祈祷，愿死者安然脱离凡尘。

艰难土石扛不住，人心能扛。

女人一下老了十几岁，从天葬开始算起的七七四十九天里，每七天为一界念经，念经的僧人折叠避邪符给家人亲戚，女的左肩上、男的右肩上都缝上折叠成三角的符咒，男人家人的肩上也都缝着三角符咒。僧人言有些亡者的魂会游荡或附在心不舍的地方。据说有牧女的亡魂附在夏天有虫洞的牛粪饼里，那是女人没来得及捡回自己的帐中，心中恋恋不舍的因果。所以老人们说死时需放下，那样就免去了因欲念而留恋某人。亡者不能超度，对那人也会产生不好的影响。女人在男人生前的碗里拌了材芒仆芒（藏语，只用酥油拌在糌粑里的一种吃法，算是比较奢侈的吃法），老人们说那样徘徊在中阴的亡灵回来时不至于说"我的碗怎么空着，怎么不给我盛饭"继而会结为"我死了"之类的伤怀。男人走时是自己本命的第二年，人说女人的命祸在本命年之前，男人的命祸在本命年之后。

有些人，两个在一起的人，在他们还走在土地上时人们很难看到他们彼此之间的深重，但是当他们中的一个走了后，人们才恍然大悟般看到他们不为人知的另一面，以至于人们开始担心那个人也会怎样。或许那个人自己也不曾发觉缺失另一半会有怎样不一样的天空和日子，但是有那么一天，发觉屋子空着一块，怎么装都装不满的样子；夜晚口渴时没有一伸手就可以够到的茶水；早晨第一缕阳光照在梁柱上时耳畔没有日出时的诵经声，没有燃点松柏的清香；也没有一只拿刀的手，切一块牛羊肉递给正在嘴里嚼着一块的人；也没有人在你吃饱后还说："再来一碗吧！"日子完全变了模样，原来那个人这么重要，在后来的日子里，她是一天一天认清那个人走了，确实走了，尽管她有时还感觉是他叫了她一声，但是她知道他走了。她一下子垮了，这种垮塌对她是致命的，像是一下折断了她的腰骨，她不能待在那个不知下个活要干什么的地方。一整天都在转经的路上，她好像觉不到饿，肚里总是满满的，不知装了什么，一个月、两个月，冉吾庄的人要找她就去嘛呢石堆旁，她的瘦让她的眼睛深深凹陷在眼眶里，颧骨高耸，她不言语，甚至连悲声都再也未放过一次，人们以为她快要削发剃度当尼姑了。冉吾庄的人说起她一片赞歌的样，但她还是一个人，走着，再也未炸过一次香酥可口的油面食。步速飞快的她一圈一圈地转着石经。

自从"油面女"的男人死后，冉吾人也不想找到那把刀了，它可能会是背负在身上的祸根，命里没有就不该有。

那时，卓拉给他的刀起的名就是羚角万段，只是此刀非彼刀。据说真正的那三把刀最初在一个迷醉的世界里。黑夜迷茫、星光万耀、羚角万段三把刀似乎因一个事故走进此处，就迷沉在那里。此处易进不易出。

那个地方叫无花原。

那里的草原上有各种植物，但是奇特的是没有花。这是一个被诅咒了的世界，很多年，很多人都未能解开它。走在这片草原上，不知为何总是想哭。这个咒语让所有的花都迷失了。它们在土地里，但它们以为自己开着。开在地上的空气里，开在太阳下。它们一直都这么想，它们有时也会想一下，为何没有淅沥的雨水呀，这时就会有一阵雾飘忽着，带着一种奇特的气息，它们所想的在雾还没散尽时就忘了，没有一个人告诉它们这里没有花；而来过这里的人有两种，一种天生就知道这里没有花，一种人知道，但不会说出来，因为他们被这里各种各样的植物迷惑了，他们一直以为这土地上长的绿色的植物就是这里的花,好吧,好吧,花。他们想土地和气候决定着这里只能长这样的"花",一定的,他们想。他们那么忙要装那么多东西在脑浆里怎么也来不及刨根究底,这重要吗?所以那些地底下的它们,以为开着。

他也迷醉其中了吗?几十年都不曾梳洗一次的老人来了,顶着一头长污发,像从遥远的地方仆仆风尘赶过来,舔了舔干裂的嘴唇——原来,解开它这么容易。但这是谁都不曾预知的,说只需轻拨一下地表的土层,让其中的一朵或者嘎伊金秀或者美多塞金的任何一个露一小脸、见到太阳就够了,当它们中的一个忽然露出了头,它们就会在一瞬间明白原来自己在无花原,原来自己一直没开过,原来自己的颜色在土里深埋着,因此它们在听到一朵花的叫声"喂——同伴们,开出来,开出来喽"后,会用尽全身的力气,破土而出。但是这个事,这么简单的事,它们等了很多很多年。

这很怪,它不能以单独的魂魄存在,它们必须一大片地开遍整个山川河谷间……它能感知到它不是一朵花,至少之前不是,但此刻的它是一朵秀智,它静静地呆立在无花原里,听浓烈的夏天里醉酒一样扑面而来的歌,即使在午夜,这歌声久久不眠。有一天,它听到外面的夏天又一次逼近自己的头顶,它多想看看呀,它挣扎着,一次次,它的脖颈可怕地扭曲着,接着是它的身子,每次都像是酷刑,它的身子被众多的石子和沙土磨着,它感到自己的那一层绿体液都挤了出来,每次都是这样艰难,它不停地向上拨,忽有一丝光亮在头顶,终于接近,啊,它听到了河水远远近近的奔跑。草原上的风缓缓地流过,太阳的声音布满了原野，接着是温暖，像心底的花一样绽放，一股暖流喷泻而下。

秀智在接近光线的那一刻谢了，这是一次完美的落下，它在那一刻回到了诺龙的掌心，诺龙听到了河水的声音，"哗哗哗……"像是盛装去赶赛马节，每一处"哗哗"的音节都变一下，又变一下它们和河中的石子说话，它们和岸边的草地说话，它们也和水中的鱼儿说话，一路轻快、一路灿烂地走过去。怎么会这么清晰呢，手掌痒起来，诺龙看到一双耳朵长在眼睛的左右。原来是这样。

它是一双耳朵。

听说三把刀就迷醉在这片土地上，诺龙想在这神灵气的土地上，在灵性的秀智旁会不会找到些什么呢，诺龙从漫着雾的山顶找到清澈的河边，再到那些睡眼惺忪的植物间，仍旧没找到。

他直起身，看到蹿出雪山顶的太阳。

袍袖内，嘴瓮声瓮气地说："鼻和耳不男不女。"诺龙猛然大笑起来，耳朵听到可不是闹着玩的。诺龙是有些怕的，他怕耳朵和鼻子听到后会怄气，一皱鼻一扇耳就脱离手中的"什么"，忽然离去。这样他又得等到几时他们才能重又聚拢到一起呢？

第五章　取物的手

阿妈说："不是财却有用。"

她把那些扯成一段一段的牛毛绳收在皮囊里，诺龙问"拿这些做什么"时，阿妈这样对他说。诺龙忽然想到或许把那些牛毛绳扯开捋均顺，可以垫在自己冬天穿的靴子里。

而他把他的赤古当成不是财却最有用的。

赤古是有眉的，人们把眉作眼，说它是四眼，有四眼的犬叫佳吾尼血（黑底黄斑四眼），老人们说四眼的狗能看见人看不见的东西。眉是它一双隐形的眼，它有着无比的神通，邪气、不洁、对生命有障碍的它都能一一破开，所以当羊群悠闲地吃草时，诺龙总是跟在他的赤古后面，它向这里一拐，诺龙以为它看到了必要绕行的，就跟在它后面绕一下。它跳一下，诺龙也跳一下，后来它和诺龙在一起时诺龙总是跟在它后面，它拐他拐，它停他停，它跑他跑，就差它蹲他也蹲，它尿他也尿了。

冉吾人看到了这样令他们担心的一幕幕时,就对诺龙的阿妈说:"你为什么不把他关到屋里!"阿妈说:"我关了他的身,能关住他的心吗?我不能让他的身心困在一个黑糊的屋子里。"于是人们更加不屑于阿妈,不屑于阿妈的儿子——诺龙。人们说:"啧啧,快变成狗类了。"

诺龙虽然跟在赤古后面不停地抖擞精神,但冉吾人不会知道他想卓尕拉姆想得心里长毛了。

卓尕拉姆有个心思。灰头格来说过男人要明白女人心里想的事,"女人的心思其实也不过那点,"诺龙不知道灰头格来说的就那点心思是什么,但是他很想满足卓尕拉姆的"那点"心思,诺龙不太确定自己是怎么知道的,后来想起来,那时冉吾很多人晒秋阳,暖和又清爽,他们所有的人都贪秋天的日头,于是在这样的空气里还是要找到一些可以听的、可以说的话,卓尕拉姆和女人们一直东拉拉西扯扯的,说今年的青稞短得只有一拃高,说去年冬天因为被困在雪里,牛羊开始把彼此身上的毛当草吃,它们饿冻极了,一言不发倒在雪地中再也未能起来,鸟尸干去找他的那些困牛时,冻掉了五个脚趾。一个女人忽然大笑起来,女人们一边纺羊毛,一边看她怎么说,其中的一个说:"想自己的丑,笑哈哈?"那女人说:"幸亏没冻掉那个,冻掉了,永吉可就完了。""哈哈哈——"她们的话题拐来拐去就到了才仁永吉这里,说她脚上的靴子,腰身再紧实点儿样子会更好,如果那个羊毛褐子的颜色更浅一点儿也不至于像一个尼姑的靴子,诺龙看到所有女人眼里的渴望。忽然一束光,犹如神助,在他脑壳里亮起。诺龙是在那一瞬间有了主意的——靴子!

"彼岸赛马，此岸拖鞍。"灰头格来说，"这就是女人的小心思——想要拥有某种东西，即使自己没有，也要装成有，或曾经有过的不屑样。"

所有的女人穿的是楚朗（藏语，羊毛褐子饰面底子单层牛皮的靴子，较为普遍的，不贵），而自从灰头格来一言点醒后，诺龙心里就悄悄滋生了一个秘密，这他什么人也不告诉，他只是对缝制靴子的拐腿仁青说："我要做一个提宝靴。"那时仁青正走在通往他家的石阶上，诺龙尽量轻松地这么一说，不成想仁青这一步拐得弯下整个上身，好像踩着的石阶一下灼伤了左脚似的，原本蓄了几十年的黑粗辫夹续的红丝穗透着一股威武垂于耳边，现在却散股了，从他的右肩垂吊下来。他不顾发辫，看着诺龙，说："你的……"诺龙怕这时自己会出话语上的错，因为诺龙知道有时自己会在瞬间搭错脑壳里的什么线，就浅笑着，双手连忙把向仁青的胳膊。仁青的脸总是阴沉沉的，有一次，一个人和他开了有关腿的玩笑，于是他挥起拳头砸向那个人，致使那个人的两颗门牙亡在了嘴里。那以后没人敢拿什么腿呀脚呀之类的再跟仁青说笑了，他也更不爱和人说话了。只是他做的靴子在冉吾庄上没人能及，每天他都在做靴子，他的生活里只有靴子，各种各样的靴子，长的短的、胖的瘦的，靴帮颜色浅的、靴帮颜色深的，他的话更少了。在诺龙扶过去时，仁青的疑惑在眼里散乱，面皮也松了松，这让诺龙窃喜，也许诺龙这种鬼鬼祟祟的举动让他起了猜疑，他说："是你阿妈的？"诺龙被问得结巴了一阵，"嗯……啊"支吾了两声，他通常对人是不问这是谁的什么之类的，但大概是诺龙这个疤癞头的举动让他都张嘴吊起了下巴，想问个究竟。诺龙忽然想：这有什么呀，男人不能做女人的靴子？但诺龙不想回答他这句，诺龙说："还得需要一个靴子模吧？"他说："是。"依旧狐疑地看着诺龙，但诺龙不想让他得到任何答案，飞快地从墙角拿出那只粘了牛羊粪便几乎颜色不辨的靴子来，这是诺龙从卓尕拉姆家"借"过来的，诺龙没告诉卓尕拉姆，诺龙怕她找不到靴子着急，跺脚咒骂，就让仁青在青石板上就地量一量。仁青好像笑了笑，是那种让诺龙很不舒服的笑。他扯了扯嘴角，面皮上的皱纹倏然聚拢，纵横密布。为了靴子，诺龙只能和他一起龇龇牙，凭经年做靴子一切都心知肚明的样儿，仁青撑开中指和拇指然后在拇指到达的边又侧着食指和中指量了量，他说："好了。"诺龙吁出一口气，那时诺龙担心卓尕拉姆冷不丁会现身或者什么人会看到，还好，此刻，整条巷道里没有人要出没的声响，仁青又一拐一拐地走了，没再问什么，头都没回。诺龙再去仁青家时，仁青正在给一条腰带镶银丝，诺龙站在方柱边打量着仁青家周遭能看到的一切，却没看到一只靴子的影子，诺龙看着仁青，仁青却什么也不说继续他手中的活，诺龙清了清嗓子："嗯——嗯嗯，阿吾仁青，我的靴子呢？"他抬起深埋的头："我记得我们还没有谈价吧？"诺龙忽然想起做靴子是要给价的，慌忙中说："哦——哦，给两块酥油吧！"他说："要不了两块，一块就成。"真该谢谢他！

冉吾庄的人喜欢说笑：走来一驼背的，就说"走着走着就贴到了地面上"，那人不甘地回："舞跳得好呀！"笑笑："好是好，只是半截袖。"原来那人的一只手小时候被烫成畸形拧作一团，手指显得比常人小了那么一截。所以很多时候，冉吾庄的人是可以坦然地面对别人的丑和自己的丑的，可以笑着对它。但还是会有一些人，像仁青，他的血液里没有说笑的因子。

诺龙再次到仁青家时拿了一大块的酥油，诺龙放在仁青面前的柏木桌上，诺龙看到靴子初具的雏形。其实诺龙想一天跑三趟，但是不行，诺龙不愿看仁青阴沉沉的脸，好像诺龙总想讨他一碗奶茶喝似的。

那是怎样的飞针走线呀，那些捻得匀细的羊毛线在仁青的手中，一个来回又一个来回，踏点的针脚一步步舞着前行。每一针和前一针间缝得没有一丝长短不均，仁青那睁一眼闭一眼的眼，忽然没了任何"物"的存在。他的女人放在小木桌上的酥油茶已在他的檀木碗里凝成了星星点点，他全然不觉，女人"呼"地在碗里吹了一口气，把凝块的酥油花呼到碗的一边，茶水倒在了自己的碗里，又给他重新续了一碗热腾腾的，但一会儿又凉了。

群才家丢了一只羊，那是他的女人"暗夜憋闷"挺着硕大无比的肚子慢慢挪腾过来告诉他的，冉吾人肯定"暗夜憋闷"怀了多胞胎，这么巨大这么慵懒定不是一两个那么简单，"暗夜憋闷"是群才给她起的。她不说什么话，总是沉着一张脸，让人以为这个女人一直在生着谁的气。人们私下里对她的名字渐渐忽略，取代为"暗夜憋闷"。群才从消耗太阳和月亮的麻将牌中抬起头，群才一天不摸牌，就心发慌脚发虚，坐立难安。那时他的"暗夜憋闷"就站在众人前，他一脸的不快，嘴里不停地嘀咕："啃爸头的，你们家里是人的只有我一个呀！"女人一脸委屈，群才搓着鼻涕布，愤怒地擤着咖啡色的鼻涕，跟自己的鼻涕有仇似的，顶着一阵红的鼻头，走在腆着大肚的女人前头。

从那个山沟纵切过去就到了雅卓沟，群才很久都没找到羊，天晚了，异常黑，找一个洞窝想睡一觉。半夜时，一头熊回来了，它咆哮着，一定是闻到了人味。熊把那个洞口用巨石堵住，然后从顶上挖，每挖一下，洞里就尘土飞扬，后来熊把它的爪子伸了进来想抓住洞中的群才。群才身上有抛石和一把短刀，群才在抛石的一头做了一个环，一头系在自己的腰间，熊再次把手伸进来时群才迅速地套住了熊掌，熊气急败坏，一下一下地拽，把群才从地上一下拉到洞顶又摔向洞底，他在摔到洞底时调整了一下自己的姿势，把抛石踩在脚下，抽出身上的短刀，左右手合并，用尽全身的力气砍了下去，熊掌被活生生地切了下来，熊惨叫着跑了。他飞快地离开熊洞。

群才第一次到诺龙家说这个事，那时老牧人格来也在，对他说："气力和碗要大，运气和缰绳要长。这回，你两者都齐了。"

群才坐在旧得发灰却图案精致的印度毯上，用一把长刀剔着冻肉骨，他说："肉要吃净。"诺龙说："为什么？"他说："以前这里出没强盗，他们要做生意时，通常在已转场迁徙的土灶边看那户人家曾吃过的肉骨是否干净，如果剔骨剔得很干净，没有肉，说明这户人家的刀子是锋利的，人是精明的，强盗就不敢来；但如果看到吃过的牲畜骨上还残留着肉筋皮屑，他们就会来抢，因为他们知道这牧人家的刀不锋利，是马虎过日子的人。"诺龙想这伙强盗想问题有些不对头，但他确定不了是不是自己不对劲。总之诺龙发觉冉吾人是有这样的说道的，人们在大快朵颐后会尽可能把肉吃净。

有了一个熊的故事，群才就总是说，其中的枝节他一定有过删减、改动甚至是添枝加叶，有人就会在他手舞足蹈说完后说："去过拉萨吗？"这是冉吾人常说的笑料：有一人说他去过拉萨，人们要他描绘拉萨是怎样的，他说："你们中有去过拉萨的吗？"那些人说："没有。"于是他说："那怎么说都是我的了。"去圣地拉萨朝圣，是令冉吾人向往并引以为傲的。群才的熊故事类似于此，有人会听上那么一阵，赞他一下，那是有人还怕着这个有些恶气的人，但后来发觉，群才说这事时，脸上时而现出的一副讨好样，起初人们还不太明白，何意？很快人们确定正是这样，说这故事时，他会收敛起邪性的惯常表情，他还喜欢到女人聚集的地方去，有时他会舒展地躺在青稞秆垛上，四仰八叉，这个坐姿会让女人不舒服，是惊是羞是不屑，反正很怪，好像他在兀自炫耀着什么，有嘴和脑都快的女人说："扣热（藏语，不屑的男人称谓）群才，你裆下的即使冲破天也不是炫耀的，是要藏的！"群才不会示弱："我受着不必要的累，当然要炫耀，顺便还要晒晒太阳。"女人们大笑："不受累过得了日子吗？""晒太阳？怕是发霉了吧？"群才说："王当久了，长点绿毛是应该的。"对女人们的那些说辞他都会一一顶过去，终不抵他的无赖泼皮，女人们嘻哈着走了。这样他还能看到女人们或惊怕或羡慕的目光，只要附着一丁点儿曾经美丽的痕迹，群才都还是会投以关切的目光，有时目光里充了点怜惜，好像一个王可以拥有的对任何女人的目光。至于女人领不领情，那就另说了。他时不时亲切地叫她们坐在离他最近的地方，一些人会显出忽然忘了一件重要的事,或者看到一个人走过去就叫一声,她也跟过去,他说:"坐,坐,去哪里呀?"女人就对那边一副没有她就成不了事的样子,他拉着的胳膊在一阵小小的扭动下顺利地脱开他的手,如释重负。女人轻快地走了。他并不泄气,不是还有另一个在那里吗?哪里?就在那些白海螺一样的白发丛中呀!那时他也会蹭过去愉快地开始下一个熊的故事。

灰头格来看不得这样的场景,他捋一捋灰白的长须说:"对女人,一直这样子?是快完了,说不定已经完了。"诺龙说:"什么快完了?""一个男人到了总是过口瘾的时候就快没了,这是男人悲伤的屈尊。"灰头格来说。

仁青是个上厕所都要看星辰日子的人,冉吾人说得果然没错,诺龙去要那双做工精致的提宝靴时,仁青说:"已做好了,但是现在不能取走。"诺龙说:"你要的价已给你了……"仁青说:"我算了日子,只能三天后取。"诺龙说:"我没关系。"仁青说:"我算的是自己的日子。""你的日子就你的吧。"靴子做好了,诺龙要的只是耐心等待。

欣喜的是卓尕拉姆的脸。想起曾经自己那咧嘴大笑的楚朗里总是一副和每个碰面的人想要打招呼的脚趾,让她小心翼翼垒砌起来的小小尊严被揉得轰然倒地。而今的提宝靴那层层叠叠的牛皮底子,能引来多少女人布满红丝的眼光!那是星期六,通常冉吾人不会在星期六往外出东西,钱或物,这不好,说聚不住财物,会散钱。但诺龙想这是卓尕拉姆,我的心肝肺肾,为了她,什么都可以做,什么都不是问题!

是春天了,春天,再冷的土地也会在阳光、空气和风的抚摸和细语中绵软下来。卓尕拉姆自从穿上诺龙那费了很多事的提宝靴后，再见到诺龙时表情也就明显地松动了，不再紧绷绷。诺龙的心情也不错，阿妈在找她藏了很久的楚（用羊毛褐子织成，用来做靴子的里子），阿妈每次找，每次诺龙的脸都绷得很难受，没有一丝表情，她没有找到，问诺龙，诺龙就说："是不是有知道的人来过？"这句话是诺龙早就想好的，就像很早就有人盯着那卷楚了，对它心怀不轨。阿妈想了想，说了一个人名，又说了一个人名又想，但总是确定不了，最后她念着经说："心之孽呀。"

　　没有人在最初的日子里接受一个人后，可以在后来轻易地说算了，人是有心贴着自己的肉身的，卓尕拉姆看到那只做工精细的提宝靴时，眼里甚至有泪闪了一下，以至于诺龙不知该对她的泪表示关切还是更想明白这是为什么。难道爱的种子伸展了嫩芽的手脚？诺龙慌乱地对群才说自己给卓尕拉姆的东西让她快哭了，群才疑惑地看着诺龙，诺龙说只是一个抛石绳，群才当然不信，但也没再追问，他说："你快渡过河去了？"

　　知道那个女人怎么说的吗？她跑着说："你追不到我。"男人跑上去追到了她，她又说："你的气力比不上我。"男人就把她撂倒在地上，女人说："你解不开我的腰带。"男人解开了她的腰带，女人又说，男人又做，这样女人和那个男人就在一说一做中都顺畅了，像是一个对另一个较劲，但是完成了他们所要共同进行的所有事，这是流传在冉吾的又一个笑话，诺龙一直不明白那个女人是聪明还是愚蠢。

　　诺龙可以对卓尕拉姆做那样的事吗？不能，卓尕拉姆会对他做那样的事吗？不可能。那天黄昏，诺龙对拴马喂草料的卓尕拉姆说："我来。"然后诺龙把小马圈起来，在马槽里多抱了一双臂的草料。卓尕拉姆的心情一定又是想唱一曲山歌地怒放着。她坐在豁了口的石墙上，晃悠着双腿，虽然没穿诺龙给的提宝靴，但她的好心情告诉自己她是有胆量穿上他送的提宝靴的。"卓尕拉姆，"他说，他感觉自己的声音一路抖动着走向卓尕拉姆的耳际，之前无数次独自叫过她的名字，可是在她身旁叫着她时，诺龙感到无比生疏。卓尕拉姆没有回头，她好像在看一个看不见的远方，"哦。"她答，然后他们之间像断裂了一样没了声息，诺龙不知道这是怎么了，忽然想起是自己起头的，所以他说："我能不能和你一起过日子？"又是一阵悄无声息，诺龙的心叹了一声，忽然"哈哈哈——"吓他一跳，"你你你……"她的右手指甲缝里黑糊着锅底灰牛粪粒油脂或什么的黑色物，黑乎乎的指甲说明她在干很多活，她是勤劳的。她用食指点着他，诺龙感觉自己差不多要和着卓尕拉姆的指点点自己的头了。诺龙的心扯了扯，之前他是想过很多种可能，但现在他不知道它是否在一一上演，他急了，便出口："我说的是真的！"卓尕拉姆低着头颤着肩，很长一段时间，她不是在哭，她一直在笑。她抬头时眼里闪着泪，然后她赌气一样擦了一下，说："疤癞头，我凭什么要和你这样的人过日子？是我前世欠你什么吗？"他愣住了，因为他实在不知前世她欠过他什么，他也不知凭什么。诺龙说："有你在我身边，多好呀！""呸，"她说，"做梦吧，你！""你"字压得很重，像是要把诺龙压在她出口的"你"下。于是诺龙即刻想起了冤死的阿妈的楚和他的提宝靴，但他说不了什么，转身，往回走，下坡，他没回头。他想他再也不会有和卓尕拉姆照面的机会了。真是太奇怪了，那以后卓尕拉姆却对诺龙忽然像是吃错了药，离得越来越近。但她的语气里对他依旧不带温情，好似她前世真欠了他什么，而今世她极不情愿还似的。"女人，真是……那什么……"诺龙又说不出来，也就不想。可卓尕拉姆恶狠狠地开始关心诺龙了。

　　现在诺龙不知道用怎样的语气和内容告诉他的阿妈他想过日子了，在冉吾庄，父亲和女儿、母亲和儿子、兄妹和姐弟之间需守禁忌，好在人和人的关系里百转千回总可以搭桥铺路，诺龙想了又想，决定让群才帮帮自己。诺龙说："阿吾群才帮帮我吧！"群才等着他的话，诺龙继续说，"我好像要和卓尕拉姆枕一个枕头了。"群才像憋着一口痰，说："什么是好像，是就是是，不是就是不是。"他说："是，应该是。"群才说："她一副吊石臀的懒相，你不怕？"他说："活我们可以一起干。"群才说："她也只会和你干一起干的活，其他的……"群才想起什么，"你从你那个方向看她不斜吧？"群才不是憋着一口痰，他是憋着一串大笑："哈哈哈——"这次诺龙真的和他笑了，说："就是的！"连"暗夜憋闷"都从鼻腔里"哼"出了笑声。于是群才去了诺龙家。

　　"哪有个地方国王不被雨淋，穷人不被狗咬？自己选的日后也怨不得我们。"阿妈这算是点头了。诺龙不知群才是如何说服卓尕拉姆的家人的。总之群才回来时对他说："你可以总是从那个方向看你不斜的美丽的卓尕拉姆了。"为了迎娶卓尕拉姆，诺龙决定再次拓宽他的房子，把院后的山脚再挖挖。

　　豁眼郭格出现在诺龙家门口时把诺龙吓了一跳，他正在低头干活，郭格像是飘过来一样悄无声息立在刚抬头的诺龙面前。郭格说："房子再不能挪向山旁了，现在已到了脚趾前，往后可能就是身体的哪个部位了，你最好别碰。"说这话时，郭格的声音很小，小心翼翼地，像是会被谁听到一样，但是听这话的人感觉他的声音比谁的都大，所以只修到一截房子的那一面就是山体墙了。诺龙的房子就很突兀地缩了一半，小气吝啬的样子让冉吾人捂嘴偷笑。

阿妈原本两天前就要去隐士那里，但两天前吃了山葱，葱蒜的辛辣味属荤腥里最烈的，说吃葱蒜去寺庙下一世必定是个身上有臭味的，狐臭或别的什么味，总之，在下一世里你的味会不正。第三天，隐士告诉阿妈："三月初九，是迎娶的好日子，那时就可以把女人带到家里……"诺龙哼着曲就到了卓尕拉姆家，诺龙说："拉姆，太好了，你可以过门了……"没等诺龙说算好的吉祥日子，卓尕拉姆说："我已打过卦了，我不能去你家。"怎么可以这样，迎娶的通常不是女人吗？诺龙不想把讨价还价的往来用到这里，"如果要我去你家，我们就算了。"卓尕拉姆舔糌粑的姿势实在粗陋，押长脖子，舌头一伸一缩，抬头对他说话时鼻头和下巴粘着糌粑糊。

虽然有点不舒服，诺龙还是想起了群才吸鼻烟的黑糊鼻孔，这是他脸上最具特色的物件。诺龙颠颠地跑到群才家里，群才抬头时向诺龙洞开着的鼻孔，像是要把诺龙也吸进他的鼻腔里。想笑但笑不出来的诺龙"这呀那呀"地说了一通，群才抠着他的鼻孔对诺龙说："你确定这样就能和她在一起？"诺龙说："这是她提出的条件。"群才歪着头："你以为我是谁，总是让我跑来跑去!"诺龙说:"你是阿吾群才呀!什么事都不在你的话下!"群才顿了顿说:"连你都会说这样的话,好吧。"诺龙差点儿没蹦起来,群才再次去说服诺龙的阿妈。

细腰的铜壶架在火盆上,火盆里点点火星的碎牛粪温着茶,客人何时来何时就可以喝到热腾腾的茶了。茶凉了,就用一个小铲子翻火盆里的碎牛粪。火立时旺起来,于是细腰肥臀的壶里"噌——"地有了受热的声响。多数人家的火盆都放在屋檐下或火灶边,因要避免火星,还有呛人的烟熏黑屋子。给它套上又大又厚的茶壶罩,日子久了,茶帘被烟熏火燎得有些硬实了,有些人家做的茶帘连壶带盆都罩住了,更保热。阿妈就会对来客说:"热的,倒一碗?"那人欣然应允,倒茶时忽然感到壶很轻,诺龙以为是自己握住了壶把,却分明是一只陌生的手在自己的手心里把着,哦,一只手也有了,诺龙想过不了多久那双腿也会到来。嘴说:"一个接着一个,像在春天里出芽的枝叶。"诺龙忽然想问一个问题:"为什么一开始是你出现,而不是别的器官,眼睛啦、鼻子啦什么的?"嘴笑了:"如果一开始出现其他的器官,它只是在你的手中眨呀、出气呀,你定会吓得把自己弄疯,而我的出现是明智的,和你说话交流你才会'哦,原来是这样',才不会拿鹅卵石敲自己的手心!"

阿妈早已给诺龙缝好了袄子,诺龙竟然不知她是何时缝制的。那天黄昏的云像是借了彩虹的一件色彩衣袄,橙色的。他还在羊圈里用一块大石夯圈羊柱,阿妈过来喊:"起身,起身,看看袄合不合身。"他放下手中的石块,拍了拍身和手,跟着阿妈进了厨房。阿妈从那个彩条纹的包裹里取出叠得方方正正的袄子,抖开衣袍,长声念一串:"衣有领的百,有袖的千,不动不变的柱衣,暖热不冷的灶衣,人寿长,衣寿短。"阿妈一边祝词一边对着太阳升起的方向,穿给了柱子,穿给了土灶,最后披在诺龙的身上,像是阿妈的祝词起了作用,衣袄很合诺龙的身子,暖和,"愿众生去何处吉祥,居何处如意!"又一长串的六言真经。阿妈说:"用身量盘腿,阿妈没有多少让你可以撑面的财,但是这袄子不会让你在冉吾庄露怯。大喜之日,不能让进门的人看到你一副酸相。"诺龙高兴地抱着阿妈,阿妈的脸在橙色里温暖地舒展开来。

诺龙想从此以后自己将不是一个人,从此以后他有了家,真正的家,他想从此以后他有女人了,他想从此……他忽然想见一个人,当他知道这是除卓尕拉姆以外的一个女人时,当他知道他见了她并不像冉吾庄里的人一样只想问问她的提宝靴从哪里来的时候,诺龙就吓了自己一跳,他不知道他的身体哪里又出了什么错,但是他想见她是止不住的,他想一定是自己的脑子又出问题了。

坐在土墙边,诺龙不走,行走的活物容易引起别人的注意。她从小道上走下来,他慌乱地站起,她看到他时也似乎一惊,想要说什么却什么也没说。他定了定神,一副很随意碰到的样儿说:"明天是我喜庆的日子,你也来吗?"又一想不该说"来吗",应该说"来啊",她背着满满一背篓牛粪,长长的碎辫顶上别着一颗绿松石,笑着说:"好好。"这是他第一次和她对话,他却发觉他们像是很久以前就很熟并说过很多话一样。不知为何,他有时只想和她说说话,哪怕一句也好,或者他想变成一阵风，用风的手拂过她的长碎辫，拂她从两边的太阳穴就势一路走下去的两串清丽的松石。女人带着她哀婉不忍的眼神走了过去，诺龙还想说什么，可他想不起来。诺龙只有像在自己当初跳舞时她看他一样目送她，直到她从土坯墙角没了踪迹。现在想来，这双眼睛诺龙在哪里见过，这样的双眼，在诺龙的脸上也有一对。他们是有着一对哀婉双眼的两个人。

诺龙想到当他跟在赤古的后面，有时赤古也会奔跑起来，忽然在一处嘛呢石边碰到它需要饱饱嗅一顿的另一条犬，诺龙不再发笑，原来味道是可以决定一个动物和另一个动物能不能在一起，只要嗅到对了味的。每个人或许都有动物的某种习性，他想要见那个女人也是跟从了他的嗅觉？

冉吾有"嫁鬼"一说，新嫁的女人头一天是死尸，嫁娶间还有使坏的鬼不停捣乱，因此新婚前俩新人不能相见，诺龙也就不能去看卓尕拉姆，直至作法驱邪方可解除。另一说是见了婚娶的女人要想办法从上侧绕过去，有一次诺龙去咩色庄，看到一伙骑马迎娶的人，想躲开，但那条路上没有石房也没有土墙，甚至没有长在土里的让他可以遮一下的草木，于是他只能在路的上侧把头埋在沙堆里，这件事让冉吾庄和咩色庄的人差点儿笑掉下巴。

迎送诺龙的是卓尕拉姆的舅舅，在头阵，他在马上左右晃荡着身子，好似没长腰一样，撑不住力，伴郎是和诺龙算好了属相的人。

星期二，是诺龙的吉日，冉吾人把自己出生的星期意为自己的吉日。诺龙和卓尕拉姆在白毡上绕着青稞拼出的吉祥太阳符转了一圈又一圈。卓尕拉姆头顶琥珀,脖子上两串真真假假的珊瑚猫眼绿松石,手指间还有一只顶着绿松石的银戒。僧人给他们抛洒圣水,为他们灌顶,他们在袅袅的桑烟里在悦耳的诵经声中走进家门。这一天母亲不能露面,她不能见自己的儿媳妇,她的属相和卓尕拉姆的犯冲。可诺龙顾不了那么多。

　　天下着密密的细雨,所有诺龙和卓尕拉姆的这些仪式都是在雨中完成的,灰头格来总是担心天会有什么不测,诺龙问他时,他又不说。后来是阿妈告诉诺龙的:出嫁时,如果到夫家前是大雪或雨天,路上留有印迹意为黑路,女人在夫家不得宠爱,会辛劳。只有到了夫家天骤变有雪有雨才意为幸福和吉祥。这对他不算是威胁,他是男儿身。诺龙想。

　　"天照吉祥八宝,地绽八瓣莲花,日月苍穹吉祥照大地,吉祥五瑞风水土火金,吉日吉月吉星吉事连,今天是小伙诺龙和姑娘卓尕拉姆的大喜日子⋯⋯"这样的颂词,是给他和卓尕拉姆的,他想笑呀,他的手指都想笑,美好的一天,他走进了卓尕拉姆的家门,把手中的哈达结在正屋的大柱上,卓尕拉姆的土屋红红绿绿地喜气着。"不变不移如柱"的祝词响彻在诺龙的心里。牛羊肉、酸奶、奶茶、油炸饼、风干肉一盆接着一盆⋯⋯

　　对卓尕拉姆,他的每寸肌肤都是惊喜的、跳跃的,甚至有时触摸到她的指尖也让他颤抖。和她在一个土炕上时,他的周身会刹那间迅速升温,而她的冷手冷脚也会在一小段时间后合上他的温度,这是真心实意的舞蹈,和着美妙的唱词,卓尕拉姆和他的,让他的心和肌肤都是笑着的。

　　他浸泡在幸福里。四壁都是琼酡的蜜,他触手可及的都是甜味。

卓尕拉姆却很容易清醒。很早的早晨，她都醒得彻头彻尾。卓尕拉姆不断地走向才仁永吉的院墙边，只要她穿上那双"提宝靴"，只要有人在那里，她会勤快地颠过去，和那个人不停地说下去，直到才仁永吉走出院门，她会一脸微笑地和她打招呼，和她说着话，用她的提宝靴在地上忽然踢一下小石子，然后一脸微笑地回家。才仁永吉对她的这种举动心知肚明却毫不在意，才仁永吉从来不问卓尕拉姆提宝靴的任何问题，而卓尕拉姆只要穿着那双提宝靴见到才仁永吉，就会兴冲冲地回家。

像一声惊雷炸响在冉吾的晴空，才仁永吉有了一个孩子，起初人们在日夜奔忙的才仁永吉身上没看到一丝破绽，臃肿的袍子是看不到肚子的凸凹有致的，直到太阳落山后她跟着牛群拖着腥膻的袍子一步一顿地来到冉吾河边时，怀里已有了一个生命。"鸟尸干"这个名字于是浮出了水面，诺龙对这个瘦骨嶙峋的绰号有一种似曾相识的好奇，对，是群才让他对才仁永吉喊过的。但是才仁永吉什么都不说，对家人，对一些在这一刻她们是才仁永吉朋友的人也不说，于是她们放弃了她这个"朋友"。放弃或不理一个人很简单，只当那个人不在，或在时没看见就好了。人是很聪明的，他们清楚地知道这个人会不会成为我所需要继续交往的人。才仁永吉的家人更希望孩子是鸟尸干的，这样他们可以理所当然地要"父份"。冉吾庄认同这点。才仁永吉的哥哥去堵鸟尸干的家门愤懑地质问鸟尸干，鸟尸干的女人要死要活，这一天对鸟尸干来说是招祸的黑色天。他像一只饿极的熊昏了头，对猝不及防的生父头衔，抓了寺院那对门环。

才仁永吉的哥哥说:"你的孩子你不管吗?"鸟尸干说:"什么'你的孩子',你想诬陷我是不会得逞的。"鸟尸干的女人在中间吼:"你个没良心的,你卖就卖了,还把自己卖了。"才仁永吉的哥哥说:"孩子你看着办,你想带走也可以,不想带走我们留着,他会长大的,那时的父份,你也知道不是这个价。"鸟尸干说:"什么父份?!你去问问她这是谁的种,跟我扯什么关系!"女人说:"是呀,你们有什么依据,凭什么要父份?"才仁永吉的哥哥指着鸟尸干的鼻子说:"百庄的口能遮住,千庄的眼遮不住,你自己做的你自己想想怎么收场吧!"鸟尸干撸起袖:"我没什么可想的,你们可以不信,我可以抓寺院的门环!"他的女人扯着他的另一只袖子:"凭什么要抓寺院的门环,不抓,凭什么!"才仁永吉的哥哥说:"一世身为男儿身,你果真沦落到如此地步?要这么做?"鸟尸干吼道:"你以为你想怎样就怎样吗?"

这个毒誓谁都不敢下。

鸟尸干的这种勇气让才仁永吉最傻了眼,她和这个男人都多少年了,在她心里从来想都没想过有一天这个男人会用这样的"勇气"对自己。那时候被他喻为深重的情意都跑去哪里了?可以像水滴一样挥发,也可以像空气一样在风中看不见?说近可以近,说远可以远,原来这就是心。他们最终没能在一起,母亲过世弟妹众多又小,她得帮阿吾照料他们,鸟尸干说他会等,而她的心里也不能放下他,可是等着等着等成了这副模样。

在冉吾庄,人们发的最大的毒誓就是抓握寺院大红门的门环,当有人认定那东西是那人偷的,但是那个人不认,或者做生意有了纠纷，很多时候无法判断是非，他们就去抓寺院红门的门环，这是很重的毒誓，不到万不得已谁都不会去抓这个门环的。据说毒誓如与那个人是背着的，那个人下一世就会转生成四蹄动物，水中或山林的物种。其中水里的物种最苦，树皮样的鳞，癞疤糊着样的皮，是它们痛苦的根源，是桎梏。人们说"不要招惹鱼、青蛙、蛇"，是说它们本身是罪孽之身，它们的诅咒也是阴毒的。"你怎么办呀，他不认？！"那些人说。才仁永吉回道："不认什么？要认什么？谁说那是他的孩子……"

因为才仁永吉坚拒不认加之乌尸干的振振有词，这个孩子就成了一个任谁也解不开的死结，既然才仁永吉的家人都无从定夺，冉吾庄人的也就此罢手。

群才高兴时总喜欢讲他不知编的还是听谁讲过的求丁巴姆的故事，那时他正在续篇：一个长得很秀气的人混在尼姑寺里，起名求丁巴姆，过了不久，有尼姑的肚子大了，住持就想了个办法，在院里挖了一个坑，让尼姑们一个个从坑上跳过去，求丁巴姆也想了一个办法，他把自己的下身用一条皮绳绑了起来，该他跳时，他一蹦子跳了过去，本来动作已完成，但他为了更证明自己，又跳了回来，这一次，他的下身从那个刚揉不久还挂着油的皮绳中挣脱出来，现出了原形。此事惹得冉吾人哈哈大笑。他们还想听听下一篇，但是群才的兴致被那个孩子引了过去。

才仁永吉越来越大的孩子，已经可以和他的小伙伴们一起玩捉迷藏，那个孩子从藏身的拐角处嘻哈地被几个同伴拉出，身上沾满尘土，在人群中晒秋阳说笑的群才忽然发现了什么似的,对躲藏在他身边的孩子惊叫了一声"鸟尸干",在一旁晒秋阳"嗡嗡"作响的人群"咔"一声全停住了。其实冉吾庄人从对这个孩子日复一日的观察中渐渐看出了端倪,可是谁会兜底扯别人的面皮,倒是这孩子像是剖了鸟尸干的面皮。人们回到自家的屋子说:"肉和骨是藏不住的。"

人死言事不死。这就是鸟尸干抓寺院门环下毒誓后,出现的另一个面孔却像是剖了自己的面皮样所造成的声势。谁都知道鸟尸干是抓了寺院结着五彩丝绸的门环的,群才对自己有些懊恼,如果鸟尸干为他说的这句话而不依不饶,真正头痛的事就在后面候着。可是那个身材瘦削的孩子在太阳下眯起双眼、微弓上身、右腿侧倾时,群才就看到了活脱脱的鸟尸干。"鸟干尸"像从嘴里溢出来一样,群才没憋住。

才仁永吉的家人再次来到鸟尸干的家索要父份时,鸟尸干有自己的说道:"谁说那孩子是我的,你们把他叫来,我不怕和他对质。""雄地冉吾的人都说这孩子是你的。"孩子的舅舅一把撸起向后不停躲着的孩子。"这不是你的孩子是谁的?你看看你的眼你的嘴你的身子甚至眉毛,哪一个不是你的?!"鸟干尸睒了一眼孩子,如剖自己面皮的孩子在大人们的推搡中带着冷淡不屑的神色。"都是你给惹的麻烦。"这是孩子从鸟尸干的眼神里看到的话语。鸟尸干每次见那孩子心里就会惊一下,那个瘦小的孩子活脱脱一个小小的自己。疏远的血亲别扭地不痛快地硌着他们,他们彼此异样地看看对方,那个不爱说话的孩子就加快步伐匆匆而过,眼角眉梢,一股冷峻之色。

多数冉吾庄上的人说:"才仁永吉吃了迷药。"但是她的家人不这么以为,他们感到自己的女儿是被人施了阴咒。

那是一种可以招引心魂的咒,一个人如果被施了那样的咒,她的心就会头也不回地出走。如果那个人在半途中醒了,施咒的可以让咒再加强,这样心又会再次睡过去,只听得到施咒者所指的方向。于是才仁永吉的家人恨乌尸干,他们请了一个道行高深的道士念经,他们指望以此消解掉才仁永吉身上的恶咒,尽管才仁永吉认定自己身上没附什么咒。

这些命中的男人,总是会不怀好意地嘲弄她。才仁永吉很小的时候,她的阿爸,是的,应该是叫阿爸的,事实上她总是叫他阿吾,这是阿妈后来的男人,因为要放羊,有一次她的肚子就没来由地疼起来,但他们,才仁永吉的阿妈和阿吾,他们以为她是为了逃避放羊,尤其是阿吾,把她从袄被里拎起来,才仁永吉并不怕被他打,但问题是她是光着身睡的,被他拎起来时她是光溜的。她愤恨地大哭,当然他们完全没当一回事,以为是她的倔脾气上来了,她什么都不顾,哭喊着要躺回被子里,又被他拉出去,她真想用自己的牙咬一口。这是在她活着时一直不愿想起的一幕,这个伤在她的体内存活了好多年,偶尔想起时就会疼痛一阵。原来醒在小身体里的小自尊被损伤了。

那一年的青稞垛很厚实,每一垛里的每一秆都有饱满的籽实。她和他们在拾青稞穗,他们是邻居的姐弟,他们一会儿在青稞垛藏猫猫,一会儿搭一个避雨屋。青稞穗要在刈割后犀利张口的青稞秆田里一穗穗捡拾,很容易被锋利的青稞秆划伤,他们很厌恶不停地弯腰拾穗,那是个辛劳的活。忽然,邻居的小弟停在垒垛的青稞捆旁从捆束的青稞中抽出一棵穗子,脸上现出慌张又有些许愉悦的诡异神色,又一棵,他们都笑了,她和那个姐姐也旋即来到他身边抽,小弟是聪明之人:"我们都在同一地方抽会被人发现的,你们去那边。"知道这个鬼鬼祟祟的举动会遭人骂,惊慌失措地抽一个左顾右盼,又抽一个慌张地抬头远眺,正是那个时候,那个人就像凭空长出的一样出现在他们面前。他们当然不会知道那个眼睛在远处觊觎他们已好久了,他走过来,看着他们失色失形的脸,愉快的神色裸呈出他内心的笑,他说:"你们偷了这么久我一直没说,你们干出这样不要脸的事,我会告诉冉吾庄所有的人,看你们怎么说。"他们都说不了一句话,"所有人""偷"这种范围和程度的字句让他们的怕又掺加了一丝恐惧。这句话彻底让他们哑了,这是让人耻辱的事,而且这个羞耻会让各自的家也蒙上不光彩的阴影,所有冉吾庄的人会说"那是谁谁家的孩子干的事"。他们说不了话,都呆愣在那儿,这时那个人说了话,说完时他们终于听清了他的意思,他是说这样:"如果让我不说也有办法,就是你们中的一个和我躺一会儿。"他用了"躺"字,但这个躺字让他们三人充满了不安,至少对才仁永吉来说是这样的,她看着他们,忽然意识到,一个弟弟看着姐姐和别的男人躺在一起那是多么伤人心的呀,所以她只看了他们一眼就径直走过去。他已躺下了,她不知这个人是怎么扑倒在地的,总之那时他也让她躺下,然后对着她的身体磨蹭着。她感到一阵眩晕的恶心掺杂的惊恐,因为她看到那个早就躺在青稞秆中的男人裸露着他黑污的下身,对她来说,那个物件太让人吃惊了,它丑陋脏污,里面一定住着恶魔。那时她惊恐地这么以为,她希望有人来,也好似听到有人踩踏青稞秆的窸窣声,她说有人来了,立即站起,她看到他慌张地系上了腰带。那个人怎么走的她想不起来,那两个邻居姐弟也不见了踪影,可是她很希望那两个人还在那里,这样至少她不会这么害怕,至少他们会知道其实她没耽搁多久,至少他们会知道那个东西只是蹭了她而已……她真怕躺着的姐姐被弟弟尽收眼底的场景,这是她道不明的另一个惊恐的场景……但之后她什么也没说,那个邻居姐姐也什么都不问,她离开时,刈割了的青稞秆张着口朝天呐喊着什么。这又是她的伤,那些裂口拼命朝天呐喊的青稞秆似要喊出什么大动静来……长大之后,那个姐弟的母亲说:"哦——她是嫁不出去的。"这是这件事最后的结局。她听到时心抖了一下,继续走路。

  长大是要经历事的,不经事就长不成大不了。她就是这样长大的,还好,没被自己的后爸据为己有;还好,后来她一直这么想,应该是三宝神的佑护,她这么想,要不这个家就缺一个死心踏地、一天又一天不知疲倦地奔来跑去做活的人,和母亲拥着同一个男人,还不如把自己淹了,或吊了。她应该永不会,对一直占用自己男人的母亲说:"阿妈,我们青稞地是青稞地,麦子地是麦子地。"在这个世上,人想到的想不到的都在一一发生,用眼睛看得到的看不到的也在发生。阳光下的人们是光亮的;黑暗里,人们披着夜的黑衣。白天和黑夜于是就呈现在人的身上,人们天生带着它们的颜色,一白一黑。

  每天清晨,冉吾还未从梦中醒来时,才仁永吉就背着背篼上山了,天快亮时又背着满背篼的牛粪回了家。这样的每一天,她从未落下过,她对她唯一的朋友说:"等我干不动了,我就当尼姑。那时孩子们也都长大了。"她说的孩子们是阿妈和阿吾的孩子。这个令人愤懑而伤痛的事是傍晚发生的,放在厨房的一块酥油没了,这是秃头花斑一个夏天攒下的其中一块,他们用来食用和换一些必需品,才仁永吉很少过问和关注家里的东西放在何处,阿妈问起时她不以为然,以为是他们忘了放在何处,一时半会儿就能找到,她说:"不知道。"阿妈说:"放在哪里的谁都知道!"那语气是"家中只有你会那么做",她一下蒙了,她是现在才知道那块酥油是放在那里的,但谁能证明?这是她的母亲给她的暗示,她自己的心可以证明,可是谁信?她的心剧烈地疼痛着,她窝在旁侧小小的房屋,她不想走出家门一步,她走了就更不清白了,夜晚她也没回到床上,只是深深地弓身窝着,她想到了死,可是死了那块酥油能找到吗?她死了那块酥油就和她一起死了,因为那块酥油到后来都没找到。她在哭,她听到阿吾粗重的鼾声一波接着一波,她的泪水还未干时,他的鼾声打雷样不管不顾。后来她不哭了,也不吃饭,身子僵硬地窝在那里,动都不想动,当疏离了三天的饭食进入她的口腹,她没感到食物的香和温暖,有泪流在她嘴边的碗中,饭比以往咸,她不想吃,但不能放下手中的碗,那样她的眼泪就无处可流了。那以后,她的左肋间时有隐隐的痛,会偶尔发作。

才仁永吉,有着弃儿般的眼神,像是被自己很重要的人忘了很多年,到此时此刻都没想起来。她生活在遗忘的困苦里,这个简单的名字,没有喧嚣,不张扬,一个平静的女人守着平静的日子,曾经和她一起被冉吾庄的舌头翻腾的男人已经为人夫,为人父。这是他们不期而遇的一个场景:那时,她的提宝靴已没了往日的风采，它明显地很旧了，灰头土脸，它层叠的底子缝已有松动，一片一片张着已不能黏合的口，但是她还是只会在年节和自己高兴时穿上它。这是她一直以来的习惯。那时她背着一桶水，一步一步从冉吾坡上爬，嘴里哼着自己都不知道叫什么的曲，一阵"嗒嗒"的声响，有人骑马过来，他们都愣了一下，像有话要说，可是都不知要说什么，其实说什么呢，什么都没的说了，就像人们说的该做的不该做的他们都做了，那么该说的不该说的他们也一定说过了，还有什么要说的呢，只是心"怦怦"乱跳几下，最终归于平静。他在马背上看着她，这像是俯视；她在坡下看着他，这像是仰视。她想还好，是背着水和他见了一面，冉吾人说碰见背空桶者会遭霉运或招祸。还好。他们都记得转身时彼此都笑了一下，然后走了。才仁永吉觉得这笑像是在水里投了一块石子，石子的气泡上来之后，水面依然如旧，什么都不曾发生。这是无以匹敌的日子留给他们最后的答案。即使他们有了一个共同的孩子，但是人和人一旦不再相认，他们的心中也就放不下盛不了，太满还是太少，这种不同的过程，结局却是一样的。

他看到她着色不一的氆氇，在黄昏燃烧般的余烬里仿佛失了色。她看到他鬓角的发际泛着灰白，使他瞬间枯下去。哪些岁月里的光彩暖着他们的心，她不确定。

鸟尸干——对那个男人，冉吾庄人可以找到像极了本人的称谓。男人很瘦弱，那种瘦弱是失去水分样的干枯，冉吾庄的人想破脑袋都不明白才仁永吉看上那个人的什么了，为了情节高涨带给身心的欢愉，冉吾庄喜欢夸张的言辞，但鸟尸干和才仁永吉的场景是：对彼此只是侧脸看了看，像是很不经意的，话好像在很久之前就说够了，不知何时他们之间的花红草绿都耗尽了。可是这种很久远的故事让听着的人都感到生疏，它定不是原来的面目，定是他们添枝加叶或人为删改了的。庄上的人一直以为在这个女人身上至少会发生几件以上让人咂舌惊叹的事，但才仁永吉和那人的相遇也只是邂逅，只是不期而遇，没有任何动过心思的痕迹。在转身向各自的方向走去时，他们清楚地听到了彼此的衣袍走动时不一样的声音。是的，不一样，这是之前他们一直未曾发觉的、未曾听到过的声音。她想：声音都告诉我了。走过去时，男人再次回头。

那一年夏天，才仁永吉家最小的孩子二十一岁，才仁永吉对阿吾和孩子们说她要走了，他们似乎吃了一惊，仿佛第一次听说，这不在他们考虑之中，她天生应该属于他们家里的活，其他的，走？是什么意思？事实上，他们听才仁永吉说笑时随口带过去，随后他们镇定下来，说去哪里也不如在家里。她想了想，说："作为女儿，我应该做的已经做好了；作为姐姐，我已算把她们盼到了可以自己走路的时候，现在我没了什么牵挂。"她很笃定，每一天都数着日子般的认真。她要带着自己的孩子去一个听不到冉吾话的地方。不料在这节骨眼上却生意外枝节，让她措手不及——乌尸干忽然卧床不起，才仁永吉听邻居说已没多少日子了。这个消息让她要走的已决心意忽然缓了下来。

赶牛回家时，她在院墙边看到用羊皮袄裹得只露眼睛的乌尸干，就要走过去，听到乌尸干咳嗽的声音，心说：不是肺上的病，怎么咳这么狠？像要把五脏都咳出来的动静。激烈、拧绞着嘶哑、缓不过气的咳。才仁永吉一下把头转向他:"咳这么厉害,到外面干什么?""我见太阳一日日少了,走时想多晒晒。"他在皮袄下瓮声瓮气地说。再怎么晒也带不走。黄昏发冷的最后一抹余晖打在他头顶的石墙上,一窜一挪,它要走了……他的眼圈都黑了,眼睛窝进眼眶,双眼皮成了三眼皮。"让你受难了……"他似乎在苦笑,"如今遭报应了……孩子……"她截住声音:"没事不要坐在外面,好好吃药会好起来的。"一丝哭腔都不带,没抽肩吸涕,走过一段路后却发觉自己的眼泪一串串往下掉。

"人,穷人;病,国王,他得了国王病,""那他是?"他那么瘦那么黑一看就像是肝上……又某一天,某个土墙院里传来鸟尸干女人的号哭。

帮捻酥油灯芯的人中有才仁永吉。鸟尸干的女人说他知道自己快要走了,虽然身体疼痛难忍,但坚持要见才仁永吉一面,等才仁永吉一走,鸟尸干的女人就从门里走出把他抱进家里,鸟尸干的女人在门后什么都听到了。诺龙很想和才仁永吉说说话,他不想从她那里知道什么,只想和她说说话,一句或两句都可,只要能形成一对一的对话就成,诺龙知道和自己不搭调的经脉又在糊弄他。鸟尸干的"七七"一过,才仁永吉就搬去了金银滩。她搬走的那天,诺龙的心空落落的,因为他还没和才仁永吉搭上话。

阿妈不知又拿谁和谁作对比,她只有一句:"等着看吧,比起蛇,青蛙是菩萨。"又是蛇和青蛙!猛一看都是可怕的物种,阿妈说着"回去了",诺龙正忙着把牛犊圈进圈里,想要让她喝口茶再走。可别说闻到茶味,烟囱里甚至都没冒一丝青烟。诺龙只能看看远去的阿妈皮袄下摆一甩一甩的,最后在草坡上越来越小,从那个坳消失。诺龙顾不了想那些蛇和青蛙,每当夜晚来临时,他就会心钳在卓尕拉姆身上一样迷恋她,等到卓尕拉姆也像是对他迷恋一样和他气喘吁吁后,他的头一挨上枕头,就算是被人背走了,也什么都不知道了。

阿妈来时,诺龙忙着圈牛、挤奶、放牛犊、拴牛犊,他没看到卓尕拉姆,她在做什么?诺龙只是想了想。

诺龙看着干瘪的牛乳房,对挤了牛奶的木桶便有了一种深入骨髓的恐惧,无数的牛奶被它吃了却不知它最后停留的地方,是的,没有停留的地方,它们都向一处看不见的"域"无限行走,然后消失不见,这是可怕的"域",让这些牛奶不断地无声无息地消亡,消亡在一个看不见的黑洞,诺龙打了个颤。

诺龙和卓尕拉姆的舞蹈越来越不合拍,有时她气极了就在他的身上狠狠一拳或一掌,他依旧对她的肌肤颤抖,但是温度却越来越低,他还是笑着,但是裂开的嘴角有时会一不留神有口水流下来,那样他在土炕上的境遇更是不可想象,卓尕拉姆一脚把他掀翻在地,那时他只能窝在土灶边,贴着灶火的余温过一夜。

没有女人可以对已经是她自己的男人这样满不在乎,卓尕拉姆却是这样,有很多冉吾庄人在场院旁晒太阳时,就对诺龙远远地喊:"诺龙,牛粪晒了吗?"那时他感到还有一声回音和着人们的笑声不绝于耳。他有想要吼一声的胆气,但他找不到要吼的东南西北,又满面黑红地憋了下去。群才对他那时的形象的准确描绘是："你呀你,一切都会满脸黑红地憋下去,要是我……"冉吾庄的女人和男人在家中争吵时,女人总是会说"我应该像卓尕拉姆一样对你"或者"你应该摊上卓尕拉姆一样的女人"男人吼着:"像卓尕拉姆,那不打折你的腿!"另一些男人说:"你以为我是诺龙一样的傻子吗?"

  诺龙多么渴望有一双手能拉他一下,但是他从来没有对谁现出过渴求的表情。他总是昂着他的疤癞头,他真不明白这是为什么。虽然口水还是会从他的嘴角滋出来,他在田地里走来走去,就能听到虫子们的歌谣,地底下的、水里的、爬行在犁沟里的、草丛中的,栖息在花瓣中的,有时心里很不快乐,他也会唱起歌来,他希望他能给母亲捞上一袋糌粑,给那个不想认出自己的父亲一坨酥油,但是他无能为力。那一天,诺龙从坡下走过时,一个女人正从坡上走着,她下摆的袄角在他的头上闪了一下,他顿时感到一阵慌乱,当晚他身上奇痒,阿妈手拿燃着无烟的牛粪的碎陶,一手将喇嘛加持过的柏枝和蜜蜡放在上面熏燃,让他弯腰,撩衣袍,左右侧脸,全身熏浸在烟雾中。从那以后,他的心没有了任何在要发生什么时的悸动兆头,他感觉他的经脉枯槁,他的思维萎缩,甚至于他的视觉也模糊不清。阿妈很担心诺龙日复一日的无知觉,而这些是卓尕拉姆从不知道的。从那时起,诺龙无暇顾及自己的疤癞头,在某个梦里从手掌里的眼睛看到半白半黑的自己,从额的正中他以为自己已被某种隐线切开两瓣,右为白,左为黑,诺龙能感受到自己天然一样的黑白两瓣,但不知其意。

  诺龙的拇指打弯在架成环形的食指间,指甲上一撮鼻烟,据说吸鼻烟的人死后不能超度，意为会堵住悟道的经脉，而人生是需要克制的。诺龙总是戒而吸吸而戒，反反复复，他以为那是轻而易举的事，还有要戒的说法？但是冉吾庄到处是怀揣鼻烟的人，碰到哪个人递给他一牛角烟壶时，他又会轻易地说服自己，放纵自己的心力。诺龙告诉群才自己和卓尕拉姆的生活中有某种不可用言语说明白的麻烦时，群才就递给诺龙那精致的牛角鼻烟壶。诺龙看到所有的鼻烟壶都或青或黑，但这只是黄白的，象牙一样地白，镶着金叶，如此精致的鼻烟壶，诺龙从未见过。群才说："吸一点，对你没害。"他迟疑着，群才说："鼻烟是烟草制的，它能有那么大的罪？你别信。"群才看穿了他的心思。他学群才的样儿倒了一拇指甲盖的鼻烟，狠狠地吸了一鼻腔，他的鼻腔甚至他的脑袋立刻都"森"的一下，诺龙感到有一股强烈的味儿冲进自己的头脸，接下来又是打喷嚏又是流泪，甚至流了口水，他以为鼻烟充斥着他脑袋里每一个有洞有腔的部位。群才哈哈大笑，说："你一个不揣烟壶的吸一次就这么贪，欲望就这么重，看来你和从这里看着不斜的女人遇到了大麻烦。"群才还是用诺龙的老话讥讽他，但诺龙顾不了那么多，等自己的不适期过后，他忽然感到轻松不少。这像惩治自己的肉身，减轻心的负重。当人排解不了心中的困惑时，找一种相应的肉体上的疼痛来缓解，他用了他的鼻子。从那以后，诺龙和鼻烟打上了交道。

阿妈说她的病是从那一次采花开始的，她从热姆切的山顶上挖了那两朵秀智花的根和一簇山葱的根，第二天她就病倒了，灰头格来说："热姆切山的花是它的衣饰，不能随意摘。"阿妈想把那些花重又接到热姆切上，但是灰头格来又说山不能随便挖凿洞穴，阿妈去不是不去也不是心里一直不得劲，阿妈把那些花和山葱栽在院中，这是两朵"秀智"，味道又浓又香，浅鹅黄色的。阿妈的病在喉咙上，她的喉咙一直痒，吐痰不顶用，"哦——哦"她要把痰用滞重的声音揭下来，但一会儿痰又凝在喉间，又"哦——哦"不停，一天一天，痰好似没消，喉咙却总像是被拧着，喘气艰难。

应了怕什么来什么，阿妈又从别处听到关于热姆切的说道：两个牧人决定去挖虫草，一个人对另一个说："去热姆切吧，热姆切胆小。"他们爬上了热姆切，还挖上了三五根虫草，第二天，那个说"去热姆切"的牧人清晨起来后看到在这一带从来没有出现的三只狼咬死了他们家四只羊，那些狼还在不远处眯眼卧着，不时朝羊圈的方向望，意犹未尽地，吓得牧人连喊几声，仅有的几个邻居老老少少都出了家门，他们一起放猎枪，抛石头，总算把那群狼赶走了。人们说笑着牧人，那牧人说："那样的话，我以后再也不说了。"群狼也没再出现。这么看来，热姆切是说不得的，它的耳朵好似草一样哪里都长着，而且它听不得人们对它说三道四。于是打卦请愿需做的事，阿妈带诺龙去完成。

诺龙和阿妈走到河边，他手执印水塔——绑在木棍上的印水塔，阿妈给他的小布袋里装满了青稞。来到河边，阿妈让他用右手在水塔里臼一下水，左手抓一把青稞，用右手拇指、食指和中指撮起几粒放入印水塔，再把印水塔里的水倒入水中，臼一下，放青稞，又撒入水中，这是一个循环的过程，就像转石经、念经一样，一遍一遍，是重复的过程。这是水经，小时候诺龙很是喜欢这个印水塔,甚至想从大人们的手中夺过来自己来上一把,现在印水塔在他的手里,他却对这种重复的过程感到疲倦,不能说厌倦,所有亵渎神灵的话是不能说的,说了,母亲会着急。类似这样的想法也不可以有,否则母亲会说:"这是妖魔让你说的。"这会让诺龙惊一下地回头,仿佛这个"让我说话的"就在他身边的某一个地方,正在那里龇牙咧嘴地笑。

阿妈把半铜勺水用下巴窝在脖颈里,洗手,用燃着的柏枝熏手,把清晨供上佛龛的净水撤下来,把整齐的净水碗用干净的布一个个拭擦得光亮晃眼,布上已有了一层黑灰的铜迹,净水碗越来越薄,有天擦着擦着,布被刮了一下,一看一个洞。而后再买七个,继续。撤净水要在太阳没落山之前,一旦太阳下山,人说碗里的净水就变成了血水。阿妈说,那样比不供净水还不敬。有时阿妈走了远路,很长时间不回来,诺龙总是担心太阳落山后的罪责。想自己动手,但阿妈说净水碗要超乎寻常地干净,撤下来的碗里不能有水迹,不能脏,脏了,下一世人就会歪脖斜眼、缺手断脚,吓诺龙一大跳,诺龙想:这一世已经这样了,下一世再这样,我还活个什么劲呢。诺龙不敢动净水碗。

那一年干旱,草籽瘪瘦得缩了一圈,咩色庄的富户施舍青稞给冉吾庄。诺龙问阿妈为什么,阿妈说很久以前咩色庄有一富户,叫"没有王国",意思是他们对穷人、对外乡来的人从来不说"没有",他们戒了"没有"这个词,所以人们叫他们"没有王国"。虽然"没有王国"早已在咩色庄消失了,可是咩色庄多少保留着对有困难者愿意伸出手的热情的余温,即使解决一时之需也好。或许咩色这么好的名声,他们撑也要撑点。冉吾庄近年来种的青稞籽粒一年比一年小,撒到土里的和收到手里的不比以往让人宽心。主食的青稞养不了人,让人匪夷所思,后来人们从多方渠道了解到青稞的种子从外面进过来,串换籽种,收成会大有提升,冉吾庄就派几个人去咩色庄的富户乞要,不成想那个富户慷慨解囊,使冉吾庄户每家都分到了一点,可人们却抱怨起来,这是什么种子呀,别说吃了不够,撒了都不心疼,是花籽呀? 后来才知道是那几个派去的人暗中克扣了,于是冉吾人的积怨更大,那几个派去的人怕惹出什么麻烦,才不得已把每家每户应得的给了,可因为有先前的劣迹,人们还是以为他们耍了什么花招,使了什么手脚……一次小偷一世为偷,他们大喊冤,解释这是分两次要下来的,因为路途远,运输远没有想象的那样简单。

"空中掉来是雕样,掉到中间是鸟样,落到地上是虫样。" 藏人通常这样说,一个东西在经过众多的人手后最后就只剩虫子大小了,不要吧,东西是别人给的,自己又没劳力劳心,显然它应该是好事; 要吧,在辗转几个回合后前后已严重比例失调,况且经过那么多的手谁知道在哪个手里失手样儿掰掉了一块,那些手指上山纹的多还是海纹的多都无从考证,所有的具体操作都是中间手完成,施予者不太过问中间环节,中间手就不一样,他可以亲近给予的人也可以和被给予的说说笑笑,那些众多的人因此就这样像哑巴吃红糖一样说不出个所以然。

一个被施予者要去问问施予者到底给予了多少,可是他甚至出不了他的山水,太多的山需要去绕,太多的水要去涉,那些山水就会在此刻忽然多起来,山险峻了,水深长了,所以那个曾经执着的人筋疲力尽地回头了。他无奈的眼里布满了血丝,他叹一口气时,那些山和水都笑了。

诺龙希望"没有王国"还在世上,即使不在冉吾庄也可以,只要他在这个世上。

对卓尕拉姆和周围的好些事,诺龙像是掉在了冰窟中,他挣扎着双手撑着冰面,但与此同时,冰层又一次"哗——"地开裂、断层,在他撑力的一刹那又掉下去,他的手、他的脚、他的皮肤、他的头发都冻住了,但那时他没有可以喊叫的人,他一直在挣扎,直到连眼珠都动弹不了,醒过来时只有他的赤古舔着他的脸,它是怎么把他弄上去的,他一直没法知道,像是打了个盹一般。醒来时,看到它浑身"滴答"着水。那时诺龙的朋友正在那个花顶的帐篷里尽情地喝着青稞酿成的"琼",和那些他认为有着另一种情意的人欢歌笑语。诺龙在草地上蹭着湿漉的双手,两只蚂蚁拖着一个胖乎乎乳白色的物件,诺龙不知是它们的食物还是它们的孩子,他蹭着的手绕开它们,这时有一股温热的液体从他手中忽地冒出,又一只小小的手从掌心伸了出来,诺龙兴奋地叫了一声。先前的手合握着刚"到"的那只,像是要坐下来聆听谁的阔论,就差没跷腿晃荡。"腿还在路上。"嘴说。

两水九坡人找到了卓尕拉姆,两水九坡人洛周走在卓尕拉姆的身边,脸上有明暗不定的笑,他们说:"诺龙身上有一个宝贝,你大概不知……""宝贝?"卓尕拉姆"咯咯"大笑,尽管很多人都这么说,但卓尕拉姆从来不信,那么多日日夜夜和他在一起看到的只是疤瘌头和时而禁不住滋出的口水,即使她恼怒时的拳脚痛快地在他身上"噗噗"作响,也没见有什么立现在诺龙身旁撑腰般地为他明言。卓尕拉姆说:"我和他生活了这么多年,我怎么没发现他有宝贝?"卓尕拉姆还想说和诺龙所有的生活都是她主导的,她说左他不敢右,可是这句话说出去她觉得欠妥。两撇胡子洛周似猜到她的心思,从袍中掏出一大颗松耳石说:"这谁会说呢!财不是显摆的而是要藏掖的,况且那是宝贝,不是财。"拳头大小的松耳石让卓尕拉姆的眼里涟漪出柔和的光。两撇胡子洛周说:"这是给你的先前的赏物,后面还有。"甜头,是人都想尝尝,她卓尕拉姆更不另外。卓尕拉姆觉得两撇胡子的话后面还得续加一句:自己的宝贝。可是两撇胡子洛周不会加这句,她也不会,因为现在那宝贝不一定是谁的呢,最重要的还有一点,如果真是这样,诺龙就从未把自己当作最亲密的一部分。卓尕拉姆这才觉得自己估算错了,别的不敢说,但是诺龙的身诺龙的心她以为是自己的,这看来有误,她呆望着远处起伏的山峦,两水九坡人见她一头雾水样,这样那样又说了很多,怕她不明白。而现在卓尕拉姆并没有听,她有些信了两撇胡子的话,是大颗的松耳石让她信了,尽管她看着那颗大松耳石不知所措,她不知用它来做什么,缀在头上太大,切开又有点可惜,可是她信了,谁会无事给另一个人这么大颗的松耳石,其中必有她从来不知的状况。"这个黑鬼!"卓尕拉姆狠狠地骂着诺龙,诺龙总是一贯老实地把头放进裤裆的模样,原来是在避她耳目,多么暗黑的人,给她呈现的前脸,后脑勺却又有另一个面孔,但不知哪个是这疤瘌真正带心的面孔。这么深的人，像是藏在土灶前扒灰坑里的余烬，谁人也不多看一眼，却天天趴在那不起眼的地方。但是卓尕拉姆不能轻举妄动，即使是趴在那儿的，可是很难料他会忽然不用扶手地单腿站起然后闪着一圈圈的光晕。啊啧啧，想起自己张牙舞爪的过往，卓尕拉姆的心更多了几个窟窿眼。可是又一想，她一脚让他从土坑上滚下来，甚至动用手中的刀，也未见他手指一点，点死了自己。该受伤的还是伤了，该暴脾气的照样掖不住地往外秃噜，可现在的她安然无恙，甚至毛发都未曾损伤。这又该怎么解释？算了，什么都不想了，能拍早把她拍服帖了，骨头也早松散了，她还能全乎地跟冉吾众多的骒马奔腾？

卓尕拉姆让诺龙回家，这是她捎给才仁永吉的话。女人天性里带着敏感的籽种，她和她没有交错的情意，不知卓尕拉姆是如何说服才仁永吉的，诺龙从来没对卓尕拉姆说起过才仁永吉，但卓尕拉姆知道应该把话捎给谁。才仁永吉对阿妈说："我想她现在会想一些事了。"那么之前卓尕拉姆一直没会想一些事？

甘保的生意不会做，甘地的青稞背不动，一起时没了口粮。诺龙以为自己就是这样放哪里都没有色泽的，放在石上是石的颜色，放在草上是草的颜色，放在土里是土色，在所有冉吾庄人的眼里，诺龙是一块石头，青色的，随处可见，以至于人们在路上想也想不起来见过他。卓尕拉姆托才仁永吉喊诺龙过去时，话语中借用了自家的羊，她说："母羊恹恹地吃不了草出不了奶，羔羊怕有危险。"看吧，在一起时没口粮的是她，女人呀，成不了事。阿妈并不乐意："在身边时撞肘，在远处时挥手。别去！"但诺龙还是想去看看那只待产的母羊，诺龙不知那只从未做过妈妈的快要产仔的母羊会怎么应对和他们都至关重要的羔羊？她能顾得过来吗？阿妈好像看出了诺龙的心事："要忙了吧，忙了就会想起你是有用的。"

"猫走了，窗户……"阿妈还会说消不了食的为时已晚的长鼻子一大串的什么事，那些事不知已经走到了哪里，这里一下、那里一下的，总是没有什么过了坡就到了滩的规律，走着走着，好像坐在那里喝着茶，坐着，又好像到了一个不知什么的草地和浅滩，都是关于卓尕拉姆的。原来卓尕拉姆在诺龙的生活里无处不在。诺龙心中的花一瓣一瓣地打开了，这是个暗语，诺龙知道。卓尕拉姆做的那些事不值一提。是的，不值一提。诺龙重又回到了母羊的身边。谁都知道他是为了母羊。

人心之所以生出很多计来，是欲望在作祟。卓尕拉姆每天都一五一十地向两撇胡子细述诺龙的举动，请他明教。两水九坡人知道卓尕拉姆的勤奋，两撇胡子洛周欣慰地称卓尕拉姆："我的爱爱。"多么新奇的词，那个疤瘌的嘴里从没说出过这么暖心热肺的话。洛周说："你再坚持几天，我们就差不多掌握了他的动向，一定要让我们知道他和什么人接触，你的任务也完成了，为表谢意，事成之后还有重赏。"那一刻，卓尕拉姆心生感动，眼圈泪花地看着洛周一抖一抖的两撇胡子。洛周心里到底好笑，他抖动着两撇胡子把脸别过去，每一个人因为他们的不同所呈现的"爱爱"也迥异不同，但是只看到面皮的卓尕拉姆并不知洛周的"爱爱"只是动动嘴皮子上的胡须而已，世上还是会有一些人把爱和喜欢轻易吊挂在嘴边，有时说着说着，一嘴里塞太多就把那些爱爱给秃噜出来了，然后又无事人一样重吸进嘴里，像假牙，因此对卓尕拉姆，两撇胡子洛周也只是动动毛须。既享受了一个人又从中获利是少有人能碰到的好事,他何乐不为？他对卓尕拉姆说："一个东西好像在诺龙那个人不知什么的部位，估计可能是在手里,但也不知左右。你要知道它的左右或者想办法确定或弄出来，我们的赏金可不止松耳石哦。"让诺龙回到自己身边，这对她卓尕拉姆来说还不是易如拌一碗糌粑吗？

卓尕拉姆以为让诺龙回家如同拌一碗糌粑的功夫，动动手指即可。诺龙的头刚塞进卓尕拉姆家的门洞，卓尕拉姆就亲昵地拉着诺龙的手："老鬼，不回家了吗？"突如其来的娇嗔加肌肤的触碰让诺龙受宠若惊地别扭着，发蒙的诺龙对笑的起伏太小，模糊而慌乱，扯着嘴角憋闷在嘴中的笑不敢喷涌而出。卓尕拉姆说："我担心你，爱爱。"多么新奇的词，在诺龙的生活中从未出现过，这吓了诺龙一跳，以为她发得烧可以把青稞炒熟，这个似乎生活在别人日子里的词语卓尕拉姆生拉硬拽地拖到了自己的身旁，他们都更不习惯呢！卓尕拉姆的脸红了一下，想起这是从两撇胡子那里学来的，真正要说出口还得费点事呢。她握着诺龙的手不停地看，诺龙这就看出了端倪，握就握着吧没什么，卓尕拉姆到底没看出什么，她也感觉这是需要时间的，刚才就把这疤痢头吓得不轻。可是对这个毫无用处和情趣的人，她并不想动用时间和他耗下去："我帮你藏起来吧？"带着诺龙从未见过的把头歪向一侧的娇气，不停地动用新鲜的招数让他花了心，迷了眼，这又是帮他，所有人说的都一样，所有人的语调也一样,卓尕拉姆也不例外。诺龙想它本来就是不让人见的，如果"什么"是故事，那它只是诺龙和"什么"的故事，和那些人无关。这天，卓尕拉姆不知从何处带来青稞酿的"琼"（藏语，青稞酒），他和她不停地喝，当然卓尕拉姆只用小口啜，酒喝得诺龙快要飘到另一方天地的半空中，卓尕拉姆就拉着诺龙的袍领问他在哪儿，诺龙不停地笑着，他笑得口水滋流泪水满面，不说一句话。他摊开自己的双手，用左手指着右手，又用右手指着左手。卓尕拉姆以为诺龙在说："你看你看，我什么都没有。"她再次摇醒耷拉着眼皮和头的诺龙问，醉得说不了话的诺龙还摆着之前的动作，其实对卓尕拉姆说的是："你看看我的手，是左手还是右手？"

两水九坡的两撇胡子又在催促卓尕拉姆，让她把事情尽快弄清理顺。卓尕拉姆也耐心尽失不想和诺龙拐来拐去，因为在诺龙这里，她从来没学会这个，她说："所有人都说你有一个宝贝在身上，可我为什么不知道？""冉吾人说两水九坡的也说阿卓茸巴的也说！"她补了一句，意为这么多人知道而自己不知道，为什么？诺龙说："别信那些有的没的话，之前你不是也看了吗？我什么都没有，也没有什么在身上。"卓尕拉姆要把诺龙瞪回去，一想不对，开始委屈样地大哭起来，这是两撇胡子的办法。要是卓尕拉姆，她从来不会想到在这个疤瘌头前流眼泪。因为哭在这个还不如自己强壮的疤瘌头前是毫无意义的，甚至让自己有羞耻感。和自己相比，诺龙是孱弱的，不禁风的，还不如对着冉吾的草滩大声地嚎来得痛快。从未看过卓尕拉姆在自己面前哭得如此流涕的诺龙差点儿把一些事兜底了，可是索波·央周来了！

冉吾人不自觉地带着不知名的喜气，那是因为索波·央周无事来串门了。那时冉吾人恭敬地站起候着,索波·央周坐下来接受了一龙碗茶,冉吾人这才轻松地说笑。可卓尕拉姆并不对索波·央周像冉吾人那样过度亲切,为什么要这样?索波·央周又不是她日子里该有的不可或缺,他高那是他自己的事,她可不是以关系保全自己的人。而且索波·央周来的不是时候!卓尕拉姆的哭闹被咽了回去,屋外的阳光像撒在土地上已生根发芽,明亮喧嚣得想要开口。索波·央周左手挑着门帘好长一刻才进屋来,屋内的人都是暗黑的轮廓,他的眼睛要看一会儿才适应室内的光线,卓尕拉姆站起身说:"进……进。"只是并没有真正让进的甘愿。索波·央周也不想在这个红肿的洋芋眼前待过长的时间,他说:"我就只有几句:别把自己的男人弄得脑出血,别把别的男人说的都当真。"卓尕拉姆呆愣了好长时间,好像在思考索波·央周的话。但是她觉得没必要把索波·央周的话听真切,只是过过耳就成,她也不想对索波·央周的话做出什么回应。索波·央周转向诺龙说:"有个事想和你说说,你跟我去一趟。"说着就把诺龙领到自己家中。卓尕拉姆暗自憋闷:凭什么把诺龙带走,诺龙的鼻子上了你索波·央周的环吗?卓尕拉姆想叫嚣一阵的,可她压制不了"扑通扑通"的心跳。索波·央周让诺龙在他家一顿好吃,可并没有说什么事,临走时只是对诺龙寥寥一句:"看着不成样子,但你会做你自己的事,只是别让亲近的人蒙蔽了你的眼睛。"

这事过去几天后,诺龙无恙的额头碰了石头,和两水九坡人生生地撞到了一起。群才最喜爱的腹白背赤的骒马失踪已好几天了,于是他叫诺龙和他一起找马,群才说:"什么事都得求我，你也帮我一次。"话虽不受听，诺龙却很乐意地答应了。目睹这一串串事，群才似乎感觉诺龙的与众不同——乍一看的疤癞头，受刺激时禁不住的口水，"扑哧——"群才笑起来，人生无处不可笑。他心底是不愿承认一个如他一般和冉吾的牛羊打交道的，春天侍弄犁头秋天打碾青稞偶尔的清晨捏晒牛粪，还不如他的……诺龙忽然因"什么"成了什么。群才有话想要对诺龙说，所以打定主意和诺龙一块去。当这件事被卓尕拉姆灌入两撇胡子洛周的耳朵时，洛周翘起了他的两撇胡子一刻也没停留就策马飞驰而去。诺龙和群才骑马去找马，群才有很多话，可是不知从哪里起头，于是他没头没尾地来了一句："那是真的？"诺龙说："什么？""就那个宝贝。""怎么你也跟着瞎忙？"群才说："不是我对你轻薄，好几夜我想得头上掉毛都想不明白。"诺龙并不想多说："我也想不到这是怎么了。"群才弄不清这模棱两可的话，就不再问诺龙，找到自己的马才是正事。他们一路走一路漫无目的地聊着，走到哪儿算哪儿，被石子绊了一跤就又拐向左被草甸拦挡就偏往右，他们谁都不在意，继续。诺龙和群才正从河谷骑马往上爬，群才忽然高兴起来，高声就唱，这一唱把狼招来了，群才这样说："唉，唱唱就把狼招来了。"两水九坡的洛周正和三个人骑马从山坳的拐坡处到了眼前，群才向后仰了仰身子，好像他在躲什么从那边向他掷过来的东西，之后看到两水九坡人虎视眈眈想要吃了他们的样子，群才定定神，对诺龙小声说："一会儿层层坡上见。"又大喊："把那个给我。"好似从诺龙手中拿到什么后飞奔而去，两撇胡子洛周一瞬间的反应是：诺龙的"什么"被那个人拿着跑了，于是喊："追那个人！"一声呼啸，鞭马驰骋。等洛周们追到群才时，群才盘腿坐在一茂盛的草丛中，吸食着鼻烟粉。两水九坡人什么都不说，径直搜群才身，群才似乎被挠得哈哈大笑浑身乱颤，大拇指里的鼻烟粉就洒在他们的身上,粉尘四起中,两水九坡人"阿嚏阿嚏"打着喷嚏，眼中充满着泪水。两水九坡人甚而把群才脱下的袍子抖了抖都不见"什么"落地，只能就此罢手。群才在层层坡上盘着腿，舒坦地吸着鼻烟，等着诺龙到来。

两撇胡子来找卓尕拉姆，他要知晓诺龙的什么是否可以给别人拿着，或者它已不在诺龙的身上，转给别的什么人手中让其藏匿？它具有怎样的功效？然而卓尕拉姆只是空有一副热心肠，对两撇胡子的问题答不出个所以然来。两撇胡子抚摸着卓尕拉姆的裸臂说："我还会再来，你还是要美美的。"只是没有像往常一样对诺龙的事饶有兴趣，这以后两撇胡子洛周再也没来过冉吾，卓尕拉姆也一次都未见到过两水九坡人洛周。两撇胡子对卓尕拉姆的爱爱，像雨丝落入水中，看不出发生过什么。

月儿升起的时候，眼睛在手心里眨个不停，诺龙看到：一个婴儿被一个女人暖在被里，他的嘴角含着一撮毛，这撮毛是他一出生后就带出的。所有的人都说这是好兆头，这个孩子将会是聚智慧勇猛运气于一身的人。阿妈到拉姆宝克（藏语，仙女岩洞）问禅坐的隐士，隐士说："是的，这个孩子与众不同，但是你不能让他'脏'了，不要让他穿别人的衣服，不要让他吃别人家带荤腥的食物，不要让他钻床底和梯子下，不要让女人把手放到他的头上和肩膀上，不能让他和女人拌嘴打架。那嘴里的毛不要动,等到它某一天不见了,是它该掉的时候,所有这些你要尽量避免。"隐士顿了一下,用手指算,左手的指关节用拇指数了一下又一下,嘴里不停地嘟囔着什么,"不过,一些事可能不是凡俗的我们可以阻挡得了的。"

皮袄里很暖和,婴儿闭着眼睛双手握成拳,他的阿妈看到了那撮毛,试图把它从嘴角抽走。孩子大声哭起来,阿妈嘴里飘起催眠调:"啊噜噜噜布噜噜噜,国王金座上(来)坐坐,王后银座上(来)坐坐……"孩子顿时安静下来。

还那么小,他还没受过剪发礼,就和邻人去放羊。很早之前,男孩就感觉这个邻人并不喜欢自己。那是一场猛然而来又骤然而去的暴雨后,急脾气的天空中弥漫着清冽的湿气,那种湿气像是裹在身上,冷,甩也甩不掉,河水浑浊了,涨了,羊群在对岸,暴雨让它们烦躁,它们感到了冷,羊群中有几个已过了河,几个大胆又健壮的跳入水中,被水冲走了,它们惶恐地"咩咩"叫,一边奋力游着。男孩见了嚷着要救它们,他在岸上跳着脚,一只羊"哗——"地跳进水里,岸上的他跟跑过去,直到那只羊上了岸,又跟在另一只跳河的羊身后疯跑。他在岸上跑来跑去,大喊大叫,跟着羊们被流水冲走的方向,他怕活生生的羊被浑水冲走。那样这只羊就永远没了,永远没了,多可怕。邻人说:"没什么,不用怕,它们会游过去的。"这时,一只羔羊久久不敢跳入河中,它不是它们中体质最弱的,但是它的胆不及那些羊,它看到一只又一只的羊在此岸上抖动着毛发上的水,又看到一些同伴被河水冲出很远,急躁又无奈地"咩咩",它冲到河边又重缩回到较远的岸上，又冲到河边，一次又一次，像是下定决心要跳到对岸，却在刹那间像被谁勒住了缰绳就丝毫不前了，那只羊在男孩的心皱一下又皱一下中最后的一跳像是豁了出去，不能幸免，"哗——"它掉入水中，身侧的浪掀到岸上，它挣扎着不知所措，身子在水里顺流前移一晃又一晃，"咩——咩——"那种无助的惊恐让人心焦，男孩蹦跳着焦虑着忽然哭了，就在邻人还没明白怎么了时，男孩已跳入了河中，他甚至连靴子都没脱，他只想救回那只落水的羊。

男孩长年粘连在一起的头发使自己在水里很不痛快，重重地扯着自己的头皮。哪怕脑后拖着一绺小尾巴他也愿意呀，"剪发礼"时看着那个孩子穿着漂亮的新衣，在烧着香点着酥油灯的房里请喇嘛净身，孩子的舅舅说了一番祝词后就用放满青稞的盘里的那把剪刀开始剪。有孩子只在额前或脑后留着一绺自身的福运，那多清爽呀，可是他还不到那个岁数。或者家人要延伸他的福运？总之让他对自己积垢般的头发有诸多不满却又奈何不得。

与水的亲近感与生俱来。他们最爱的游戏是在河边用泥沙垒家院，刚开始比谁的家院好，双手在泥沙里垒墙砌院，抹一遍又一遍，然后一起说"好"，但谁都认为自己造屋造得好。如果有人说我的好，另一个或两个说："你看，这里这里。"他们指点着："都塌下来了。"下一个泥上得不好，再下一个屋子和院落都分不清哪是哪，再下下一个门窗安错了……每个人做的都有误，而每个人都想成王。这个评，王进行不下去了。然后比谁多，一户又一户，家院多了就成了一个庄子,于是他们看谁的屋子多,他们造了一间又一间的房,后来就成了这是他儿子的、这是他女儿的、这是他女儿的女儿的,房子一下多得让他笑起来带着一股霸王气,他俨然是这个庄子最高最威严的主,他双手叉腰,脸上一副唯我独尊的样子。等他喘息的当儿,有人用手一拨,用脚一蹭,那些堡垒一样的房子就会重又摊成泥沙。那些人自然对自己辛苦了那么久的劳作不会坐视不管,他们也会东一手、西一脚把他们看着不顺、凭手塑沙泥居于王者的东西给摧毁了,他们谁都这么想:其实这个我也会,只是你做得快,做得快做出的东西却歪七扭八让人看不上眼。可是那人还在大笑,他就是用这种粗制滥造的数量让众多的人蒙受以他为中心的不快,一开始所有预备等待的人以为自己会是这场游戏最后的赢家,但是那个赢得不体面的人却赢了,游戏结束,胜者只有一个,那些人不服气那个人的赢,因为那个人的做工是他们当中最不精细的,他们质疑:"你做的什么呀,你看你看,这还有房子的样子吗?"但他说:"规定是不是做得最多的为赢主,而不是做得最好的。"他们再次群起:"这样的我们会做得比你多。"他说:"说过做得最多的是赢主,你们管我做成了什么!"于是在下一场里,他们会心中有数地做出更粗制滥造的"家院",比不了谁好,但可以比谁最快。他们一直还会玩下去,还会产生下一个赢家,乐此不疲。

他从来没见过这么大这么湍急的河水,他在暴涨的夏河里扑腾,却什么也摸不到。那浑浊的河水漫过他的头顶,这是奇怪的感觉,他一直以为在河水里他是睁着眼的,他看到那些草屑和沙土从眼前缓缓走过，浑浊的，一拨又一拨的，他以为在水里是听不到任何声音的，但男孩听到邻人在岸上大声喊，感觉他在那里跑来跑去，这样他在七岁时就知道了水原来不隔音。他向大致是羊落水的方位移过去，他还想到如果救不到羊，他跳进河里是令人发笑、无意义的，于是他一心想把那只小羊羔救上岸，摸来摸去，却摸到了一块草皮，后来他被几个大手托扶着钻出水面，他甚至不用人扶也没呛一口水就上了岸，邻人吃惊地看着七岁的他安然无恙，说道："家口多的胃大，没有权的嘴多，你装什么勇气，差点儿就没命了！"七岁的男孩一上岸却在找那只羔羊："羊……羊？"他不停地看着远处的河水，邻人又气又好笑说："在那里，你吓死我了，羊是会游水的，你不会游水，为什么要跳水？！"男孩看到羊都上了岸，却分不清自己想救的是哪一只，羔羊们"咩咩"叫着，在草滩上"噗噗"地抖动着湿洇的毛，水点飞溅到邻人和男孩身上，男孩傻呵呵地笑着："我以为它被水带走了……"邻人看着他说："傻瓜。"

那一次月亮被那个烂了脖的炯波俄日吞吃去，邻人和男孩手执铜勺铜锅铜盆敲打着，恫吓烂脖的炯波俄日，让它在惶恐中从烂脖那儿"咻溜"一下遗失掉可怜的月亮，以往清亮的月亮被"放手"时变成了受伤后色彩浑浊的橘黄色。这两个事件后，他们就在一起放羊，几乎形影不离。后来男孩的阿妈亡故，此后邻人对他疼爱有加。

诺龙看到那个拖着长涕的孩子正朝自己走来，他的脸上洋溢着青春和朝气，他的旁边走着一个糜烂了半身的虎，那只虎在接近诺龙时用右爪抓了几下,大声吼着,诺龙吓着了,不知寓意,握紧了手掌。可是手掌却总是撑开着,握不了拳,喊了一声什么,诺龙记不起来。

后来诺龙又看到自己被红耳部的人闹腾着,被白腰部的人用他们的白毛冰凌腰带掠去,诺龙听出他们各自说的话是一样的:"只要你和我在一起,你就不会有事,我们不会让你有事。"可是诺龙心想:你们让我没事,我不是被你们摊上事了吗?多么疲累的夜晚。

冰天雪地里,诺龙受到白腰部的夹攻,白腰部腰间的冰凌绳化成水或冰,自腰间一长串如蛇般窜出捆束住你,束绳触到身上越冰越凉,直至你变成一个冰雕,等到人动弹不得,捆绑的白毛绳就会回到白腰部的腰间。诺龙感到一种冰透骨髓的冷往皮肤里浸,忽然,一截燃着熊熊烈火的树枝向他飞来,红耳部一人用双手掬一捧水泼向他。这水冒着白气飞腾而来,"吱——"热和冰碰撞发出剧烈的声响,在这个声响的同时,红耳部和白腰部的人都冲向他,一个耳坠红牛毛穗子的红耳部人用一截树枝让诺龙拔地而起飞向他们那儿,腰束白毛绳的白腰部人可不干了,白光一闪中,诺龙被白毛绳重又卷到白腰部阵中,一冷一热,一白一红,一冰一火,好了,这下诺龙在冷冷热热中重重地摔在了地上,晕厥过去。他的前方火光四溅,冰雪纷飞,雾气蒸腾又闹腾了好一阵。忽然,那前方断坡上的土石蠢蠢欲动,一只眼睛赫然显现在那里。一切都静下来,像是天空收走了所有的耳朵,没有一丝声响。

一只棕色的眼睛,只有一只,不知左右,如湖水泊在断坡上，它如此清亮，棕色的眼仁里枝枝杈杈的纹理清晰可见，水汪汪的，甚至睫毛都在它眨动时上上下下地扇合。最后，耳坠红牛毛穗子的红耳部和腰束白毛绳的白腰部被那个眼睛一大片一大片收进眼底，像成垛成垛的青稞一样。

第六章　行走的脚

臀吊石，如果不懒成这样，这世上就没有可以走到穷尽的路。

这不可以的，口舌眼耳鼻都齐了，但是它一直就这样在诺龙的手心里，诺龙总是免不了这样的担心：用抛石时会不会毛刺到眼睛，把着细腰肥臀的热铜壶时会不会灼到鼻子，掬水湿脸时会不会呛着嘴巴，采挖基石时会不会震聋耳朵……他的思绪飞离脚下的地时，嘴开口说："我不会没完没了的，我既然有生在你手心里的能力，也会有离开的能力，而且会很快，不必担心。"顿了顿，"但你必须帮我一次。"诺龙说："要怎样帮？""你，也就是我，"它解释说，"我在你身上，我们是合而为一的人。你就是我，我就是你，"它说，好似它可以随时把诺龙带走或弃置一旁。又似它是红色的，他也必然接近红色；它是紫色，他也一并要紫似的。"经过七七四十九天的闭门坐禅、念经，还要在七天中最后的一天里闭斋，不吃荤腥，做小坨擦擦（红泥拓坯出的小塔），做五百座，把它放到大的无垢塔身里，这样我的身体才可恢复到另一个肉身里。"五官无限憧憬地说。这对诺龙不是难事，不是难事，他为何不可以帮？他帮。

冉吾人认同诺龙是一个好男人，没有那么多雕头鸟头的事，心能居在地上，这样说来他是没有损坏或被损坏的男人喽，他这样想着，自己就忍不住高兴地大笑起来。卓尕拉姆，卓尕拉姆，诺龙想。但其实在大多时间里诺龙是个懒惰的人，有一个已够他吵架、吃饭、聊天、睡觉、生孩子，要那么多干什么。大海放身边，唾沫泡牛皮，他不做这样的事。有一些时候，他还是会忘了自己的癫头和那串吊下来的口水。

更多时候，诺龙还是希望自己能打动卓尕拉姆，比如想多抱她一会儿，但是这时的她像是终于把牛奶挤完了，也终于把酥油打出来一样，把要晒的牛粪捏好在太阳底下，总之她像是干了一件重活一样，长出一口气，就"噗"地一翻身，背对着他，睡了，一会儿，帐内就响起她吓唬人似的走一会儿停一会儿的滞重鼻音。这时，听着卓尕拉姆的鼾声，诺龙就想起很小的时候，阿妈和他玩的一种游戏。

诺龙想抓住卓尕拉姆的下巴，问她："你的下巴是谁的下巴？"她应该这么回答："阿吾达的下巴！"诺龙问："大鹏来了能抵吗？"她应该回答："不抵。"然后很用力地梗起脖子从他的手中挣脱她的下巴，然后他们应该大笑，后来是她抓他的下巴，应该问他两次抵不抵，因为诺龙还想让她笑。只是诺龙想抓她的下巴时，她似受惊了一样，歪着头一闪，说："你做什么？像浪孩一样，浪里浪气！"诺龙想她大概从未玩过这么好玩的游戏，她真可怜，抓下巴游戏就此废了，诺龙不能让一个没玩过游戏的人硬学。她不想知道这个游戏是他一直认为该和一个最亲近的人玩的。他的下巴总是湿乎乎，没有外面的人会捏住他滑溜的下巴问他这样引人大笑的问题。

诺龙能做的就是认真清苦地对这个女人，除了压在皮木箱底母亲给她做的衣袍，他什么也不能给她。在他甩着一颠一颠的脚步和疤糊糊的头时，卓尕拉姆对于他，像一个深重的谜。谜一样的卓尕拉姆让他疼着头想他们之间存留的东西，他想呀想，决定用抽草桔来确定她对他多少、他对她多少这个问题，一长一短的草桔，她多时诺龙再抽，于是他就多了，他多时再抽，她就多。最后诺龙什么都没明白，太阳挂在头顶上，刺目。

诺龙想象着别人不知道的这些，走得很快，但是人们会说："怎么这么急，小心点。"都这么大了，还用得着小心嘛！于是他当什么也没有一样走得更快，诺龙很不想当一回事，但是他们说："小子，小子小子……"它的频率和他走的每一步是对点的，右左，右左，于是他又知道了自己的跑和那些飞快跑着的人是不一样的，那些人的跑不会让他们心有余悸。后来，已经成了诺龙的女人的卓尕拉姆就会说："就你那腿，还想跑过人家！"于是诺龙更加确定自己的腿是跑不过人家的，诺龙就不跑了，守着那个女人，那个日子，但是她又会说他："别的男人在干什么，你又在干什么？"诺龙想：我在干什么？他就会问问自己，问着问着，他就不太敢看卓尕拉姆阴晴不定的脸。

所以群才才会这么说："自己都收拾不了的，还能收拾住别人？"那时，群才正和那些人玩那种古老的麻将牌。有人提议让诺龙也加入："他是没有多少的，但那个老母却是能攒的。"群才一口回绝。诺龙是看也看不懂这个麻将牌的，不知道那些人怎么会喜欢它，诺龙问群才："这有什么好玩的？"群才说："没什么好玩。"看诺龙一脸的疑惑，他说："输得多了总想赢回来，越输也越不服，然后越走越远，这是心欲的争战。"他的日子越过越没了人样，人们说他时，他总是来一句"这世上备不住穷亲戚的要，备不住穷邻居的偷。"可是在这两样"备不住"里，他一样也不占。群才的生活已和他玩的"保"息息相关，赢时手舞足蹈，输时垂头丧气，他无限长大的欲望和他的臭手气在冉吾无人匹敌，人们暗里叫他"常输"。

在卓尕拉姆又一次沉着脸时，诺龙决定去找群才，诺龙在他家的门口徘徊了很长时间，一颠一颠地，诺龙想进去又不敢确定自己是否真的想进他的家门，正在琢磨该怎么开口，忽然想起阿妈"不打石头不来岩石"的话，诺龙回了家，卓尕拉姆不在，就拿了一块酥油，径直去了群才家。"常输群才"输在赌上，但只要他愿意他就会很快"活"过来。群才时常把家弄得翻身一变样又一翻一变样，有时家底朝天折腾输了，却又不知哪天做了什么生意用了什么法子忽然间那些牛羊重又回到他的栏里，一身尘土的他又满面红光活过来。暗夜憋闷已习惯了从这头的绝路走向那头的悬崖又到那个花草遍地的草滩上给她的天翻地覆，让她从惊慌失措到丧失面皮上的变化，这中间的惊心动魄她已经习惯了，索性她也想通了，反正这个家是两个人的，他和她还有一群孩子，她已确定再怎么折腾群才是不会让这群孩子挨饿的，这就够了。群才家一片火热，他刚从拉萨回来，带了很多有用没用的东西。诺龙把酥油放在桌上，群才用黑糊的鼻孔对着诺龙。

费了很多唇舌加之酥油的分儿上，群才才松口决定带诺龙去。此后诺龙拖着"就我那腿"把那些东西绑在牛背上，从拉萨把冉吾庄、杂曲卡玛、阿卓茸巴那里的稀缺物带下来，那些丁零当啷、色彩斑驳的饰物一直深得庄上女人的钟爱，连最后一串有两个豁口的珠镯也换了一小袋的曲拉，这让他们路上的劳顿随之消解。他们的队伍越来越大，群才挑一些精干的人把货物拉下来卖，路途艰险，他们把晒好的芫根装在皮囊里，把一块大的芫根用毛绳串起来挂在牛脖上，牛群闻着芫根的香气，会一路坚持到拉萨。在山高坡陡的地方，头痛和憋气一并袭来时，他们也吃芫根，在蕨麻汤里煮过阳光下晒过的芫根，又甜又经吃，头痛的症状也会减轻很多。但是诺龙的朋友闻不得芫根味，他总说那味很冲，诺龙正嚼得很有味时，他就会捂着鼻子躲得远远的，或是去排他体内的垃圾，像是宁愿闻那味儿。

很久以前，人们就发现了芫根的这种神奇功效，人们把芫根种好、收获、晒干，晒干后的芫根串起来煮在蕨麻汤里，再晒。远足去转经的人们怀里总是揣着一串"阿塞"串，人们在转经时，或者三三两两休息时都会在嘴里放上一块或递给同伴一块，缺氧的空气中漫上一股芫根的味。

诺龙到家时，阿妈迎着他。她那迎风出泪的眼，又像是遇到了风。诺龙笑着和阿妈碰了碰响亮的额，擦了擦她挂在眼角的泪。

卓尕拉姆像一阵风一样来到诺龙面前，她通红的两腮像炫耀，尽管诺龙看惯了她有时没来由的好心情，心还是猛地向上提了提，诺龙以为自己的眼也像阿妈一样出点泪，哪怕是风泪，但是没有。诺龙笑着看她，她拉着诺龙的臂："老鬼，我以为你在那边安顿好了，不回来呢！"很奇怪，在开始见到她时，诺龙担心她会骂自己不来见她，但是她好像没有觉到这个差错，笑着看诺龙的脸，像别家新婚的恩爱小夫妻。诺龙看她的眼并不斜，嗯，至少从这个角度，诺龙看她时，她也看着诺龙而不是瞄着诺龙左右的谁，诺龙的手指在牛背鼓鼓的皮口袋上欢快地点敲。

诺龙喝了一木碗卓尕拉姆双手递给他的酸奶，酸奶的奶酵应该是牛奶还未凉透时放的，一股甜味。这股甜味耐人寻味。

像母猫的孩子，搬来搬去，诺龙又到了卓尕拉姆的家，起初诺龙不想这样做，卓尕拉姆却给诺龙的阿妈送来一褡裢新磨的糌粑，她总是今天拿一碗新启的酸奶皮，让诺龙尝鲜；明天让诺龙去吃秋天的蕨麻：比其他季节的香甜，就在他去吃秋蕨麻时，他又一次留下来，他的心力不敌她倏忽而来的柔情，吓他的同时，他听到自己一路奔走的心，阿妈捎了一句话："好好过。"他们的日子恢复原形。

卓尕拉姆愿意和诺龙并肩在冉吾人的眼皮底下去转登都伦琴（拢毒大象）：传说有神人更敦松宝的坐骑为大象，有天足踏莲花的大象看到西同山的西南方冒出世间最不幸的灾难和恶毒的烟火，大象不忍看人间悲苦、生灵涂炭，就卧在冒着毒焰的洞眼上堵住不停向外散发的荼毒，后来，大象变成了山，人们怀揣美丽的传说去登都伦琴神山转山。

这是很美的女人，至少她穿得很美，在诺龙这么想着时，那个红装女人就向他们走来，诺龙多看了两眼，卓尕拉姆就说："她脸上是不是长花了！"这不是问句，这是责句。诺龙说："没有。"她说："那你为什么看她？"诺龙："因为她的袖子太长了，不像样。"她说："她的袖子长，关你什么事！她又不是你女人。"他说："不关我的事呀，但是让人不舒服。"卓尕拉姆还想说什么，但诺龙说他去看看羊群挪到哪处山腰了，就连走带跑带颠地拐了出去。诺龙想说的是她好看，事实也是这样，但诺龙没有和卓尕拉姆斗嘴的精力，所以把这句话快速地咽了下去，并且让它在自己的脑子里存活的时间极其短暂。他已然学会当一个很招人的女人走来时，远远地看上一眼，近前时他就让她像一阵风一样荡在心上，径直飘过去，这样诺龙就能躲过卓尕拉姆眼眉间的不快，咳，真累。

　　现在，诺龙不能怪卓尕拉姆用那把迷路的刀把他请出去，诺龙的腿肿得厉害，不能走远路，这样生活又重回到节俭朴实的状态，但是卓尕拉姆认为朴实这个词是误用，应该是寒酸，所以诺龙需谨慎待之，很多时候，诺龙不会让卓尕拉姆干她认为的重活，拾牛粪，采柴火草，收芫根，收割青稞，宰牛羊，清牛羊肠。诺龙流着汗，喘着气，就差没吐舌头。正是收割的季节，他回到家里，家中没有一丝冒过烟的迹象，他只能就着温吞吞的茶水，把没有泡化的酥油和糌粑拌在一起吃完，就又去收割青稞。在院子里，他看到从自己进门到出门都没有挪一下身位的卓尕拉姆正在秋阳下捶她的腰，诺龙想：已经有多少天没闻到你的味了，腰还会这么疼！这个问题只是在他的脑子里闪了一下,马上打消了,家里的活也不轻松,他还不是把曲拉烤硬焦了吗?这样想着,诺龙的心又愉快了。

还有一个月就到春节了,今天是牛犊节,所有的牛角都抹了油,有牛犊的母牛不挤奶,母牛和牛犊一整天不分开,早晨和傍晚都要拌糌粑给牛犊吃,那一天,它们就可以放开肚皮吃。

那天应该是阳光很好的天气,冬天还在家门口犹豫着,不知想要进门还是要在门口徘徊一段时间,但是那天的卓尕拉姆会手脚并用,这阿妈都不相信,卓尕拉姆要诺龙从厨房拿一把刀,他递给她时她就大骂起来:"你长眼是用来做什么的?这刀割脖子都不说'啊嚓'。"他说:"没看到这刀有什么不对……"她就咒骂着小跑进屋,从里间把诺龙的衣袍和靴子都扔了出来,她用左脚踢了他的小腿说:"浪去吧!不要让我再看到你!"他想再怎么她不该拿脚踢我呀,在冉吾庄里向来没有女人给男人一脚的风气,她这是怎么了?他看到了那些摊在尘土里的衣袍,它们如此地破旧和肮脏,还有他经年穿的那双靴子在雨雪和牛羊粪里已皱老了,像一个老人的脸。听到衣物靴子落地的声音那么重,他真想甩她一下,他想着时手就下去了,这是他始料不及的,他像是蒙着了头,还没有明白过来怎么一回事,卓尕拉姆就举着那把刀冲了过来,肩上"噗"的一声,诺龙感到有股热畅快淋漓地顺势而下,他左躲右闪,却避不开她气势汹汹的脸,只能睁大眯眼和卓尕拉姆抢那把刀。诺龙想把刀夺过来,但是她的气力真大,他们像在跳一种很费力的舞,缓缓地,一左一右,颤抖着,一右一左,刀也像迷了路,不知向左还是向右,诺龙肩胛上的口还张着嘴,她说:"我不想砍你的肩,只想剁了你的手。"他大吃一惊,以为她要说出更让人合不上唇齿的话,他想要回应她什么,但什么也说不出来,最终他放开她的手,想看看她的下一刀指向哪里,心脏或脸面,像是要清楚这一点,他放弃了努力,他不痛。她用刀在空中划拉着逼近他,却并没有明确的指向,他一下慌了,逃回了阿妈身边。在路上,他想那把刀其实没什么可怕,卓尕拉姆不是说割脖子都不疼的吗?诺龙又想自己的衣袍会不会一直在她家门口待着,等雨从天而降。

诺龙不明白卓尕拉姆怎么会用刀尖对着自己,在冉吾庄里吃肉或者做什么活,如果需要刀,一个人给另一人递刀时要把刀柄给别人,刀尖对着自己。他想一定是那把刀迷了路,找不到自己的方向。她在厌烦那把钝得咬不动肉食的刀,一定是这样。

可是卓尕拉姆用刀和诺龙说话不是一次了。那是扫尘的日子,二十五,人们把家中一年积下来的尘都要扫尽,意为一年的邪气淤垢都冲扫掉,而后把灶烟灰尘倒在人最多的路巷,最好是在岔路中点九个点,或画一个太阳符。油烟积年的厨房,椽子上挂滴油烟已有两年多了,这是诺龙最费力的活,每年的那一天诺龙会像一只被烟熏过的旱獭,黑乎乎"噗噗噗"地忙上一整天。他正把厚厚的织毯搭挂在晾衣绳上拍打,他不知道卓尕拉姆已进了院里,他没看见,在弥漫的粉尘里,诺龙听到她的声音:"晦气,晦气,一进门就碰到打下垫的。"他说:"你又没拍。"他不想说这话,但话冲口而出,诺龙就不能用手把那个无形的东西在半途截住,重塞进嘴里。愤然的表情覆盖了卓尕拉姆的整个脸面,小矮桌上放着刚才诺龙抠挖凝固油烟的锈刀，她拿在了手上，往常她手能够到什么就扔什么，情急之中，诺龙大跑时撞了门框，一颗门牙就瘫死在口中，笑死了家中的织毯、小矮桌还有那把锈刀。它们的笑一路跟着诺龙……

糊一嘴血的诺龙跑到阿妈那里，胆战心惊的阿妈不停地诵念莲花生：乌金仁波青。诺龙说只掉牙了，阿妈说扔到房顶。诺龙手拿模样怪异下半身黑污的牙，走到院中嘴里大喊："狗牙羊牙往上敬，白玉牙儿往下赐。"用力扔到房顶，小时候就是这样，他以为牙会重新长在他的嘴里，就像他八九岁时的那些牙，冲破皮肉的阻隔重又发芽长成，但是那颗牙没有再眷顾诺龙。

"二六六发"是女人洗发的日子，诺龙看不到卓尕拉姆拿铜勺，在最后净发时口中念"愿众生病邪障癫都净吧！"的颂词，诺龙想二九男人剪发我也不剪，阿妈说："再喜不洗十五的头，再苦不忘二六的发。"手拿铜勺不让他蓬头垢面。老人说，世界尽头可以倒着数的日子，人们用麻袋兜火，用藤编的背篼盛水；女人的预感灵验；刚出生三日的婴孩会叫"阿妈"，去邻居家要火；真经变成可哼唱的曲；人似羊屎大马似兔子大（意为越变越小）；那时候女人和犬类就值钱了。那么一个女人可以用刀对着自己的男人是不是也算？

一年里最后一个月的最后一天是除夕，"格多"是除夕的前一天，据说人的一生就像被狗链拴住的，无论怎么挣扎都逃不了那个链子的左右，只是有人的链子长一些而有人的则短一些。那天阎王会来到人间，用他的夺命绳网住明年要到他那儿的人，在额上作标记，这个二十九天、那个几个月都有数。为了防备被"网走"，寺里的喇嘛和僧人把一年的邪秽尽最大力驱走。年年的那一天,风总是很大,老人说那是把邪驱在水里风里土里,飘走,消散。

诺龙感觉卓尕拉姆也打算把他驱走。

卓尕拉姆对那些乐于听这是怎么了、这是为什么的人说的话全然不是诺龙所经历的,但是她说的又是她和诺龙的事,那么应该是他又一次犯迷糊了?

诺龙并不知道卓尕拉姆是只在吃时亮额的人。

群才说:"女人,哼,山羊放头上羊粪拉鼻上,山羊和女人不能抬举!"诺龙:"……"诺龙是想说点什么,但是什么也出不了口。群才说:"那女人像蛇奶奶身上捅了一棍子的脾气,全是你养出来的。"诺龙:"……"诺龙想:我是怎么养出来的呢?群才说:"其实女人有啥可怕的,只是男人可怜她们。"诺龙:"……"诺龙想说"是呀,没什么可怕的",他说不出来,因为他真有些怕卓尕拉姆。这是没来由的怕,如果要以通常男人的说法,说他是可怜卓尕拉姆。但他用什么可怜她呀,很多男人虽然对女人态度凶恶,但是在女人需要吃时可以让她胃足,在女人需要穿时让她身暖,在女人远行时有马让她脚舒,但诺龙忙来忙去,忙得结果像是对一个看不见对岸的人指手画脚传情达意。呀,既然这是他的人生,又怨气冲天得了谁?

羊在谷间悠闲地吃草,诺龙沉浸在蚂蚁的世界里,他看到一只蚂蚁在拉它的食物,类似一具虫子的身子,一步一步,那个虫子的腿脚都秃没了,那条只属于蚂蚁的隐形路,诺龙看不到它,但他要在它行进的前方用手指抹掉它,蚂蚁忽然慌了神,它不知自己身在何处,进退不得,它不停地抖动触角,这时若在它身上点一下，它就会乱跑一气，它前进的方向会彻底打乱，诺龙想自己多像那只蚂蚁，被卓尕拉姆点了一下，就把整个自己罩在迷雾里。

悲伤时，诺龙会哼一支婉转的格穆：

> 彼岸的树弯向此岸
>
> 此岸的树弯向彼岸
>
> 弯时你弯我也弯
>
> 不弯各自各路

但是诺龙没有勇气唱给卓尕拉姆听。

> 爱人我俩的盟约
>
> 是石上刻的经字
>
> 三年又三月的雨水
>
> 也蚀不去它的心迹

后来诺龙懒得唱给她了。抹不掉心迹的情投意合，他不敢唱给卓尕拉姆听。

何时诺龙能够像那只掉在水中的羔羊用自己的气力游向岸边。

回到家，阿妈问诺龙怎么了，他说不想和卓尕拉姆过了。阿妈说："这怎么可以？一次又一次过家家，不招冉吾人笑话？你住一晚，明天回去。"但是第二天阿妈没催诺龙回去，阿妈坐在起了油光的树墩上抹泪,第三天阿妈在天亮时就叫醒了诺龙,让诺龙和她一起去放羊,他已经躺了两天,两天里他想各种事,就是不想妖女卓尕拉姆,她是什么人呀,敢拿刀子对自己的男人,真是可怕,诺龙一直迷迷糊糊的,睡又睡不通透,醒又醒得绵软,如能一次睡完所有的夜晚忘掉那些烦心事,多好!诺龙想着这样的妙事。家里的羊都不认识诺龙了,它们对他有所提防,每当他近前时,它们从他身边窝过去,像退去的河浪,眼神的一半却扫着他。阿妈在瀑布沟边生起了火,那里一瓣花是重瓣的,草长得齐腰高,酸根(大黄的茎秆)的大叶可以遮住一个人,诺龙拔了一根又一根的酸根,回到阿妈生火的三石灶边拔出腰间的刀就剥起酸根皮来,剥酸根皮要横里切数刀,一圈一圈围着切,而后从顶到底竖切下来,酸根皮就一块一块掉下来,如不横切,酸根会放了盐般酸得下不了口。

  诺龙剥着酸根皮,一刀一刀的,忽然他眼里没了酸根,只看到刀,看到刀时,卓尕拉姆那狰狞的面孔就出现在那里。他那把迷路的刀左右左右地划拉着,在刀的寒光里,他看到卓尕拉姆那张变了形的脸,他大叫一声,就被谁一下拉下去,很深,到没有人可以伸手拉他上来的地方,他什么都记不起来。醒来时,阿妈在一块快要燃尽没有一缕烟丝的牛粪上放着柏枝和蜜蜡正凑向他的鼻孔,不停地念着经。诺龙给一个不是自己阿妈的女人缝制提宝靴,他是偷了阿妈的织物,给那个女人,现在阿妈在身边担心着他的病,那个女人却把他驱出家门。卓尕拉姆对那些人说诺龙阿妈不再和她说话了,她说:"真不知我对她做了什么,让她对我这样!"那一次,阿妈对走在卓尕拉姆旁的女人打着招呼还小聊了一会儿，但没有和卓尕拉姆说一句话，卓尕拉姆不想诺龙阿妈不理她，好像让冉吾人以为她欠着诺龙家什么一样，于是插了一句，但是诺龙阿妈没有应她。阿妈说："一个不知'打了肉伤着了骨头'的女人。"

阿妈的眼睛在黑夜里越来越看不清东西，她的眼在夜晚像天空一样闭合了。这是诺龙最不想看到的，他真切地感知到阿妈在羊脂灯下的双手总是找不到方向，一寸一寸挪动着有些慌乱无措的身子。诺龙对阿妈说："我这里有一对松耳石，你带在身上吧，也许你会看见了。"但是阿妈不要，她说："心中有光，世间就清了，那些睁着的眼未必能看清。"诺龙想阿妈是对的，他收起那对松耳石。但是当清晨来临，阿妈的双眼又会醒来，看清牛羊和糌粑、褡裢。

诺龙不知道卓尕拉姆的腰是应该疼的，诺龙去放羊，群才也来放他的羊，很难得，群才样的男人在果庆牧场每个人都知道，他把女人训得一阵眼泪一阵鼻涕地去干活，而他自己总是一副没心没肺没女人的样。他的女人，那个满腹委屈的女人——暗夜憋闷的脸上总现出"没人比我愁苦"的样。群才和那些独身男人一起说笑玩着麻将牌，群才用褐糊糊的擤涕布擤了一下鼻涕，然后用力地搓了搓，搓得擤涕布里纷扬起褐色的粒子，他说："最近做什么？"诺龙想了想："放羊。"群才说："你那一日虫（只能活一天的虫子）的女人像是醒过来了，疯跑哩。"诺龙说："跑就跑吧，跑哪里是哪里。"说这话时诺龙没看群才，群才说："她有你时就跑，没你时更跑呀。""有你时就跑"，这么说她的腰疼是应该的？诺龙的心被什么拉了一下，诺龙说："她哪时不跑呀？"群才再次擤了一下鼻涕："小子，那是你从她的侧面看着她不斜眼。"这次他没笑，诺龙也没愤怒，群才褐色的鼻涕拥堵着他的鼻囊，让他的声音很不清爽："不跑才怪，有人还跟过去，听到她对那个人喊'你的能耐才能让我舒展'。"诺龙不知道自己是怎么回到家里的。当阿妈焦急地一次又一次问他羊在哪里时，他才想起羊和群才来，不知为什么，群才后来说了什么、羊们后来在哪个山坳里吃草他都记不起来，他只身回到家里，阿妈责怪他一只羊也没圈回来，诺龙好似醒了点，说："我去吧。"阿妈以为他钻到了不洁物处，说："你碰到什么了吗？"诺龙说："羊和群才……"那以后，诺龙时常在放羊途中就回到了家中，不知自己怎么回到的家，有时在家中以为还在山上，站起身来猛一声："咕——虚！"阿妈会被他惊一下，阿妈对他说："你还不醒吗？"诺龙感觉他的醒不是自己能控制住的。时间过了很久，在阿妈确定他醒了点时，他又可以重回到羊群身边。

  卓尕拉姆是如此热情的人是诺龙始料未及的，对另一个人，她应该是个宝，但是诺龙在她身边没发觉，现在有人发觉了宝，或者她发觉了宝。在冬天，在雪地里，他们可以热乎乎地拥在一起，呵出的雾气从他们的头顶一卷一卷地冒，像他们如此寒冷的冬天里的勇气，好像他们只有一天的时间，好像他们的明天没有天亮的那一刻，雪都被他们做出了花印子。在冬天里的他们的身心处在夏天，他们一起驰骋在雪原上，他们要燃尽血液里的那股风，时时在他们身上呼啸而过的风。他们那种惊心动魄的舞蹈，他们的引吭高歌，惊动了一冬冬眠的生灵。

  卓尕拉姆，是诺龙一直不能靠近的真相，他真想听到她最初是怎么一回事,他也想问问阿妈,他感觉阿妈一定多少知道了一些谜底,但是他又害怕听到这些,所有这一切像是他在敲一鼓面时却敲不到它的里面,所有声音都是鼓面传出的,鼓里的音色是怎样的诺龙一概不知,这让他伤心无望。冷夜里,他看到星星一颗颗浑身颤抖,母亲却再也不会说:"多冷呀,星星都在打战。"而今是诺龙说。

只给灰头格来说恼心的事——诺龙没有别的出口,像给饥饿找借口,放牛犊的血医治。灰头格来说:"喂不熟的眼睛,你用她来干什么?"

诺龙还是回到了卓尕拉姆的家,他想和卓尕拉姆不会就这么完结,在进门时他就感到有些不对,在诺龙的右脚跨进里屋门时,看到两个人坐在他和卓尕拉姆的土炕上。诺龙就这样看到那个男人,那个男人一副不想和他笑也不想和他恼的样子,男人的坐姿告诉诺龙自己握着绝对的胜券,而诺龙好像是真正出了圈的、不该有理的、卑琐的走错了门的那个人,诺龙想和那两个人打个招呼,他说:"……来了?"他恼自己呀,怎么会说完全不是自己想要说的一句,好像他心知肚明且认同了似的,那个男人在听到"来了"时慌了一下,似乎这句话也不在他意料之内,但他很快平静下来,那是在卓尕拉姆热情的递茶中平静下来的脸,由此断定他们心脉相通的默契远远不是诺龙骑栗色的央智能赶上的。他旁边的男人却不一样,说他是男人,其实他是个孩子,自始至终那个孩子是惶恐的,他不知要把他的手放在哪儿算放到了最好的位置,他的手在他破旧的袄袖里握成拳又松开又握,亏有那拉出一截的黄鼻涕,他还可以借此让手找到一点方位,他时不时地用食指在鼻头摸一下,"哧"地吸一下鼻。卓尕拉姆看到诺龙进来,只说了一句:"这是达杰。"其实在进门时诺龙就猜到了,但她说出来时,诺龙的脑里还是"嗡——"地响了一下,诺龙没看那个男人,却再次看了一眼他身边的孩子,那孩子长得非常可人,他扑闪着那对黑眼睛,小心翼翼地、不经意地看看卓尕拉姆又看看诺龙,眼里总有一种不知要避开什么的躲闪,诺龙忽然想起一次围猎中,被渐渐缩小在人圈中的小鹿。他忽然感到在哪里见过这个男孩。诺龙一直在想,在哪里呢,是在哪儿呢?

他的卓尕拉姆是聪明的,她又当什么事也没发生,用她熟稔的惯常表情和姿态,而诺龙像个消化不良的孩子,诺龙的胃里装不下这么多易膨胀的粗粮。撑着的要靠时间去消解。

诺龙对卓尕拉姆很少说重话,但她咒人的快嘴皮想来就让他打冷战,"牛,这都不知道?"她的咒骂让诺龙觉得抬头是沉重的活。这时,达杰晃荡着身子忽然跨进门槛,于是她没了声息,诺龙依旧低着头,把脸侧向了卓尕拉姆,于是他看到了这样的情景——卓尕拉姆的嘴角向上扬起,然后露出了她那一口带青的牙,他被这牙吓了一跳,一时没有缓过劲来,愣了一愣,达杰手里提着什么走出去。卓尕拉姆说:"上哪儿呀?"语气是让他吃惊的绵软,他怎么从来没有听过她这种鸟语花香的话呀,他的心又被拉了一拉,卓尕拉姆的眼里一道水光,波了一下又一下,贡却松(藏语,三宝神),救救这女人吧,她已被毒蛇的舌信子迷惑了,她以为那是什么?卓尕拉姆跟了出去,诺龙很威严地侧脸看着渐渐走到一起的两个人,他们脸上溢满快要流出的笑,走了。"我……哼!"一对邪恶在一起蓬头垢面的人……"哎哎哎,我的脖子!"诺龙一直侧着的头归不了位。

那个男人从此经常出没在这个家里,诺龙还是去放羊,达杰说:"达娃顿珠也跟你去吧,他很恋你呀!"诺龙想:有你说的份?但想想也是,这个孩子不恋他的阿爸,却总要他背,要他讲故事,他想他们是有缘的,于是诺龙经常把他带在身边,诺龙也奇怪,自从在家里看到这个叫达杰的男人,诺龙很少和卓尕拉姆吵嘴,不知怎么了,卓尕拉姆也没有,她的好心情像是被阳光晒过的一样,好像这两个男人有一种神奇的魔力,不知这神奇的魔力从何而来,怎样附在了他们身上,两个一大一小的男人从没现出要走的迹象,而诺龙不能坏了卓尕拉姆的好心情。针线家当都没有的他们就此扎下了,达娃顿珠更依赖诺龙了,诺龙倒像是他的阿爸,诺龙向东走他就跟到东,诺龙喂牛他也跟,诺龙筛青稞他也跟,看着那些青稞和石子在一阵又一阵的筛摇中分开,他惊奇地看着诺龙,要学诺龙的样子筛青稞,他筛一下惊叫一声:"分了,分了!"他开心地笑,但等他停下动作,青稞粒和石子重又融在一起,他又撅起不满的嘴。诺龙在旁偷笑,这个可爱的孩子,他们几乎没分开过,但是诺龙现在有点明白了,应该是离开卓尕拉姆的家了,应该是了,又一次,卓尕拉姆在达杰的房间磨着牙酣睡时,诺龙悄悄地起了床,在他拉枕头边的衣衫时,达娃顿珠醒了,不知所措地看着他。诺龙决定带走这个孩子,即使在央周家干重活,他也想让达娃顿珠愉快地生活。

诺龙曾熟悉的那些人,他们在索波·央周的院落进进出出,他想走进索波·央周的家，他想再次应对索波·央周的牛羊应该不是问题，它们不会看着眼睛说谎话，也不会吃饱了想睡在层楼上，赶到水草丰盛的地方不会拐到别处，那么冷的冬夜里也不会有"披一件衣袍吧"之类的喊叫。当阿妈再去索波·央周那里时，央周说："这是负责任的事，诺龙有他自己的天地，不过，多囊·加青们再来，我还是会帮着拦阻……"索波·央周大概费了一些唇舌来拒绝诺龙的阿妈，索波·央周因为从未看到诺龙有什么过人之处或者让人瞠目结舌的本领，所以他认定附加在诺龙身上的光环只是少一些唾沫的讽刺或虚幻。因此诺龙只能放自家的牛，但他并不沮丧。

央周脸上风和日丽但已见沧桑，年终的役差资物发放的日子里，加益脸上又放光了，历年来索波·央周家发放资物的是青美多杰，这一次也不例外，但是今年发放的人是青美多杰，真正把关的是已故卓拉的侄子扎西。扎西对青美多杰说："还是你分吧，分好后我再看。"这话让青美多杰的心皱了皱，尽管索波·央周也是这么交代的。以往分物时，青美多杰可以今天给这个人的明天给那个人的，这样下人们根本不知另一个人分得了多少，而这一次所有的资物摊在场院里，每个人几斤几两斗量着分，糌粑、曲拉、缝在牛肚里的下水，还有些许的肉堆成众多小山，加益很不爽快："这是什么分法，怎么累怎么干的！"但更多的人喜欢这样"你多我少是怎样就是怎样"的一目了然……分毕，最后多出一袋曲拉，索波·央周说："这袋曲拉，你们自己处理吧。"一个又一个的人背对着分堆的资物拿一小块石子从肩上扔出，石块飞到那一处就是自己的了，他们尽可能把自己手中的石块扔到堆大一点处,加益不想参与到众多人嘻哈的场景,他没来。于是加益摊到的就是最后剩下偏少的那堆,青美多杰说:"剩下的这堆有点少,加一点吧。"扎西却不以为意说:"这是最公平的分法,叫了他他没来,这无论多少都没办法,我们干的活比他们多,理应得到多一点。"他坚持要把多出的那袋曲拉分给自己和青美多杰。青美多杰说:"好!"把曲拉分成两堆,"你看,你先拿你的。"扎西说:"无所谓,分好就好。"青美多杰:"那好,我的是这堆了。"他把自己的曲拉全都拨拉到加益的小山上。扎西见了说:"你是什么意思?"青美多杰说:"没什么意思,我的给他还不行吗?""你的什么给他都与我无关,但在这里这样给是侮辱我,说我不公吧!""你应该不知侮辱是什么吧?"扎西气极,拔出腰间的刀。"收起你的刀吧,为了一袋曲拉负血的代价,值吗?我认为不值。"青美多杰慢条斯理地说。扎西的火气一下灭了一半,他也理不清刚才的那股邪火是从哪儿冒出来的。这时,加益来了一副谁的账也不买的样子:"我多我少与你们无关,你们用不着用刀说话!"他谁也不认地抓拉着自己的那堆小山到织囊里。扎西的气焰在加益的气势汹汹中燃没了。索波·央周捻着他的山羊须忽然现出:"勇猛志士拔刀自有他的道理。"扎西忽然意识到什么,收起了刀,他不想成为索波·央周手中的刀挥向青美多杰,索波·央周原也以为这一刀关键在于他和青美多杰,不料扎西的觉察让他未能得逞。他捻着山羊须,走了。

当晚,加益到青美多杰的屋子说:"我不这样做,扎西的刀是不想长眼睛了。"青美多杰苦笑:"我知道,但你也没必要发那么大的火……"加益知道青美多杰什么意思,加益说:"我想通了,我也老了,在这里已没必要死撑到底,总是一副诚惶诚恐的地鼠样我当够了。我要回家过有多少牛挤多少奶的日子,这样反而自在!"加益已没了往日的喜气,像是被霜打了,但他似乎也想通透了,他和青美多杰依旧保持着以往的友情,做了好吃的还是叫青美多杰来吃。

加益给青美多杰说的那些话,让青美多杰想起了自己巴塘背风向阳红柳处的房子。他想最后搏一次。

大捞一把,而且想想就是一箭双雕或一举两得。这是索波·央周每每做生意时想要达到的目标,现在青美多杰说给了自己。索波·央周一直认为自己是赚钱能手,此心不死。这一次索波·央周想到了盐这个宝贝。阿卓茸巴人缺盐缺成大脖子的到处都是,那里三五人中就有一个是双层脖的人。他们物稀不怕价贵。青美多杰找到了一处捷径,那是加益的孩子放羊时找到的,加益把这件事告诉了青美多杰,去阿卓茸巴庄从东侧山拐过去会更节约人力物力的消耗,但之前他们未发现此道,以往都是从西侧山拐过去,西侧山连着山要过好几道沟,而东侧只要过一沟一山就到了。

他们把盐驮到山坳处,就不再往前。在阿卓茸巴因盐出过的事故不止一两起,他们知道此次之行也必定充满了凶险,因为九坡的多囊·加青此次也在阿卓茸巴。卸盐,然后用空余的半袋装,三五个人各提着袋进了阿卓茸巴庄,其余的两个守在驮牛身边。他们本打算挨户卖,但扎西说:"这里缺盐缺得快干巴了,如果挨户卖,巷子窄,人一多不定会出什么事。"他们退到街中央，一个人去叫卖。一会儿，阿卓茸巴四面八方的人越聚越多，把他们围得水泄不通，人这么多，他们一下有些慌，青美多杰喊："一个一个来，给每人卖五碗。"有人喊："为什么只有五碗，我家不够！"很多人高声附和，青美多杰说："下次我们还来。"那个人又说："下次，下次可就是安多的故乡（藏语，意指遥远）了，我们等得了吗？"青美多杰说："过几天我们还来，以后每年都来四五次的。"那人说："四五次？从冉吾庄到阿卓茸巴一年能来四五次，谁信？"人群"轰"地笑嚷开了，都说："不信。"扎西看一步步靠近的阿卓茸巴人，像是要和他们亲密无间一番的样子就说："我们找到了一条捷径。"人群中的那个人说："捷径？什么捷径？在哪儿？"人群中吼声更高，要求告诉他们那条捷径在哪儿。青美多杰狠狠地瞪了扎西一眼，扎西不理。如果要把生意做大，谁都知道告诉这些是大忌。青美多杰说："哪儿有什么捷径！要买的人往前，不买的人退后，让着。"但现在的场面是买的不买的都挤在他们的周围水泄不通，先前几个拿走盐的人已被那些人挤出了圈外，但是青美多杰他们不知那个人是以什么换取了他手中的盐，又有人直接伸手取盐，青美多杰他们挡着，青美多杰抻着脖子大喊："先前拿走的给易物——牛毛羊毛酥油都可，我们按比价换盐！"可是谁听他的？他的喊声淹没在嘈杂的人声中，无数双手在他们眼前晃动，从青美多杰的头顶、从他的耳边、他的腰旁、他的腿边、他的腋下甚至从他的胯下伸出来的手像是生了根长在他的身边，驱之不散，耳旁传来有人的高嗓门："拿呀。"他们被众多的手推着揉着，那些换取的东西散落一地，有人大喊一声："盐在那里！"于是那些人飞快奔向山坳处。守在那里的人看到水流一样的人头攒动，那些脖子上凭空多了什么的人一并而来时，是看上去有点吓人的阵势，把他们弄蒙了。人群乱如一锅滚开着的汤面。

青美多杰和扎西吵起来："为什么告诉他们有捷径？这生意不想再做下去吗？"扎西说："生命重要，生意重要？""生意有你这么做的吗？不想做生意跟我来干什么！""我不是跟你。"青美多杰想在阿卓茸巴美美赚得盆满钵满，在那些人越聚越多还没有到疯狂时，一直以来他积攒着这样的期望，他一边警惕地看着那些人一边痛快地想，即使四六开，索波·央周也不会知道，他以为以这样的形势一定会远远超过索波·央周定的价，给央周大的，而后他和扎西再三里或四里对半，这一次就够本了。青美多杰想和扎西达成这样的一致。

花眼看到，雪白心藏鬼。青美多杰心算过这批红盐的易物在阿卓茸巴将会有怎样的绰绰有余，他庆幸这一次索波·央周让他来，虽然扎西也在，但他想扎西是一个聪明的能说通道理的人，从那时扎西拔出又收起刀时他就知道了，他也相信自己能说服他。但青美多杰忽略了此刻多囊·加青占着阿卓茸巴的一大半天，多囊·加青早知索波·央周的人过来了，他说："卖盐卖到这儿来了，他们有胆，但是阿卓茸巴人用得着买吗？！哈哈哈——"他的下人们领会此意也打着哈哈，几个人随即到各个巷道告知有人送盐来了。青美多杰每次出远门时，每到一处高陡的山巅就会在风中放飞风马，大声祝颂此行一路平安顺畅："拉加洛，格格索索——"但这次因为仓促加之被喜悦冲昏头脑，他忘了带每到神山抛撒的风马。这使他来阿卓茸巴的路上隐约感到不安。

扎西挡在那里,他身后的人涌过来,那如泄水一样的人群只是迟疑了一下,人群中的那个人朝他挥了一木棍,众多的人跑向他,他被人群淹没,他知道这是一个拳头,那是一脚,这是一块石头……直到不知道自己是谁了。

青美多杰扯着嗓子喊:"我们穿这种袄子,信这样的信仰……"但他的话在汹涌的人群中犹如落在水中的雨。一块不知从何处飞来的石子在他的脸上响亮地砸开,他的脸血流如注。青美多杰蹲下身子,佝偻着背。扎西扑倒在地,一动不动。当青美多杰艰难地走向扎西身旁翻转扎西的身子时,扎西的四肢已无意识地摊开了。一股悲情交织着愤怒窜向青美多杰的心头。

有好些骑马的人冲进来,他们用手中的刀指着疯狂的人群,有人用手中的刀砍在一块石头上,石头被削了一角,人群安静下来,那些人把剩余的盐驮在马上,自始至终没有说一句话。那个用刀砍石的手指上金马鞍戒指缺损了一小块的珊瑚,正是青美多杰在那时碰到蒙脸人时见过的。他们上马时,青美多杰说:"这是我们……"但就是那个人,用刀向青美多杰一指,把青美多杰后面的话生生截断了。然后蒙着脸的他们打着呼哨飞驰而去。阿卓茸巴人这才四散,被各自的门洞一个个吞咽回去。一处又一处白花花撒在地上的盐上是人们的手指抠痕,有五指并用的,有三指的,偶尔看到湿乎的地甚至像是人用舌头舔过的,无限的怅惘在青美多杰的心中弥漫开来……

抓不住牛犊,乱石砸犏牛。多囊·加青暴跳如雷,听完下人的情报四肢颤抖地掴了下人一掌。可当他带人马飞奔而来时,那些人已没了踪迹。总在给索波·央周施难的节骨眼上突兀地现出这种状况，四次，这已经是四次了，这个忽然而来的节外生枝让多囊·加青更加确定索波·央周的化险为夷都是诺龙所为："不把那个冉吾丑人诺龙抓住，誓不为人！"但是多囊·加青没有很让人信服的理由来抓诺龙，也很难找到他，这次好不容易送上门却又让他跑了。找不到撒气处的多囊·加青大发雷霆，他当街大骂阿卓茸巴人胆小怕事，没把那个蒙脸人诺龙抓住。阿卓茸巴睥睨着来阿卓茸巴却骂阿卓茸巴的人，说："关我们什么事，是你的东西被盗了，不是我们的。"

索波·央周站在顶楼，看着下人们从马背上抬下扎西的尸首，看到血污的鼻青脸肿的青美多杰，说："你好呀，你不仅把生意做砸了，还搭了一条人命，你可真有本事。"青美多杰痛恨索波·央周不阴不阳的语调，但是他哭了，盐和计划都成了泡影。索波·央周捋着他的山羊胡，说："哦——我这里尽是什么人呀，该哭的羊不哭，不该哭的狼哭。"

曾被救起的诺龙藏匿在巴塘这件事在冉吾疯传开来。埋了很久的事忽然因风而翻腾的样子，多囊·加青闻风而动，再次寻衅："之前没事人一样，原来那个人是你藏起来的。"索波·央周说："刀有刀柄，话有根源，说出那是谁说的，我们对质。你也可以去我巴塘的家看那里剩着什么。"两水九坡人说："这种事是你们干的，当然会从你们那里传出。"索波·央周说："谁传的你找谁去！"既然从诺龙那里什么都不曾发觉什么也不曾得到，索波·央周再不能摊事了。两水九坡一女人样蓄了长发的人就要冲进索波·央周的院落，忽然加益手拿一把大刀横在门当间，他那溜光的肚子头泛着油腻的光，索波·央周闭眼都想不到加益会有这一出，打了个愣怔，加益声音洪亮："我一个下人的命不值当，你们的命也如我这么不值吗？谁要从这里过，我就和谁玩命。"人群骚动起来，没人看清从旁侧给加益头上一刀的是谁，他泛着油光的头顿时血流如注，但加益一动不动，加益示意索波·央周们不要拔刀相向，黄昏暗下来的天日下，众多的多囊·加青们看着加益，用诡异的神情打量着他的血，他们仿佛想舔一口的架势。这种示意更像是多囊·加青们并不会因一个小小加益的流血而罢手，加益的血在滴水的时间里一点点流失，勇气悲壮不屑幸灾乐祸——空气里似乎掺杂着双方思绪里的杂乱味道，两边人都屏住呼吸，不勇逞勇就要让他付出代价。加益头痛欲裂，一阵晕厥，倒在门前。索波·央周算得很清楚，既然有人把事顶下来，这就赚了，其中的利害不言自明。多囊·加青们直到加益无意识倒地才打着呼哨上马走人。如果每次来每次索波·央周都愿意让某个人顶着也可以，但多囊·加青他们不会轻易收手。此事后有人问加益："怎么老鼠堆里也有长胆的？！"加益说："我吃了这么多年索波·央周的饭，连这点心都没有，还是人吗？"像极了丝绸嘴的腔调。青美多杰说："你还不是干着他家的活吗，活多活少的。""活是活，情意是情意。"加益忽然头脑灵光地接了一句，"你是我的朋友，但是你和索波·央周的事就是你们之间的事了。"愣怔半天，青美多杰竟不知说什么好了。索波·央周显然低估了加益的胆识聪明忠诚什么的，他颇为激动："有你这样的朋友是我的幸运……"朋友，这个词从索波·央周的嘴里出来是生疏的，却让加益很受用。至于他说的赏赐，有更好，没有加益也不会一天追在屁股后头。那一刀让加益油光的头包一块大布很久了，但他的步子欢实。

多囊·加青的金塑护神至今下落不明，这对他的打击无异于像一下蔫萎了手脚什么事都干不了，也就是干什么事都已不在他的掌控之中，这让他的惶恐日益加剧，福运财全靠这位护神，护神失窃时手法如此之高应该是诺龙之辈所为（因为他有"什么"的通灵之物），不管付出多大的代价，一定要找到诺龙。所以近年来，他用别样的说道频频挑衅冉吾，一方面是为了找到自己的金塑护神，另一方面多囊·加青想一举收到多方效果——既找到自己的金塑护神又能用上诺龙手中的什么把冉吾人治得服帖，用什么让自己成为很多庄子的王，何乐不为？不成想金塑护神有人却在阿卓茸巴看到了———当所有这些披上渺渺茫茫的外衣后，多囊·加青就总是对人说他的护神是什么样的，甚至左臂上一块磕掉的残损都没漏过，弄得阿卓茸巴人都知道了。后来有人看到了左臂残损一块的护神，端正地供在阿卓茸巴一穷户人家的佛龛上，多囊·加青质问那户人家，但那人说是从别人手中买来的。多囊·加青让他说出卖者的特征，那人说是从一个不知从哪儿来的邋遢的牧人手中换来的。那户人家看到多囊·加青对金塑护神视若珍宝，当然不愿这么以劫失的身价给他，他们说："这又不是我们偷的，我们虽穷还是花了大价钱买来的，我们也不打算卖给谁！"多囊·加青说："你们花了多少，我给两倍的价。"那户人家面上一副不情愿心中却暗喜，其实这已是五倍价了。回到九坡的多囊·加青不可能一下撤离原有的角色和立场，甚至为了金塑护神，他给诺龙渲染的罪责一度使两水九坡人咬牙切齿，因此他现在对诺龙的憎恶在面相上依旧如故，但心中的不适减轻了。金塑护神究竟是谁偷的，牧人不知去向，此局成谜。

找到金塑护神，多囊·加青已不想拿出多少精力再念想诺龙的"什么"了。

有很多天青美多杰窝在土坑上不想动，直到家中无水润他的干喉，他去冉吾河背水。背水的男人会成为冉吾庄的笑谈，这个定势像是有辱家门一样，冉吾庄的男人不会背水，但是青美多杰只能自己去。冉吾庄不会笑话一个没有女人的男人背水，对于这点，他们也会谅解一样释然。冉吾河边各色的石子撒了一地，他怎么从来没看到过呢，那些石子长着奇形怪状的脸，好似说着奇形怪异的话。他看着那些石头，忽然想措吉那时捡石子一定是看到了它们的脸，当所有人忙着身边的人身边的事，措吉却忙着她的石子，她一定藏着谁也不懂的心思，她嫁过来的那天一定很美，可是这个看上去很美的女人会为了爱顾不得一切的姿态让他惶恐，这个女人成全了他，也让他的生活充满了艰险。他的一切曾和叫措吉的女人牵扯着。青美多杰试图不失去曾得到的东西，可生活真正的面孔却是有得有失。

"找石头的男人。"一个声音传了过来，他惊了一下，循声望去，一个往木桶里舀水的女人正看着她，她一定是来了很久，水已舀到木桶的一半，他怎么没看到？他看着她，什么也不说，她也看着他，什么也不说。后来，她"扑哧"笑了。她说："我以为你掉了什么在石子间，没想到你在找石头。"他看着自己一手的石子又低头找。女人走了，他看也没看，他不明白自己为什么会找这些石头，他将满满一把的石子堆在那个大石头边，又找。

"我也帮你吧？"刚才那个女人又立在他的身旁，"你说找什么样的石头？"

"你不懂。"

"不就是石头吗？有什么不懂！难不成你要找一个会说话的石头？"

"就是。"

女人大笑起来也不管他，自顾自往他的木桶里舀水，他不太乐意，问："你要干什么？"女人答："冉吾庄没有男人要背水，我来帮你。"女人把木桶用皮绳卡在横向的木环节对他说，"帮我背上呀。"他迟疑一小会儿过去抬起水桶。女人熟练地用脱下的右袖当护垫把木桶背在腰上，女人知道他住哪里，但他此前从没见过她。那以后很多时候，他去河边捡石子，她帮他背水，他们的话渐渐拢到了一起，不再是一左一右一前一后，而是磕磕绊绊地并行着，女人说："这些石子原来真的很奇怪呢！"以示她不再惊奇他找石头。女人给他做家务，看着女人忙碌的身子，青美多杰目光迷离心生温暖，当他的话被女人结成扣走向下一节再下一节，青美多杰开始目光轻柔地看着这个在他家没有一丝陌生感的女人。又是春天了，索波·央周传话让青美多杰来一趟,青美多杰让加益带话自己病了。山谷中的雾可以化开，他们之间的雾化不开。青美多杰知道。

索波·央周认为冉吾需要确立一个秩序，以一种公认的态度建立起来的"头",小到家长里短或大到几十个人一同去以物易货,要让土石色的冉吾红火起来,总要有一个人带起头来,冉吾庄人赞同此举,但不知把什么人放在那样的位置上。三三两两的冉吾庄人还吃着索波·央周家的"门下饭",有的认为索波·央周身在高处何必再高,有的以为他高更高是应该的。冉吾庄有人认为他是家财快溢出来的生意人,如果他带着冉吾庄的人,生意定不会吃亏,但是最终落入各家手中的那点有可能会哑巴吃糖说不出个所以然来,冉吾庄的人怕这。当桑肯·拉杰跑前跑后为冉吾的一些老人打下手忙乎时,人们像忽然想出这个人的一些好来:勤劳、微笑、嘘寒问暖,有时给晒秋阳的人带来一长串的笑。索波·央周持一贯平和的态度,他知道马后面必有马驹,况且桑肯·拉杰也是有骨性的人。但这个选把冉吾庄闹腾得心绪不宁。

桑肯·拉杰外山的舅爷来了,桑肯·拉杰家下了本,众多的冉吾人人马装饰一新不请自来地迎客,因为桑肯·拉杰外山的舅爷是活佛,冉吾人精力充沛给桑肯·拉杰家帮忙。而索波·央周之前已不在冉吾庄里,他去了巴塘的"冬窝子"。索波·央周说:"我不占穷小子的便宜。"索波·央周要看看他折腾起的动静,是雨大还是风大……

习惯了高高在上,索波·央周始料未及他提出的主意把自己撂倒了,他猝不及防,仿佛走在冉吾的石阶上,脚下被未化的冰滑了一跤,那种滑稽的摔把他错了位的身形拧巴了一瞬,扭伤脚的痛钻心裂肺地传遍全身。他给自己美美地打了一石子。他以为在冉吾庄十有七八会居到那个位置的是自己,可是现在他龇牙咧嘴地吸着气。

  索波·央周走过那长长的石阶巷道，就碰到了庄长桑肯·拉杰，庄长是冉吾人选的，现在冉吾庄的人否定庄长就是否定自己眼浅，冉吾庄的人也把庄长不置可否地揣在心里，在外笑几声在家骂几言。索波·央周和庄长碰面不会打一眼皱一嘴的笑，他们不会点头不会贴脸，不会对彼此散出无法培养的亲近感。他们认定彼此是命中无缘的，既然命中无缘就不要强拉脸上的皮褶子。他是索波·央周，他是桑肯·拉杰。他们蛇走蛇道，鼠进鼠洞。

  冉吾庄、果庆庄、阿卓茸巴、杂曲卡玛、拉秀、巴嘎布那些有着美丽称谓的庄子最忙的时刻到来了。每个庄子都要选舞者，貌美，形佳，步态轻盈，总之需具备舞者所要的一切条件。美丽的女人，作为整个冉吾庄女人的嘴脑耳，以她为准，就说："这就是冉吾庄的女人。"但是人们要选的和庄长要选的显然在审美上大有不同。当人们发现时，另一个女人，也就是冉吾庄庄长女人从遥远的未曾听过的地方带过来的妹妹，已经在出发的路上。灰头格来说："其实女人各有不同，一个阶段里，从性情、勤俭、良善、外貌都可以估量。丢冉吾的脸，说那个女人美，简直瞎眼人挑的。"冉吾人这么说：她只有二十五岁，脖子上堆上去的褶子都在跟我说话。所以那个女人跳舞的表情都是令人厌烦的。但事情就是这样，因为在冉吾庄能和众多的站得高看得远的人说上话的，只有庄长桑肯·拉杰一人。当索波·央周日渐一日连烟囱里的炊烟都懒得升起时，冉吾的耳朵就是为庄长长的，谁能不为呢，庄长说了为冉吾庄的山，庄长说了为冉吾庄的水，庄长还说了为冉吾庄的牛羊，细听是庄长为冉吾庄跑断了腿操碎了心，他说"我是马根毛切半，芫根籽挖眼"，以示他无偏颇。一次，他被青稞酒迷得不辨家门，他卷着不听他使唤的舌头对扶他的群才说："冉吾庄有多……多大？可握在手掌心这么大！"他拿右手心似乎掂了掂，"虽然是这样——冉吾庄……冉吾庄的阿爸是我。"这句有些矛盾的话却让自己凸显出来，那以后庄长来时，人们窃窃："阿爸来了，冉吾庄的阿爸。"这种事总有这个或那个灌到他的耳朵里，他不置可否地拉起他的马脸一摇一晃地走过冉吾庄大小不一的石阶上。

索波·央周原想领着冉吾人做几笔生意，却未被冉吾人认同，索波·央周于是在杂曲卡玛一待就半年，回来时形容枯槁，而这六个月里桑肯·拉杰也无意于那些家长里短。那以后，那个位子说空不空说在不在的，却没人再提。因为事实上在那个位置上，除了很多人来闹腾，其他没一样好处。桑肯·拉杰要的只是不让索波·央周在冉吾的头顶把手挥来挥去。这是他仅要达到的目的。

索波·央周大病了一场，从囊西请来的隐士说："得到的太多，你背负不了你的名字。"说他的名字和他相冲，为他做了一次法事，索波·央周改了名字，叫索波·群周才仁。此后他的性情也大变，他不需要女人，这是说他再也不需要一个女人知道自己身上的酥油和糌粑味，不要一睁开眼就看到一个女人披散着长长的头发躺在身边。他一直以为男人和女人只是一场交易，男有所思女有所想。可是这个女人在他的什么地方忽然生根发芽时却背向他先走了，这让他生厌。这是措吉遗留的病症。

索波·群周才仁把自己的父母安顿在二弟家就独自去了热桑贡布神山。

热桑贡布,每年的夏季,人们都可看到在这里闭关坐禅一夏的禅师:

你算不得忠诚的男人,也遇不到真诚的女子,遇到了也是你推开了她。你知道所有人的生命里必定会缺一块或损一块,从此你坦荡清明。为前世冗长、精道而诚心的修行,在轮回后,成了一个男儿身,只是所有的爱像枕边物,极易可得,而最终那些易得的东西像高原夏天里的雾一样散去,给你制造一种只可观视的假象。

不听窗外事不经窗外事,每天潜心修研经书,从东方未明的清晨到星辰耀辉的光夜,在一天里从没间断过,但是梦里总有一匹花斑鹿:那只有着美丽花斑的鹿来吃山里的花草,在吃花草的间隙无意中舔了你排出的体液,那以后那个美丽的花鹿天天守在那里,舔食你排出的体液,一天天、一月月。后来,那美丽的花鹿怀了孕。这真是你预料不及的,你悲愤交加,悔当初美丽的花鹿带给你视欲的贪念,悔当初未能填埋了那些秽物,如今一切都已成实,像秋天里所有孕育了极目可视、唾手可得的果实,但问题是它并不是你想要的,你低泣长叹忧郁而死。诺龙来到热桑贡布禅师洞口的那年,那里已结了大大小小的蛛网,一年,在花开花落之间,有些生命成形,有些生命陨落。

青美多杰的毛须在冉吾的风尘中日渐苍老。

孤儿青美多杰和女舞者生了一个又一个的孩子。连年生的孩子却不明缘由地死去,刚生下来的、几个月后的,也有一个三岁时没的。冉吾庄的人对青美多杰说："产羔的季节又到了。"第一个孩子出生后青美多杰就不再想那个女人，那个女人太高了，怎么可能是低下头的呢？草丛中的虫类、叶间的爬虫，即使看到她会想：噢，是个虫子。甚至会想，呸，是个虫子，恶心。他从来不认为那个女人有烦心事。她在她绸缎软绒宝石里任意穿梭，走走停停。她可以随时把这个名字和那个名字都混成一个人或者这个叫那名，那个叫这名，想不起这个人、那个人是常有的事，他相信他就是措吉可以随时忘记的一个或另一个。他从不想措吉，他旧时的女主人。他有时莫名地站在冉吾河边，忽然想起什么，抬起他越来越不听使唤的老腿，飞快地小步踩着冉吾河边溜溜的石子，两步一滑。在踏进冉吾庄的石板路上，心里轻吁一口气。

那年春天，青美多杰和女舞者搬到巴塘那个背风向阳红柳河水的小屋里，枯草下的绿意渐浓渐重，然而几步之遥的河水却干涸了。两年后，青美多杰倒在干涸了河床的碎石间。

他的眼角滚出一滴泪，他看到了少年的青年的中年的老去的自己，他还是希望自己是青美多杰，虽然受了很多苦，但这才是自己，有一种踩在地上的踏实感。经历低到尘土中的，还经历慢慢抬起头的，经历女人的闹心，经历男人的较量，经历输经历赢、沮丧失望到洋洋得意，还有冷暖情爱……

阿妈见过达娃顿珠，但是她并不喜欢，因为这是达杰的孩子，她对诺龙说："你真是找罪受！"阿妈很久以来的夙愿是去拉萨，她总是长久地站在蒙着黄绸的唐卡前，双手合十，像是会给她有所指向，对善，她几乎没有迷失过什么。人们这样说。

但是在自己孩子和别人孩子之间还是选择自己的骨肉。在诺龙把孩子领到家后,她就归拢了所有能说上话的亲戚,他们都来或骂或劝,达娃顿珠扑闪着漂亮的眼睛看着诺龙,眼中满是惊慌,诺龙对他们说:"不是你们养他,是我要养他。"亲戚都气极了,"好吧好吧,是你养,是你!你养一整个冉吾庄的笑话好了!"他们走了,很长一段时间里,他们不再来诺龙家。阿妈抹着泪说:"你还没清醒吗?"他想他大概还没清醒。在达杰想见孩子时,卓尕拉姆就会来诺龙家把达娃顿珠带走,但不会超过一天,她又会送回来。达娃顿珠总是一路小跑,见到诺龙时,飞快地跑到诺龙跟前一蹦勾住他的脖子亲了又亲,卓尕拉姆跟在后面说:"孩子总是待不住,想回来。""来吧来吧。"他看到达娃顿珠的眼圈是红的,泪痕还在脸上未净。这孩子应该是他的,那是没有血亲的缘。

  春天去牧场打酥油,晒曲拉,远处的阳坡上桑烟燃起,有很多神鹫落在天葬台,阿妈想起水葬的诺龙姐姐,那时诺龙的前世还在游走飘飞居无定所,诺龙未曾谋面的姐姐身体太瘦小,只有一个僧人轻轻提领起的小包裹。站在远处的母亲远远看到的是反搓的十三根白羊毛绳(意为魂引路),为贪玩和不辨方向的姐姐引路。"听说是个小孩。"邻居说,又是反搓的羊毛绳……母亲暗自愣怔。阿妈的身后跟着的达娃顿珠,乖巧得像个小女孩。起初见他时阿妈还会拉下脸,时间一久,总也有绷不住的时候,不知那天什么星星亮在了白天,她给他讲了一个牛犊的故事,后来是河水的酥油的女儿的山神的,越来越多,忽然哪天阿妈已然习惯了达娃顿珠在她身边应答:"哦,后来呢!……哦,接下来呢?"然后问这问那,有时又想起一个什么久远的故事发觉那孩子不在身边便怅然若失,现在更多的时间里诺龙让达娃顿珠和阿妈待在一起,让他帮阿妈打打下手,孩子是聪明之人,每当这时,他会欣然应允欢快地在院子走来走去。

冉吾庄的人说诺龙和达娃顿珠的笑话,他们不想知道达娃顿珠的名字,他们这样说:那个和卓尕拉姆在一起的男人的孩子。他们这样说不嫌费事、麻烦。于是这个笑话更具有了它说笑的功能。

卓尕拉姆有的是理由让诺龙对真相更加混沌,夫妻在散伙时,都会有一大串对那个人的不满的是非道理和来龙去脉,甚至那些不堪的细节,好像当初不是睁眼找的,后来才打开眼睛透视了个血肉模糊。诺龙不知卓尕拉姆是何时以何种的方式学会了说这些话,她说他是如何懒惰,甚至说得有鼻子有眼的,也就这事是有地点有物证的,但是诺龙并不记得这些,尽管他把卓尕拉姆在心中放了又放,当她甩开他时,诺龙的心像是一团毛线,线头在她的手里,被她扯住线头后,他的心一圈一圈地变小,最后就变没了。诺龙不知她用来做了什么,但是他感到了撕扯。诺龙原本不记得这些,但是经她一说,他的脑子又一一打开了:她说他的脚能把她熏晕过去,诺龙知道这是自己的不对,但是他没法不让自己的脚这样,他在牛羊堆里干一天的活,时间没宽裕到允许自己把脚浸在水里,让水把脚垢冲走;她说他总把东西拿给阿妈——是的,这也有过,他走了,阿妈一个人,他于心不忍,想给点东西以弥补他不在身边的歉疚;她说他把一头牛的腿给牧瘸了——这也是他的错,他牧牛的地方水草丰嫩，但是他没看到那里有大坑，贪草的牛也没看到。当诺龙拾牛粪回头时，牛不见了，消失不见的牛让他恐慌起来，他从原路上跑就看到在坑里蹬着四足的牛，他放下身上的背篓，帮牛翻身，牛立在那里好一会儿，它也一时蒙了，不知出了什么事，当它迈开步子时，他才看到它的后腿折了。卓尕拉姆一遍一遍吼着："你死哪儿去了？你死哪儿去了！"卓尕拉姆说这是她娘家唯一一头最能出奶的牛，这让诺龙感到卓尕拉姆对他是有恩的，而他却一再辜负她的美意，让他感到自己不是人，更让他感到她嫁给他就是对他的恩赐，而他总是让她伤心和不满，甚至以恩报怨，结果是她不该和他在一起？当初诺龙是想给她一一叙说细节，这里那里这样那样的，但她像暴涨的洪水把诺龙要说的都冲得不见踪影。这不是诺龙要争取的输赢，他只要找到最初的根源，他认定这一定有一个源头，像一股羊毛线的线头。所以她说着，诺龙听着，想自己的事。卓尕拉姆早已在心中历数着诺龙的不是，这样当她转身时也可以抵挡冉吾人的嘴脸。有时诺龙感到可笑的是他们争着吵着竟然到最后已想不起来为什么争了，总之哪哪都不对了。为了什么、什么原因的源头都遮住了，只是吵得不可开交。所以那股线头，诺龙至今都没找到。生活原来是无数的琐碎拼凑在一起的。

对于他和卓尕拉姆，阿妈说："煮石头会有汤吗？她就是，怎么你也是？"阿妈和周围的邻居怎么也不明白诺龙是怎么想的。他想，我既然在土地上那就干土地上干的事吧，偶尔仰视天空，这就好。

诺龙是在拴马时懂了阿妈的话，卓尕拉姆的愿望是这点吗，那么他是应该满足她的愿望了。自从达娃顿珠回到他的身边，卓尕拉姆对他的态度也急转了一个弯。像扎曲和杂曲一清一浊的两条河从远远的地方打一个大弯汇在一起，一清一浊奔向更远的远方。这个急转弯有些让人一下不能适应的别扭，还有一清一浊的汇合变成白不白黑不黑的阴阳不清，但总之向前走着，这就不错。他想，我不能总是挣扎，不能总是为是什么为什么不该是什么这些事扑腾一生呀。

灰头格来说："不，不是这样，这样不对。"他说这些的次数多起来时，诺龙感到自己对卓尕拉姆，自始至终都是焦心的。像一只山羊过不了一个大坑，在那头踏跳着一次次跃跃欲试，但近坑沿又蔫缩了手脚。谁能给诺龙跳过那深沟的勇气？

雪漫天罩下来，几天又几夜。上天好似忘了收走雪篷，这一年的雪覆盖了阿卓茸巴的草滩，牧人找牛羊时冻掉手指脚趾的、冻裂耳朵的，睁眼看物时眼睛针刺得让人流泪……人人得了雪盲，进木门时脚后跟一股白气腾腾而入，望着在雪原上寻食的牲畜叹气："看着一根草上一头牛，初春该咋办呀……"

好像上天也忘了阿卓茸巴为何物，因此它总活在不幸和困苦里。这年的冬天雪太大，大到没有一处地方可以觅到草的踪迹，牧人们起初流着泪到后来他们发觉自己取暖的牛粪都日见一日地少去，他们开始惶恐不安，找不到草食的牛羊开始啃食彼此身上的毛发，它们把眼前的一切幻想成青的草，它们流着泪直到再也啃不动毛发，不发一丝声息，僵硬地倒在曾经绿茵的土地上再也未能起来，帐外牛羊的尸骨快要堆得齐帐腰高了，牧人有哭不出来的伤心。

很多牛羊饥饿而亡,这像是上天的惩治,每年都有,但是在草色青青中会很快恢复过来,而这一次是致命的,牧人们都清楚,以这样的情形,很难回到从前的日子。牲畜的死亡有时让人更加揪心,它们立在冷雪里,不会说冷,也不会说饿……风一阵一阵呼啸而过,像在纪念过往的亡灵。牧人们的眼里已没了泪,再下一次雪,帐就要塌了,真不知下一步走向哪里。想想从前牛羊富足的阿卓茸巴,把那些干了的牛脂和还在牛羊肠里的粪一层一层垒在自家的厨房里用来取暖,牛脂味道有些刺鼻,却是耐烧而旺火的,而在别处牛脂和牛羊肠是用来食用的……

冉吾庄这一年的雪终于落下,诺龙走在冉吾滩,不知为什么,忽然伤心起来。雪是很奇异的,下了不会让土地荒凉,山和谷、原和滩都铺着银白的光,他感到了冷,他哭着,一直走在雪地里,周围静悄悄的,雪原上空无一物,他一直认定自己在哭那些丢失了的羊,可是细细一想,其实不是,他并没有哭那些羊,但他真的不确定自己在哭什么。有一个人从远处走了过来,雪蒙蒙中,诺龙在泪眼中看不清他,等到那人走近,诺龙才知道是灰头格来,他看到诺龙在哭,说:"孩子,你丢了羊吗?""我是丢了羊,但不是哭它们。"诺龙说,"我丢失了我再也找不到,找到了也不是我的东西。"灰头格来用惊奇的眼神看着诺龙,停顿了几秒,后来他说:"每一天吃到糌粑也是很大的福气啊。"后来他又说:"羊已经找到了,等你哭完回家吧。"

吉祥的日子,下了一层厚厚的积雪。今天是太阳变脸的日子。从今天起就是昼长夜短,这个日子人们必知,因为会带来富足与长寿，冉吾庄的人争相传言。诺龙的衣袍里藏着那对松耳石，除了阿妈他没告诉任何人那对松耳石。清晨，天空和阿妈的眼睛都亮了，阿妈在舔糌粑的间隙忽然说："人在看天的时候，也要看看地。"他并没有告诉阿妈这对松耳石的来历，但阿妈似乎觉察到了什么！阿妈说天说地，"呼呼"地喝着茶，舔着木碗里覆了一层酥油的糌粑，看着自家土屋里牛粪垒起的墙。阿妈和他都有另一件衣袍藏在箱底，糌粑袋也是满的，不必酥油上抹油脂——让好的更好。他把那对松耳石放入口中，"呼"地喝了一口茶，咽进肚里，它们是他的眼泪，应该是重新长在了他的肚里，重又回到了他的泪腺，它有一种叫盐的成分。它们再也不会出来。黄昏时分，两条小小的腿晃荡在诺龙的手心里。 嘴忽然庄重起来："圆满，圆满！三世普照的功德，生命的功德。我哪天会离开，不再惊扰你的人生，至于千恩万谢——那对松耳石，你也让它回到了源头。"诺龙想原来松耳石是"什么"给他的报酬？诺龙说："不用给我什么，让我回到平安的生活中去即可。"诺龙想当它们都全了时，他的手就是他自己的，他的手掌也是他自己的了。诺龙不希望谁的掌中有谁，左右着那个人命定的一切。"最浓醇的奶，最纯净的水，最醇正的酥油，最饱满的籽实，最芬芳馥郁的花朵哦——三十五盏金碗的净食，请用手中的眼佑我，请用心引领我，请用火的剑赐我，空中弥漫着熏香的气味，大地盛开着馨香的花朵，所作诸善皆随喜，利众有情皆随喜，于彼善法皆随喜，成就众生，心想事成！愿得吉祥圆满！"这是它的祝词。

　　灰头格来说："那些没有选择婚姻的人，有的一定有一些过人之处。"他从一条牛肋骨上割下一大块夹脂油的冻牛肉,那奶黄的脂油让诺龙的口水流个不停。诺龙掩饰着笑起来,说:"那你的过人之处是什么?"他看着远处:"定力,是的,没有人可以动摇的定力。"诺龙张着笑嘴,出不了声,真的,从没听说过他有雕头鸟头的事。当那些带着荤腥的笑话传遍冉吾庄时,那里从来没有灰头格来的名字。诺龙笑着说:"肉吃净,强盗来了可不是闹着玩的。"这是诺龙最后一次见到他。第二天他就神归了,他走时,把一些牛羊分给了那些沾亲带故的穷亲戚们,另一些捐给了寺院。天葬时,诺龙一直站在对面的山坡,也算送送他吧。直到神鹫飞来,直到神鹫归去,直到那里只有引领他走向另一个世界的白石上细刻的囊曲旺德(十相自在)和反搓的引魂绳。

　　一干二净,这就是死。原来是如此的说走就走。来的路上,诺龙的脚是滞重的,他来过吗?何以为证?那个人的肉身、那个人的言语甚至那个人的衣物,都瞬间成为无形的不可触摸。他是冉吾人却又不是,他将不复存在,只在几个人想起的记忆里,说着莫名难懂的话,玩着那个古老的"我不输"的游戏。灰头格来曾说:"洗干净的是净吗?心干净的才是净。"灰头格来的心里脑袋里有很多诺龙不知道也不明白的东西。他很少对人加以评判,但如果他真要说,诺龙相信他一定能说会说很多诺龙不甚明了的莫名其妙,让很多人如坠雾里,因为人们称他"怪人"。那是因为他们听不懂他的话,诺龙也听不懂,他们却成了说能说到一块、吃能吃到一块、走能走到一起的人。可是现在他透明得犹如空气,找不到曾来过的有力依据,这么想着时,诺龙被石子绊了一下，既没成形为圆又已磨平了些许棱角的石子，像传说中大海隐去时留下的。

诺龙望着早晨慢慢亮起来的天，忽然想：他真的不在了吗？他那种让自己很费心思的话，他带着丝缕鼻烟味的呼吸又去了哪儿？是存起来用于他的另一个世界？诺龙头疼。冬天终于不再犹豫，寒气一股股张狂地闯进家门。

太阳出时狮子抖。这个冬天比往年冷。

诺龙明白了，王让他手中的"什么"找的应该是一个人，并且应该是一个女人，在上一个轮回里诺龙没找到她，事实是他没能认出她，她身上的膻味，她像是只在酸奶里涮了涮的袍子，她蓬乱的发，让他看不清那时隐在丑陋下的美丽和善良？在她最美好的轮回里他没找到她，找到她也因她的外表对她嗤之以鼻，让她受尽了委屈，所以在下一个轮回里她找到了他，用她的恶相，让他不能平静。他欠了她的，她让他还清。他想应该的，应该的，没有什么东西可以一辈又一辈地欠着，他还清了，以后就两清了。

那么多的牧羊人，那么多的侍婢，那么多的手持旗子的人，那么多的穿甲戴盔的都是王的，而那些众多的人却行走在只属于他们各自的命中。在诺龙手中完成它形体的人却没认出王要找的，那个生活在藏娘塔边的，那个出生在九月中了蛙咒的女人。

"积怨。"她咒道，"下一世，我要找到你。"那个人却在下一世里找寻自己的肉身，且形体要依附在一个能承载它能量的物件时，于是就找到了诺龙，她也找到了他。这个女人在下一世里叫："卓尕拉姆，前世里她是中了蛙咒的女人，龙神是得罪不起的。"蛙王的前世是把诺龙手中的"什么"打成齑粉的魔将黑帐王，王因为自己的将士被魔将黑帐王杀死，他要找的女子也因此音信全无。愤怒中的王悲声第一咒让将士的身体显活在一个奇异人的身上，在此人手中成形变回自己，第二咒让凶恶的魔将黑帐王变成一只蛙，把它困在一个将枯的井里，罩上阴暗的水咒，那只蛙从此跳不出那口井。它是蛙王，可是没有一个同物类和它做伴，那些枯井中的土石不可能因他为王而欢呼雀跃。它苦闷半生，身上的癞片重重叠叠，它日复一日地对井中的土石说着话，渐渐有了一个疯狂的想法——要把周围的这些土石变成自己的人。多少年来，它一直沉浸在对那些石头的"调教"中，乐此不疲，有时甚至在一块它精心浇洗过的石头上看到一抹将要对他诉说的光芒，可是它再眨眼，闪烁的光不见了，依旧是黯淡的石头。造物之神！那时蛙王想天还是睁着眼的，因为王曾经要找的女人此刻就在锁了水咒的井口边俯看自己，它大喜过望，可以把自己身上的癞癣移迁的人出现了！况且王背负着这个女人的双份债。蛙王静静地和这个女人说着话，悄悄地把淤积百年的愤懑发在这个女人身上，它看到它心中默念的癞咒从女人脚底漫到她的全身，心中窃喜。很多时候它是跟着她的，怕她碰到什么把癞咒解了，让沉重的癞癣重回自己身上，它说过心中没有歉疚，让她的一生羞于见人，直到她像油灯燃尽自己。百年里跳不出水咒锁住的枯井是它最厌恶的。

这一世里，卓尕拉姆已没了神性，她美妙的神性在那一世里钝化、消亡，她轻巧过度，从神到人，像没有打过一丝磕巴，诺龙手中的"五官"在那一世里没认出她，可是天没有断她前世里癫癣一生的恩怨，这一世里她就找到了诺龙，谁让他帮"它"！她以这样的方式靠近诺龙，诺龙用那个有着雪地里盛开着的莲花般躲闪的眼睛的小男人救赎自己，该还清的诺龙不想带到下一世里，冤冤相报，没有了清的时候，他不想这样。那是诺龙最清晰的一个梦：在那个大峡谷，他看到奔涌浑浊的河水，他快要掉到那个灌木丛生和浊河汹涌的某一处，忽然肋间生出翅膀，仿佛它一直在那里，而他不知道。借助那个翅膀，诺龙从峡谷的谷底一飞冲天，诺龙的怀里有一个孩子，诺龙不知孩子从何而来去往何处，但诺龙一手环着他，一手高高上举，飞速离开，忽然到顶了，诺龙冲破了藤编而成的顶层，那孩子的母亲在上面迎着诺龙和那个孩子。

诺龙开始习惯这种生活，不再热切渴望你死我活的卓尕拉姆。当眼神飘来时，他的目光穿透它，然后他看到他的那束目光打在坚硬的岩石和光滑的河石上，火光四溅，碎了，或者呈一种散射状，没有焦点，没有温暖。关于这一点，他不能对任何人说，在很小的时候他已知道有些东西是不能说的，说了一定没有好结果。他耗费了很多精力和心血来经营风一阵、雨一阵、雪一阵又雾一阵的情感，但它已破烂不堪了，像是一堆经年的腐袄，碰一下就会块块片片地碎，像土陶罐一样。直到有一天，他变成了穷光蛋，他才恍然大悟，他没了资本，想起灰头格来说的"男人的老比女人的老更可怕，女人老了依旧是女人，但是男人老了就不是那么有底气可以说的"。诺龙当然知道那个咒，让卓尕拉姆不再离开自己的，让她迷醉在他满身酥油味的羔皮袄中，它在诺龙一念而过的心里盘踞，但是诺龙一次也没让它走出口。灰头格来曾说:"人内心的诅咒会现在脸上。"那么心灵安宁的人一定是世上最美的吗?应该是。而他,不美丽,在冉吾庄,诺龙是丑陋的。

诺龙很庆幸自己对那个男人只说了:来了?那里有很多话,你来了我走了;你为什么来?我为什么走?或者你来就别走了之类的……那句没有损伤到别人和自己的话,在往后的日子里诺龙可以很快忘记。因为它只是一个问句,它可以什么都不是,在别人的心里,在他的心里。回去的路上,诺龙狂吼格摩:

树是我栽

水是我浇

枝叶繁茂时

做主的是别人

群才在那个山坳撕扯着嗓子喊:

在那东边的山腰上

滚下一颗艳枣

心想捉住捉住

却滚在了两石间

然后他俩放声大笑。诺龙在山腰,群才在山脚。他们俩拼命地摇着手中物,群才的羔皮帽、诺龙的腰带,最后连彼此盛糌粑的连身褡裢都摇起来,诺龙的全身变成白花花一片,群才身上只有嘴和眼睛忽闪忽闪的。诺龙没摔倒前，看到群才大概是被糌粑的粉尘给呛住了，弯腰咳着……

诺龙和达娃顿珠在山上放羊，他们很少吃羊肉，他把四十几只羊指给达娃顿珠："这些都是我们的羊，最后是你的。"诺龙知道达娃顿珠必有他的不同之处，可是诺龙只希望他能健康平安地成长，他并不奢望达娃顿珠会给他带来怎样的生活。在山上他们"哈哈哈——"大笑，山中的回音仙女学他们也在"哈哈哈——"

按它说的，藏历五月五日五时，诺龙把最后一块小坨擦擦（红泥拓坯出的小塔）放到无垢塔身里，肢体五官终于在诺龙的掌中完成了它们最后的心愿——整合，诺龙记得五官曾对他说过："你有什么愿望告诉我，我能帮。"但诺龙从来没有告诉过它任何一个需要满足的心愿，很多时候诺龙会忘了它。

冉吾庄人说：……就是这样，卓尕拉姆对傻子是"老道请一下，铃子响一下"，她只是拿着嘴过日子的，傻子对她倾尽了心血。冉吾庄的人觉得诺龙是咬着牙度日的，而诺龙从来不知道有这一回事，诺龙过着他的一天一夜每一个时辰，冉吾人把他对达娃顿珠做的，认为一切都是为卓尕拉姆，而诺龙舍弃不了的是达娃顿珠用白雪里一片迷茫的眼睛看他的第一眼，就是因为这个眼神，只是这样。但是庄上的人，应该还有卓尕拉姆想得更多，七拐八拐的，结着网连着藤的。她几次想从达娃顿珠的话题中引到他们之间，她认为人世间的一些事是彻底不了的，如同她偶尔也舍弃不了这个一心对她的诺龙，诺龙什么都不说也不拒绝，以她认为的让她延伸她的快乐。狐狸不跑有鬼的巴掌，狗不叫有小偷的魂。

很久以前，隐士说诺龙和卓尕拉姆应该会有一个孩子，那些未能见到阳光的他们总是一左一右一圈圈绕着卓尕拉姆和诺龙。不知他们谁会有这样的运气，所以总是绕着挤着等着。但是他们终究没能有这样的好运。诺龙很庆幸当群才说"卓尕拉姆一直对你不冷不热是想在你的心上留下痕迹"时他做了一个动作——他的手一直环在胸前，后来他忽然伸展开双臂打了一个长长的呵欠，甩了甩头，正午的阳光很容易让瞌睡上头。诺龙觉得心疼一个人要让那个人冷热都知，而不是让那人知了热却不知冷是什么。诺龙永远不在所有这些错综潦草的关系的强势枝干里，他所在的是背阴的坡面，把正阳的给太阳里的那些枝蔓，而唯一的条件是：你成为我可以纠葛的一部分。

诺龙发现自己梦中出现的从最初到最后都是那些人，只是他们出现的场景不一样，他们的服饰不一样，他们的言行也不一样，他们营造的气氛也不一样……但都是那些人。他们的目的也无非是要夺走诺龙手掌里的"什么"。诺龙不知他们拿"什么"要做什么，所以一刻也没有松懈紧握的拳头，因此自己的夜晚每每都灰头土脸。诺龙生活在两处，白天的诺龙，也生活在夜晚。

那是冬春交界的时候，藏历对这个季节叫索哈。有一晚诺龙醒来，一大半圆的月亮挂在东边的山顶上，大概它要从东边落下去，所有的人都知道太阳走下去的方向，却很少有人知道月亮在某一天会从东边落下。

索哈的日子，年；老人的肚子，囊。索哈是人最易饿的季节，短夜，长昼，索哈萌动一晃，天就落暖了。

　　布谷鸟在抵达春天的路上，会碰到穆知（六个星星簇成一团的星），穆知对它说完"我把牲畜的骨髓都挖走了"就走进地底，布谷鸟悲伤地飞到了春天，在它的"布谷布谷"声声不断中春天绿了。布谷鸟飞离春天时，途中又碰到了穆知，穆知狠狠地对它说："我去时这里是一片黑地，我来时这里是一片绿域，鬼鸟，妖鸟。"人们说穆知是坏了心的星。

　　在又一只布谷鸟从空中飞来时，在"布谷布谷"的清脆鸣唤里，诺龙忽然想起，那个男孩，那个曾在他梦里出现的嘴角含毛的男孩，那个不顾淹了自己救一只羊的男孩，想送羊渡河善良勇敢的男孩就是达娃顿珠。他早在和诺龙相识前就和诺龙相遇了。他的阿妈在哄他睡时嘴里不停地唱催眠调："啊噜噜噜布噜噜噜，国王金座上（来）坐坐，王后银座上（来）坐坐……"

　　那个视鼻烟如命的人，戒了鼻烟；诺龙，戒了卓尕拉姆。卓尕拉姆和诺龙的缘开始时是牛奶兑进水里，老人们说牛奶兑进水里谁也分不清，只有一种龟才能把牛奶和水清爽地分离开来。诺龙没见过那只龟，但他和卓尕拉姆命缘里的龟，他找到了。他们两清了。念想的疼痛重新占据他的身心，念想是一种没有未来的失去，所以他的疼痛是迟钝的，那种不可摆脱的念想让他打开眼睛就看到自己的伤，一览无余。但他的目光平和。没有人知道诺龙手心里的故事，他从没告诉过他们，你看，到现在你们也不知到底左右手哪只吧？因为你们会说："才见好一点儿，怎么又犯了？"你们用目光唏嘘，来一句"可怜呀，可怜"。

　　五官，从诺龙的手心里，没了，诺龙以为他一定是长了翅膀的，走时用飞的形式。诺龙希望是这样。

这夜是诺龙最安详的夜，他看到了手中的五官跋山涉水走到一口枯井旁，罩在水咒里的蛙王把自己的身形幻化在井外，五官说："你虽出现在这里，可是你只是你的幻影。"被识破的蛙王垂头丧气却撑着一口气："可是我是蛙王，我有众多的将士。"五官笑了："那些石头是可以玩家家，但不可以和你说话，给你拿刀矛。"它用大拇指和中指打了一响："我今天已成型，我们之间的恩怨也就此了断，你也该回到地上了！"接着"噼噼啪啪"的响指声中一声声咒从五官的嘴里涌出，那个枯井旁一户人家待产的女人早产了。五官的笑声扬在空中，诺龙在它的笑声中醒来，在手中窝居了那么久，它的笑只有这次能听到。

据说那些在风中长大的山神让扎青部落的头人在一个放满钥匙的藤萝里挑钥匙，部落首领挑了三个钥匙：盐的钥匙、碱的钥匙和茶的钥匙。所以这里的人对这三样分外贪嗜。冉吾庄里有很多神话一样的故事，有时他们说得有头有脸，诺龙分不清一些事真实的面相，或者其中隐藏的意向，他们只行进在神话中。

冉吾坐落在坡间里，三面临崖，依山而居。冉吾那眼散发着恶臭的泉水已枯涸，这样反倒干净了。石经一年比一年多起来，已小有规模，打眼就见放在石经上的镇庄石白玉天石——玛尼托热。冉吾庄的石阶，细看大小不一，但它蜿蜒在各个巷道，坡上的、原上的。平平地铺展开去，一板一板的，冉吾庄石垒的墙，石垒的院，石垒的阶。冉吾的河坡上是圆溜的卵石，走一大步滑一小步，在脚下"咯咯嘎嘎"作响，冉吾，是与石头息息相关的庄子。

孩子们在玩"首领"游戏：虎跳（三步跳）、豹跃（一步跳）、人躺、狗卧、九臂长、九拃长、吹草、吹羊屎。每个人手执一块扁石掷到石圈里堆垒起的骨节子上，只要碰触抛离其出石圈外，就可按骨节和圈子的间距向石圈步步逼近。太阳未落山之际，冉吾的石巷一处一处石头与石头撞碰的"嘎——高——"声响不绝于耳。

停不下的脚，走在春天里。那里的花都裂开嘴，笑了。但诺龙不采任何一朵，老人们说："摘花头，会下雨。"

后 记

属于夜晚的书
——长在手心里的"五官"(人)

雪域的七彩虹请带去我的祝福,请把我的祈福布满在高山流水草原流云白雪冰川暴风尘土阳光和空气,还有万物生灵。让播撒的祝福像空气的种子——满满当当。

在路上。2007年开始的旅程,中间有很多停顿和歇息,该怎么名定冉吾?我查到庄子的词意为农户,但是冉吾种田的同时,每家每户又都有点牛羊。冉吾是半农半牧区。

七月的某天,去阔别四十年的生地——冉吾。出发的早晨在下雨,很大的雨,这是好兆头——冉吾人说有福运的人出门遇雨雪。

一路和冉吾河并行,因为寺建在庄子的相对高度,所以就在行进路上的某一点或拐弯处看到建在那里小小的木屋,旁边堆着小白石,从此处望,正是第一眼见到寺院的地方,以方便行人用白石敬觐(曼荼罗)。而此处正打着漩涡的河,人们称之为海,据说有福之人能听到海螺的声音。一路的雨,快到冉吾却放晴了，这是绝好的事。

在我几乎隐形的记忆里，冉吾是与石头息息相关的庄子，果然没错，冉吾的院墙、房屋、屋顶甚至门槛下的台阶都是石头，冉吾还在，冉吾的土石仿佛一直在那儿，当很多村庄已不剩往昔的一点踪迹时，尽管有些院墙已坍塌破败，但冉吾石垒的庄户却依旧在。

三十年来的冉吾还在，石块垒砌的冉吾。只是新的冉吾只挪移到旧塔往东一点处——它已然具有了一丝现代的气息——都是砖块的白墙。如今冉吾只剩四户——狮家、虎家、星期三家、岩头家。我碰到的两个老人，一个满头白发，一个面庞黝黑，他们没认出我，冉吾人感慨之余还会闪过什么念头我不得而知，三十年过去，他们对我的记忆停留在不相识的阶段，我给了他们两人一些路上自带的零食，他们欣然接受，也不问我的出处。我不惊扰他们，我们各自安好。

岁月的河流带走了人和物，但有些还停留在原地——我看到杂草丛生的院后小小的木门的裂隙被剪切规整的牛皮带绑着，冉吾只有四户的人家有狗叫有贴在墙上的牛粪饼。也许杂草丛生的葱茏夏季误导了人眼并不觉这里的荒芜，气息颇浓郁的样子。还好，似乎冉吾那么老了却一直没倒下。我喜欢看到这种类似坚毅的呈现，又仿佛暗喜它一直等着我某天归来。觐见冉吾的过程，我的脑海里不停闪过的词是：脐血。整个过程给我一个五味杂陈的温暖。

这是一个梦的花开——

从稀薄的记忆里想起鼻涕都会熏黑的煤油灯下,奶奶、妈妈、我围成一圈,舅舅坐在离光最近的地方开始颂唱《格萨尔王传》,这小小的圈,穷得没边却温馨如灯。或许是从小听到过很多魔幻故事,于是某天产生了一个手中"有人"的幻觉,大概是梦告诉我的:一个人手中的秘密,五谷养育的人知道了诺龙的手中的"什么",开始竭力追逐,用尽了方法抹灭——那是心的欲望在作祟。这"有用的一只手"梦里梦外的人都渴望得到。诺龙命运中串联故事的"细节人"是荒诞抑或不为人知?诺龙的夜晚也不得安宁,他活在尘嚣的白天和疲累的夜晚。

有人追寻清澈的目光吗?在某一个清晨,当阳光从窗外射进来,我张开手,让光线从手指间穿行,我看到它们附着尘屑司空见惯的重量,它用简单轻微的体重验证那缕就是光线,它们在光线中舞蹈,跳着它们自己能懂的。

一些人转着白塔,他们不认识我,和他们打声招呼,他们会说"哦哦好好……是谁呀?认不清了?"他们老了,我也会老,历经人世的沧桑,他们或许在此重新找寻自己清澈的目光,或许它在转经路的一板青石的缝隙里,或许在一株青稞穗壳里,或许它开在一盏酥油灯芯里,这是我莫名的想法。

太多聪明之人用聪明之术活着,精明而不失方向,把活着看给别人的人,努力而不露声色地活得恰到好处。人世中的"代代卓玛"还很多,做各种生计的都有,不仅仅是做生意的"代代卓玛"。相信她们也有过自己清澈的目光,只是至今不知一个女人被一个古镇说翻天是她的成功还是失败?!抑或人生远不止这些……

没有完全相同的手掌纹。有人说书可分白天和夜晚。敝人以为此书更接近夜晚的状态，用漂亮话说更接近月亮的特质。其实文本完全可以以两个线索走：诺龙，手中人；王和另一个王，或者把他们糅合得更庞杂，但是当它的状态成形时就像一株植物在太阳下的生长，它生出的枝叶就是它自己的。

诺龙最不明白人为什么只有两只眼睛一个鼻子而不是三只眼睛四个鼻子，或者四条腿七只手？真正成为畸类的又是什么？

冉吾是诺龙的故乡，诺龙大概四五岁离开它，诺龙在梦里见过它，然后诺龙脑海里的冉吾就是这样"和石头息息相关的庄子"。它的存在从此就与石头有关了。

诺龙收养前妻男人的孩子，这是现实中的情节，但一些现实远比小说荒诞……诺龙用诺龙的思维存在于这个世上，不够完美，却是诺龙自己的，这就很好。

诺龙最终没用各类人想用的手中的什么功能使某个并不属于自己的愿望实现，正因为如此，诺龙的左手才如此与众不同吧！

在冉吾，我还听到了布谷鸟的啼鸣"谷谷……谷谷……"，春天布满冉吾的河谷。返程时，听表哥的解说里把冉吾河称海之处为：海莲花。它很美。

这个行程心生温暖：感谢我要感谢的所有人！